Hot Sahara Wind
A Devil's Bargain
Labyrinth
by Emma Wildes

砂漠の王子とさらわれた令嬢

エマ・ワイルズ
高橋佳奈子・訳

ラズベリーブックス

アンナとエイプリルとアマンダに
信頼を寄せてくれたことに深い感謝をこめて

砂漠の王子とさらわれた令嬢

砂漠の王子とさらわれた令嬢

主な登場人物

サラ・スチュワート……………………伯爵令嬢。
アーメド・アジズ………………………第四王子。
ハメット・アジズ………………………アーメドのいとこ。
ファヒール………………………………国王の相談役。
ハリデ……………………………………アーメドの使用人。
ロバート・チューレーン………………イギリス領事。
ギリアン…………………………………サラの叔母。
ウィリアム・スチュワート……………サラの兄。
オマール・アジズ………………………アーメドの兄。

1

ほこりっぽい暗い独房の壁からは、これまでそこを住みかとした不運な人々の絶望がにじみ出ているかのようだった。高いところにある細い通風口からわずかな明かりがとれるだけの小さな独房には、汚い石の床の上に、きれいとはとうてい言えない毛布がかけられた小さな寝台が置かれていた。

わが身もかなり不運だと思いながら、レディ・サラ・スチュワートは独房のなかを行ったり来たりしようとしていた。じっさい、独房が小さすぎて、二歩行っては汚い床にシルクのスカートをすりつけながら踵《きびす》を返すというのをくり返すだけだったが。今おちいっている状況を信じられないまま、これまでのことを思い返してみる。今朝はベッドで朝食をとり、いい香りのする風呂にはいった。にぎやかな異国の街にくり出すにあたり、ドレスを選び、着替えるのにメイドがこまごまと手を貸してくれた。贅沢《ぜいたく》なホテルの部屋と今閉じこめられているぞっとするような独房とのちがいは気が遠くなるほどで、まずもってなぜここへ連れてこられたのか見当もつかないために、その思いはいっそう強くなった。どのぐらいの時間が過ぎたのかもはっきりとはわからなかったが、おぞましいこの独房のなかがじょじょに暗くなってきているのはたしかだった。つまり、ここに入れられて何時間もたつというわけだ。

神様、お願いします。サラは祈った。温かい涙が頬を伝い、喉がしめつけられる。ここで夜を過ごすはめにはなりませんように。

祈りに応えるように、鍵のこすれる音が聞こえ、サラは喜んで振り返った。ちょうつがいがぎしぎしと音を立て、開きにくいドアが勢いよく開いた。が、そこに現れたのは無表情の衛兵だった。手に持った剣の先が床に触れんばかりになっている。この状況でなければ、衛兵のチュニックとターバンの色鮮やかな制服を魅惑的だと思ったことだろう。母国のイギリスとはまったくちがう異国にいることの証として。しかし今、その光景には恐怖しか感じなかった。衛兵は独房の外へ出ろと指図し、彼女は喜んでそれに従った。男の身振りから、狭く湿っぽい通路を先に立って歩かせたいのだろうとわかる。何にせよ、閉じこめられているよりはましだと思い、震える両手でこぶしを握りながら、サラはでこぼこした通路を歩き、つきあたりにあった階段を昇った。

迷路のようにつながる、似たような通路をいくつも通って、サラは四角い大きな部屋へ連れてこられた。いくつかの高窓から沈みかけた日の光が部屋のなかに明るく射している。部屋には少なくとも十人の男がいて、全員が部屋にはいってきた彼女に顔を向けた。みな古代のモスクを観光していた彼女をつかまえた男たちと似ている。ローブを身に着け、肌は浅黒く、ひげを生やしている。敵意をあからさまにしている彼らの表情を見て、サラははっと息を呑《の》んだ。長く低いテーブルについている男たちは、何かを待っている様子だった。

「レディ・サラ」部屋のなかで唯一、西洋的と言える装いをしていたのは、すらりとした骨細の年輩の男だったが、すぐさまサラのそばへ来て丁重にお辞儀をした。「私は当地のイギリス領事、ロバート・チューレーンです」

「叔母はどこですの？」サラはまっさきに胸に浮かんだ心悩ます問いを口に出した。

「やはり、ここにとらわれておいでです」まじめなペールブルーの目が乱れているにちがいない全身をちらりと見る。「アーメド王子があなた方が困った状況におちいったことを知り、すぐに伝言を送ってくださいました。私はもう何時間もここでおふたりを助けようとしているんですが、その……なかなかにむずかしい問題がありまして」

つまり、自分をつかまえた男たちに、自分は彼らの高貴な王族と友人関係にあるとしつこく訴えたのを、理解してもらえたわけだ。ほっとするあまり膝が崩れそうになる。現地のことばはあまりよくわかっておらず、自分の言ったことに多少でも注意を払ってもらえたのかどうか確信がなかったのだ。「ありがとう」サラは床に身を投げてわっと泣き出したくなる衝動と闘いながら小声で言った。「でも、わたしがおちいっている困った状況ってなんですの？　何が起こったのか理解できないんです。雇ったガイドの案内で叔母といっしょに街を観光していたと思ったら、次の瞬間には男たちにつかまっていました。何もしていなかったのに」

チューレーン氏はかすかに首を振った。「あれはガイドではありませんでした、レディ・サラ。ここはイギリスとは異なる世界なんです。ある面では非常に文化的だが、そうでない面もある。その男はお尋ね者でした。人身売買の仲介者で、若い女たちを連れ去っては売るんです。この辺ではめずらしいブロンド美人のあなたに惹《ひ》かれたのはまちがいありませんな。おそらく、衛兵に見つかったときに、わざとあなたを聖なる寺院に連れていき、衛兵たちの気をそらそうとしたんでしょう」つかのまの笑みが浮かぶ。「残念ながら、それが功を奏し、男は逃げおおせました」

「わたしを誘拐するつもりだったというの？」あまりにいろいろなことがありすぎて、サラは気分が悪くなった。男が自分を見ていた目つきが今やちがうものに思われた。

「そうするかわりにあなたを窮地に追いやったわけです。あの寺院には王族以外は立ち入りを許されていない。それを犯した罰としておそらく、死刑を宣告されることになるでしょう」

聞きまちがいだろうかと思いながら、サラは目を丸くした。

領事はたじろがなかった。が、彼の目にはぞっとするようなあきらめの色があった。「あなたがご自分の犯した罪を知らなかったというのは、この男たちにはどうでもいいことなのです」そう言って領事は後ろにいる男たちのほうへ首を傾けた。男たちは現地のことばで声をひそめて会話していた。「当局のいろいろな筋と話をしたのですが、残念ながら、ほとんどがこの件で温情を示すつもりはないようでした。あなたがイギリスでは高貴な地位にあるお方だと説明もしたのですが、もちろん、それもあまり意味はありません。強い信仰心は数多くの犠牲を求めるものなのです。寺院への一般人の立ち入りを防ぐために置かれていた衛兵はすでに処刑されています」

一瞬部屋が揺らいだ。が、サラはどうにか押し寄せてくる暗闇に打ち克《か》った。気絶するところを男たちに見せて喜ばせてなるものかという思いだけだったかもしれないが。「アーメド王子が助けてくださることはできないんですの？」サラは体の震えを抑えようとしながら、震える声で訊《き》いた。「兄の親友で、バークシャーのわが家に泊まりに来られたこともあるんです。頭がよくて教養の高い人だったわ。きっとあの方なら、まちがって犯してしまった罪で誰かの命を奪うなんてことはお許しにならないはずです」

「残念ながら、この問題は彼の手を離れてしまいました。ただ、力を尽くしてくださったんだとは思います。だからこそ、あなたはまだ告発もされていなければ、有罪を宣告されてもいない。当地の裁判制度は過酷ですばやいんです」

ほんとうに死刑を宣告される可能性があるとは信じられない思いだったが、荷物さながらに簡単に引きずられてきて独房に放りこまれたことも理解しがたかった。この国では女にはほとんどなんの権利も与えられていないことはわかっていたが、自分と叔母のギリアンを待ちかまえている残酷な運命は、どんな悪夢よりもむごかった。

ロバート・チューレーンは入口にちらりと目をやった。若干表情が変わる。「ちょっと待っていてください、レディ・サラ。あの若い男は王子からの使者のようです。たぶん、王子のいとこでしょう。失礼」

驚愕《きょうがく》と狼狽《ろうばい》のあまり、サラは一組の男女が部屋にはいってきたことに気づいていなかった。

身を震わせながら沈黙し、サラはその場に立ったまま、使者が男たちのテーブルに近づいていくのを見守っていた。若い男だったが、イギリスで会った王子のおもかげがあった。きれいにひげを剃《そ》った金色の肌、つややかな黒い髪。男は話しながら手を大きく振りまわしている。サラにかかわることを話しているのはたしかだった。何度か彼女のほうを振り向き、ともなってきた女を一度指さした。アーメド王子の若いいとこが話し終えた瞬間にざわめきが起こったのが良いしるしなのか悪いしるしなのかわからず、サラはロバート・チューレーンが身を乗り出して相手を説得するような口調で話すあいだ、恐怖を募らせながら待った。男たちの何人かが彼女をちらりと見た。ゆっくりとうなずきながら見つめてくるその目には心を騒がすものがあった。

じっさい、若い男がうなずいて振り向き、サラのほうへ近づいてくるのを男たち全員が見つめていた。若い男はお辞儀をし、なまりのきつい英語で言った。「レディ・スチュワート、ぼくはハメットと申します。いとこのアーメド王子に仕える身です。王子はあなたが長年の計画を実行してこの国を訪れてくださったのに、その旅がこんなはじまりになってしまったことを謝りたいとお思いです」

頭上から剣が振り降ろされようとしていることを考えれば、おかしなほどに丁重な挨拶だったが、サラは会釈を返し、威厳があるように聞こえればいいけれどと思いながら答えた。「あなたのいとこ様がわが家を訪ねてくださったこと、よく覚えておりますわ」それから小さく息を吸って付け加えた。「それに、控え目に言っても、あなたのお国の有名な街を旅するにあたって、こういうことになろうとは夢にも思っていませんでした」

「王子もあなたのことを覚えておいでです、レディ・サラ」ハメットの目はとても黒く、笑みは遠慮がちだった。「じつを言うと、王子はあなたの目下の問題について、ご立派な解決策を申し出てくださっています。その寛容な申し出を受け入れてくださるならば、あなたもあなたの叔母様も解放され、あなたがたをお待ちしている王子のもとへとぼくがお連れいたします」

ここ数時間の恐ろしい時間の重石が体から持ち上げられた気がした。「解放?」サラはごくりと唾《つば》を呑みこみ、あふれ出た希望とともに訊いた。「ふたりとも?」

「あとはある検査を受けていただくだけです。すぐに終わります」ハメットは振り返ると、いっしょに部屋にはいってきた女にすばやく何か言った。

「わからないわ」シルクのローブに身を包んだ老女に腕をとられ、サラは顔をしかめた。当惑しながらも、安堵《あんど》のあまりめまいを感じるほどだったので、老女の手を払いのけるまではしなかったが、ハメットに困惑の目を向けた。

ハメットは切迫した口調で言った。「レディ・スチュワート、この女といっしょに行ってください。人目につかないところで、すぐに終わる検査です。この女は医学に携わるものです……その、専門家です――」

ハメットは途中で口をつぐんだ。浅黒い肌に赤みがさす。サラの胸に新たな不安の種が生じた。「専門家って、なんの?」と率直に訊く。

「あなたが純潔かどうか見きわめられる人間です」しばらくしてハメットは声をひそめて答えた。「わかっていただきたいのですが、王子本人が求めたことではありません。あなたの純潔をつゆも疑っていませんから。ただ、彼の父親が結婚の条件だと言い張っているんです」

結婚？

「いったいなんの話をしているの？」サラは足を止め、老女の鉤爪《かぎづめ》のような手でしっかりと腕をつかまれながらも、ぴたりと身動きをやめた。「あの方がわたしと結婚するつもりでいるっていうの？」

あっさりすぎるほどあっさりとハメットは言った。「そうです。あなたの命を救うにはそれしか方法がありませんから」

「信仰心をなくされたのか？」

袖《そで》の生地を引っ張っていたアーメドには、自分が綱渡りをしていることがわかっていた。非常に美しいがイギリス人のレディ・サラを、彼女を王族にすることで犯した罪から救おうという彼の決意に対し、父の閣僚たちはすでに不快感を示していた。彼が彼女の母国の衣装に身を包むことは、その不快感をあおることにしかならないはずだった。「これは信仰心の有無の問題ではない。未来の妃のためだ」

「どんな女でも望みのままだったでしょうに。たしかに友情は尊《とうと》いものですが、結婚するなど、あんな……あんな……」

「怯《おび》えきっている女と？　その女が犯した唯一の罪は、美しすぎるせいで、われらが無法の地へ足を踏み下ろしたとたんに奴隷《どれい》商人に目をつけられてしまったということだ」アーメドはそう皮肉っぽく言うと、最高級のジャケットに袖を通した。完璧な仕立てのジャケットの生地は、彼の肩をぴたりと覆った。「彼女にとって見慣れたヨーロッパ風の衣服を着ている私を見れば、異国の徒という印象が薄れ、今の状況もそれほど不愉快に思わなくなるかもしれない。もちろん、控え目に言っても、この国が彼女にこの上なくよい印象を与えたとは言えないわけだが」

「招いたわけではありません」父の老いた相談役のファヒールが杖で床を叩きながらきっぱりと言った。「付き添いもなく旅することが許されたのはなぜでしょう？　父親や兄弟はどこにいるのです？　それに、顔にはヴェールをかけ、体は布で覆うべきです。彼女の魅力を、それを見る権利を持つ男以外から隠しておくために。起こったことは彼女のせいではないかもしれませんが、けっしてわれらがせいでもありません。聞くところによると、彼女の髪は金色で、太陽ほども光り輝いているが、誰の目にも見えるようさらされていたとか」

「イギリス人の女は頭や顔を覆ったりしない。当地に住むヨーロッパの女たちがわれわれの慣習に従わないことはあなたにもよくわかっているだろうに。それに、彼女はひとりきりで来たわけではない。付き添いとして叔母が同行していた。何も不適切なことはない」

　ファヒールは辛らつな口調で言った。「彼女たちにとってはそうでしょうな。異教徒にとっては」

「彼女たちにとっては」とアーメドも同意した。

ファヒールの言うこともひとつだけ正しい。アーメドは鮮明に記憶していた。レディ・サラの髪は非常に長く、シルクのようで、思わずさわりたくなるような光り輝く金色の巻毛がほっそりとした腰まで落ちていた……

ウィリアム・スチュワートのイングランドの自宅に滞在した最初の晩、夜遅く、眠れない様子で図書室にいた彼女を目にしたときのことだ。ネグリジェに身を包んだほっそりとした姿と神々しいほどに光り輝くブロンドの髪。その繊細な美しさは驚くほどで、強い印象を受けたのだった。昼の光のなかでも、その美しさは少しも減じなかった。アーメドは自分の意思に反して友人の妹に惹かれるものを感じた。彼女の個性も彼が知っている女たちとはまるで対照的だった。強い精神力とユーモアのセンスを備えた個性を彼はすばらしいと思った。その知性は魅力的で爽快《そうかい》だった。彼がこれまでしてきた旅や彼の母国に強い関心を寄せ、レディ・サラは熱心に質問してきたものだった。彼女が海外への冒険旅行を心に決めていることを知ってもアーメドは驚かなかった。たしかに、旅の付き添いとして年輩のご婦人ひとりだけでなかったほうがよかっただろうが、してしまったことをとやかく言ってもしかたがない。

美しいサラの身もこれからは安全だ。王子の妻として、昼夜守られることになるのだから。妻として、夫の欲望を満たすためにいつでも体を差し出すのが義務ともなる。最後に会ってからの二年間、彼女のことを心から追い出そうと努めてきたが、うまくはいかなかった。先に待つ夜のことを考えると、下半身がこわばり、彼女をわがものにすると考えるだけで、たかぶりが増す気がした。

自分が十八の歳から相談役として教えを乞うてきた男のほうを振り返ると、アーメドは眉を上げて冷ややかに言った。「私は父の後継者ではない。上に三人も兄がいるのだ。だから、いつか白い肌の王を王座にすわらせることになるのではないかという懸念は無用だ」

老人は不平をもらした。「それはそうですが、それでも、役立たずの兄上たちよりも、あなたのほうがずっといい王になれるはずです」

アーメドはため息をついた。「なあ、ファヒール、父と同じぐらい進歩的になって、この結婚の外交的な利点に目を向けてくれ。これはわが国がいっそう現代的になり、外の世界に受け入れられるようになるためのさらなる踏み台となる。イギリス人の血を引き、裕福で高貴な一族の出の妃《きさき》は、イギリスとわが国との関係を向上させる助けとなってくれるだろう。これだけは言えるが、彼女は美しく、洗練されていて、私に強く健康な子供をさずけてくれるはずだ」

彫刻をほどこした低い椅子にすわったまま、ファヒールは首を振り、目を若干細めた。長いひげを撫《な》でてつぶやく。「あなたの目には男の欲望があらわになっておりますぞ、殿下。そのイギリス女に欲望を抱いていることは、かの不浄な国からお戻りになってからというもの、彼女について話す口振りでわかっておりました。そして今、その女を手に入れるわけですな。ただ、おふた方にとって代償は大きいはずだ……彼女はあなたに永遠にしばりつけられることになる。自分で選んだのではない人生に。あなたのほうは彼女に新しい生き方を教え、あなたのそばで役目をはたすように彼女を仕向けなければならない。彼女はわれわれのことばもほんの数ことしか話せないそうですが」

アーメドはベッドのなかのことはもちろん、花嫁に多くを教えるのが待ちきれなかった。しかし、ファヒールは正しい。サラは死をまぬがれて喜んでいるかもしれないが、突然異国で二年ぶりに会う男にしばりつけられてしまったことをどう思っているかはわからなかった。彼女はあまりに純情で、イギリスではこちらが関心を抱いていることに気づきもしなかった。だから、礼儀正しく会話を交わしたり、庭をいっしょに散歩したりする以外は、互いのことは知らずに終わったのだった。

「どんな結婚にも難問はつきものだ」アーメドはきっぱりと言った。「これは運命が与えてくれた機会なのだから、それを拒むことはできない。さて、花嫁が私を待っている」

2

まるで異国の奇妙な寓話のなかにとらわれてしまったかのよう。中庭を見まわしながらサラは思った。ゆらめくたいまつの明かりが床に敷かれたタイルの複雑な模様を照らし出し、中央では噴水が周期的に水を噴き上げている。まわりをとりまく塀のくぼみごとに置かれた大きな陶器の壺《つぼ》には小さな木々が植えられており、その花のやわらかな香りがあたりにただよっていた。

自分が身につけている服も、普段着なれたものではなく、王子が知り合いから借りたものらしかった。急遽《きゅうきょ》略式の婚礼を行うことになったため、王子ですらもお針子に間に合うようにドレスを作らせることはできなかったのだろう。ドレスの生地はとてもやわらかく、体に沿って優美な襞《ひだ》を作り、黄金と高価な宝石をちりばめたベルトによってウエストでしぼられていた。履き物は靴ではなくサンダルだった。それとは対照的に、アーメドは伝統的で正式なイギリス風の装いをして式——そこで語られたことばはサラにはほとんど理解できなかった——にのぞんでいた。それから彼は祝宴に加わる前に着替えてきた。スパイスで味付けした肉や野菜を小さな深皿に入れたものや、米や、オイルにつけた小さな白い豆や、蒸した魚などの、祝宴の料理はまだ目の前に並べられている。信じられないほどの多種多様な料理が置かれていたが、サラは延々とつづく晩餐《ばんさん》には慣れていた。

後ろで控えている使用人たちや、正面のクッションつき長椅子に腰かけている男を意識しながら、サラはゆっくりとワインを飲み、まつ毛の陰から彼をじっくりと観察した。記憶のなかでは彼を正当に評価していなかったとサラは思った。イギリスの家で会ったときには、彼のことは一風変わったハンサムだと思ったのだった。彼の見目《みめ》麗しさにはそれほど強い印象を受けなかった。赤銅色の肌と漆黒《しっこく》の髪には目を惹かれるが、顔立ちはすっきりはしていても異国風の顔であることは否定できない。まっすぐな鼻、形のよい頬骨と口。目はあまりに黒く、濃いまつげの下でどこまでも深く見える。異国風に思えるのはおそらく衣装のせいもあるだろう。彼はゆったりとした袖の広いシャツと軽いズボンといった装いに着替えていた。気楽そうな態度と同じく気楽な服装だった。どこからどう見ても、裕福で力を持った王子といった様子だ。

そして今はわたしの夫でもある。

「あまり食べないんだね」アーメドに小声で言われ、サラは物思いを中断されてびくりとした。「口に合わなかったかい？」

サラは手が震えているのに気づかれなければいいがと思いながら、そっとワインを脇に置いた。「興味深い一日でしたから、殿下」ひきつけを起こしかけているような小さな笑いが喉からもれた。「食欲がなくてすみません。まだ目覚めるのを待っているところなので。これはきっと奇妙な夢にちがいありませんから」

「今日の出来事は私にとっても少しばかり異常だった」と彼も認めた。形のよい唇がかすかな笑みの形に曲がる。「運命がわれわれを撚《よ》り合わせたことに当惑してもいる。しかし、こうなった以上、これからのことはわれわれ自身がどうするかにかかっている。今朝はきみの船がすでに港に着いていて、きみがこの国に滞在していることすら知らなかった。それなのに今、きみは法律によっても、われらが神によっても、わが妻となった。どちらに従うかはきみしだいだが」

サラは自分の人生がこんなふうに突然転機を迎えたことに当惑し、驚愕せずにいられなかったが、目の前の男が自分のために犠牲を払ってくれたことはよくわかっていた。「あなたは友情でできる以上のことをしてくださったわ」喉がしめつけられ、声がかすれた。「ウィリアムはすでにあなたを友人として尊敬し、大切に思っていた。あなたのこと、いつもすばらしい人だって言っていたもの。ここまで犠牲を払って友情を示してくださるとは思わないでしょうけど、わたしのために手を差し伸べてくださったことには、わたしと同じぐらい感謝すると思います。ことばでは言い表せないぐらいに」

「無私無欲の行いだったとは言えないな」ほんの少しなまりが感じとれるぐらいのほぼ完璧な英語で彼は言った。「きみはとても美しい。最後に会ってからの二年のあいだに、少女から大人の女に変わった」

女として魅力を感じているということばは驚きだった。男らしい称賛の光を浮かべた彼のまなざしも。サラは口ごもった。「あの……ありがとうございます、殿下」

「私のことは名前で呼んでくれていい」おもしろがるような顔で彼は応じた。「きっときみはその比類なき輝く美貌について、何度も称賛のことばを浴びてきたにちがいないな、美しいサラ」

夜の鳥がどこかで鳴いていた。これまで聞いたことのない、クークーという低い声。わずかに顔を赤らめてサラは答えた。「わたしはあなたの国のご婦人たちとはまったくちがうわ」

「そうだね」とアーメドは言った。黒いまなざしは揺らがなかった。「それに私もきみの国の男とはまるでちがう。イギリス人のなかには、浅黒い肌を嫌い、劣った血筋の表れと思う人間もいる。私がちがう人種の出だからというだけで、私と寝るのはいやかい？」

彼が夫としての権利を行使するつもりでいるのかどうかは考えまいとしてきたが、行使するつもりだろうとはわかっていた。頬の赤みがました。しかし、自分が偏狭な人間でないことだけはたしかだった。それどころか、以前ウィリアムに人々の――とりわけ女の――権利に関するおまえの進歩的な考えは貴婦人に似つかわしくないと注意されたこともあった。兄もその考えには賛成だったのだが。「人を判断するときには、その人の行いに注目しますわ」

サラはできるだけ穏やかな口調で言った。「肌の色がちがってもみな同じ人間ですもの。わたしの外見がお気に召したなら、光栄ですけど。それにあなたもとてもハンサムね。きっと、王子でなかったとしても、あなたのことを拒める女は少ないはずですわ」

アーメドはワインの瓶に手を伸ばしながら、響きのよい低い笑い声をあげた。自分のグラスにワインを注いで言った。「きみが率直な物言いをすることを忘れていたよ。アメリカ植民地における奴隷制度について議論を戦わせたことをはっきりと思い出した。祖先が戦利品として奴隷をとることを何世紀も容認してきたこともあって、私がその問題についてより寛大な立場をとろうとしたら、きみが反対意見を真っ向からぶつけてきた。その問題については、理づめで説得力のある意見を述べ、魅力的なほど熱くなっていた」

その晩のことはサラも覚えていた。外は雨が降っていて、光る稲妻が窓を伝う雨の筋を浮かびあがらせていた。サラとウィリアムとアーメド王子は夕食を終えてからもテーブルに残っていた。彼が世のほとんどの男たちとは意見を異にしているようなのを不思議に思ったのを覚えている。たいていの男たちは、女は寝室や子供部屋へ追いやられるべきで、自分自身の意見や考えを持って行動するものではなく、ただ子を産んでいればいいと思っている。「ウィリアムにあとで叱られたわ」とサラは言った。話すうちにじょじょに緊張が解けて気が楽になっていくのがわかった。「客と議論するなどとんでもないって。でも、ほんとうを言えば、兄は誰よりも甘い保護者なの。そうでなければ、今回の旅行も許してくれなかったでしょう」

ほとんどわからないほどの手の動きで、アーメドは使用人に合図を送った。使用人は甘いワインをもう一本持ってきて、控え目な動作でサラのグラスを満たした。「ウィリアムはいいやつだ。私の秘書が彼にわれわれの結婚を知らせ、至急の仕儀になったことを詫《わ》びる書状を送った。きみの叔母さんも私の保護のもとにあり、好きなだけ当地に滞在できるということとも知らせてある」

わたしがここにいるあいだ……永遠に。サラはワインのグラスを握りしめ、ごくりと唾を呑みこんだ。奇妙な感じだった。かつてはこの魅惑的な場所をあれほど見たいと思っていたのに、今や永遠にここにしばりつけられてしまったのだから。「すべてわたしのせいだと兄はわかってくれるわ」どうにか口に出したことばは低いささやきとなった。「今日、自分が自分で思っていた以上に世間知らずだったことがわかりました。ホテルでは武装した護衛をつけたほうがいいって言われたのに、その忠告を無視して、案内人がいれば充分って思ったんですもの」

王子は陰気な笑みを浮かべた。「きっと何千年もの歴史を持つ国はもっと……文化的だと思ったんだね。残念ながら、ここは港町で、有象無象が集まってくる。父は法で厳しく律しようとしているが、それでも、犯罪はあとを絶たない。きみが慣れ親しんでいるのとはまったく異なる場所なんだ。でも心配しなくていい。今後きみに危害がおよぶことはないから」アーメドは静かに付け加えた。「なぜなら、きみは私のものになったのだから」

しばらくのあいだ、ふたりは黙って互いを見つめていた。男と女として。サラは奇妙な熱が体に広がるのを感じ、「わたしはあまり従順な女じゃないわ」とぎごちなく言った。この謎めいた魅力的な男に比べ、経験のなさから自分を不器用に感じてしまう。「わたしの欠点をあなたは受け入れがたいと思うかもしれない」

ほほ笑んだアーメドの歯はとても白かった。「思うに――」彼はなめらかな口調で言った。

「きみはそのままでいいよ。心配要らない。私は王子だが、国をおさめる役目を担うことはなさそうだから。国民の目がきみに注がれることはない。ただ、正直、この国の決まりは多少きみの世界のものとはちがっている」

「ここでは女は財産とみなされているのよね」

アーメドは訂正した。「女を劣ったものとみなす男もいれば、愛し、うやまう男もいる。きみの国と同じさ。やみくもな偏見で異なった文化を解釈するようなまちがいを犯さないでくれ。そうした偏見はどこへ行ってもあるものだが。私はきみの国で暮らしていたが、きみの国でも女たちは財産を持つことも、政治に口出しすることも許されていない。われわれも女にそれほど多くの自由を与えているわけではないが、あまり体制がしっかりしていない争いの多い世界で、自分の女をしっかりと守ってはいる」

その日の経験を思い返せば、それに異を唱えることはできなかった。何も言わず、サラはワインを少し飲み、新たに夫となった男を見つめた。

アーメドは力強くなめらかな足の動きで立ち上がった。ちらちらと揺れる明かりのもとに、すらりと背の高い体が照らし出された。彼は手を差し出し、有無を言わさぬ威厳を持って言った。「おいで、時間だ」

一瞬、心臓の鼓動が一拍飛んだように思われ、サラは凍りついたようにすわったままでいた。しかし、期待するような彼のまなざしと、選択肢を与えるかのように差し出された手にうながされ、サラはがくがくする足で立つと、彼のほうへ歩み寄った。自分の冷たい指が彼の温かい指に握られる。

そばに寄ると、ほぼ一フィートも背が高く、肩幅の広い彼は目の前にそびえたつように見えた。低い建物のほうへと手を引かれ、サラは夢見心地でおとなしくあとに従い、優美なアーチをくぐってドアが並ぶ通路へとはいった。どのドアにも凝った彫刻と装飾がほどこされている。

アーメドの寝室は優美だったが、派手な装飾はなかった。部屋のなかを見まわしたサラは、心臓の鼓動が速くなる気がした。足もとの敷物は厚くやわらかで、控え目な色調に織られている。シルクの枕は巨大なベッドの唯一の装飾品と言ってよく、部屋の片隅には、砂漠の狩りの様子を描いたついたてが置かれていた。馬に乗った男がライオンの群れを追っているその生き生きとした絵は、まるで本物のように真に迫ってくる。彼女の手を放し、アーメドは小声で言った。「明日は自分の部屋を選んでいいが、今宵《こよい》は私とここで寝るんだ。さあ、イギリスではじめてきみを見た瞬間から、ずっとこうしたいと思っていた」

アーメドは複雑に結われたサラの髪をほどき、髪を留めていた高価なものにちがいない宝石のついた櫛《くし》を無造作に脇に放った。それから両手でカールした豊かな髪を梳《す》き、彼女の肩から背中へと下ろした。「まるで薄い琥珀《こはく》色のシルクのようだ」そうささやいて、黒い目でじっと彼女を見下ろした。「とても細くてやわらかい。なんとも言えずいいな」

腰にまわされた手の力に負けてサラは彼に身を寄せ、震える胸を彼の固い胸に押しつける恰好で抱きしめられることになった。アーメドが首をかがめてキスをしてくる。彼の口は温かく、固く感じられた。やさしく唇を開かされたと思うと、舌がはいってきて愛撫《あいぶ》をはじめたが、驚くほどの気持ちよさに戸惑いはあまり感じなかった。キスをしては耳もとで彼の国のことばを歌うようにささやき、アーメドは妻の服を脱がせはじめた。ドレスが床に落ち、裸の体を夫の熱いまなざしにさらされ、頭では恥ずかしがるべきとわかっていながら、サラはただ夫を見返すしかなかった。

アーメドは彼女を腕に抱き上げると、ベッドに運んで下ろし、一歩下がって自分のシャツを頭から脱いだ。「きみは完璧な女だ」アーメドは言った。無垢《むく》なサラにも欲望とはっきりわかるものを浮かべ、黒い目はきらめいている。彼がほっそりした腰に巻いた帯をほどき、ズボンを脱ぐと、たかぶったものがあらわになった。サラは腹の奥深くで慣れない興奮がうずまくのを感じた。彼の男性の部分は大きく、平らな腹のほうへ高々と突き出している。よく筋肉のついた体は固くなめらかで、トフィー色の肌はつやつやとした黒い髪によく合っていた。

わたしの夫となった王子はとても魅力的だわ。サラはうっとりと期待にひたりながら胸の内でつぶやいた。彼はベッドに並んで横たわり、彼女を腕に抱いてまたキスをはじめた。たくましい首に腕をまわし、サラはみずから進んで唇を開いた。舌と舌がからみ合うなめらかな感触が気持ちよかった。うずく胸に押しつけられた固い胸は熱くなっている。彼女のほうも体のどこもかしこもが、彼に触れられると火がついたようになった。太腿《ふともも》に押しつけられた鉄のように固く長いものが脈打っているのもまちがいなかった。

温かい口が喉の曲線をすべる。肌に口をつけたままアーメドがささやいた。「私がこれから何をしようとしているか、わかっているのかい、私のかわいいサラ？」

手を彼の広い肩に置いたまま、胸をさわられてサラは小さくあえいだ。彼の手は胸の感じやすい部分をやさしく包み、持ち上げている。「たぶん。叔母が前に説明してくれたことがあるから」

「大昔からある男と女のダンスさ。私の導くとおりにすれば、お互い楽園を見つけられる」

もっと怖がってもいいのに、なぜ怖くないのかわからないまま、サラは彼のことばを心に留めた。が、気持ちは胸を撫でる彼の指のすばらしい感触にばかり向けられていた。その指で軽く円を描かれ、胸の頂きが固くとがる。愛撫され、もてあそばれるうちに、両方の胸がうずきだした。脚のあいだにも妙な熱が生まれた。

彼の口が手のあとを追い、すでに固くなっている胸の頂きに唇を押しつけて軽くいたぶった。それを口に含まれ、吸われはじめると、体を揺さぶるほどの感覚がまっすぐ子宮まで届き、思わずサラは声をもらした。全身に悦《よろこ》びが満ち、体が弓なりにそる。彼女は手を彼のふさふさとした髪に入れ、彼にきつくしがみついた。自分が恥ずかしがらずにそうしていることは信じられなかったが、同時にこれまで知らなかった渇望を満たす必要も感じていた。その最高の責め苦は、彼女のあえぐような小さな声が広い寝室に響きわたる抑制されないうめき声になるまでつづいた。次の瞬間、サラは自分の気をそらすためにアーメドがそうしていたことに気づいた。下へ這《は》わせていた手が太腿を開かせようとしたときに拒まれないように。

その手の感触はことばにできないほどに親密だった。指が割れ目を開いて撫で、湿った襞のあいだの繊細な部分をこする衝撃的な感触。

「すばらしく女らしいな」彼はかすれた声で言い、器用で執拗《しつよう》な愛撫をつづけた。「すごく濡れていて温かい。私を受け入れる準備ができている。でもまずは――」アーメドの笑みは男らしく、抵抗しがたい魅力に満ちていた。「これから何が待っているのか教えてあげよう」

侵入してくる指に抗うこともなく、ふわふわとした気分でサラはまつ毛を伏せた。長く細い指に襞のあいだを撫でつづけられ、体はどうしようもなく震えている。脚はさらに大きく開き、呼吸は乱れつつあった。アーメドの言ったとおりだった。敏感な部分をこすられ、全身に鋭い悦びの痙攣《けいれん》が走ったと思うと、熱く湿ったものが割れ目にあふれてきた。サラはあえぎ、身をそらして、恥ずかしげもなく大きく腰を浮かせ、もっとほしいとねだった。

悦びがどんどん大きくなり、頂点に達したと思うと、いきなりまっさかさまに落ちるような感覚が訪れた。サラは低い悲鳴をあげ、信じられない悦びの痙攣に体を震わせた。

アーメドに唇に唇を押しあてられているうちに、ようやくサラの痙攣はおさまった。脚のあいだが脈打つのに合わせて鼓動も大きくなる。サラは信じられない思いに呆然《ぼうぜん》としながら、アーメドを見返した。ささやいた声はかすれていた。「これは夢でしょう？　きっとそうよ」

それに彼は小声で答えた。「ああ、そうだね」

アーメドは体の位置を変え、求めてやまない女のほっそりした白い太腿のあいだに膝をついた。彼女のワインに秘薬をほんの少し混ぜることに同意してよかったと思わずにいられなかった。その秘薬には抑制心をゆるめ、性的反応をよくする効果があった。組み敷いたきれいな体はまだ絶頂を迎えた名残りで色づいている。ピンク色の頂きを持つふっくらとした美しい胸は、せわしく上下し、シルクのようなたっぷりしたふくらみが揺れている。もつれた豊かな金色の髪は繊細な顔をとりまき、情熱のせいで色が濃くなった鮮やかなブルーの目は、濃いまつ毛になかば隠されていた。湿った肌からは春に咲くイギリスのライラックのいわく言いがたい香りがたち、互いのちがいがよりいっそうはっきりして、アーメドの欲望をさらに激しいものにした。

アーメドがみずからのこわばったものに手を添え、鬱血《うっけつ》した先端をすばらしくしまった彼女へとあてがったときも、その部分は湿って受け入れる準備ができていて、サラは処女らしく抵抗する素振りも見せなかった。彼女がいかに熱く、狭いかを感じて、アーメドの血管に激しく燃えるような情欲が走った。責めさいなまれるような挿入を辛抱強くつづけるに従い、震えが来て全身が揺さぶられた。サラを怯えさせたり、苦痛を与えたりすることだけはしたくなかったので、できるだけ突く力を抑えながら前へ進んだ。ようやく彼が無傷の処女膜を見つけた。「他人《ひと》よりも痛みを強く感じる女もいるそうだ」アーメドは正直に言うしかないと思い、静かに言った。「きみのはすばらしくきつい。できるかぎり痛くないようにすると誓うが、破る以外にはしようがない。私につかまって力を抜くんだ」

「力は抜いているわ」サラはあえぐように言った。やわらかい唇がかすかな笑みを作った。

「お願い……もう待たないで」

　じらして苦しめてくれる新妻がほんとうのことを言ったのだと、次の瞬間、彼女の熱く濡れた鞘《さや》に自分をすっかりおさめたところでアーメドにもわかった。小さく息を呑んだような音を立てただけで、サラはそれ以上の反応を見せなかった。小さな手は彼の肩をつかんでいる。しばらく待ってから、アーメドはそろそろと体を引きはじめた。彼女のまつ毛がかすかに震えるのが見え、甘い息が首筋にかかるのがわかった。

　妻の体にくり返しゆっくりと自分を入れては戻しながら、アーメドは女のなかで自分を解き放ちたいという欲望をこれほど熱く感じたことは今まで一度もないと考えていた。次の瞬間には、イギリス人の妃も自分と同じように情熱的であることがわかった。男の突く動きに合わせ、体を波打たせながら、受け入れては放すという行為を自然にくり返している。愛の行為はあっというまに速度を速めた。彼女にまた絶頂を味わわせてやりたいと思い、アーメドは暴走しそうになる自分をきつく抑え、激しく突くと同時に、溶け合った体と体のあいだに手を入れ、彼女の脚のあいだの小さなつぼみに触れた。それに反応して彼女の内なる筋肉がこわばるのがわかった。過剰なほどの悦びに二度目にはてた彼女はいっそう美しく見えた。それから、彼自身が熱く荒々しく頂点に達し、彼女の子宮に向かって力いっぱい種を放《はな》った。アーメドはサラをみずからの種で満たしながら、神々しいシルクのような髪に顔をうずめ、その体を押しつぶしてしまわないように震える腕で自分の体重を支えて胸を上下させた。

　そのまましばらく引き抜こうとはせず、ただ彼女を抱きしめていた。サラのほうは疲れきってはいるものの、満たされた余韻《よいん》にひたっているようだった。愛の行為のせいでもあり、秘薬のせいでもあり、拘束と投獄にともなう緊張状態がつづいたせいでもあっただろう。

　劇的なほどの絶頂感をともなう解放に満足し、腕のなかに女らしい曲線の軽い体を感じながら、アーメドは人生とはときに甘くも皮肉なものだと考えていた。ファヒールの言うことはまちがいなく正しく、若い異邦人の妃を持てば困難にも見舞われるだろうが、彼女の無垢な情熱を味わったあとでは、レディ・サラがそれに値する女であるという確信だけがひたすら強まった。

3

にぎやかな通りは活気に満ち、古代の都市は目覚めていたが、草木の生い茂った庭は静かだった。ファヒールは習慣に従い、ランとヤシの木が立ち並ぶなかにすわっていた。彼は淡々とことばを発した。「今朝お姿をお見かけしたが、どうやら女にはご満足だったようだ」

ファヒールと変わらない年のハリデは針仕事を手に彼と向かい合うベンチに腰を下ろしていたが、それを聞いてうなずいた。「こんなふうに彼女がアーメドのもとへ送られたのは、きっとアッラーの思《おぼ》し召しにちがいないわ。風呂と婚礼の仕度を手伝ったけど、とても美しい人だったわ。肌は石膏《せっこう》のようでしみひとつなかったわ。髪はやわらかい金の滝のようだし。おまけにあのお方には気骨と勇気もある。あんな状況におちいったっていうのに、泣き言も言わなければ、怖がる様子もなかった」

かつては王子の乳母で、今は王子の家の家事をとりしきっている女にちらりと目をやり、ファヒールはそっけなく意見《みめ》を述べた。「あんたは女らしい夢見がちな見かたをしているだけさ。どちらも若くて見目麗しいから、抱き合って互いに悦びを享受し合えるだろうとしか思わないわけだ」

皺《しわ》くちゃの顔に穏やかな表情を浮かべてハリデは言った。「アーメドが幸せならいいんですよ。たとえそれがあの生っちろい異邦人の女のせいだとしても。イギリスで学位をとって帰ってからというもの、アーメドはずっと苛々《いらいら》していた。彼女のせいじゃないかしら。これまでひと晩かふた晩の欲望を満たす相手として以上に王子の注意を引く女はいなかったのに」

ため息をつき、ファヒールは杖を使ってベンチにすわり直し、庭の塀にキジバトがとまるのを眺めた。穏やかなクークーという鳴き声があたりを満たす。「あんたの言うとおりなんだろうな」ファヒールは暗い口調で言った。「しかし、厄介事が起こるかもしれないと心の準備をしておかなきゃならないぞ」

「オマールのことね」小声でささやかれたそのことばにはかすかに毒がこめられていた。

「あのお方は弟のものをむやみにほしがるからな。それがアーメドにとって大切なものである場合はとくに。オマールが新しい妃と同じ部屋に居合わせることがないように気をつけよう。妃が外出される場合はしっかり護衛をつけなくては」

忙しく動いていたハリデの指が止まった。黒い目に不安そうな影が浮かぶ。「あのお方がアーメドの妃を拉致《らち》しようとするとでも？」

王の息子がみな同じ性質というわけではなかった。じっさい、オマールはアーメドよりも年上だったため、王位につく可能性は高かったが、人としては褒《ほ》められた人間ではなかった。弟と父の関係が近いことに嫉妬《しっと》して心を乱すあまり、オマールはその関係を揺るがそうとあれこれくわだてては問題を起こすことも多かった。「たぶん、できることならば彼女を拉致して穢《けが》してやりたいと思っているだろうな。アーメドを悩ませるためだけにでも。そして万が一そんなことが起こったりしたら、あのお方には邪悪な行為で彼女の体を穢す以上のことができる。アーメドが彼女に心からの愛情を注いでいると知ったら、残忍なやり方で彼女を殺してしまうことだろう」

「きっとアーメド自身もそれについては考えているはずよ」ファヒールの確信に満ちたことばを聞いてハリデは恐怖に駆られた様子だった。

「アーメドのお気に入りで、風のように走れた黒馬が厩舎《きゅうしゃ》で斬り殺されているのが見つかったときには、私はオマールのしわざにちがいないと言ったんだが、アーメドはそんなわけはないと否定し、犯人を探すことすら禁じたんだ」首を振ってファヒールはつぶやいた。「兄が信用ならない人間だと認めたくないのさ。血を分けた兄弟が本気で自分を裏切るなどとは信じたくもないというわけだ。アーメドと話して用心するよう説得しておくよ。助言を受け入れてもらえなければ、ひそかに護衛を雇って外に配置しておこう。家のなかにも使用人に扮《ふん》した護衛を置かなければならないな」

「アーメドにはすべてまかされているの。使用人を増やしたところでとやかく言われることはないわ」ハリデはすぐさま同意し、ゆっくりとうなずいた。「問題は妃自身に危険を知らせるかどうかかね。オマールの暗い一面を知らないでいるのは弱みとなってしまうわ」

婚礼をあげるようながしたときのイギリス女の見開かれた目と震える小さな美しい声を

思い出し、ファヒールは首を振ってゆっくりと言った。「異教徒の女との結婚にはいまだに賛成できないが、彼女にはすでに心を砕かなければならないことがたっぷりあるからな」

動きやすいドレスと頑丈な靴を身に着けた、簡素だがほっとするほどイギリス人らしい見慣れたその姿は、背景となっている豪奢《ごうしゃ》なタイルと噴水とはまるで不釣り合いだった。「そう、旅に出るにあたって、あなたはわたしに冒険と刺激を約束してくれたけど、なんともすてきに約束をはたしてくれたと言わざるを得ないわね。ねえ、今朝、王子はどこにいらっしゃるの？」

危機的状況におちいり、やむをえず決められた姪の婚礼を叔母が冷静に受け入れたことに驚きながら、サラは正直に答えた。「わからない。目が覚めたときには、いなくなっていたから。正直に言って、日が昇ってみると、昨日の出来事がいっそう幻想だったように思えるわ」

「きっとアーメド王子が救ってくださるとは思っていたけど、こんな劇的な方法をとるなんて思いもしなかったわね」ふっくらとした体形で、穏やかでおちついた気質のギリアンは、牢に放りこまれ、あやうく首をはねられそうになったことにも動じていないように見えた。「少なくとも、彼は宮殿では暮らさずに、住まいとしてこの家を持っているのね。それは悪くないことだわ。たぶん……そんなに臆せずにすむし。あなたが突然王子の妃になるなんて信じがたいわね」

「自分が結婚したこと、自分でも信じられないのよ」昨晩の情熱的なひとときを思い出し、サラは顔から火が吹くような気がした。夫となったばかりの人が満足してくれたことを願うしかなかった。というのも、彼女自身が満たされたことは疑う余地がなかったからだ。あの痛いほどの解放の瞬間、至福のあまり、ずいぶんと声を出してしまった。悦びをあからさまにしたことを思い出すと、少しばかり気恥ずかしかった。

叔母は手に持った繊細な小さなカップから濃いコーヒーを飲み、姪に鋭い目を向けて小声で言った。「そうやって顔を赤らめている様子から言って、急遽決まった結婚は予想外だったのに、王子の旦那様にはがっかりさせられなかったようね」

ふたりは大きなヤシの木が木陰を作る中庭にすわっていた。鉢植えの花のまわりを飛びまわっているハチの低い羽音以外、なんの音もしなかった。ゆっくりとサラは認めた。「人生がこんな局面を迎えるなんて思いもしなかったのはたしかよ。でもアーメドはとても……」ハンサムで魅力的な夫を言い表すことばを探したが、見つけたことばはふさわしいとは言いがたかった。「親切なの」

「親切？」ギリアンは苦笑した。「ねえ、相手はわたしたちの国が恥ずかしくなるほどの歴史を持つ国の王子なのよ。何年か前にちらりとお会いしただけだけど、知的で、世慣れていて、洗練されているように思えた。正直になりましょうよ、サラ。彼はハンサムな男だわ。血がたぎるほど熱い恋人にもなれるんじゃないかしら。とくにあなたのことはこれだけ長いあいだ望んでいたんだから。イギリスにいらしたときに、あなたに強い関心を抱いているのはわかったわ。でも、当時のあなたはまだたった十七歳で、彼の家族が許す相手でもなかった」

伯爵の娘にとって、そう思われることは驚きだった。「当時からわたしに関心があったですって?」サラは小声で訊いた。

「しじゅうあなたのことばかり目で追っていたもの。ウィリアムもわたしもそれに気づいていたわ。でもそう、彼を責めることはできないわね。あなたはとてもきれいだから。あなたも知っていたでしょうけど、あなたのお兄様のところには、あなたへの求婚の申しこみが山ほど来ていたのよ」

小鳥が中庭の上を飛び、きれいな低木のひとつにとまった。日の光のなかで見ると、小さなオレンジの木のようで、その花があたりに濃厚な香りを放っていた。サラはカップを長椅子の前にある小さなテーブルの上に置いて言った。「わたしもあの人が訪ねていらしたときにあの人のことが好きだったわ。でも彼の妻になるなんて思ってもいなかった気がする。それでも、ひとつ彼のすばらしいところは、女を劣った生き物とみなしていないところよ。そういう人だったら、いっしょに暮らせないもの」

「知的な人ですからね。知的な人は妻をうやまって丁重に扱えば、家庭の調和を保つのがずっと楽になるとわかっているものよ。うちのレジナルドもそういう人だったわ。わたしのこと、恥知らずなほど甘やかしたものよ。お返しにわたしはあの人の望むものをなんでももたらしてあげた。子供やきちんとした家庭や……もちろん、あなたが昨晩王子に差し出したにちがいないものもね」

老いた叔母が情熱に駆られる姿は想像しがたかったが、叔母の目におもしろがるような光があるのに気づき、からかわれているのだとわかった。「それの手順について教えてくださるのに、細かいちょっとしたことをお忘れだったわね」と辛らつな調子で答えを返す。恥ずかしさで顔が燃え、頰が真っ赤になった。

「ねえ、サラ、あなたも今やありとあらゆる意味で大人の女になったわけでしょう。愛の行為をまだ経験のない人に説明するにあたって、正確に表現することばがあると思う？」

たしかにそれはそのとおりで、じっさい、夫になった人の腕のなかで得た悦びの大きさを説明することばなどなかった。「いいえ」とサラは認め、唾を呑みこんで目をそらした。「こういう……状況もその点は満足できるものだわ。でも、それ以外のことには愕然としてしまう。それはそうよね。だって、わたしの未来は想像していたのと完全にちがうものになってしまったわけだから。神秘的なモスクや、古代のローマ遺跡や、ビザンティンの塔とか……この辺の地域を前から見たいと思っていたけど、ここで永遠に暮らすなんて想像もできないもの。アーメドがどこへ行ったのか、いつ帰ってくるのか、使用人に訊くこともできないのよ。わたしの発音がひどすぎるせいで、知っている単語を口にしても通じないみたいなの」

ギリアンは理解してくれたようだった。静かに口を開いたその声には同情の響きがあった。

「きっといつか順応できるわ。イギリスが――少なくとも、あなたの知っているイギリスがもはやあなたにとって母国じゃないと呑みこめるまで、どのぐらいかかるのかしらね。だってじっさい、あなたは王族の一員になっただけでなく、イギリスとはまったく異なるこの場所の歴史の一部となったわけだから。でも、わたしの知っているあなたは——殿方からの結婚の申しこみを受け入れる前に遠い異国を旅し、他国の文化を目にしたいと思っていた若いご婦人は——難題に直面したからってひるむ人じゃなかったわ。それに、あなたの夫となった人があなたに夢中になっているとしたら、きっとあなたを甘やかして、頻繁《ひんぱん》にバークシャーに連れ帰ってくれるわよ」

それは希望的観測だった。サラは勇敢にも笑みを浮かべた。「しばらくはこの街を探索して過ごせばいいわ。そうしたかったんだから。今度は頼りになる護衛を連れてね」

「それは——」ギリアンはきっぱりと言った。目が興奮に輝く。「すばらしい考えね」

アーメドは外側の部屋を横切り、広大で壮麗な大広間へ足を踏み入れた。ハメットを隣に従えて、丁重にお辞儀をする無表情の護衛たちの前を通り過ぎる。脇からいとこがおもしろがるように言った。「家に帰りたくてたまらないといった顔だな。そんなふうに急いでいる理由をあててみようか？」

「会合のせいで、今朝は妃と話をする暇もなかったんだぞ」アーメドは苛立ちもあらわに言った。「きっとオマールが私にいやがらせをするためだけに時間を早めたにちがいない。今日は彼女にとってわが家で過ごす最初の日だというのに、彼女がまともに会話を交わすこともできない使用人にまかせて置いてこなければならなかったんだ」

ハメットは黒い眉を上げた。「妃と話をしたいって？　女は話をするためのものじゃないぞ、ご友人」

ハメットが階級と男という性別を重んじているだけだということはわかっていた。彼は狭量な態度をとってはいても、高い知性を備えている。アーメドはいとこに冷ややかな横目をくれるだけにした。「女がなんのためのものかはよくわかっているさ、いとこ殿。なにせ、まだ記憶に新しいからな。しかし、寝室で理想的なたのしみを得ようと思うなら、結婚のちがう面でも折り合いをつけなければならないものだ。そのことは妻をめとる前に学んでおいたほうがいいぞ」

「ふうん……理想的ってのは、金色の髪の新たないとこ殿のそそられるような魅力をよく言い表しているよな。お姿を拝見したから、信じられるよ」

ふたりは王族のみが使う扉のところまで来て、中庭に足を踏み出した。中庭では王子が急いで帰りたがっていると知らされた厩舎係が馬の準備を整えて待っていた。砂漠の遊牧民から買った、隆とした筋肉の小柄な鹿毛の手綱を受けとると、アーメドはひらりと馬の背にまたがった。いとこの顔にからかうようなにやにや笑いが浮かぶのに気づいて言った。「われわれの文化や性別のちがいについて、どうにか花嫁と妥協点を見つけるさ。あのやわらかく温かい体をこの腕に抱けるならば。それにそう、理想的というのはかなり正しいな。いつまでもそのままであってもらいたいものだ」

ハメットも優美なすばやい動きで自分の馬にまたがり、ふたりは蹄《ひづめ》の音も高く中庭から駆け出した。が、にぎやかな通りに出ると、歩みを遅くしなければならなかった。行商人や買い物客のざわめきにまぎれるようにして、ハメットが言った。「意見はふたつに分かれている。あなたも気づいていると思うが。彼女の魅惑的な美しさは類《たぐ》いまれなもので、あなたが彼女を望むのも道理と言う者もいる。そういう連中は例の出来事も単に彼女の無知から起こったことで、わが街を見たいと願ってやってきたあれほどに美しい女に死をもたらすなど、ばかげたことと考えている。それほど寛大でない連中もいるけどね」

「それが誰かあててみようか。オマールだろう?」アーメドは頭にかごを載せた少年を避けるように馬をあやつった。

「彼は自分より弱い者には軽蔑《けいべつ》しか感じない男だよ。とくに女には。ほかの国との交易に関するあなたの進歩的な考えも気に入らないというわけだ。今日だって、あなたが交渉して締結しようとしている交易条約に反対していただろう。どう見てもわが国のためになる条約だってのに」

それはたしかにそうだった。父の閣僚たちに何にせよ多少でも新しい提案をするといつも大変な思いをする。閣僚のほとんどは大きな力を持ち、昔ながらのやり方に慣れた老人たちだからだ。しかし、オマールは戦って勝ちとるという昔ながらのやり方から脱しようとする試みや、戦いにかかわる外交政策のすべてに反対しようと意を決しているように見え、ことあるごとに物事を悪化させようとするのだった。アーメドは小声で言った。「彼は悩みの種になってきたな」

ハメットは厳しい顔でうなずいた。「あなたが人気を集めているのが気に食わないんだよ。国民からも王からも気に入られているのが。あなたがイギリス人の妻を持つと決めたことについても、それをおおいに利用しようとするさ」

その朝、部屋にはいってきた兄から投げつけられた、なんともひどいことばを思い返せば、それがほんとうであることはたしかだった。アーメドは兄に何を言われようと無視してきた。これまではつねにそれでうまくいった。オマールに真っ向から対決すれば、結局はひどい言い争いとなるからだ。年がひとつしか離れていないため、子供のころはけんかばかりしていた。大人になってからは互いに癇癪《かんしゃく》を抑えられるようになったが、アーメドが思うに、兄はより攻撃的でけんか腰になり、その態度は悪くなる一方だった。憎悪が増すにつれ、互いの性格のちがいもはっきりしてきた。「ファヒールが心配していた。あの老人が見当はずれのことを言うことはめったにないからな。兄にはサラに近寄ってほしくない」アーメドは一抹《いちまつ》の不安を覚えて唐突に言った。「兄が私を嫌っていることはわかっている。しかし、私は簡単に傷つけられる人間ではない。女は貞操を守らねばならないがゆえに、サラのほうは容易に傷つけることができる」

「あなたの妻であるがゆえに、容易に傷つけられてしまうというわけだ」ハメットがきっぱりと言った。「そのせいであなたも傷つけられやすくなってしまう。以前はあなたを攻撃するには表立って対決する危険を冒さなければならなかったが、今はあなたのほうに弱点ができた……つまり、彼女の身に何かあったら、苦しむのはあなただから」

夢にくり返し登場する美しいイギリス女を心から追い出せずにいたこの二年を思えば――昨晩のすばらしい情熱のひとときは言うまでもなく――それは認めざるを得なかった。「たしかに弱点ができた」

曲がりくねった通りに馬を進めながら、いとこはアーメドを好奇心に満ちた目で見やり、笑みを浮かべた。「そうだろうな……こんなことを言うのはなんだけど、二年前にイギリスでそこまで彼女に強い感情を抱いたのに、いっしょに連れ帰らなかったのは驚きだな」

「彼女はまだ十七になるかどうかで、教育も完全には終えていなかったんだ」

「いつから十七歳が若すぎる年になったんだ？　アッラーの御名にかけて、なぜ女に教育が要る？　気前のよい額を提示すればよかったんだ。そうすれば――」

「向こうではことはそう単純じゃないんだ」アーメドはいとこのことばをさえぎって笑いながら言った。ウィリアムと彼の妹をめぐって金《かね》や政治的な援助の条件を話し合っている情景を思い浮かべてみる。自分になんの相談もなくそんな取引が行われたと知ったら、サラがどれほど怒り狂うかは言うまでもなく。「イギリス人も金と引き換えに娘を結婚させることはあるが、そのやり方はわれわれほどあからさまじゃないんだ。言うまでもなく、妻の兄が彼女の意にそぐわない結婚を彼女に押しつけることはけっしてなかっただろうしな。とても仲のよい兄弟なんだ」

「兄が妹の意見を聞くと？」ハメットは当惑した面持ちになり、眉根を寄せた。「でも、あなたはアジズの一族だ。彼女に拒まれていたら、侮辱だったはずだ」

「売りに出されているのは彼女自身だからな」とアーメドは言った。「それに、私はいやがる女を妻にしたいと思ったことはない。ベッドに連れていくとしたら、私に触れられて喜び、みずから進んで身をまかせる女がいい」

「そのために第二夫人というものがいるんだろうに、殿下」忍び笑い。

「おそらくな……しかし、ありとあらゆる点で満足させてくれる妻を見つけ、調和のとれた結婚生活を送るほうが簡単じゃないか？」

ハメットは笑い声をあげた。響きわたるその声が夕方の熱気にこだました。「ぼくにはあなたのきれいな花嫁はすでに厄介事を招いているように見えるな。調和のとれた生活をお望みかもしれないが、それが手にはいるかどうかはわからない。情熱についてはうらやましいが、あなたの人生が昨日をもってとんでもなく複雑なものになったのはたしかさ」

サラ・スチュワートと結婚して彼女の命を救ったことについてはこれっぽっちも後悔していなかったが、残念ながらアーメドもいとことまったく同じ予感にとらわれていた。

4

自分がなぜ昨晩よりも今晩のほうがより神経質になっているのかは謎だったが、サラはローブのシルクのひもを結ぶ自分の手が震えているのを感じた。自室として選んだ部屋は広々としていて装飾は控えめだった。派手な色遣いのものは厚手の敷物だけで、その宝石のような色合いはタイルの床の上で暖かく感じられた。ベッドは小さな台の上に載っており、重ねがけされたやわらかい毛布はベージュとクリーム色だった。ふたつの長い窓が別の中庭に向いており、その中庭には大きな金魚がゆっくりと優雅な円を描いて泳いでいる小さな池があった。夜の帳《とばり》が降りていて、ランプのほのかでやわらかな明かりのもと、サラはおちつきなく歩きまわっていたが、やがて象牙と真珠層で美しい象眼模様に装飾された小さなテーブルからヘアブラシを手にとってほどいた髪をとかした。

夕食にはアーメドも彼女と叔母のギリアンと同席したが、伝言を受けとって中座したのだった。その際には、いつものように礼儀正しく詫びるのを忘れなかった。そのまま部屋に引きとって寝てしまっていいのか、夫を待ったほうがいいのかサラにはわからなかった。花嫁の役目がまだよくわからず、ひるむ気持ちもあって、不安と期待の両方を感じていた。そのどちらがましかもはっきりしなかった。窓辺に立ち、嗅《か》ぎ慣れない庭の芳香を吸いこみ、胃につかえているものを気にしないようにしようとした。

部屋のドアを軽くノックする音がして、サラははっと物思いから引き戻されて振り返った。ドアを開けたのはハリデと紹介された老女で、ふっくらとした体を幾重にも布で覆った女はいつものように恭しくお辞儀をした。ハリデはほんの数言しか英語を理解せず、サラのほうも新しく母国となった国のことばをほとんど話せなかったため、ふたりは指を差したり、うなずいたり、おずおずと笑みを浮かべたりして意思の疎通《そつう》をはかっていた。それでも、ハリデの身振り手振りの意味を理解するのはむずかしくなかった。

アーメドの使いで来たのだとサラは推測した。彼の寝室へ来るようにとの正式のお召しにちがいない。

慎み深くまつげを伏せ、喉の血管がどくどくと脈打つのを感じながら、サラはゆっくりと前に進み出て、老女のあとから布を張った廊下を歩いた。あたりにはビャクダンの香りがただよっている。裸足《はだし》に床のタイルが冷んやりと感じられた。王子の寝室のドアを開けたハリデに腰に手をあてられてなかに導き入れられると、体がわずかにほてった。やがて背後でドアがかちりと閉まった。

サラと同じようにアーメドも長いローブを身につけていた。彼のローブは真紅のサテンで、王家の紋章と後ろ足で立つ馬の絵が金糸で刺繡《ししゅう》されており、それがランプの明かりを受けて光った。黒い髪は風呂にはいったばかりのように濡れていた。ふいに彼はドアのそばにいるサラにほほ笑みかけた。少年のような笑みだった。「こんな……野蛮なやり方で呼びつけてすまない。少し疲れていたのと、心配事があってね。ハリデを使いにやってしまってから、きみがどう思うだろうかと考えた。でも、走ってハリデを追いかけるのは王子としての威厳に傷がつくからね。おまけに一日留守にしていたせいで、きみがどの部屋を選んだのか見当もつかないし」

魅力的で怒る気持ちを失わせるような詫びのことばだった。サラはわずかに気をゆるめ、気がつくとほほ笑み返していた。「たしかにちょっとおかしな気分でしたわ、殿下……主人を悦ばせるために呼ばれた奴隷の少女のような気分」

「それは――」アーメドはからかうような調子で言い、じっとサラの全身を眺めまわした。「おもしろい空想だな。でも安心していい。きみは奴隷ではなく、その反対だ。ベッドに来てもらうのは、私にとって名誉となる」

ぞくぞくするような興奮をサラの全身に走らせるのに、それ以上のことばはなかっただろう。深々と息をすると、あえぐようにサラは言った。「どんな理由にせよ、ここにお呼びいただけるのはわたしにとっても名誉ですわ。なんだか今夜はとても神経質になっているの。昨晩以上に」

彼女のそばにゆっくりと近づきながら、アーメドは眉を上げ、黒い目を光らせた。「昨晩はきみを落ち着かせ、初夜への怯えをやわらげるものをハリデがきみのワインに入れたんだ。私はそれはどうかなと思ったんだが、じっさいのところ、とてもよく効いた。きみは恐れる様子を見せず、互いにとってよりよい経験となった。しかし今やきみも少女ではなく、情熱的な大人の女だ。きっと今夜は私が触れるだけで感じてくれるはずだ」

薬を盛られたという事実には動揺を感じたが、サラは突然彼の言うとおりであることに気がついた。彼がハンサムな顔にわずかに捕食動物を思わせる表情を浮かべて近づいてくるのを見ただけで、感じやすい胸の頂きが固くなり、軽いローブのシルクにあたる気がしたのだ。「アーメド」声がかすれ、彼の名前を試しに声に出してみたかのように聞こえた。「同じになるかしら？　昨日の晩はすばらしかったわ」

アーメドは彼女のそばまで来て腰に手をまわし、シルクのひもをほどいてローブの前を開けた。「もっといいさ」そう答えると、むき出しになった肌に指で軽く触れ、熱いまなざしではだけたローブのあいだの裸の体をじっと見つめた。「今度は痛みもないはずだ。愛撫やキスのひとつひとつ、愛の行為のすべてをきみははっきりと意識するだろう」

もっといいなんてことがあるかしら。アーメドにローブを肩からはずされる。昨日の晩は最高にすばらしかった。肉体的な悦びをはじめて知ったのだ。アーメドの腕に抱かれ、あからさまな欲望で唇を誘惑しようとするような、背筋がうずくキスをされて、サラはすぐさま唇を開いてはいってきた彼の舌を受け入れ、体を彼に押しつけた。

彼の手が背中に降り、背骨をなぞったと思うと、裸の尻をつかまれ、体をさらに引き寄せられた。彼のローブ越しにこわばったものが腹にあたるのがわかる。むさぼるような彼の口にサラはおどおどと舌を使ってキスを返した。尻をつかむ手が焦れるようにきつくなる。

どんな男もすぐにこんなふうに固く大きくなるものなの？　サラは胸の内でつぶやいた。すぐさまベッドに運ばれ、彼が急いでローブを脱ぐのを見ても驚きは感じなかった。やわらかいシーツの上に下ろされたと思うと彼が横に並んだ。「美しいサラ」耳もとで夫がささやく。指の長い手が優美な弧を描いて頬を撫で、鎖骨から胸のふくらみの上部をなぞる。「きみが私に火をつけるんだ。イギリスの庭園のように、きみは純粋に美しいばかりか複雑で、そうなるには色々と手を加えたはずなのに、あたり前のように美しく見え、もともとそこに根付いていたかに思える。教えてくれ。自分を洗練された貴婦人だと感じるかい？　それともただの女だと？」

アーメドの黒い目をのぞきこみながら、サラは正直に答えた。「多くの点でわたしはあなたのことをほとんど知らないけど……正直、男として信頼しているの。あなたが高い地位にあることや王族の一員であることとは関係なく。これがふつうなのかどうかはわからないけど、わたしの体はあなたに触れられるのが好きみたい。これまで地位の高いご婦人たちからは、夫婦の夜の営みについてはいやなことばかり聞かされてきたものだけれど」

アーメドは彼女の首に顔を寄せた。暖かい息が耳にかかる。「きみはもうイギリスの女ではない。それにこのベッドのなかのことはわれわれ以外の誰にも知られることはない。きみを愛する私は王子ではなくありとあらゆる方法できみを悦ばせたいと思っているただの男だ。どうしてほしいか、何が気持ちいいか、教えてくれなくてはならないよ。そのかわり男と女が得られる悦びはじつにさまざまあるんだが、それをできるかぎり教えてあげる。ほんとうにたくさんあるが、きみの感じやすさから言って、きっとすべて気に入るさ」

そう言えるということは、過去にかなりの経験があるにちがいないと気づき、サラは考える前に辛らつなことばを口に出していた。「あなたの過去の数多《あまた》の経験からわたしは恩恵をこうむるわけね。なんてすてきなの。でも不公平だわ。わたしはこれについては何も知らないのに、あなたは達人みたいだもの」

アーメドはそう聞いて笑い声をあげた。やさしい吐息が熱くなった肌にかかる。彼の口が軽く顎《あご》を噛んだ。「きみの鋭い舌は真の感情を隠してはおけないようだね。それだけはたしかだな。何を期待していたんだい、奥さん？　私が童貞ならよかったと？　私ももうすぐ三十になるんだぞ。それにいいかい、きみだって自分を絶頂に導いてくれる男がいいはずだ。残念ながら、そうしたことは生まれ持つ技じゃないからね。実践《じっせん》して習得する必要がある」

「そうなの？」好奇心に駆られて若干機嫌を直し、サラは指を彼のたくましい首の筋に這わせた。「それって興味深いわね。わたしが思うに――」

「証明させてくれ」彼の口に口をふさがれ、ことばは途切れた。舌が深くはいってきて口をむさぼられ、サラは焼けるようなキスにとろけそうになった。ようやく顔を上げたアーメドはかすれた声で言った。「私のために開いてくれ。脚を広げるんだ、愛する奥さん。なかに入れさせてくれ」

「ええ」サラは息をすると、命令に従った。アーメドが体の位置を変えて覆いかぶさってくるのが強く意識される。こわばった彼は彼女の体を自分のものにする準備が万端で柔肌《やわはだ》に固くあたり、女らしい入口でふくらんだ先端がどくどくと脈打っていた。

アーメドはすぐに貫くことはせず、肩から胸にかけて舌を這わせ、胸の先端を熱い口のなかに深く引きこむようにふくんだ。サラはそれに応えて身震いし、あえぎ声をあげた。舌がいたぶるように固くなった先端のまわりをなめ、さらに固くさせた。サラは耐え切れずに彼の下で体を動かし、はっきりと誘うように脚を開いた。自分の強烈な欲望が信じられないほどだった。彼の腰にまわした彼女の手に力が加わり、それに彼が応えると、悦びの声が部屋に響きわたった。どくどくと脈打つ場所へ固くなったものが侵入してきて、サラは本能的に反応して身をそらせ、彼をできるかぎり奥へ引きこもうとした。

なんてすばらしい感触……なんてすばらしい感触の人。悦びにぼうっとしながら、サラは声に出さずにつぶやいた。彼が突いたり引いたりしはじめる。引いては押すのなめらかな動きに合わせて呼吸が速くなり、まぶたが伏せられる。耳もとで彼がまたこの国のことばで何かやさしくささやき、サラは歌うようなことばの響きがふたりの体の動きにぴったり合っていると感じた。彼のにおいと情熱以外、何も感じられなくなる。

アーメドの筋肉質な肩に体をこすりつけているうちに、輝かしい絶頂の感覚がうずまくように高まり、ぶるぶると体が震えるような頂点に達して、サラは声をあげ、彼の体にしがみついた。激しい悦びに抑えきれない悲鳴のような声がもれる。これほど純粋な悦びがあり得ることが信じられなかった。内なる筋肉がどくどくと脈打ち、なかに突き入れられた石のように固いものをきつく包みこんだ。

それからまもなくアーメドは深々と貫きながら射精した。サラは麻痺したようになりながら放たれた種の熱を感じた。彼は今やぐったりした彼女のなかで脈打っている。アーメドの肌が突然汗で覆われ、喉からはしわがれた低いうなり声がもれた。呼吸がおちつくと、アーメドは肘で体を支えてわずかに身を持ち上げ、おもしろがるようなやさしいまなざしでサラの顔を眺めた。「わかったかい？　きみに秘薬は必要ないんだ、美しいサラ」

「それってふつうじゃないの？」放縦《ほうじゅう》な情熱に身をまかせたことを恥ずかしがったほうがいいのかどうかわからず、サラはかすれた低い声で訊いた。「すべての女がこんなふうにたのしむものじゃないの？」

「比類なき女のみさ」アーメドはまつ毛をなかば伏せて言った。いたずらっぽいその笑みは焼けつくようで魅力的だった。「きみという私のイギリスのバラは、他に比べるべくもない女だ」


中庭に向いた背の高い窓から月の光が射しこみ、組み敷いている妻の石膏のような肌を輝かせ、つややかにもつれる髪の磨きあげられたような金色をきわだたせていた。部屋のなかには甘い香りがただよっている。オレンジの花の香りと愛の行為のあとの麝香《じゃこう》のようなにおいがまじり合っているのだ。熱した肌に涼しいそよ風が気持ちよかった。肉欲の解放に恍惚《こうこつ》となりそうになるのを抑えながら、アーメドはまた妻のきつく熱い膣のなかへとみずからをゆっくりと差し入れた。これまで感じたことのない、飽くなきすばらしい欲望と、彼女の信じられないほど官能的な反応に感嘆の思いに駆られずにいられなかった。

どくどくと脈打つ先端が奥まで達すると、サラは体を弓なりにし、低い悦びの声をあげた。脚が腰にしっかりとまわされる。頭をそらして震える彼女の喉は象牙のようになめらかだった。彼女の呼吸が浅く短くなり、腰をつかむ手に力が加わったのを感じ、アーメドはふたたび引いてから深く突き刺した。今度は前よりも激しく。その心地よい摩擦《まさつ》に自制心が試されているような気がした。

「私のために達してくれ」彼はふくらんだ自分を根もとまで深々と彼女の甘美な体に突き入れながら、母国語で促した。

次に荒々しく貫いたときに、サラは彼の望みに従った。喉から声をもらしながら身を震わせ、しがみついてくる。収縮した彼女の震えが、残っていた自制心を打ち砕いた。アーメドは低いうなり声をあげて爆発した。あまりに激しい悦びに、思わず目を閉じる。喉で息がつかえる。精液が熱く激しい奔流《ほんりゅう》となって放たれ、官能を満たした。

浅く激しい呼吸が静かな部屋にあふれ、アーメドは男が女を所有するもっとも原始的で親密な方法で自分のものとした女を、驚愕といってもいいほどの思いで見下ろした。そして胸の内で断言した。彼女は金色の女神か、もしくは私を魅惑するために送りこまれた魔女にちがいない。繊細な顔立ちと官能的な体を持つ美しすぎる女……信じられないほど情熱的でもある。痛いほどの性の悦びにひたり、目を半分閉じ、体をぐったりさせているサラは、満足そうで眠そうだったがとても美しかった。彼が彼女の脚のあいだから身を引くと、サラはそれを惜しむように軽くため息をついた。

声を殺して笑いながら、アーメドはサラの力の抜けたきれいな体の横にあおむけに転がって言った。「明日はもっとしっかり食事をとることを思い出させてくれ。体力がつづくようにね。さもないと、きみへの飢《う》えに精力を使いはたし、生まれたての子馬のように弱くてまともに立てなくなりそうだからな」

横向きになり、光るシルクのような髪をほっそりした肩から垂らしながら、サラはほほ笑んだ。それが明るい月明かりのなかでぼんやりとわかる。「あなたはお強く見えますわ、殿下」そう言ってほっそりした手を持ち上げ、汗で光る彼の胸をさすった。「どこもかしこも固いのね。筋肉や腱の筋がわかるわ。命令して他人を思いのままに動かす特権的な王族の体じゃなく、戦士の体をお持ちなのね」

「男は自分と自分の持ち物を守らなければならないからね」アーメドは彼女に言った。彼女の指の軽い感触が心地よかった。「この地では当然のことだ。残念なことに、弱さは軽蔑されれ、利用される」彼が体を鍛え、ハメットとともにしばしば狩りに出かけるのはほんとうのことだった。ふたりとも短剣や剣の扱いにすぐれ、頻繁に馬に乗るせいですぐれた乗り手でもあった。

「そう」サラは濃いブロンドの眉を上げた。やわらかい口の端が皮肉っぽく持ち上がる。

「たぶん、わたしもあなたの持ち物のひとつなのね？」

彼女がある程度の自立心を許されていたと考えるアーメドは、用心してあいまいな言い方をした。「命をかけてきみを守るよ、美しいサラ」

彼女の指は彼の胸の濡れた場所へと降り、腹の上の、まだなかばたっているもののそばで止まった。「駆け引き上手な人の言い方ね」かすかに挑戦するような口調で彼女は言った。やわらかく垂れる髪や魅惑的な体の曲線、濡れているなめらかな太腿といった完璧な女らしさとはそぐわない口調だった。「でも、質問には答えてないわ。答える必要があるかどうかわからないけど。ここは男の国で、あなたはここの信仰の象徴ですもの。ねえ、あなたのお父様は妻をふたり以上お持ちなの？」

互いのまったくちがう文化について、彼女が疑問を抱くであろうことはわかっていたが、それを口にするのにベッドのなかがふさわしいかどうかはわからなかった。たしかに――彼は胸の内で認めた――彼女には夫の自分に対し、率直で正直でいてほしいとは思っている。サラは彼女の意見や興味に耳を傾けるウィリアムに慣れていた。夫となった男にも、同じような態度を望むにちがいない。

濃いまつ毛が影を落とすサラのダークブルーの目は底知れぬ湖のようだった。アーメドは正直に言った。「いや、ふたり以上の妻はいない。ただ、イギリス式に言う愛人はいる。ほんの数人という以上にね。古い戒律にしばられた昔ながらのハーレムという感じではないが。父は多くの意味で進歩的な人間だが、正直に言って、完璧な人間ではない。男ざかりの活力のすべてをもって、自分の地位や特権を享受している」

サラの唇がわずかに開いた。彼の答えを聞いて、ぎょっとした表情がきれいな顔に浮かび、手がすばやく彼の体から離れた。やわらかい頰が赤く染まる。サラは口ごもりながら言った。

「考えてもみなかった……その、わたし、いろいろと無知だから。でも……きっとあなたも同じことをするわね」

アーメドは急いで彼女の手をつかまえ、驚愕に見開かれた彼女の目とわざと目を合わせようとした。「私は大勢の愛人にかしずかれたりはしない。過去にはそれなりの数の女がいたけどね。私が思うにそれは時代遅れのやり方だ。私はもっと現代的な世界に生きている。恋人は作っても、愛人は作らない」

サラは彼のきっぱりした口ぶりになだめられた様子だった。なめらかな額にわずかに縦皺を寄せて顔をしかめた。「あなたのお母様は夫の不貞を気になさらないの？」

アーメドは正直に答えた。「夫婦のことだから、訊いてみたことはない。母のことも父のことも敬ってはいるが、両親は私とはちがう決まりにのっとって暮らしている。彼らのために言えば、ふたりとも古い慣習に従うよう、私に強制するようなことはせず、私が自分の思い通りに生きることを許してくれている。たとえば、どちらも私が選んだ妻に反対はしなかった」

サラの口がわずかに震えた。「妻を同じ国の人から選ばなかったことでがっかりなさったにちがいないわ」

「そんなことはない。私がきみを心から望み、きみを高く評価していることを伝えたら、どちらも祝福してくれたよ」

横で優美な裸をさらし、ほっそりした指をまだにぎられながら、サラは魅惑的に頰を赤らめた。「イギリスにいるときにそんなふうに感じてらしたなんて知らなかったわ。うちに泊まってらっしゃるあいだ、あなたがわたしに礼儀正しく、魅力的に応対してくださっているのはあなたがウィリアムの友人だからにすぎないと思っていたもの」

「きみは若くて無垢だったからね。求愛するわけにはいかなかった」アーメドは関心を押し隠すのにどれほどの自制心が必要だったかを思い出しながら言った。「あのとき、きみの驚くほどの美貌に心を奪われたのはたしかだ。つぼみが花弁を広げてきれいな花へと成長しつつあるときだったね。でも、きみの精神と知性もすばらしいと思った。私が王子であることにきみは少しも気おくれしなかった。友情をもって私をもてなしてくれ、すがすがしいほどにうぬぼれや狡猾《こうかつ》さとも無縁だった」

「どんな外見かは外側の殻だけのことよ」と彼女は言った。夫のベッドでみずみずしく豊かな裸体をさらしながら言うには妙に堅苦しいことばだった。

低い笑い声を発してアーメドが言った。「そのとおりだよ、麗しの女哲学者殿。ただ、私が性的満足をよそで探すようになるんじゃないかと気に病む必要はないと思うよ、サラ、今宵がわれわれの結婚生活がうまくいくかどうかの指標になるとしたらね。そう、たとえきみがほかの誰かと愛し合ったことがないとしても、ふたりの肉体的な結びつきは特別なものだと感じたはずだ。そのとおりだと私も保証するよ。こういう悦びがあるというのに、いったいどうして私に愛人が要るんだ？」彼女の手を放し、アーメドはすばらしい胸に手をあてがった。やわらかさと高く引きしまった形をたのしみ、親指で固くなった頂きのまわりで円を描きながら、てのひらでその重みをたしかめる。「もしくはこれだ」そう小声で言うと、前に身を動かしてシルクのような口にキスをした。軽く唇を押しつけるだけのキス。「そしてここ」手が胸を離れて腰に落ち、太腿のあいだにすべりこむと、やわらかい場所の熱と湿り気を探った。指が一本なかに差し入れられる。「きみはこの上ないほど完璧だよ。まるで楽園だ。とても女らしく、温かく、私のために準備ができている。きみのなかに私の種があるのがわかる。きみがすでに私の子を宿しているかもしれないと思うと、興奮するよ」

ゆっくりと指がなかに忍びこみ、低い声がサラの喉からもれた。すらりとした脚が開き、サラは指がもっと奥まで進めるよう、横向きだった体をあおむけにした。「どうしてこんなにすぐに、こんなにいい気分になれるの？」首を絞められているかのようなかすれた声。

「ああ、アーメド、お願い、やめないで」

暗い笑みとともに、アーメドは彼女がかすかに腰を浮かせるように仕向けた。差し入れた指を包む内なる筋肉がこわばり、彼女が懇願するほどに求めていることがわかる。親指で腫れたつぼみをこするなど、繊細な指づかいで彼はすでに感じやすくなっている彼女の体を楽々と頂点へと押し上げた。上気した体をぴくぴくと動かし、痙攣したと思うと、サラは最後に消え入るようなため息をつき、荒々しいあえぎ声を寝室じゅうに響かせながら、なんの抑制もないつややかな最高点を見つけた。

信じられない。アーメドは指を抜いた。何時間も愛を交わしつづけているというのに、さらには、経験もあまりないというのに、サラは自分と同じほどに情熱的で、同じようにすぐに興奮する。

そして、魅惑的な若い妻の言うことにもひとつ正しいことがある。所有欲に満ちた男の声が頭のなかでささやいた。彼女は何から何まで私のものだ。

5

ハメットは忍び笑いをもらした。性格のよさが現れた顔が愉快そうに輝いている。「そんな発音のことばははじめて聞きますが、じょじょにうまくなっていますよ、妃殿下。もう一度、教えたとおりに注意して発音してみてください。『ワインと甘いナツメヤシのおかわりを持ってきて』」

言われたとおりにサラは長い音節をくり返した。今度はハメットも笑わず、うなずいて言った。「それならまあ通じるかな。聞くほうがよく耳を澄ませば、たいていの人はあなたの言っていることを理解するでしょう」

「あなたたちのことばはとてもむずかしいわ」夫のいとこと向かい合うように低い長椅子に腰をかけているサラは文句を言い、あいだにあるテーブルに置いた美しい磁器のカップに手を伸ばした。「これでもフランス語とイタリア語は流暢《りゅうちょう》に話すし、ドイツ語とロシア語も多少かじったわ。だから、外国語を習得する才能に恵まれていると思ってたのよ」学習をはじめてほぼ一週間が過ぎていたが、まだ使用人たちと自信を持ってやりとりすることはできず、そのことに少しばかり苛立ちを覚えていた。

すっきりとした顔立ちとつややかな黒髪で、アーメドとかわらないほどハンサムなハメットが眉を上げた。ゆったりと脚を組んでいる姿を見れば、アーメドと同じぐらいたくましい体であることもわかる。動きは優美で無駄がなく、肩は運動選手のように広かった。「失礼だが、これほどに美しく、望ましく、育ちのいいご婦人に、どうしてそんな教育が要るのかわかりませんね」

知り合って数日たち、サラにも夫のいとこが自分をめずらしい存在とみなしていることはわかった。従順な乙女の役割を受け入れず、思ったままを口に出し、誰にも従おうとしない女。

サラは甘いコーヒーをひと口飲み、皮肉っぽい笑みを浮かべた。「関心を持ってくださっていることには感謝するけど、わたしの外見は知性とはなんの関係もないってこと、指摘してもいいかしら。わたしはパリの学校へ行ったの。あのすばらしい街を昔から大好きだったから。そこに通っていたほかの女の子たちもいろいろな国から来ていたわ。その子たちと会話するためにそういう国のことばも学んだの。今ハリデやファヒールと話せるようになりたいと思っているのといっしょで」サラはしかめ面をしてみせた。「まあ、少なくともハリデとね。ファヒールはわたしの存在を認めていないようだから。きっと女だから、気づいてやる必要もないというわけね」

老人がしじゅうアーメドといっしょにいるにもかかわらず、サラにはときおり冷たくとがめるような目をくれるだけなのはたしかだった。

ハメットは黒い目をきらめかせながらうなずいた。「あの男は旧派なんです、妃殿下。あなたが女だからというだけでなく、異国の人であり、髪を覆おうともしないせいですよ。彼は否定するだろうけど、アーメドのことは気に入りの息子のように思っている。あなたが美しいことは誰にも否定できないが、アーメドの子供を産む母親となれば、ファヒールがあなたを選ぶことはなかったでしょうね」

夫の相談役から見れば、妻である自分に課せられた役割はそれだけなのだということは意外ではなかったが、どこか苛立ちを覚えずにもいられなかった。サラは辛らつな口調で言った。「わたしは子を産ませるために買われた雌馬じゃないわ」

「女というものは、その体で夫を悦ばせ、血筋をつなげていくためにこの世に存在する」

その独善的な意見に思わずサラは噴き出した。「ご自分のお母様についてもそう思ってらっしゃる、ハメット?」

ハメットは目をぱちくりさせた。「え?」

「あなたのお母様よ。あなたに命を与えてくださったご婦人。その方についてもそう思っているの? 子を産む動物にすぎないと? お父様に悦びを与える道具にすぎないと?」

その礼儀を欠いた言い方に、ハメットの頬に血がのぼった。見るからに途方にくれた様子で、アーメドのいとこは侮辱されたという顔になった。「両親のことをそんなふうに考えたことはない」彼はぎごちなく言った。

「わたしもそんなふうには誰にも思われたくないわ」サラはきっぱりと言った。「ファヒールがわたしのことを劣ったいやしむべき存在だと思っているとしても、わたしの夫にはそんなふうに思ってほしくない」

わずかに気を悪くした様子で、ハメットはサラにとがめるような尊大な目をくれた。

「アーメドがどう思うかを決めるのはあなたじゃない……でも、これだけは言えるが、ファヒールがそうした自分の意見をアーメドに押しつけることはできない。彼はもっとちがった、もっと開かれた目で世界を見ているから。まだ幼いころから、王子であるわがいとこはほかの国々を見たがり、各地を旅してまわっていた。あなたの国の大学に行きたがったのもそうです。そしてそこであなたのお兄さんと出会った」

いつもながら陽射しはまぶしく、日陰にいても暑かった。ありがたいことに、今はサラも現地式のドレスを数多く持っていた。ゆったりと体を包む生地は堅苦しいイギリスのドレスよりも涼しい。ペティコートを何枚も重ね着するなど、考えただけでうっすらと汗ばむ気がした。サラはハメットの顔をじっと見つめながらあたりさわりのないことを言った。「あなたとわたしの夫は親戚であると同時にいい友人同士なのね」

ハメットはうなずいた。「彼はいい男です。現在のわが国にとってとても重要な存在である。今、わが国は戦士ではなく、外交官を必要としています。ヨーロッパやアジアとの交易政策について、非論理的な議論が為されることが多いが、彼だけは理にかなった意見を述べる。さらには、父である王からの信頼も厚い。それゆえに産業においても政治においても、影響力をおよぼすことができる。この国には貧困に苦しむ民も多いが、アーメドはそれを変えたいと思っている。彼の兄オマールのように、大衆のことなど気にもかけず、国のために最善を尽くそうなどとは思いもしないで、自分の立場だけをよくしようと考える連中もいますけどね。国にとってはそうした内輪の争いは必要ない。国力を弱めるだけだから」

結婚してすでに一週間が過ぎているとは信じられないほどだったが、それはたしかで、サラにもハメットの言うことが真実であることがわかりはじめていた。アーメドは恋人として情熱的で寝室での技にすぐれているだけでなく、思慮深く、知的な人間でもあった。ふたりは肉体的な意味だけでなく、互いを知りつつあった。それは骨が折れるものの、興味深い探求の過程だった。アーメドは寛容ではあったが、妻の率直な物言いと従順ならざる態度にときおりぎょっとしているのはたしかで、サラにとっては、彼の慣習や国や新しい生活に適応するのは少しばかり怖いことだった。サラは小声で言った。「あなたをのぞいて、わたしは彼の家族に会ったことがないわ」

「いつか王には引き会わせられますよ。目下はアーメドがあなたをしっかり守っているわけだが」

サラは唇のところでカップを止めて目を丸くした。「どうして？」

ハメットの顔にどうにか言い逃れしようとするような妙な表情が浮かんだ。「この街は危険なところだから」説得力のないことばだった。ハメットは唐突に立ち上がり、すばやく優雅にお辞儀をした。「明日のレッスンの時間にまたお邪魔します、妃殿下」

首をかしげながらサラは冷ややかに言った。「いつも釈明するより逃げるほうを選ぶの、ハメット？」

「侮辱するつもりはないが、正直に言うと、ぼくは女に釈明することに慣れていない」そう言ってわずかに顔を赤らめた。「とくにこのことについては、あなたと話す立場にありませんから。あなたがここへ来てから家のまわりに護衛が追加された理由を知りたければ、ご主人に訊いてください、妃殿下」

「そうするわ」ハメットが去り、一番広い中庭の気持ちのよい木陰にひとり残されてから、サラはつぶやいた。眉根を寄せ、ハメットの言うとおりだと思った。いつも近くに男の使用人が何人もいる気がしていた。寝室から出るたびに、廊下に少なくともひとり、男の使用人がいた。さらには、街に出たいと言って許されなかったことはないが、何度かギリアンといっしょに外出した際には、アーメドの命で必ずや一個小隊ほどのおつきの者たちがいっしょだった。

ハメットの助言に従おうと決め、サラは立ち上がった。妻の安全にそこまで心を砕く理由を夫に訊いてみなくてはならない。

ファヒールは長テーブルのいつもの場所に席を占め、じょじょに激しさを増す議論に耳を傾けながら、オマール・アジズに細めた目を向けていた。ほかの閣僚たちも熱心に耳を傾けており、オマールが話すたびにうなずく者がいれば、表情を変えず、無言で反対の意思を示す者もいた。アーメドは長兄のそばにすわり、自分が提出した新しい政策のすべてにオマールが反対意見を述べるあいだ、まったく感情を表に出さずにいた。

オマールがまるで脅すかのように激しく腕を振りまわす様子を椅子に背をあずけて眺めながら、ファヒールは思った。こうして見るかぎり、年上の王子は理にかなわない反対意見でアーメドの提案を助けているようなものだ。オマールがいくつかの変化を受け入れ、真に反対するものだけに異論を唱える思慮深さを備えていたなら、閣僚たちもその意見に耳を傾けることだろう。しかしオマールは狂信者とみなされつつあった。交易条約の可否に票を投じようとしている年寄りの男たちは保守的ではあったが、不必要な議論には関心を示さなかった。

アーメドの兄がそこまであからさまに反対するのは少しばかり奇妙なことだとファヒールは思った。新しい条約を結べば、密輸も減り、輸出品にかかる関税が王家の財産を増やすことになる。オマールが強欲であることはよく知られたことだった。

閣議が休会となると、王から謁見の許しをもらっていたファヒールはそのまま待った。それからゆっくりと控えの間にはいると、打ち解けた様子で君主であると同時に友人でもある男と向かい合うようにすわり、深々とため息をついた。「この家に不和があることにはきっとお気づきでしょうな、閣下」

王は背が高くがっしりとした肩をしていた。ふさふさとした真っ黒いひげには白いものがちらほら混じりはじめている。顔には知性と、長年王として責任をはたしてきたことで刻まれた皺が現れていた。王はうなずき、冷ややかに言った。「気づかないとしたら、目が見えないということになるな、ファヒール。息子たちはどちらも強い男だ。ありがたいことにいつもアーメドがうまくオマールをあしらってくれているが、あのふたりは同じ群れにいる二頭の子ライオンと言っていい。ときに遊びが荒っぽくなりすぎるときがある」

「ええ、アーメドは互いの敵意がぶつからないようにするすべを学んだようですが、そんな彼でもイギリス女との結婚をオマールにけなされつづければ、堪忍袋の緒が切れもするでしょう。あの結婚は個人的な選択で、アーメドがどんな意見を持つにしろ、政治的な意図はありません。それに、彼は若い花嫁に夢中になっておりますからな。オマールのあからさまな侮辱ももうそろそろ聞き流せなくなるかもしれません」

王はゆっくりと言った。「ふたりは以前にもぶつかったことがある」

「そのとおりです。アーメドは自分の身は自分で守れますから、争いが公平なものであるならば、心配はいたしません。ただ、オマールが理性を失いつつあるのは明らかで、心も魂も憎しみにむしばまれてしまっております。悲劇が起こるのではないかと不安です」ファヒールはあちこち痛み出した老骨にむち打つほどの確信を持ってきっぱりと言った。

王の目に内心の不安を映す光が宿った。「私は息子たちを両方とも大事に思っている。だから、そんなことばを聞くと胸が痛む」

「アーメドは美しい妻を大事に思っているのです。結婚の許しを与えるだけでは充分ではありません……彼女に害がおよぶようなことがあれば、あなたの怒りを招き、正義がすばやく情け容赦なくくだされるとオマールに知らしめる必要があります」

「三番目の息子は卑怯者《ひきょう》ではないと思うがな」濃い眉をひそめ、王は手振りで異を唱えた。「女に危害を加えるのは卑怯者のすることだ。オマールのようなよき戦士のすることではない」

「前にも言いましたように、オマールの行動は常軌を逸するものになっています。彼女に害をおよぼすことは、アーメドにひどい打撃を与えることになります――オマールが彼女に手を出せればの話ですが、アーメドのほうもかなり厳重に警備しております。それだけを見ても、アーメドがあなたほど兄の高潔さを信じていないということがわかります」

椅子の背にもたれてすわる王のまなざしがくもった。「おまえの言うように厳重に警備されているならば、きっと身の安全は守られるだろうから、この問題についてはこれ以上話し合う必要はないな」

ファヒールは皮肉っぽく片眉を上げた。「恐れながらそのご意見には反対させていただきます、閣下。というのも、あなたはまだ彼女に会っていませんから。女が自立心を持った頑固な大人になるのを許しながら、イギリス人というのがいかにして世界のこれほど多くの地域を支配できているのか、これまでになく不思議に思うようになりました。妃殿下は自分がどこへ行こうと、少なくともふたりの武装した男に護衛されているということをまだご存じありません。しかし女にしては聡明な方ですから、きっとそれに気づかれることでしょう。妃殿下とはお会いしてまだまもないが、これだけは言えます。彼女はきっと護衛されていることが気に入らないはずです」

「女の意思がなぜ関係するのかわからんな」

「これは絶対ですが、アーメドはそうは思わないでしょう。護衛をなくしてくれと彼女にしつこくせがまれたら、彼女を喜ばせるためにそうしてしまうかもしれません」

怒りもあらわに王はそっけなく言った。「だったら、アーメドは愚か者だ」

「おそらく、恋に夢中の愚か者でしょうな」とファヒールも言った。「しかし、かつてフランス人の血が半分混ざったジゼルという名の美しい女を手に入れるために、敵の街に攻め入り、王であるみずからの命を賭したむこうみずな若者がおりましたな。女は農民の娘で王妃となるにはふさわしくなかったが、若者はその女と結婚しました。たしか、それはあなたの母上ではありませんでしたかな？」

しばしの沈黙が流れ、王はくぐもった笑い声をあげた。「じっさい、アーメドを見ているといつも父を思い出すのだ。おそらく、だからこそ、気に入りの息子なのだろうな。身も心もたくましいが、情熱的な魂も持っている。まったく、おまえは説得上手だな、ファヒール、昔からそうだった。おまえが不安に思っていることの可能性を認め、息子のイギリス人の花嫁は今やわが娘であり、わが孫を産む女であるとはっきり世に知らしめよう。そのかわり、おまえ自身もこのことに目を配ると約束しなくてはならないぞ」

老いた体には苦痛をともなうことではあったが、ファヒールは立ち上がってお辞儀をした。

「そういたします、閣下。ご安心を」

「ナツメヤシと木の実と蜂蜜を混ぜたものだ」アーメドはやさしい笑みを浮かべて言った。「それがきみの気に入ったなら、うれしいよ」

「三つも食べたのだから――」サラは笑って告白し、下唇をなめた。無意識に相手を焦らすようななめ方だった。「気に入ったんでしょうね。甘いものには目がないの」

アーメドの目はすらりとしたしなやかな体の上をさまよい、胸や腰の曲線から長い脚へと向けられた。彼の国の女が着る衣装に身を包んだ彼女は、興奮を呼び起こすほどに魅惑的で、それでもなお明らかに異国の女に見えた。金色の長い髪が完璧な体にまとった豊かなシルクの生地に映えている。アーメドは小声で言った。「そうとは誰にもわからないだろうな」

サラの頬に赤みがさしたが、まなざしは揺らがなかった。「わたしの体つきにご満足、殿下？」

「ん……ああ」アーメドの口の端がわずかに持ち上がった。「それはきっときみにもわかっていると思うが」

彼女のそそるような唇が焦らすような弧を描いた。「そうかもしれないと思ったことはあるわ」サラはアーメドを魅してやまない、歌うような軽い笑い声をあげた。ダークブルーの目に火がつく。「一度か二度だけと」

若干身を前に乗り出し、アーメドが言った。「昨日の晩はたしか四度あった」

サラの頬の赤みが増した。家の入口のそばに立っている男の使用人のほうをちらりと見やる。使用人はワインのおかわりが必要だったり、下げる皿があったりした場合のためにそこに留まっていた。「たぶん、今夜はそれを五度にできるわ」サラはいたずらっぽくそう言った。その官能的な提案に性欲が喚起され、アーメドの体をまっすぐ股間まで貫いた。睾丸《こうがん》がしめつけられ、すぐにもその部分がこわばりそうになる。

魅惑的な妻はその率直な物言いとユーモアでしばしば彼を驚かせたが、ベッドでもその他の場所でも、彼を魅了せずにはいなかった。それどころか、食事のあいだずっと、サラの一挙一動に気を惹かれつづけていたこともあった。彼女をベッドに連れこみたい思いは動物的と言ってもいいぐらいにはっきりしており、とにかく彼女に触れ、彼女を奪いたくてたまらなかった。アーメドは耳をそばだてている使用人には無頓着《むとんちゃく》になめらかな口調で答えた。

「その挑戦には乗るよ。たぶん、すぐにはじめたほうがよさそうだな。甘いものをもっとほしいかい？　それとも、もうおしまいでいいかい？」

まだ日が傾きかけたころで、サラは夫が突然言い出したことに少し驚いたようだった。少し離れたところに無表情で控えている若い使用人を、その目を気にするように見やっている。

「もう……充分満足よ」サラは口ごもりながら言った。

「私は満足していない」アーメドは欲望を隠そうともせずに目に浮かべ、サラの豊かな胸の曲線を眺めた。ドレスのシルクの生地を持ち上げている、隠れたみずみずしいふくらみに視線が釘付けになる。「それどころか、飢え切っているよ、美しいサラ」

アーメドは立ち上がり、つや光りするタイルと黒檀の象眼模様の低いテーブルをまわりこんだ。彼女を腕に抱き上げると、かすかに息を呑む音が聞こえた。口を押しつけると、唇を開いたサラは温かい蜂蜜とワインの味がした。腕が首にまわされる。アーメドは彼女を抱いたままその場に立っていた。ただ抱き合ってキスをする悦びを互いに少し息が切れるまで延々とたのしんだ。アーメドが顔を上げると、サラは目を半分閉じ、唇を刺激的な笑みの形に曲げていた。アーメドの鼓動が一拍速くなる。欲望が募りはじめ、すでにこわばっているものをさらに固くした。サラはかすれた声で言った。「たぶん、わたしにもまだ食欲が残っているわ、殿下」

「互いの飢えを癒せないかどうかやってみよう」何歩かすばやく足を運び、アーメドはサラを家のなかへと運び入れた。使用人がお辞儀をしながらドアを開けてふたりを奥へ通した。妃は恥ずかしいという気持ちを忘れたか、少なくとも心から追い出してしまったようで、長い廊下を進みながら、彼の首にキスをした。そのやわらかい愛撫はごく自然だったが、どこまでも色っぽかった。

これまでは若い妃の体を時間をかけて奪ってきた。無垢な彼女を思いやったのと、肉欲をゆっくりと追求する自分自身のたのしみのためだ。しかし今回はそうするのがもどかしい気がした。肩で扉を押し開けて寝室にはいると、小さな台の上のベッドへと向かった。香《こう》の甘くやわらかな香りがあたりにただよっている。

サラはベッドに下ろされ、スカートをまくり上げられても、いやがる様子は見せなかった。すらりとした太腿は白くなめらかで、その付け根にある金色の毛の三角地帯はシルクのようにやわらかかった。「我慢できなくてすまない」アーメドはそう言って器用な手つきで自分のズボンのボタンをはずし、こわばったものを外に出した。耐えきれないほどの激しい欲望に体全体が脈打っている。「でも、今回ばかりは待てない」

　彼女の上に覆いかぶさると、まだ互いに服を身につけたまま、アーメドは彼女の脚を開かせ、そこに身を置いてこわばってうずいている部分を彼女の温かく気持ちのよい鞘へと押しこんだ。満足の低いうなり声がもれる。組み敷かれたサラは性急な挿入を喜んで受け入れ、彼が突いたり引いたりをはじめると目を閉じた。反応はかすかだったが、湿っていて準備は整っていた。

　やさしく、ロマンティックな愛の行為とはとうてい言えなかったが、もっとも原始的な行為だった。人生のすべてにおいて自制心を働かせられる人間と自負していたアーメドは、性欲を解放したいという激しい思いに無我夢中になり、自分を抑えきれずに彼女の脚のあいだで長く激しい挿入をくり返した。怖くなるほど欲した女の体が、頂点に昇りつめ、すばらしく変化していくのがわかる。妻の脚がさらに開き、膝が持ち上がって、アーメドは奥まで突き通すことができた。浅い呼吸が荒々しいよがり声となり、彼女の爪が上質のリネンのシャツ越しに彼の肩に食いこんだ。彼女のなかがより温かくなり、愛液が彼を包みこむ。挿入の際のなめらかな摩擦は信じられないほどすばらしかった。文字通り彼女をベッドに放りこんでからつかのまのうちに、ふたりとも度を越すほどの至福の感覚に身を震わせていた。熱く怒濤《どとう》のように精を放ち、収縮する彼を、絶頂に達した彼女が痙攣しながら包みこんだ。

　また息ができるようになると、アーメドは低く響く笑い声をあげた。「きみの情熱と私の情熱と、どっちがより驚くべきものなのかわからないな、美しいサラ。でも心から詫びたいことだけはたしかだ」

　彼女の指が酔わせるようなやさしい動きで彼の髪を梳いた。見上げてくる青い目は熱を帯びて光っている。「どうして謝られるのかわからないわ」

　アーメドは陰気な笑みを浮かべたが、身を引こうとはしなかった。なかば衣服を身につけたまま、ふたりは親密にからみ合っていた。「服を脱がすことも、準備させることもしなかったから」

「わたし、準備が必要だった？」とサラは訊き、温かくやわらかな笑い声をあげた。

　彼女がすでに濡れていて、抵抗するそぶりを見せなかったのはたしかで、彼と同じだけ愛の行為を楽しんでいたことにも疑う余地はなかった。アーメドは真剣なまなざしをしてやわらかい彼女の頰を撫で、「誰に対してもこんな欲望を抱いたことはない」とたどたどしい口調で告白した。「われながら慣れないことだ」

「夫婦の営みってわたしが思っていたようなものじゃないのね」考えこむように顔をしかめながら、愛らしい妻は言った。「以前は悦びよりも義務だと思っていたの。もちろん、これがこんなにすばらしいものだってみんなが知っていたら、きっとこの世に純潔を守る若い女はいなくなってしまうけど」

　アーメドは思わず笑い声をあげた。彼女の優美な首に首をこすりつけるようにし、耳たぶを軽く嚙む。「きみの魔法にかかってしまったな」アーメドは母国語で言った。「きみの体は私が崇拝する神殿で、私はきみの奴隷であり主人でもある。きみは私のものだ。きみはつねに私の心のなかにいる。愛しているから」

シルクのドレスを身にまとったまま、サラはピンをはずした髪をリネンのシーツの上に広げていた。脚のあいだにまだアーメドがいて、スカートはふたりの体のあいだでくしゃくしゃになっている。サラは小声で訊いた。「今なんて言ったの?」

アーメドは彼女にキスをした。今度はさっきまでのような激しい欲望に駆られたキスではなく、唇と舌で彼女の口を求める恋人らしいキスだった。顔を上げると、アーメドは英語で言った。「そのうちきみにもわかる」

「どうしてわたしがハメットからレッスンを受けていると思う?」いつもの魅力的な率直さでサラは言った。「ほんとうのことを言うと、あなたがそんなふうに語りかけてくれるのは大好きなんだけど、何を言っているのか見当もつかなくて、それがちょっと苛立たしいの」

また下腹部がこわばってくる。なめらかで温かい鞘のなかに深々とはいったままのその部分が心地よく固くなりつつあるのが感じられた。「きみを苛立たせるなどけしからんな」アーメドはからかうように言った。彼女がことばを理解するようになったときに、愛していると告げる心の準備が自分にできているかどうかはわからなかった。そんなふうに感じていると彼自身が確信することがどれほど驚くべきことであるか、わかってもらえるかどうかもさだかではなかった。二年前、イギリスで彼女に夢中になったのはたしかだ……しかし、彼女の女らしい完璧な美しさを前に心を奪われない男などいるだろうか?　それでも、彼女を忘れられないとは思ってもみなかった。彼女のすばらしく反応のよい体だけでなく、ただこうしていっしょにいることにこれほどに満足するとも思わなかった。

そろそろとアーメドは動き、こわばった部分を引き出した。サラは目をみはって「ああ」と声を出した。

「次は服を脱いでしよう」アーメドはいたずらっぽい笑みを浮かべて言った。「もちろん、きみが私の男らしさを試そうとしたときに、本気で言ったんじゃなければ別だが」アーメドは気持ちのよい摩擦にいっそうふくらんだ部分をすっかり引き抜きかけた。「たしか、五回だったかな？」

「六回でも」サラはささやき、アーメドがまた深く貫くとあえぎ声をもらした。

恍惚とするような感覚に溺れながら、アーメドはイギリス人の花嫁に脅すような口調で約束した。「どこまでできるかやってみるよ、妃殿下」

6

夫は眠っていた。背の高い裸の体がベッドのほとんどを占めてぐったりと伸びている。まちがいなく体力を使いはたして眠りに落ち、体から力が抜けているのだ。同じように満足し、疲れきっていながら、サラはなぜか眠れずにいた。そこで、涼しい風を浴びようとベッドから出た。塀に囲まれた庭に面している背の高い開いた窓のそばへ寄って、窓にもたれた。夜の空気が湿った肌にあたるのを感じながら、下ろした長い髪の束を風が揺らすにまかせる。

アーメドとの官能的な交わりから、もっと現実的な日々の暮らしを切り離して考えることは可能なのだろうか？　サラはどこか心を騒がすような疲労感のなかで自問した。叔母のギリアンも数週間のうちに帰国の途につく。もっと早いかもしれない。そうなれば、この慣れない異国の地にわたしは結婚した男以外、友人もなく、ひとりぼっちで残される……おまけに夫も、寝室以外の場所では基本的に知らない人間だ。

いいえ、それは正確とは言えない。サラは急いでみずからに言い聞かせた。アーメドはウィリアムの友人で、彼が辛口のユーモアと鋭敏な心の持ち主であることはわかっている。高潔で義理堅いことは言うまでもなく。それでも、彼は忙しい人で、ここ一週間を見ても、今後、日中いっしょにいてくれる時間はあまりなさそうだ。

でも夜は……

サラは振り向き、彼のわずかに向こうにそむけた秀麗な横顔やたくましく広い肩をじっと見つめた。筋肉質の大きな体に光が踊り、ベッドの白く涼しげなリネンに黒髪が黒いシルクのように映えている。この数時間の度を超した営みを思い出し、顔が熱くなった。くり返し何度も奪われたのだった。ときにはゆっくりと慎重にみだらなやり方で、ときには熱く性急な欲望のままに。彼の熱い情熱に、満ち足りたけだるい思いと、まだ足りないという過度の飢えを同時に感じていた。人種や文化はちがえど、自分とハンサムな夫とのあいだにはベッドで互いに相通ずるものがあるにちがいないとサラは皮肉っぽく考えた。

でも、それだけでいいの？

ごくかすかな音がして、サラは窓のほうを振り返った。きちんと手入れされた庭園の暗闇に目を走らせる。高い塀に囲まれているせいで街の風景も見えなければ、においもせず、庭園は星明かりのもと、守られ、隠され、完全な静寂に包まれた、色と香りのオアシスだった。

いいえ、サラは警戒して目を凝らした。その平和な聖域でゆっくりと動く人影がある。幾何学的に作られた小道のひとつを足音を忍ばせて歩いている人影。その人目を忍ぶような動きを見て、サラは窓からわずかにあとずさった。自分が裸でいて、窓が開いていることを突然意識したのだ。

目を凝らすと、男は自分が見られているのに気づいたかのように目を上げた。暗いなかで浅黒い顔が光った。

ハメットが言っていた護衛のひとりだったら、見つかるのを恐れるようにあんなびくびくと歩いたりしないのでは？　やわらかいダマスク織りの布でなかば体を隠してサラは外をのぞきこみ、ほかに気づいたものがあってはっと息を吸った。男が何か手に持っていて、頭上の雲がちぎれた際にそれがきらりと光ったのだ。おそらくは短剣のようだが、はっきりとはわからない。

夫が昼も夜も武装した護衛を家のまわりに配備するほど懸念している危険がどういうものなのか、訊いてみるべきだった。

ベッドに戻り、サラは夫の裸の肩に手を置いた。「アーメド？」

アーメドは見事な筋肉をこわばらせ、即座に目を覚ました。すばやく起き上がりながら黒い髪を目から払いのける。「どうした？」

ことばを発することなく、サラは開いた窓を指差した。

アーメドが一瞬の俊敏な動きでベッドの下から短剣をとり出したのを見て、サラは安堵と恐怖を同時に感じた。磨きあげられた金属がかすかな光を反射し、剣の刃が恐ろしげに光った。「後ろに控えていろ」彼は静かに言った。「サラ、言われたとおりにするんだ」

サラは声をひそめてささやいた。「お願い、気をつけて」

アーメドはズボンをすばやく身につけると、足早に窓辺に寄った。その横顔には、男らしいたくましさと、守るべきものを断固として守り抜くという決意が現れていた。その使い方を熟知しているというように手に短剣をにぎっている。アーメドは外をちらりと見やると、運動選手のようななめらかな動きでためらうことなく窓枠を乗り越えた。サラは鼓動が速まるのを感じながら、乱れたベッドからシーツを一枚はぎとると、裸の体に巻きつけ、言われたとおりに待とうとした。しかし、ことばはわからないものの、男が低く毒づいているらしい声や胸の悪くなるようなぐさりという音が何度か聞こえ、耐え切れなくなって喉をふさぐ恐怖を呑みこもうとしながら窓辺へ駆け寄った。

ふたつの黒い人影が塀や木々が投げかける暗がりのなかでつかみ合っていた。上半身裸のアーメドは見分けがついた。恐怖に駆られた信じられない思いでサラが見守るなか、ふたりの男はもつれ合って脇に動き、低木の茂みの後ろで倒れたり転がったりして、ときおりサラの視界から消えた。数秒後、悲鳴が聞こえた。今度は苦痛にあえぐ声だ。ふたりのうちのひとりが胸を大きく上下させてゆっくりと立ち上がった。男は頭を持ち上げると、庭のなかにさらなる危険がないかたしかめるように耳を澄ました。

ほのかな月明かりが筋肉質の裸の胸を光らせるのを見て、サラは安堵のあまり膝がもろくなった気がした。窓枠にもたれ、アーメドが小道を戻ってくるのを待つ。彼が手にしている短剣から血がしたたり落ち、彼の胴体に黒っぽいしみがあるのを見て、身のすくむような恐怖に駆られた。夫は開いた窓に歩み寄りながら穏やかに口を開いた。「どうやら私の命令を真剣に受けとって疑問を発することなく従ってくれたようだね」

「命令に従ったんじゃないわ」反射的に言い返しながら、サラは見開いた目を彼の上半身全体についた血とおぼしきものに向けた。「あなたが心配で怖すぎてここにすわっているしかなかったの。ああ、アーメド、けがをしているの?」

「これは私の血ではない」アーメドは優雅で的確な動きで出ていったときと同じく楽々と窓枠を乗り越え、部屋に戻ってきた。「人殺しの訪問者が目的を達していたら、きっと私の血が流れたことだろうが。あいつは私が窓から出てくるのに気づいたにちがいない。戦う気満々で待ちかまえていたからな」

「あなたを殺そうとしたの?」ほんの少し前にふたりの男が目の前で激しく戦っていたという事実を、サラはまだ呑みこめない思いでいた。

「やつは『死にいたるまで』としか言わなかった」血まみれで乱れた着衣のアーメドは薄笑いを浮かべた。口をゆがめただけの冷たい笑みだった。「だから、私もそのことばに従うしかなかったのさ」

「ああ、なんてこと」サラはシーツをつかみ、彼を見つめた。

アーメドはそこでお辞儀をした。血まみれの武器を手に持ったままではあったが、丁重で文化的な宮廷人のような物腰だった。「すまないが、サラ、この家のこちら側を警備しているはずのふたりの男たちの身に何があったのかたしかめ、ほかの者たちに問題が起こったことを知らせに行かなければならない。もう危険はないはずだから、ベッドに戻っていてくれ。ほんとうに危険はないか、たしかめてくる」

「待っているわ」そう言ってサラは半分やけになったような小さな笑い声をあげた。「だってもう眠ることなど絶対にできそうもないもの。アーメド、どうして誰かがあなたに害をおよぼそうなどと思うの？　知っている男だった？」

「いや、知らない男だった。男はみなそうだが、私にも敵はいる。さあ、お願いだ、震えているじゃないか。ベッドに戻って、待っていたいなら待っているがいい。できるだけ急いで戻ってくるから」

今度はサラもそのことばに従い、シーツのあいだに身をすべりこませ、毛布を顎まで引き上げた。愕然とし、心乱れたまま、そこに横たわり、今起こったばかりのことを思い返した。私にも敵はいると夫は言った。たぶん、そのとおりだろう。権力を持つ立場にあり、国の経済や政治に影響をおよぼしているのだから。ハメットがそう言っていた。

夫のいとこはわたしがここへ来てから護衛の数が増えたことも認めた。わたしと結婚したことでアーメドが危険にさらされたとしたら、さっき起こったことのもともとの責任はわたしにある。彼が傷つくか、もしかしたら殺されていたかもしれないと考えると恐ろしかった。

自分が恐怖にすくんでいることにサラは気がついた。

なぜなら、ハンサムで武芸に長《た》けた王子である夫を愛しているからだ。

オリーブとレモンとともに蒸し煮にしたやわらかい鶏肉をフォークで突き刺しながら、ファヒールは慎重にことばを選んで言った。「そいつを殺したのは残念でしたな、殿下。うまく圧力をかければ……誰に雇われたのか、話を聞き出すこともできたでしょうに。どうやら、傭兵《ようへい》のようでしたな。金《かね》で剣の腕を売るポルトガル人のごろつきです」

あざのできた顎を痛そうに撫でながら、アーメドは答えた。「こぶしもうまく使えるやつだった。殴られて意識を失い、やつが目的をはたすことにならずにすんで運がよかった。こんなに強い一発をくらうとは思わなかったからな」

「問題はその目的がなんだったかでしょう?」

食べ物の半分も口にしないまま、ファヒールが育てあげた若い王子はスプーンを置き、表情をくもらせた。「サラが標的だったとあなたが思っているのはわかっているが、私がいっしょにいて彼女を守れるときに攻撃をしかけてくるのは道理に合わないな」

「恐れながら、妃殿下が目覚めて窓辺に寄らなければ、彼女を守る必要があるとあなたにわかりましたかな? おふた方とも若くお元気だ。このぐらいの小さな家では、あなたが新妻におおいなる満足を感じていることは秘密でもなんでもありません。壁に耳あり……で、使用人たちもみんな知っています」ファヒールはあっけらかんと言った。「激しい性交をそこまで頻繁に行えば、どんな男でも疲れてしまいます。どれだけ健康でたくましかろうと。このことをまだお考えでなかったとしたら、よく考えていただきたいのですが、すぐに彼女をはらませるんですな。これだけやむにやまれぬ情熱に駆られていれば、すでに腹に子がいることも考えられますが。そうすれば、妻だけでなく、腹の子も守ることになる。ふたりの男がすでに命を落としております。暗殺者が容赦なく護衛を殺しましたからな」

テーブルから立ち、タイルの床の上を行き来しながら、アーメドは苛立ちもあらわに言った。「これ以上私にどうしろというのだ？　護衛も雇ったし、妃が寝るときは必ず私といっしょだ。武器も手近なところに置くように気をつけている。妃が外出する際には、十人もの男と叔母が同行するようにしている。男たちはみなよく訓練され、どんなことにも神経をとがらせている」

アーメド王子が生まれたときから彼の相談役だったファヒールは、迫っている危険に対する責任の重さも感じていた。「こちらが警戒しているあいだにまたすぐにオマールが攻撃してくるといいですな。時間がたってからではなく。時間をおかれると、何事もなく日がたつうちに、こちらも気をゆるめてしまう。そうなるのはふつうのことです」

「生まれてこのかた、兄との争いは避けて生きてきた」アーメドは暑い真昼の太陽に照らされて丸々とした果実を光らせているレモンの木のそばで足を止めた。ときおり見せる不安そうな少年の顔に戻っている。彫りの深い顔には痛みと怒りがはっきりと見てとれた。「なぜ兄に憎まれるのかわからないから、兄という人のことも理解できない。血のつながった兄弟なのに……あなたもよく知っているように、ほかの兄弟とはなんの問題もないんだ。せっかく美しく魅力的な妻を愛する喜びを享受しているというのに、この異常な兄との不和のせいで妻を失うのではないかと恐れなければならないことには、困惑と怒りを感じずにいられない」

王子が真剣であることには疑いがなく、この若者がイギリス人の妃を見るまなざしにファヒール自身気づいていたため、いやいやながら譲歩せざるを得なかった。「あなたは感傷的にすぎますな、殿下。彼女を女として利用するだけにして、感情をからめずにいたほうがずっとよろしいかと。しかし、そう感じていらっしゃるなら、花嫁を守る計画を立てなければなりませんな。彼女に護身法を教えても害はありますまい。それでもやはり、すべてを予測はできません。守りを固めた部屋に彼女を閉じこめ、絶対に出さないようにするのでもないかぎり、それは不可能です」

テーブルに戻って腰を下ろし、アーメドは黒い眉を上げて皮肉っぽく言った。「そんな計画に彼女が賛成するはずはないな、ファヒール」

妃の独立心と好奇心に満ちた開放的な人柄を思い出せば、ファヒールにもそんな光景は思い描けなかった。「でしたら、ハメットに頼んで、ことばに加え、武器を扱う基本的な訓練もしてもらうんですな。か細い女でも難なく使えるような軽い武器の使い方を。それからすぐにお父上に彼女のお目通りを願う必要もあります。たぶん、父上も彼女の美しさには目を惹かれ、いっしょにいるのを見ればあなたの彼女への愛情は明らかですから、すぐにあなたにとって彼女がとても大切な存在だと理解してくださるでしょう」

「残念ながら、それはオマールにもわかるだろう」アーメドは杯から中身を飲みながら言った。顔がくもる。

「それはたしかに。ただ、そのことは秘密ではありませんから、すでに彼は知っているものと思われます。ですから、彼女に害がおよび、オマールがそれにかかわったとなれば、父王の怒りを招くと彼に知らしめるほうがいいでしょう」

テーブル越しにアーメドは揺るがない穏やかなまなざしをファヒールに向けた。「そんなことで兄が止められるかどうかわからない。私が交渉した交易の条約を批准しようとする際には、まるで馬鹿のように理にかなわない反対意見ばかり述べているしな」

ファヒールもそれは認めざるを得なかった。「風はあなたに有利に吹いています、殿下。あなたの父上の頑固な相談役たちでさえ、ほとんどがより力を持つ国々とよりよい交易を行うほうが賢明だと思うようになっています。そしてあなたの意見が通ればオマールは裏切られたと感じて怒り狂うはずです。彼の意見はすでにあちこちほころびはじめていますし」

おちつかない様子でアーメドはまた立ち上がると、そっけなく言った。「失礼する、ファヒール。もう腹が減っていないのでね。サラのことについてすぐにハメットと話し、父への謁見を手配してくる」

「もうひとつ、あなたの寝室の窓の外とドアの外に護衛を置くよう助言させてください。あなたと妃殿下が部屋に引きとってから、あなたが疲弊しきった場合に備えて」

王子の顔におもしろがるような色が浮かんで消えた。「多少は自制するさ」

「ほんとうですか?」

アーメドはやわらかい声で笑った。「じっさい、無理だな。いいさ、昨晩三人の男が命を落としたことは無視できない。寝室のドアの前と庭に武器を持った男を置くことには賛成する。ほかに助言は?」

まずはオマールの息の根を止めなさいとファヒールは言いたかったが、自制した。そのかわりに小声で言った。「手はじめとしては悪くないようですな、殿下」

サラは手に持った物に目を落とし、それからまた前にいる男に目を戻した。「なんですって?」

「ぼくを突いてみてください」ハメットが注意散漫な子供に言うように辛抱強く言った。

「武器をこう持ち上げて――」そう言うと、短剣を持っている真似をして腕を持ち上げた。「刃を下にするんです。そうすることで最大の力をこめられますからね。それでぼくに向かってくる」

「こんなの――」サラはきっぱりと言った。「ばかばかしいわ。ほんとうに刺してしまったらどうするの?」

そう聞いて目の前の若い男は笑った。黒い目がいたずらっぽく光っている。「刺せませんよ、妃殿下。それは絶対だ」タイルを張った中庭の穏やかで静かな木陰に立ち、ハメットは心底愉快そうに見えた。

「そんな能力がないというなら、どうしてやってみなければならないの?」サラは少し侮辱された思いで訊いたが、心のなかではきっとハメットの言うとおりだろうと思っていた。彼はゆうに八インチは背が高く、少なくとも二倍は体重があったばかりか、筋肉を波打たせて敏捷《びんしょう》に動くその姿は踊り手のようだったからだ。それでも、上から物を言うような彼にはいつも苛立ちを覚えずにいられなかった。女と女の能力についての議論は、一時的に休止となってはいたが。

「能力がないわけではありませんよ」ハメットは言った。「ただ、やり方を知らないだけで」

「こんなのばかげているわ」サラはつぶやいた。「アーメドにやれと言われたんじゃなかったら、あなたが正気を失ったと思うところよ。いいわ、やってみる。でも、言っておくけど、あなたにかすり傷でもつけてしまったら、とても気分が悪くなるわ」

「それはぼくもですよ」ハメットは白い歯を見せて笑った。「女にけがをさせられたとなったら、いとこの王子にいつまでもからかわれることでしょうからね。女のような劣った存在に傷つけられたとなったら、恥ずかしさで誇りもずたずたになってしまうし」

　知り合ってからはじめてのことだったが、彼にからかわれているのがわかった。そんなとんでもないことを言いながら、心底そうは思っていない口ぶりだ。サラは辛らつな調子で応じた。「男のほうが優秀とされていることを考えれば、きっとあなたには恐れることは何もないのね。一度か二度、女についての時代遅れで失礼きわまりない考えを聞いて、あなたに肉体的な危害を加えてやりたいと思ったのもたしかだし」

「気づいていましたよ。もちろん、あなたがまちがっているが。ぼくは女を喜ばしいものと思っていますからね……女の存在価値においては」にらまれてハメットは忍び笑いをもらし、タイルを敷いた床の上を二、三歩下がった。「さて、いいですか、武器を体の一部と思ってください。力を使おうとするんじゃなく、頭と直感を駆使するんです。そうすることで、アーメドが昨晩したように、体重にまさる敵を負かすことができる。アーメドは敵を殺すのに、力ではなく、技を用いたんです」

　昨晩の恐ろしい出来事を思い出させられ、サラは青ざめた。「ハメット、お願い。昨日のことは思い出したくないの」

「すみません」ハメットは申し訳なさそうに言った。「ただ、昨日のことがあったからこそ、こうして訓練しているわけだから。これが遊びでないことを認識してもらわなければなりません。あなたのご主人は危害を加えようとしている人間にどう応じたらいいか、その感覚をあなたに学んでほしいと心から願っています。さあ、やってみてください」

　剣を振り下ろしてみても楽々とハメットにかわされるばかりか、すぐさまたくましい腕につかまえられ、武器をとり上げられてなすすべもなくなってしまうことは、屈辱を覚えるほどだった。腕をつかむ手に敬意は感じられたが、容赦はなかった。サラは自分の力のなさに焦りを感じた。これまでは自分と健康な大人の男との力の差を実感したことなどなかったからだ。もがいても逃れることはできなかった。そういえばアーメドも自分を大人の女ではなく、子供であるかのように、軽々と抱き上げられるようだ。しかし、それを自分の身の安全という意味で考えたことはなかった。紳士が淑女を敬意をもって扱う世界で甘やかされて育ったせいで、何にせよ、腕力が問題となる対決には心の準備ができていなかったのだ。

　ハメットは腕を放し、短剣をサラに返した。「今度は――」指南役としての自分の役割をとても真剣にとらえている様子で、彼は指示を出した。「力の入れ方を考えてやってみてください。つまり、ぼくが短剣をどうかわすかを考え、その裏をかこうとするわけです。ぼくに力ではかなわないことはわかったはずです。でも、頭の働きは速いわけでしょう？　頭を使ってぼくの弱点を見抜き、ぼくがどう動くつもりか予測するんです」

ハメットが正しいことはそれから一時間かそこらのうちにサラにもわかった。彼のほうが力が強く、動きもずっと速かったが、助言を得たおかげで、訓練が終わるころには少なくとも武器を奪われずにすむようになっていた。息を切らし、乱れた長い髪がもつれて背中に落ちるようなありさまになりながらも、たまたま膝をハメットの下腹部に持ち上げたことで、男の一番の弱点を知ることにもなった。サラははっと身を放し、短剣を手に振り返った。ほんとうの戦いであったなら、じっさい相手に危害を加えることができたかもしれなかった。

「もう充分です、妃殿下」身を半分に折りながら、喉をつまらせたような声でハメットは言った。「すでにこちらは戦意を失いましたから。でも、これも覚えておく価値のあることです。目もまた弱点となる。目が見えなければ、敵と戦うことはできないから。ただ、その技はぼくで練習しないでほしいものだけど」

「そんなにひどく痛む？」サラは驚いて短剣を持つ手の力をゆるめ、尋ねた。

「それは――」ハメットは顔をゆがめて答えた。身を起こして笑みを浮かべたが、その笑みも少しこわばっていた。「女には想像できないほどですよ。上品な技じゃないが、男の脚のあいだを打つことが相手に痛い思いをさせるじつに効果的な方法だってことは、アーメドもあなたに知っておいてほしいと思うはずです」

「そう」サラは顔をしかめて静かに短剣をハメットに返した。それから、衝動的にこう言った。「ハメット、わたしと結婚したからって彼の身に危害がおよぶのはいやだわ。わたしはイギリスに帰ったほうがいいんじゃないかしら」

「彼の身を案じているんですか？」

「もちろんよ」サラは言い返した。夫が窓を乗り越えて侵入者と対決しに行ったときの、心が麻痺《まひ》してしまいそうになるほどの恐怖を思い出したのだ。

それを聞いて夫のいとこはまた忍び笑いをもらした。「去ろうとしてみてほしいものだな。月が太陽とつがうことがないのと同じぐらい、アーメドがあなたを行かせはしないだろうから。恐れているのは彼のほうです。あなたと出会うずっと前からの執拗な争いのせいで、あなたに害がおよぶのを見たくないと思っているんです。あなたは彼の敵が彼を傷つけるために利用する道具にすぎない」

「敵って？」

「それは――」ハメットは謎めいたことばをきっぱりと言った。「わが一族の名誉を汚《けが》す人間です」

7

磁器の触れ合う小さな音や声をひそめて語り合う声に、繊細なリュートの調べが都会的なおもむきを添えていた。部屋は晩餐《ばんさん》用のマホガニーのテーブルから金縁のついた磁器、食事とともに供される上等のフランスのヴィンテージ・ワインにいたるまで、どこをどう見てもヨーロッパ調だった。イタリア領事の妻の隣にすわっていたアーメドは、持てるかぎりの外交手腕を発揮して、街をうろつく物乞いや、驚くほどの暑気、現地人の使用人の無能さについてマダム・ミネッティが不満を述べ立てるのをうまくかわしながら、礼儀正しく会話していた。彼女がどこの国に住もうと同じことを言うにちがいないと思ったので、不満を聞いて腹を立てることも、波風を立てることもなく返事をしつつ、自分の美しい妻がそこにいるすべての男たちを魅了するのをひそかに眺めていた。

胸のふくらみのなめらかな上部があらわになるほど襟ぐりの開いたしゃれたバラ色のドレスに魅惑的な身を包み、ブロンドの髪を複雑な形に結い上げたサラはテーブルの反対側についていた。両隣を砂漠の部族から頻繁に馬を買っている年輩のイギリス貴族の仲買人と、もっと若く、明らかに彼女に魅了された様子の、ドイツ人の考古学研究者にはさまれている。

ヘル・フランクはワインを鯨飲《げいいん》するか、サラのあふれる魅力に目を奪われるかして時を過ごしていたが、サー・ヘンリーのほうは礼儀正しい笑みと美麗なことばでサラを喜ばせていた。アーメドは愛らしい自分の花嫁がたのしい時を過ごしているのを見るのは喜ばしかったが、自分は自分がめったに受けないこういった招待を受けた理由を皮肉っぽく思い返していた。自分はケンブリッジで教育を受け、旅慣れた人間であるかもしれないが、自国の民とこの街で暮らすヨーロッパ人とのあいだには根本的にちがう点がある。

「教えてください、殿下」マダム・ミネッティがとるに足りないことについてつらつらと不平を述べるのに小休止すると、ロバート・チューレーンがいつものように静かな威厳をもって訊いた。「もう新しい交易条約は批准されたんでしょうか？　毎月いくつか、出入港禁止令は解除されたのかという問い合わせが来ております。交易に利益をもたらす裕福な人間がこの地で投資を行って会社をおこし、ナツメヤシからヤシ油、上質の布にいたるまで、ありとあらゆる種類の当地の産物を輸出したいと願っています」

イギリス領事はほかの領事たちに比べると控え目ではあったが、抜け目ないことはたしかだった。アーメドは正直に答えた。「まだ議論の最中です。わが国が古い習慣を払拭《ふっしょく》するには時間がかかり、困難がともないます。父は西洋との関係を現代に即したものにしたいと思っていますが、例によって閣僚の意見にも耳を貸しているのです」

「条約が締結されれば、この国の政府の意思に反するような物資の移動や売買を行う違法な市場もある程度縮小できます。閣僚の方たちにはそのことがわからないのですか？」

「わかる者もいますが――」アーメドはあたりさわりのない言い方をした。「まずもって、密輸などが行われていると認めたくない者もいるのです。それはつまり、わが国で不正行為が横行しているということですから。王家としては反逆罪を声高に糾弾《きゅうだん》したくないわけです。とくにわが父は」

「たしか――」ロドリケス夫人が口をはさんだ。鮮やかな色の目にいたずらっぽい笑みをたたえた小柄なブルネットだ。「昨日、王に花嫁をご紹介なさったんですよね」

ファヒールの助言に従ったのだった。アーメドが思うに、宮殿詣《もう》ではうまくいった。オマールは王との謁見を認めないというように冷たい目でにらみ、あからさまにさげすむ様子を見せてはいたが。アーメドは小さく乾杯というようにグラスを掲げてほほ笑んだ。「ええ。当然ながら、王も……魅了されていました」

サラは赤くなった。磁器のような頬に赤みがさす。「何かひどく無様なことをしでかすんじゃないかと心配でしたわ」彼女は興味をもって耳を傾けている面々に向かって率直に言った。「だって、アーメドはとても辛抱強いんですけど、わたしはまだ新しい母国の習慣を学んでいる最中なんですもの」

ヘル・フランクが慇懃《いんぎん》に言った。「こんな美しいご婦人に寛大でいられない人間がいますか？」

アーメドがすぐさま同意した。「まさしくそのとおり」

「ほんとうにすてきですわ……イギリスでお知り合いになられたおふたりが、レディ・サラが当地にいらしたまさにその日にご結婚なさるなんて」スペイン大使の夫人が自分の豊かな胸の上に手を置いてため息をついた。「まるでおとぎ話のようではなくて？」

「もしくは、アラビアン・ナイトの寓話のようね」マダム・ミネッティもわが意を得たりといった様子で言った。「ハンサムな異国の王子と美しい花嫁が登場するお話」

片眉を上げてアーメドはワインを飲み、心のなかでは彼女のほうが異国の花嫁なのだがと思いながら、口には出さずにいた。「なんともありがたいおことばですね」

テーブル越しに一瞬サラと目が合った。ダークブルーの目の奥で炎が燃え立つ。サラはゆっくりとほほ笑んでみせた。これだけの人を前にしても親密さの現れた笑みだった。「こんな……雄々しい英雄が救いに来てくれて、とても幸運でしたわ」

「幸運だったのは――」アーメドは意味ありげに応じた。「こちらのほうだ」

永遠とも思えるほど長い時間を過ごし、ようやく帰る時間になると、外の空には明るい砂漠の月が揺らめき、通りやレンガ造りの家々を青白い幽玄な光で照らしていた。ミネッティ家はアーメドの家のすぐそばだったため、ふたりは徒歩でやってきていた。サラは彼と並び、片手を彼の腕にかけて穏やかに歩を進めている。控え目ながらはっきり存在を示すようにふたりの武装した男が先立って歩いており、さらにふたりが後ろについていた。

「あなたってとても思慮深いのね、アーメド」ナツメヤシの木が並び立つ通りを抜けながら、妻が小声で言った。高い枝についたナツメヤシの葉が夜のそよ風に揺らされてかさこそと音を立てている。

「どういうところが？」アーメドは妻を見下ろして訊いた。

月明かりのなか、サラの目は大きく、輝いて見えた。「今日の夕食会はいやでたまらなかったはずなのに、けっして礼儀を失わなかったから、わたし以外、そのことに気づいている人はいなかったと思うわ。あなたみたいな人にとってかなり退屈な会だったんじゃないかしら」サラは考えこむように口をつぐんだ。「じつを言うと、わたし自身、あの席についてはじめて、これまで考えてもみなかったことに気づいたの」

サラがあまりに真剣な顔をしていることが少しばかりおもしろいと思いながら、アーメドが尋ねた。「それで、美しいサラ、それはなんだい？」

「あなたってことばはやさしいし、洗練されているし、マナーもすばらしいわ。でも、それって表面的なことでしょう？　まあ、そういうことが表面的なことだってみんなわかってはいるはずよ。だって結局、男らしさをはかるものさしって何？　上着の仕立とか、ワルツの踊り方以外に」

当惑してアーメドは眉根を寄せた。「なんの話をしてる？」

「あなたは会話に耳を傾けてはいたわ。なんのおもしろみもない退屈な話やうわべだけのしゃれた会話を聞いて、ミセス・ロドリケスがからかうようにじゃれついてくるのをあしらって、あなたは涙が出るほど退屈しきっていた。そんなふうにとても西洋的な服を身につけていても……たぶん、そういう恰好をしているからこそ、まったく異なる存在に見えた。ほかの男の人たちの誰よりも自然のままの存在に」サラは静かに付け加えた。「このあいだの晩、あなたが庭であの男を殺したときに、わたしは自分に言い聞かせたの。自己防衛のためなら、どんな男だって行動を起こすって。あなたには選択の余地がなかったんだって」

そんなふうに分析されて少しどぎまぎしつつ、アーメドにはなんと答えていいかわからなかった。「ああいう気が滅入るようなことが起こって、きみを動揺させたことはすまないと思っている」

「それよ」まだ隣で歩を進めながら、サラはわずかに首を振った。「あなたはわたしを動揺させたことをすまないと思っているけど、あの男の命を奪ったことについてはどうなの？」

「無駄に人間の命を失わせることは悲しいことだ」

「でも、あなたは昔から復讐《ふくしゅう》や部族同士の争いがあたりまえのようにあった国の王子だわ。戦士でもある。つまり、その過程で死ぬ者がいるのを当然と思っている。そうでしょう？」

サラの話がどこへ向かうかにはっと気づき、アーメドはうつむいたサラを見下ろした。少しそむけた横顔は明るい月の光を受けて大理石の彫刻のようにきれいだった。アーメドは守りにつかねばならない苦々しさを声ににじませて言った。「つまり、きみは野蛮人と結婚してしまったと心を悩ませているわけだ、ちがうかい？　上等の衣服に身を包み、正しいイギリス式の教育を受けたとしても、何世紀にもわたって砂漠で戦いと流血に明け暮れてきた歴史が身にしみついて消えないはずだと。本物の紳士と同じテーブルについたことで、自分が生涯結びつけられてしまった男が、将来の相手として思い描いていたのとはまったくちがうことがはっきりわかってしまった」

アーメドの声の調子を聞いてサラははっと顔を上げた。心底驚いた顔をしている。「気に障ったの？　そうだとしたら、誤解よ。正反対の意味で言ったんだから。ああいう席でこれまでずっと聞いてきたのと同じような会話に耳を傾けていて、何もかもなんて無意味なんだろうって思ったの。きっちりと結ばれたクラヴァットやホワイツでの賭け事で勝ったかどうかといったこと以上に大事なことがもっとたくさんあるはずだって。あなたと結婚することで、わたしはそういった存在じゃなくなったわ。これまでそれが惜しいと思っていたとしても、もう絶対に思わない」

庭の高い塀が影を落とし、ジャスミンの花の香りが暖かい夜の空気にただよっていた。アーメドは唐突に足を止めた。護衛の男たちのことは気にならなかった。サラの肩をつかむと、指に張りのある肌のぬくもりが感じられた。アーメドは自分らしくない不安な目でサラの顔を探るように見た。確信のまったく持てない顔でゆっくりと言う。「きみは自分の意思で私を選んだわけじゃない」

「ええ」サラは顔を上げ、彼を見上げながら、からかうような笑みで口をゆがめて言った。「きっと運命がわたしの判断力にちょっと不安を感じて、わたしのために選んでくれたんだと思うわ。それに、何よりすばらしいことに、わたしは昔から異国の地での冒険を強く望んでいた。あなたが――」手を持ち上げて彼の口に軽く触れる。「すばらしい冒険であるのはたしかだわ」

夜のこの時間でも通りには人目があったが、誰に見られようとかまわず、アーメドは彼女を腕に抱き寄せ、荒々しいとも言えるほどの情熱をもって唇を奪った。情熱を抑えることなく、紳士的とはとうてい言えないキスだった。顔を上げると、感情のこもったかすれ声で言った。「きみが冒険を求めてやまないのだとしたら、名誉にかけてそれをきみに捧げるよ。安心していい、美しいサラ」

あえぐように息をしながら、サラはやわらかいベッドの上に肘をつき、夫が突いてくるのに合わせて後ろに身を押し出した。彼のこわばったものが熱く燃えている場所に侵入してくると、悦びが全身の穴という穴から噴き出した。アーメドは両手をサラの尻に置き、彼女の背後に膝をついていた。温かい息がサラのうなじにかかる。荒々しいほどの欲望に駆られてつがう、その体位は背徳的と言ってもいいほどで、なんとも言えずみだらだった。サラはあえぎながら、長くなめらかに体を貫かれるたびに、どうしようもなく潮が満ちてくるのを感じていた。欲望が高まるあまり、両手でベッドのシーツをつかみ、声をあげた。

彼女の耳もとでささやきながら、アーメドはほっそりした腰を彼女の尻に激しく打ちつけ、さらに深々と貫いた。焦らすような、自分のものと刻印するような動きで、男としての優位と力の強さがきわだつようだった。声もじょじょに太くなっていく。彼がささやいているのは意味不明のことばだったが、理解不能でも色っぽく、何かを意味するように声の調子が下がったり、あることばが強調して発せられたりすると、サラの興奮が増した。

ときどき、悦びを解放させたいという圧倒的な欲望以外のことに注意を向けられると、わかることばがある気がするのだったが、今このとき、ことばをとらえたところで、さして重要ではなかった。

「ああ……」サラはあえいだ。「アーメド……お願い」

アーメドは手をサラの胸へとすべらせ、てのひらで両方の胸をきつくつかむと、できるだけ奥へと突いた。すぐにもサラの体の震えがはじまり、体が揺れ、彼をなかに留めようとするように太腿がこわばった。悦びが訪れ、喉から低い声がもれて響いた。アーメドは身を震わせる彼女を貫いたままでいた。やがて体から力が抜け、サラはベッドに顔をつけて沈んだ。

まだ興奮して大きくふくらんだままのものを抜き出すと、夫はそっと彼女の体をひっくり返した。黒い目を欲望に輝かせながら、脚を開かせ、そのあいだに身を置く。「つづけてもいいだろう？」

今この瞬間、世界がぐるぐるとまわって天国へと変わってもおかしくないとサラは思った。満足しきっていて、この上なく無頓着な気分だった。彼が熱くなっている深部へと脈打つものを押しこむと、サラは夢見心地で思った。性的な情熱というのは魔法のようなものね。これが瓶詰めされて売っていたら、誰もそれ以外買わなくなってしまう……

出たりはいったりのなめらかな動きがやわらかく湿ったリズムを刻むなか、アーメドは彼女が回復するのを待つかのように動きを遅くし、やさしく貫いては引き抜いて彼女を愛した。目に純然たる欲望をたたえつつ、とてつもない自制心を働かせている。眠気を覚えるほど疲弊しきっていながらも、サラは悦びのため息をもらした。信じられないほどの絶頂感にまだ身を震わせつつ、彼の力強い行為を受け入れるように腰を浮かす。残った力を使って手がみずから意思を持つかのように彼の腕にすべり、肩をつかんだ。サラは無意識に声をもらした。

夫が首にキスをしてくる。唇を這わせ、きつく押しあてて。「きみは類いまれな情熱の持ち主だよ、サラ。きみの体が私の種を求めて動くのがわかる。きみはみずみずしい果物のように熟れていて美味だ。きみのなかにいると、楽園に到達した気がするよ」

彼のふさふさとしたシルクのような髪が、彼が突くたびに彼女の指の上を動いた。「あなたがわたしにしていることが信じられない」

「信じてくれ、私も同じように感じている」なかばまつ毛を伏せ、アーメドは彼女を眺めた。体は開かれた彼女の太腿のあいだでやむにやまれぬ欲望に駆られてしなやかに動いている。

あえぐような息をもらしてサラはすでにうずいている太腿のあいだでうずを巻いて高まっていくものに逆らおうとした。「なんてこと……まさかこんなにすぐに……」

しかしそのすぐあとで、それが可能であることがわかった。興奮しきった悦びに体が爆発し、彼の広い肩に爪を立てることになったのだ。アーメドはそれに気づいた様子もなく、きつく目を閉じて身動きをやめた。低い声をあげ、こわばったものを収縮させてみずからを解放し、彼女のなかに注ぎこむと、筋肉がぴくりと動き、力強い体が緊張した。

腕を体にまわされ、湿ったたくましい体に引き寄せられながら、行為の名残りも行為そのものと同じぐらいすばらしいとサラは朦朧としながら考えた。こうして抱かれていると、ただ安心というだけでなく、大事にされているという気がする。髪を乱し、けだるい気分でともに呼吸を整えながら、ふたりは体と体、心と心を合わせた恋人同士としてあおむけに横たわっていた。

永遠とも思える時が過ぎてから、アーメドが突然笑い出した。吐息が彼女の髪を揺らす。

「ファヒールは賢い男だな」

サラは彼の胸にもたれ、気持ちよく体を伸ばしながら、眠そうな声で訊いた。「どうしてこんなときに彼のことを思い出したの？」

アーメドの指がサラの髪を梳き、裸の背中を伝った。「寝室の外にも護衛を置くように助言してくれたからさ。きみのことは私が守れると抗議したら、きみといっしょのときには私がほかに注意を向けられないこともあるのはまちがいないと言った」

満足しきった幸せな今の気分に、どんな形であれ、外界のものが侵入してくるのがいやで、サラは顔をしかめた。「このあいだの晩、庭にいた男が単なる侵入者じゃないって思っているでしょう。そのぐらいはわたしにもわかったけど、説明してはくれないのね。ハメットも答えてくれなかったわ。わたしを怖がらせないために危険があることを秘密にしているんだとしたら、失敗よ。だって、よけいに心配になったもの。あなたがわたしを何から守ろうとしているのか知らないからよりいっそうね」

夫は黙って横たわっていたが、筋肉がわずかに緊張し、手が彼女の腰のあたりに軽くあてられたまま動かなくなった。

暗い部屋で彼の顔を見ようと、片肘をついて身を起こし、サラはゆっくりと言った。「お兄様ね？　あなたは自分にも敵はいると言った。どんな男もある程度はそうだと思うわ。でも、彼の憎しみは傍目にも明らかだもの。宮殿に行ったときに敵意を感じたわ。何もおっしゃらなかったけれど」

サラが王に謁見したときに、王家の一族のほとんどがその場に居合わせたのはたしかだった。アーメドの兄たちはみな威圧的で堅苦しかったが、オマールという名の兄は軽蔑のまなざしを隠そうともせず、弟を見る目は悪意にぎらついていた。それは驚きだった。これまでサラが会った誰もが、アーメドには愛情と敬意を抱いているように見えたからだ。

しばしの沈黙ののち、アーメドは小声で答えた。「きみは鋭すぎてきみのためにならないな、美しいサラ」

「どうして？」サラは彼のハンサムな顔に現れた表情を読みきれずにぽかんとして尋ねた。

「じつのお兄様でしょう。だから、理解するのはむずかしいわ」

「私自身、はっきりわかっているのかどうか」アーメドはため息をついた。薄暗い明かりのなかで突然疲弊しきった様子に見えた。「ただ、昔からぶつかることは多かった。幼いころもしじゅうけんかしていたものさ。じっさい、年が近くてありがたいと思うことがあるよ。彼がずっと年上だったら、もっとひどくやられていたかもしれないからね。そういうわけで、オマールが十歳になったときに、ちがう家庭教師と後見人をつけられて引き離された。しばらくはそうして距離を置いたことが功を奏した。お互い相手をいないものとして長いあいだ暮らしたんだ。しかし今、どちらも政府で高い地位についているせいで、無視し合うわけにはいかなくなった」アーメドはサラの目をのぞきこんだ。黒いまなざしはまっすぐで重かった。「今この国がどれほどあやうい状況にあるか、きみも気づいているだろう。われわれは現代的な世界の入口に立ちながら、旧態依然の慣習にしばられている。進歩には疑念の目が向けられ、よそものは味方だとみずから証明しないかぎりは敵とみなされる。そう、日々多くのヨーロッパ人がここへやってきて、わが国の港では交易がさかんに行われている。われわれの商品や産物を世界じゅうに売りたいと願ってやまない外国の商人がいるからだ……しかし、問題はつねに、それがわが国の民にどんな影響をおよぼすかだ。私のように、圧倒的多数の貧民は解決策を求めていると感じる者もいれば、何千年も同じようにやってきたのだから、それを変えようなどとは僭越《せんえつ》だと考える者もいる」

愛人であり、保護者であるこの男をすでにおかしくなりそうなほどに愛しているのでなかったとしても、今ここで恋に落ちたことだろう。強い義務感を隠し持つ、どこまでも高潔な人間であり、そのせいで祖先から受け継いだものを守ることに内心の葛藤を抱えていると知った今、アーメドは単に勇敢で知的なだけではなく、真に尊敬すべき人間に思えた。サラは身を乗り出して彼にそっとキスをした。口にそっと口を押しつけるだけのキス。「この国は――」ほんの少し身を引いて言う。「あなたのような人が未来図を描く力になってくれてとても幸運だと思うわ」そう言ってほほ笑んだ。自分の体の下に彼の筋肉を感じるのが気持ちよく、サラは男の汗ばんだ肌からかすかに感じられる男らしいにおいを吸いこんだ。「それにもちろん、幸運なのはわたしもだけど」

彼の口の端が持ち上がり、まつ毛がほんの少し伏せられた。「オマールのことは軽く考えてはいけない。私を傷つけるためにきみに危害を加えようとするとは思いたくないが、絶対にあり得ないとは言えないからね。だから、気をつけてくれ。護衛のことは必要なものとして受け入れてほしい。そして、私の心配が杞憂《きゆう》であることを祈ろう」

オマール・アジズのひどく冷たい、陰険といってもいいほどに無表情なまなざしを思い出し、サラは身震いした。庭に忍びこんできた男も生々しい現実で、恐怖を感じたのはたしかだ。夫の不実な兄が黒幕だとしたら、危険はさらに現実味を増す。

体にまわされたアーメドの腕がきつくなった。「心配しなくていい。きみは大丈夫だから。私が保証する」

「でもあなたは大丈夫なの？」サラは訊いた。自分を弱い存在だと感じるのは新しい感覚だった。

アーメドは笑った。たのしそうではなかったが。「生まれてこのかた、兄から自分の身を守って生きてきたからね」そう言って指の長い手を優美に持ち上げ、彼女の頰を撫でた。「なあ、きれいなイギリス人の花嫁さん、私の身に何かあったら、きみの心が痛むかい？」

知り合ってまもない誰かについて、どれほど親密な時を過ごしたとしても、これほどに強い感情を持つことなどあり得るのだろうか？　サラは目に涙が浮かぶのを感じた。心の奥深くにある感情が揺さぶられる。震えながら彼女はささやいた。「ええ、とても心が痛むわ」

部屋のなかにはどんよりとした空気がただよっていた。ファヒールが予測したとおりに、投票の結果は分かれた。意見の食いちがいの大部分は交易条約そのものではなく、条約の細かい点に集中していた。長い議論の末のことで、ファヒールは疲れを感じ、ずっとすわりつづけていたせいで体も少しこわばっていたが、自分が弟子というよりは息子のように思っている若者に少なからぬ誇りを感じてもいた。アーメドは自己防衛に徹することなく説得力ある議論を展開し、他国と進歩的な同盟を結ぶことの利点を説いた。そしてそれが功を奏した。その穏やかな態度は兄のわめきちらすだけの攻撃的な態度と好対照だった。

結局、ファヒールがそうであってほしいといつも望むとおりに、道理が感情的な怒りにまさった。

大広間を杖をついて横切りながら、ファヒールは庭で冷たい飲み物を飲み、痛む関節にハリデの特別な軟膏をすりこもうと決めた。王から夕食に招待されたのだったが、それは丁重に断っていた。悪くなる一方の病が夕方にもっとも痛みをもたらすことは君主も理解してくれていた。

「とても青白い女だな、弟の異教徒の妻は」

悪意に満ちた声がタイルを張った冷んやりとした通路から聞こえてきた。沈みかけた太陽がステンドグラス越しに血のような色の光を投げかけ、その明るさのせいで通路は暗く見えた。ファヒールは足を止め、柱に寄りかかっているオマールに目を向けた。浅黒い顔には獰《どう》猛《もう》と言ってもいいような暗い表情が浮かんでいる。ファヒールは穏やかに答えた。「あなたが議論に負け、閣議の決定がくだされたことと彼女は関係ありません。あなたの自制心が足りなかったのと、執念深い嫉妬心がもたらした結果です」

「やつはただの街娼さながらに妻を使っているそうだな」

当初は王子の選んだ花嫁を認めていなかったファヒールだったが、やがてサラ・スチュワートが賢く、美しく、そしておそらく誰よりも寛容で親切な心の持ち主だと渋々認めるようになっていた。さらには、アーメドに負けないほど、強い感情を彼に抱いていることは、どこからどう見ても明らかだった。そのことだけでも、家の者たちのほとんどが彼女を大事に思う理由になった。「弟君の私生活は弟君だけのものです。彼の妃が女としてあらゆる点で魅力的なのだとしたら、それは彼にとってすばらしい宝となる」

「あの女の肌は触れると冷たいのか」オマールは傲慢に黒い眉をそびやかし、歯をむき出して作り笑いをした。「それに、どんな男が相手でも、弟相手のときと同じぐらい、悦びに声をあげるのか」

王の第三王子が女をひどく扱うことは、知りたくないことまで知っていたため、ファヒールは嫌悪感に駆られた。「あなたには彼女の衣装の裾に触れる資格もないですな、殿下」

「私は王の息子だぞ。偉大なる王たちの末裔《まつえい》だ」答えるその声は狂気に震えていた。自制心がぎりぎりのところで揺らいでいる。「私とイギリス人の娼婦を比べて私を侮辱するな」

「あのお方が娼婦でないことはよくおわかりでしょうに。弟君のベッドにはいられる前に無垢であることは確認されている。おふた方は愛し合っておいでだ。女を自分勝手に使い、良心の呵責も感じないあなたのようなお方にはおわかりにならないだろうが」杖に寄りかかり、ファヒールは苦々しげに言った。「忠告しておきますぞ、オマール様、妃殿下に近寄りなさるな。これまでずっとアーメド様は怒りをおさめてきました。あなた方のどちらかに害が為されたら、父王が心を痛められるからです。しかしこの件においては、アーメド様を止めることはできませんぞ」

「どうだろうな」

そこに立ったまま、ファヒールは王子が立ち去るのを見送った。がっしりとした肩を丸め、たくましく大股で歩いていく。夕方の暖かい宝石のような光のなかでも、ファヒールは震えが来るような冷たい予感を覚えずにいられなかった。

8

この国の王子の妃らしいシルクの衣装に身を包んでいることを考えると、ちゃんとしたパラソルを持ち歩いている姿は滑稽《こっけい》に見えるかもしれなかった。しかしヴェールをかぶることも、頭のてっぺんから爪先《つまさき》まで布で覆われることも拒んだ以上、過酷な陽射しから肌を守るためには何か対策を講じなければならなかった。すぐ横では、叔母のギリアンが崩れかけた低い石の壁を乗り越えようとしていた。目を好奇心に輝かせ、年齢のわりには驚くほどの敏捷さを見せている。「あれを見て」とギリアンは叫んだ。「土の下からモザイクがのぞいているわよ、サラ」

「かつてはモスクだったところです」ハメットが説明した。「もしくはそう言われています。ひどく崩れてしまっているので、見た目ではわかりませんが。異教徒たち——とくにあなたのお友達のヘル・フランク——がここを発掘したいと言ってきましたが、許可されていません」

「残念ね」身をかがめ、叔母のギリアンは壁だったものがかしいだ残骸《ざんがい》を手でこすった。色あせた大昔のタイルが現れた。「ここは修復して保存されるべきよ。イギリスの研究者たちだったら、こういう遺跡を調べたくてたまらなくなるでしょうね。ここにいるあいだに見聞きしたものについて考古学者を名乗っているマウワリー卿に話してみるから見ててごらんなさい。きっとうらやましくて青くなるわよ」

叔母の出立が近づいていることは考えたくないことだった。まわりで揺らめく砂漠を見まわしてサラは言った。「モスクを建てるにしては奇妙な場所ね。街からこんな遠いところに」

切り出し石の崩れた壁がいくつか残っているにすぎない廃墟を見てまわりたいと思うほうが不思議だと内心訝《いぶか》っているのは明らかだったが、ハメットは礼儀正しく答えた。「言い伝えによると、かつてはここに街があったそうです。何週間、いや、おそらくは何カ月もつづいた大きな砂嵐があって、砂漠に呑みこまれてしまったとか」それから、そっけなく付け加えた。「もちろん、そういう話はほかの場所についてもよく聞くことですが。ぼくが思うに、ここはあまりに人里離れているので、街に命を与えていた泉が涸《か》れて人々がここを見捨てたんでしょう。アッラーの手によって謎めいた砂嵐が起こったとするよりもそのほうが理にかなっている」

サラはパラソルの下からハメットにほほ笑んでみせた。「でも、そのほうが謎めいていて興味をそそられるわ」

「おそらくあなた方西洋人にはそうでしょうが、砂に埋もれてしまうことのどこが謎めいているのか、ぼくにはわかりませんね、妃殿下」そう言ってハメットは振り返って地平線に目を向けた。ここへやってきてからしじゅう同じことをしている。それから廃墟のまわりを見まわし、安心した様子で目を戻した。容赦なく照りつける明るい陽射しを浴びて黒い髪が輝いている。ハメットは現地の人が着る着心地のよさそうなゆったりとした服を身に着けながらも、汗ばんでいた。「満足しましたか?」

「もうちょっと待って」ギリアンがきっぱりと言い、崩れた床の隅に小さな石が積み上げられているところまで断固たる足どりで向かった。実用的な乗馬服と頑丈なブーツを身につけ、パラソルを杖がわりにしている。ギリアンは石をつつき出した。

ハメットが小声で言った。「暑くないんですかね? 慣れている私でも、日陰にはいりたくてたまらないのに」

たしかにひどく暑かったが、街の外へ出かけるのは気分がよかった。というのも、サラはここ数日、囚人のように家に閉じこめられていたからだ。夫は新しい外交の仕事か何かで終日忙殺されていた。ハリデによると――彼女の言うことを正しく理解できていればの話だが――アーメドが父王の閣僚たちを説得して国を開かせ、もっと外国との交易を重視するような法案を成立させたということだった。サラはハメットに謝るように言った。「叔母は古代の遺物に目がないの。この国へいっしょに来てもらうよう説得するのにもそれを利用したわ。おまけに最近わたしたちの行動がひどく制限されているので、こうして新鮮な空気を吸って観光するのがたのしいのよ――わたしもそうだけど」

腕を胸の前で組み、腰の高さのほこりっぽい壁に寄りかかってハメットはサラに冷ややかなまなざしを向けた。「あなたの行動が制限されているのには理由があるんです、妃殿下。

それはあなたも知っているはずだ。アーメドが説明したと言っていた」

「ええ」サラは物憂げにサンダルの爪先を固い地面にこすりつけた。「文句を言いたいわけじゃないの。でも、わかってもらわなければならないけど、わたしはいつでもどこへでも好きなだけ馬で出かけたり、舞踏会やパーティーに参加したりすることに慣れているの。少なくとも、おしゃべりできる友人や知人がまわりにいたわ。叔母が数日のうちに出立してしまったら、わたしは完全にひとりぼっちになってしまう」

少しばかり居心地悪そうな顔になり、ハメットは彼らしからぬぎこちない口調で言った。「ぼくも友人ですよ。あなたがそういうふうに考えてくださるなら、妃殿下」

夫のいとこのことはとても気に入っていたので、サラはそのことばに心を動かされた。それでも、彼が女への態度を嫌々改めているのを知っていたため、少しばかりからかってやろうという誘惑に逆らえなかった。彼女は目をわずかに見開いて言った。「でも、わたしは女よ、ハメット。同等の立場で会うのはふつうじゃないはずだわ。友人同士というのは同等の立場であるものだけど。お互い同じ立場で尊敬し合い、好意や愛情を持ち合うものよ」

「同等の立場にあると言ったわけじゃない」ハメットがわずかに背筋を伸ばして急いで抗議した。「女というものは――」

笑みを隠してサラはたくみにことばをはさんだ。「女というものは男とまったく変わらず知的で有能なのよ。あなたにもそれがわかりかけてきたのは喜ばしいことだわ。でも、お互いすぐれているところは別々ね。それってありがたいことじゃない？　あなたたち男が強い一方で、わたしたち女はやさしい心を持っている。男が守ってくれる一方、女は産み育てる。男に家を持つ能力がある一方、女にはそれを維持し、あなたたちが住みたいと思うような場所にすることができる。そういう見方をすると理にかなってはいない？　女がいなければ、人類は絶滅してしまうのよ」

「男がいなくても絶滅する」ハメットはハンサムな顔をしかめて指摘した。

「そのとおり」サラは甘い笑みを浮かべてみせた。

夫のいとこは驚いてわずかに顔をゆがめ……やがて噴き出した。崩れかけた高い塀が日陰を作る場所で馬を連れて待っている護衛たちが興味津々の目を向けてくるのも気にせずに、ハメットはお辞儀をして言った。「あなたの勝ちです、妃殿下。それぞれすぐれている点はちがえど、どちらも同等に重要だと認め、あなたを喜んで友人と呼ばせてもらいます」

「わたしも同じ気持ちよ、ありがとう。たぶん思っているほどひとりぼっちにはならないかもしれないわね」

「あなたにはアーメドもいます」ハメットは考えこむようなまなざしをサラに向けた。「彼はあなたの美しさを称えているだけでなく、あなたの機転や知性も評価している」

「あの人はすばらしい夫だわ」サラも認めた。壊れた陶器のような物のかけらを嬉々としてつついているギリアンを手で陽射しをさえぎりながら見守り、何気なくつづける。「教えて、ハメット。これはどういう意味？」それから、幾晩も忘れずにいたことばをそっとくり返した。きつく抱き寄せられ、耳もとでささやかれた、夫の歌うような声の調子を思い返しながら。

少しまごついた顔になってハメットは言った。「そのまま訳せるかどうかわかりません」

そんなはずはないだろうと思い、サラは眉を上げた。「できるかぎりでいいからやってみて」

「明らかに夫と妻のあいだの個人的なことを言っているので、訳したくないですね」

「わたしの好奇心を満足させて何が悪いの？　わたしがあなた方のことばを学んでいて、いつかはその意味を知ることはアーメドにもわかっているのよ」

「それは女の論理だ」ハメットは胸の前で腕を組んで言った。「愛のことばですよ。それから、しようがないなと言いたそうな様子でぐずぐずと口を開いた。「愛のことばですよ。それから、しようがないなと言いたそうな様子でぐずぐずと口を開いた。

もちろん、サラもそうではないかと思っていた。あふれる幸せを隠せなくなる。「心配しないで」彼女は静かに約束した。「わたしの手中にあっても安全だから」

父が書類に署名をし、その書類に王家の封印をするあいだ、部屋は静まり返っていた。その儀式を見守っていたのは、閣僚たちと外国の高官たちだった。儀式が終わると、笑みやお辞儀が交わされ、天井の高い部屋にささやき声が広がった。父の隣にすわっていたアーメドは心ここにあらずで、挨拶されると無意識に挨拶を返していた。機会をとらえてひそかにファヒールを見つけ、身を寄せて耳打ちした。「オマールは？」

「わかりません、殿下」老人は唇を薄く引き結んで困った顔になった。「出席しろとじかに言われたにもかかわらず欠席し、父上の不興を買う危険を冒すとはまさか思いませんでした。父上はお顔には出しませんが、こういうはっきりした抗議の表明はおもしろくないとお思いです」

腰の帯に宝石のついた剣を差し、正装したアーメドはこわばった笑みを浮かべた。「こんなふうに反抗して見せるとは私も思わなかった。それどころか、きっとオマールがここに出席するだろうと思ったからこそ、ハメットに妻と妻の叔母を砂漠に案内して古代のモスクの廃墟を見学する許しを与えたのだ。ギリアンがこの国へ来て以来、望んでいたことで、兄がここに、私の目に見えるところにいるとわかっていれば、害はないと思ったのだ。ギリアンは数日でイギリスに戻ることになっているから、愛する叔母の願いをかなえてやれば、サラが喜ぶのはたしかだったしな」

「オマールがここにいないのは凶兆ですな」ファヒールは濃い灰色の眉の根を寄せて顔をしかめた。「彼がどこにいるのかたしかめたいものです」

苦々しい顔でアーメドも同意した。「とくに、あなたの前であからさまに妻への脅しを口にした以上。それは直接私に向けた挑戦だ」

「その廃墟は街から馬でほんの数時間行ったところです」

「私も同じことを考えていた」すでに去りかけながらアーメドは肩越しに言った。「突然発《た》つことになったのを父に謝っておいてくれ、ファヒール」
「父上も理解なさいますよ、殿下」

馬の蹄が小道のほこりをやさしく舞い上げた。空は磨き上げた銅のような色になり、風が出てそよいだ。その午後の遠出はすばらしく、廃墟は絵のようだったが、サラは風呂にはいり、冷たく甘い飲み物を飲みたくてたまらなかった。暑く、体がべたべたしていて、心地よく疲れていた。両側を大きく張り出した岩に囲まれた暗い小道を、慎重に馬を前に進めながら、年輩の叔母のたくましい気質には驚嘆せずにいられなかった。並んで馬を走らせているギリアンは長い一日に疲れを見せることもなく、失われた古代の人々の廃墟に足を踏み入れたことに満足の笑みを浮かべている。

すぐ前を進んでいたハメットが突然馬の手綱を引いた。予期せぬ停《と》まれの合図に、見事な鹿毛の雄馬は不満そうに鼻を鳴らした。不思議に思いつつ、サラも手綱を引き、乗っていた雌馬の足を止めさせた。「どうかしたの?」

それに答えるように、銃がいっせいに発射された。先頭を走っていた護衛たちがもんどり打って馬から落ち、サラは恐怖に駆られた。振り向いたハメットがサラの馬の轡《くつわ》をつかみ、まわれ右させようとした。「待ち伏せです。戻って、妃殿下!」

恐怖と驚愕におちいったままサラはそのことばに従い、狭い道で馬を返そうとしたが、すぐにも武器をかまえた男たちに道がふさがれているのに気づいた。しんがりを務めていた護衛たちは敵の数の多さに、武器を持ち上げることもできず、ただ静かに馬に乗っているしかなかった。隣でハメットが声を殺して毒づきつづけているのが聞こえた。はっきりと理解できたことばは〝オマール〟だけだった。

ギリアンは少し当惑した様子で言った。「あらあら」

まもなくサラと叔母とハメットは、美しく筋骨たくましいバーバリー種の馬に乗った男たちに囲まれた。少なくとも三十人のたくましい男たち。そのひとりが馬を前に進めた。男の目はしっかりとサラに釘づけになっている。その貫くような傲慢とも言えるまなざしにサラは体が熱くなるのを感じた。サラから目をそらすことなく、男はハメットに話しかけた。ハメットはサラと彼女の叔母を守るようにすぐそばに、足と足が触れるほどそばにいた。ハメットは怒りをこめたかすれた声で答えた。夫の名前が口にされるのがわかる。

ゆっくりと男は首を振った。世界に共通する拒絶の身振りだ。そのまなざしは無礼とは言わないまでも心乱されるほどぶしつけだった。だぼっとした汚れたズボンにブーツ、ゆったりとしたリネンのシャツというういでたちで、顔は浅黒く、ひげで覆われていた。たくましく広い肩をしている。その男がほかの男たちを率いているのはまちがいなかった。ふたたび口を開いた男の声は威張り散らす支配者の声だったからだ。

ハメットは手を剣の上に置いてはきはきと答えていた。やがて英語でひそやかに言った。「困った状況です、妃殿下。この男たちは雇われた山賊どもです。ご覧なさい、せいぜい烏《う》合《ごう》の衆で、なかには白人すらいる。みずからの世界からはじき出された連中です。われわれの護衛を撃ち殺したやり方をあなたもご自分の目で見たでしょう」

たしかにそれはぞっとするような光景だった。心の底から恐怖に駆られつつ、サラは小声で訊いた。「何が望みなの？」

「あなたです」恐ろしい答えだった。ハメットは目の前にいる馬に乗った男をぎらつく目でにらんだまま、指の長い片手で剣の柄を握りしめた。「それに、あのこそこそしたハイエナのようなオマールがあなたを拉致するたくらみの黒幕であることはまちがいない。アーメドに報復するためにあなたを利用しようというわけだ。それはうまくいくでしょう。あなたの夫はあなたをとり戻すためならなんでもするでしょうからね。さあ、短剣は持ってますか？」

短剣はアーメドが身に着けるようしつこく言った革の鞘にはいって右の太腿のところにしばりつけてあった。「ええ」

わずかに体の位置を変え、ハメットは小声で言った。「よろしい。ぼくが教えたことを思い出すんです。あなたと知り合えて光栄でした、妃殿下」

彼が何をしようとしているか突然気づき、サラは不安になって言った。「相手の数が多すぎるわ！　戦おうなんて思わないで！」手を伸ばしてハメットの腕をつかんだが、ハメットはその手を楽々と振り払い、剣を抜いた。金属がきらりと光った。低く悪意に満ちたことばを発しながら、ハメットは戦いを挑む姿勢もあらわに前に進み出た。敵意をみなぎらせてかまえをとるその姿は、根っからの戦士である若き王子のように見える。

呆然とサラは見守るしかなかった。無法者の指導者はゆっくりと笑みを浮かべ、武器を抜いて何か叫んだ。金属と金属のあたる音が聞こえたと思うと、サラは荒々しい手につかまれて馬から引きずり下ろされた。喉から低い悲鳴がもれる。

「サラ!」恐怖に駆られた叔母が抗議の声をあげた。「ちょっと、その子を放しなさいよ。この……異国の悪魔め」例によってひるむことなく、ギリアンは憤怒《ふんぬ》の形相でパラソルを振り上げたが、パラソルは簡単につかまれて脇に放られた。それから叔母も馬から引きずり下ろされた。男たちに抗おうと暴れる叔母の怒り狂った声に、短いののしり声が応じた。

黒檀のような肌をし、頭に巨大なターバンを巻いた、にやにやと笑う大男にしっかりとつかまえられたサラは、すばやく手をしばられ、目隠しをされた。しばられて抵抗しようもないまま、サラは男たちが戦う音を呆然と聞いていた。剣と剣がぶつかる音のあいまに烏合の衆の歓声が聞こえ、やがてはっきりと沈黙が訪れた。身動きできず、信じられない思いに駆られながらサラは馬に乗せられた。おちつかない動きをするものの上に乗せられたのでそれはたしかだった。

やがて、騒々しい蹄の音だけの世界となり、サラは連れ去られた。

いったいあれはなんだ?

汗が目にはいり、風が髪を乱した。アーメドは目にしている光景を正確に把握できなかった。前方の、開けた砂漠へとつながる狭い小道のそばの地面に、いくつもの黒い塊が転がっていたのだ。頭上の空で静かに旋回するハゲワシが何が起こったのかを不吉に表している。馬に拍車をかけ、アーメドは鹿毛の雄馬の首越しに身を乗り出した。馬がすばやく足を運ぶたびに胸がしめつけられる。

そばまで来て、最悪の懸念が現実となったことがわかり、胸騒ぎに胃が逆流しかけた。四人の男がさまざまな態勢で死んでいる。馬はいなくなっており、生気を失った目が腐肉を狙って頭上でゆっくりと旋回するハゲワシを見上げていた。妻を護衛するために雇った男たちの何人かは忠実な友であり、すばらしい戦士でもあったため、強い喪失感と怒りにとらわれながらも、アーメドはおちつきをなくした馬を抑え、殺戮《さつりく》の状況を調べた。ひとめで死んだ男たちが武器を奪いとられていることがわかった。馬から降り、ひとりのそばに膝をつく。沈みかけた夕べの陽射しの熱がゆらめく砂から発せられている。十八にもならない若い護衛が側頭部を銃で撃ち抜かれていた。両側をごつごつした岩の壁にはさまれた狭い小道で攻撃が行われたのは明らかだった。道の反対側には砂漠へと傾斜する土地があり、その先には岩とこの過酷な乾ききった気候のなかで必死に生きようとしている低木だけの情景が延々とつづいていた。無駄とわかっていながら脈をとり、アーメドは死体がまだ硬直せず、温かく、しなやかであることを知った。失われた護衛たちの魂に短い祈りを唱えると、アーメドはすばやく立ち上がり、手綱をとって馬にひらりとまたがった。

起こってからそれほどたっていないのならば、あとを追えるかもしれない。アーメドは必死にみずからに言い聞かせた。峡谷のあいだの狭い道に馬を導くと、狭い小道の反対側に別の体がうつぶせに倒れていて、いっそう胸騒ぎが大きくなった。いとこを弟のようによく知っている者の直感で、そのほっそりした体が誰のものであるかわかったからだ。そばへ行って馬から降り、アーメドは膝をついて恐る恐るハメットの体をひっくり返した。リネンのシャツに斬られたあとがある。シャツが真っ赤に染まっているのを見て愕然とし、胸をねじられるような悲しみを感じた。若いいとこの顔は真っ青で、腹と一方の肩を深く斬られた体はぐったりしている。出血の多さからして、肩の傷のほうが深手だった。

それでもハメットには息があった。

アーメドはハメットの胸がわずかに、ほとんどわからないほどに上下しているのに気づいて、とてつもない安堵を感じた。震える手でハメットの斬り裂かれたシャツの前を開け、破いた布を細くちぎって包帯がわりにし、出血を止めようとした。仮の包帯を背中に巻いて留めようとわずかに体を持ち上げると、ハメットがうめき声を上げ、まぶたをぴくつかせた。これほど深くひどい傷を負っていなくてもたくましい男が命を落とすのを何度も見てきたアーメドは恐怖に駆られた。負傷した人間の命を救うためには、すぐに手当てしなければならないということも、背筋が凍るような経験からわかっていた。

サラ。ハメットをできるだけやさしく肩に担ぎ、彼のうなり声を聞いて苦悶《くもん》するほどの恐怖に駆られながらアーメドは胸の内でつぶやいた。絶望してはだめだ。私がすぐに助けに行く。

9

状況を考えれば、楽観的に考えるのはかなりむずかしかったが、いくつか希望の持てる点もあった。今のところ、叔母のギリアンも自分も危害を加えられていないのだ。男たちが年輩の叔母の悪態にうんざりしているのは明らかだったが。叔母の辛らつなことばは、英語を話す話さないにかかわらず、容易に理解できるはずだった。知らない場所に連れてこられ、きしむ扉に錠をされると、自分たちを拉致した男たちがしじゅう厳しい毒舌にさらされずにすむようになってほっとしているようにサラには感じられた。

「目隠しが少しずれたわ」ギリアンが穏やかに言った。これまでずっと甲高い声を発しつづけてきたせいで、声が少しかすれているようだ。「どうやら倉庫か何かに入れられているようよ。袋や木箱があるもの。ハツカネズミかドブネズミがうろつきまわっているわ。音が聞こえる？」

ネズミがいると思うだけでいやでたまらず、サラは固い床の上で不快そうに身を動かし、手をしばっている縄がはずれないか試した。「荷馬車に乗せられて上に布をかけられたときは、街へ連れ戻されないのではと思った」

「でも、結局街に連れ戻されたようね。この街の騒音は聞きまちがえようがないもの。それほど遠くへ運ばれてもいないし。手かせはきついの、サラ？」

しばられ、目隠しをされ、知らない場所に放りこまれてはいたものの、サラはギリアンの平静な声を聞いて小さく笑い声をあげずにいられなかった。「たぶん」そう答えて片方の手首をまわして顔をしかめた。「少し皮膚がすりむけるかもしれないけど、ちょっと縄をゆるめられれば、片手を自由にすることはできるかもしれない。叔母様は？」

「残念ながらしばりあげられた雌鶏《めんどり》みたいよ」ギリアンは妙に申し訳なさそうな声を出した。「血のめぐりも悪くなってる。推測だけど、ここに長くいることはないわね」

「連中が叔母様にさるぐつわをはめなかったのは驚きだわ」サラは少しばかりおもしろがるような声を出した。「でも、街がうるさいから、誰にも叔母様の声は聞こえないと思ったのかもしれない。ありがたいことに、わたしはまだ短剣を持っているわ。男たちもまさか異教徒の女が武器を持ってるなんて想像もしないでしょうしね」

「ばかな過ちよね」

「ハメットのおかげよ」意思と関係なく、サラの目に涙があふれた。「ああ、ギリアン叔母様、彼が死んだと考えると耐えられないわ。アーメドが打ちのめされるにちがいないもの。兄弟みたいだったから」

「妻まで失ったら、あなたのご主人はよけいに打ちのめされるわよ」さとすようなそのことばは短かったが、事実を述べる声は明らかに震えていた。叔母がおちついた声を出しながらも、それほどおちついているわけでないのがわかる。「さあ、手を自由にすることに神経を集中させて。ここにすわっているせいでお尻の感覚がなくなりつつあるわ」

喉からすすり泣きの声がもれそうになるのを抑え、サラはその忠告に従って腕をしばっている縄の下で手首をまわそうと精一杯努めた。死ぬほど痛かったが、ギリアンの言うとおりだった。ここでこうして自分の運命がどうなるのかただ待っていてもしかたがない。しばらくすると、うっすらと顔に汗が浮かんだ。手が痛んだが、それが縄がゆるんだ証拠なのかどうか、確信は持てなかった。指の関節に温かく湿ったものが垂れる感触があってはじめて、縄がすべり、右手がほぼ自由に動かせるのを感じた。

「血が出たわ」サラは歯を食いしばり、全力で縄を引っ張りながら言った。また痛みをともないながら半インチ縄が動く。「でも、そのせいで動かしやすくなっているみたい……ほら！」

手が自由になってまずは目隠しをはぎとった。叔母の言うとおりだった。ドアの下からもれる光と、石の壁の高いところに開いた小さな換気口らしい穴から射す光だけに照らされた、薄暗くやや広い部屋に入れられている。叔母のギリアンは影にしか見えず、数フィート離れた土の床の上でなかばひれ伏すような恰好で身をちぢこませていた。

短剣を手にとり、足をしばる縄を切ると、叔母のいましめを切りにかかった。暗闇のなかで叔母を立たせるのに手を貸してから、使える武器はないかと探るようにまわりを見まわした。ギリアンは念入りにスカートのほこりをはらっている。「それでどうするの？」

薄闇のなかでかすかな笑みを浮かべたギリアンの歯が光った。「ドアにはまちがいなく鍵がかかっているけど、開けようとしてみるべきね。でも、気をつけて。見張りがついていたら、一巻の終わりよ」

その助言をもっともだと思いつつ、サラは叔母とともに息をひそめて待った。暗い牢の外で何かが動く気配はなかった。勇気を出して質素な木の扉をそっと押してみる。ドアは外側でかんぬきのようなものがかかっているらしく、軽く音を立てて少しばかり動いた。ふたりともしばりあげてあり、男たちはサラが武器を持っていることも知らなかったため、見張りも立てていないようだった。腕木にかけられて扉を開かなくしている木のかんぬきが隙間《すきま》から見えることに気づき、サラは心に希望のかすかなともしびがともるのを感じた。そこで、叔母に小声で耳打ちした。「短剣の刃をすべりこませてかんぬきを開けられるんじゃないかと思うの。やってみる？」

すばやくうなずく気配。「もちろん」

短剣を隙間に差しこみ、木のかんぬきを持ち上げるのはおかしいほど簡単だった。扉がきしみながら開くと、ふたりはあたりをうかがいながら、似たような扉が並ぶ、ほこりまみれの廊下のような場所へ足を踏み出した。自由になったことに興奮と怯えを感じながら、サラはつぶやいた。「これからどうする？　ここがどこなのか見当もつかないのよ」

叔母のギリアンは肩を怒らせ、皺の寄った顔を輝かせた。「男たちに逃げたと気づかれずに外に出られれば、宮殿を見つけることはできるはずよ。わたしでさえ、この国のことばでそれをなんと言うか知っているもの。あなたはハメットからレッスンを受けたんだからもっとましなはずよね。この街に金髪の妃殿下がもうひとりいるはずはないし、この国のほとんどの人はあなたのハンサムな若いご主人を敬愛しているようだわ。誰かが助けてくれるわよ」

「このいやなにおいのする場所から出られればね」サラは険しい顔で言った。「どっちへ行く？」

「迷ったときは――」ギリアンがいたずらっぽい笑みを浮かべてきっぱりと言った。「右へ行けとわたしはいつも言うの」

「いつからそうなの？」

「砂漠のまんなかで山賊に拉致されてからよ」

暗い廊下に目を向け、サラはうなずいて急に笑いたくなるのを抑えた。「じゃあ、右へ」


日焼けした顔に無念さをありありと浮かべながら男はお辞儀をした。「申し訳ありません、殿下。ただ、敵の数が多すぎて。まず攻撃され、それからまわりを囲まれました。やつらは殺さなかったわれわれから武器を奪い、砂漠でそのまま命を落とすようにとしばりあげていったんです」

その場で撃ち殺されなかった護衛たちの顔にたいまつがちらちらと光を投げかけていた。アーメドはハメットを連れ帰るとすぐに捜索隊を召集し、サラと叔母が拉致された場所から二マイルと離れていない場所で男たちに行きあたったのだった。「その者たちについてわかっていることは？　誰だった？」

護衛のひとりで、頬に傷を負った肩幅の広い若者が答えた。「ほとんどが罪人どもでした。新しい条約が結ばれるまで国境を越えることが許されていない禁輸品を扱う密輸人や運び屋どもです」

アーメドは怒りに駆られながら理解した。つまり、以前は法の抜け道から利益を得ていたのにそれができなくなったせいで、私を苦しませてやろうと考える連中だな。「なるほど」

「自分たちのために妃殿下を拉致したわけではありません、殿下。やつらが話しているのを聞きました。金《かね》と復讐を約束した誰かの命令によるものです」

風がそよいだ。低い音を立てる甘い風。何世紀にもわたって砂のにおいを運んできた砂漠の風だ。おちつきを失っている馬に乗り、妻が見知らぬ悪党どもの手に落ちてから刻一刻と時間がすぎることに不安と苛立ちを募らせながら、アーメドは自分の顔がこわばるのを感じた。「卑怯者め」自分らしからぬ荒々しいしぐさで唾を吐く。「直接挑んでこようとせず、報復のために罪のない女を利用するなど。そいつを見つけたら、心臓をえぐってやる。教えてくれ、やつらは彼女をどこへ連れ去った？」

男たちにできるのは首を振ることだけだった。「わかりません」頬に傷のある男がゆっくりと言った。「しばられて目隠しされていらっしゃいました。年をとったほうも」

「年をとったほうはおかしくなった雌鶏のように騒いでいました」男のひとりが暗く付け加

えた。「あの年寄りとはいっしょに行きたくないと思うほどに」

夜の帳《とばり》が降りていることを考えれば、サラを拉致した連中がどこへ向かったのか、痕跡《こんせき》を見つけるのも不可能なまま、この広い砂漠の捜索をつづけるのは無意味に思われた。見つけた護衛たちは何時間も食料や水もないまましばりあげられていたのだから、食べ物と寝床を与えてやらなければならない。アーメドは渋々ながら言った。「街に戻り、捜索は明日つづける。ほかにどうしていいかわからないからな」声には隠そうとしても隠せない絶望の響きがあった。

「かしこまりました」


あくびを嚙み殺し、サラは甘く熱いコーヒーのはいったカップに手を伸ばした。恐怖と疲れがもたらしたにちがいない頭痛のせいで左のこめかみが脈打っている。「あれだけのことがあったのに、眠くなるのはおかしいかもしれないけれど、いつなんどきでも眠りに落ちそうだわ。アーメドに伝言を送ってほしいというわたしの要望をあの人たちは理解してくれたと思う？」

ほこりだらけで髪はぼさぼさのギリアンがサラと向かい合うようにすわっていた。しばりあげられたり、荷馬車で運ばれたりしたせいで、白髪は乱れたまま顔をとりまいている。宮殿の近くまで運んでくれたのは野菜を運ぶ荷馬車だった。ギリアンは弱々しい声で答えた。

「もう遅いもの。まったく、拉致されたのは何時間も前だわ。それにあなたの伝言を彼らが理解できたかどうかだけど、たしかなことは言えないわね。でも、あなたが宮殿にいて、やってきたときの様子がふつうじゃなかったのはわかったはずよ。ことばはわからなくても、ご主人に使いを送ってくれていると思っていいわ」

「そうよね。でも、少し急いでくれるといいんだけど。お風呂にはいって眠りたいの」

叔母も同意した。「すばらしい考えね。砂漠の廃墟も魅力的だけど、わたしの年になると、よく眠ることがもっと重要になるわ」

ふたりがいたのは、きれいで堅苦しい内装の部屋だった。おそらく高貴な客を迎える応接間のようなものだろうとサラは推察した。無表情で身動きひとつしない護衛が扉のそばに立っている。サラとギリアンは低い長椅子に腰を下ろしていた。水を一杯もらうほうがありがたかったが、熱いコーヒーの載ったトレイが運ばれてきたときには、ありがたく受けとったのだった。繊細なカップからもうひと口飲むと、サラは目を上げた。男が部屋にはいってきたのだ。それがロバート・チューレーンだとわかってほっとした。イギリス領事は真夜中にもかかわらず、いつもと変わらず隙のない装いだった。彼は目に驚きの色を浮かべながらも、礼儀正しくお辞儀をした。「妃殿下」とかしこまって言う。「こんな遅い時間に宮殿に来られた理由を私にお話しいただけますかな?」

しかたないといった口調でサラは言った。「あなたのところに使いが行ってしまって申し訳ありません、ミスター・チューレーン。言いたいことが伝わったと思っていたんですけど。わたしはアーメドに使いを送って居場所を教えたかっただけなんです。そうすれば家に連れ帰ってもらえるので」

「王のことを許していただかなくてはなりません。義理の娘が傷だらけの見るからにとり乱した様子で、甥が殺されたという知らせをもって宮殿に現れたとあって、王は何が起こったのか、正確に知りたいとお思いなのです。あなたのご主人様以外に正確に通訳できる人間はここにはおりませんが、ご主人様はどうやらあなたとあなたの叔母様を探して砂漠にお出かけのようなのです」

ハメットのことが話に出て、サラは目に涙があふれるのをどうしようもなかった。こらえきれなかった涙がひと粒目から落ち、頰を伝った。不安に駆られた領事はサラの手をとり、そっとその手をたたいた。サラは涙をこらえつつとぎれとぎれに話しはじめた。「ハメットはわたしたちを守ろうとして命を落としました。砂漠の端にある古代のモスクの廃墟を見学に行って、その帰りに襲撃されたんです。護衛も何人か撃たれました。叔母とわたしはしばりあげられ、街に連れ戻されて古い建物に監禁されました。正直、それがどこかはわかりません。わたしたちはそこから逃げ出し、通りにいた老人に頼みこんで宮殿まで連れてきてもらったんです」少しばかり声をつまらせ、サラはみじめな様子で話を終えた。「それで、ここでしばらく待つことになっているわけです。家に帰ることはできないかしら?」

手首のひどいすり傷と、乾いた血がこびりつき、すでに青あざとなりつつある生々しい縄のあとを見て、領事は驚きと狼狽を隠しきれなかった。「親愛なる妃殿下、もちろん、私が決められることではありませんが、きっと王もあなたが遭遇した苦難に同情されることでしょう。どうか——」

入口のところで話し声がした。聞き慣れた声が矢継ぎ早の質問を発し、護衛が答える暇もないままに、背の高い男がすばやく部屋へはいってきた。黒い髪は乱れ、服はほこりだらけで、細い腰には危険そうな剣がくくりつけられている。夫は恐ろしげな様子だったが、疲れてもいた。

どちらが動くのが早かったのかはわからない。サラは気がつくと部屋のまんなかで彼の腕のなかにいた。顔を彼の広い胸にうずめ、すっぽりと抱かれる。耳の下で彼の心臓の鼓動が速くなり、強く荒々しい音を立てた。腕は痛いほどきつく体にまわされている。「ああ、アーメド」彼にしがみつきながらサラは言った。「よかった、来てくれて」

アーメドの口がいとおしむように彼女の髪をかすめた。「家に戻ったら、きみが無事でいるという伝言が来ていた。感謝のあまりひざまずいたよ。なあ、美しいサラ、危害は加えられなかったかい?」

「ええ」サラはそこで息を呑んだ。「でも、ハメットが……ああ、ごめんんさい。ハメットは信じられないほど勇敢だったの。たぶん、その——」

「シッ……ハメットは生きている。息絶え絶えだが。私が彼を見つけた。手当てを受けているところだ」アーメドはサラの額にやさしくキスをし、子供をあやすように腕のなかの彼女を揺すった。黒いまなざしが彼女の目にじっと注がれる。「彼のためにいっしょに祈ろう。あの男たち……みな無法者、犯罪者だった……愛するサラ、どうやって逃げてきたんだい？」
ハメットが生きている——そう聞いて感じた安堵に足がぐらついた。突然疲れを感じ、サラはその場で——部屋のまんなかでみんなに見つめられながら——眠りに落ちてしまいそうになった。が、アーメドが絶対に放したくないとでもいうように抱きつづけていてくれたおかげで倒れずにすんだ。サラは小声で言った。「話せば長くなるわ。明日お話ししてもいい？」

曙光《しょこう》がうっすらと射し、空をバラ色と紫色に染めた。アーメドは静かに起き出し、服を身につけた。数時間前に風呂にはいったばかりで、髪の毛はまだすっかりは乾いていなかった。疲弊しきった心の痛みと、妻をベッドに無事とり戻せた安堵がうまく釣り合い、心の平安を保っていられた。サラは頬の下に片手を置き、横向きに安心しきって眠っていた。ほっそりした手首には青あざができている。いましめを解こうとしてできたあざだ。金色の髪の毛は乱れたベッドシーツの上にもつれて広がっている。じょじょに明るくなるなかでむき出しの肩が象牙色に見え、長く濃いまつげは頬に降りている。寝息は一定で軽く、彼女は安らかでどこまでも美しく見えた。

私の命そのものだ。昨日の午後と夕方に感じた無数の感情をどう扱っていいか自分でもわからないまま、アーメドは思った。これほど途方に暮れたことはもちろん、これまで心の底から恐怖に駆られたことなど覚えているかぎり一度もなかった。しかも、恐れを知らぬ若い妻とその年輩の叔母は、実質自分たちの命を自分たちで救ったのだ。そこにそうして立ちながらも、妻のそばに身を横たえ、彼女を腕に抱きたいという衝動が激しく、それをどうにか抑えなければならないほどだった。あれだけ悲惨な経験をしたのだから、妻には休養が必要なのだとはわかっていた。

中庭に人影はなかったが、使用人たちは起きていた。厨房がある家の裏手から薄い煙がうずを巻いて上がっているのが見える。門をくぐって庭にはいると、早朝にもかかわらず、ファヒールがいつもの場所にいるのがわかった。細く長いパイプを吸い、関節の浮き出た片手を膝の上に載せている。老いた相談役はアーメドが身につけている服と乗馬靴を見て眉をわずかに上げた。「それでは」と穏やかに言う。「兄上を追及しにいらっしゃるんですね。そろそろ潮時でしょう」

「禁輸品の密輸によって彼が私腹を肥やしていたといつから知っていた?」自分の愚かさをどの程度自覚すべきかわからず、アーメドは小道に立ち、父に近い存在と思っている男を見つめた。近くの木で小鳥がはばたき、朝の空気のなかでためらいがちに声を出した。

「疑うようになって少したちます。妃殿下を拉致するのに集めた面子を聞いてはじめて、その疑いが確信に変わりました」煙を吐き出し、ファヒールは首を振った。「オマールは妃殿下が逃げ、自分の復讐が失敗に終わったと知り、かつてないほどに動揺していることでしょう。じっさい、彼を探しにあなたが街へ出ていくのもいい考えとは思えませんな」

信じられないといった顔になり、アーメドは熱した口調で言った。「私には彼を見つけ出し、決着をつける能力がないというのか？」

老いた男は口を皮肉っぽく曲げてほほ笑んだ。「怒った子ライオンのように毛を逆立てないでください、殿下。そういうことを言っているのではない。あなたの兄上が少しずつ理性的な判断を失いつつあると言っているのです。彼の憎悪は深い……そして妃殿下に危害を加えることがあなたを苦しめる一番の方法だと確信している。これまで彼はあなたに父の愛情を奪われてきたが、今はそれだけでなく、みずからが犯罪者であり、裏切り者であることが明らかになってしまった。違法な商売の道を絶たれたのは言うまでもなく。そのすべてが
――理性を失った彼が考えるに――あなたのせいなのです」

「だからこそ、彼を見つけて決着をつけなければならない。サラを自宅に軟禁するような状態のままでいることはできない。安心して外出させることもできないが。昨日襲ってきた男たちは残忍で、ひどい殺し方をした。ハメットは――オマールよりずっと兄弟に思えるハメットはまだ生死の境をさまよっている。こうした状況がつづくのを阻止できるかどうかは私にかかっているのだ」

ファヒールは柔和な顔になった。「その点では異論はありません。しかし、オマールのほうがあなたを襲いに来るとは思いませんか？」

「私を襲いに来る？　男と男、戦士と戦士として？　考えてもみてくれ、ファヒール。サラの拉致をたくらんだのがオマールだと私が知って怒り狂っているのは彼にもわかっているにちがいない。サラがあれほどに機知に富み、勇敢でなければ、私は彼女を失っていたかもし

れないのだ」声に出して言うのはもちろん、考えるのも辛いことだった。昇りつつある朝の日の暖かさのなかでも、アーメドは背筋に冷たいものが這うのを感じた。

「あなたのイギリス人の花嫁はすぐれたお人であるのをみずから証明しましたな」ファヒールはぶっきらぼうに言った。そう認めることが辛いとでもいうような表情が皺の寄った顔に浮かぶ。「勇気があり、聡明です。叔母ですら、とんでもなく歯に衣着せぬ物言いをする女だが、感心するほどに勇敢だ」

「ああ、でも彼女たちがもうこれ以上恐れなくていいようにしなければならない。事の始末がついたら、王に釈明しよう。オマールが姿を消した事実だけでも、彼が昨日の卑怯な攻撃に関与していたれっきとした証拠となる」

「彼が姿を消したことはたしかにわれわれの告発を裏づけるものになりますな……それでも、なにやら彼を追うのはいい考えとは思えない。妃殿下のためには、あなたがそばについていたほうがいいでしょう。オマールがヘビのように巣穴から出てきて攻撃をしかけてきたときに、反撃できるように」

アーメドは目を丸くしてゆっくりと訊いた。「兄がここへサラを奪いに来るほど理性を失っていると思うのか？」

「彼には時間がない。すでに追われる身です。というのも、あなたの父上も昨日起こったことについて釈明を求めているからです」ファヒールが考えこむように吐いた煙がうずを巻いて立ち昇り、じょじょに明るくなりつつある平和な庭へと吸いこまれていった。「オマールはふたつのうちどちらかの行動に出るでしょう。冷静であれば、密輸品を運んでいた船のどれかに乗りこんで出国し、二度と戻ってこない。王はこれまでオマールの欠点に目をつぶってきましたが、殺人や強奪を大目に見るわけにはいかないはずです。もうひとつの可能性はより理性を欠いたものですが、この街に潜伏し、ゆがんだ復讐の計画を続行するということです」

「私がオマールだったら、最初の手立てを選ぶだろうから、彼なら後者を選ぶと考えたほうがいいだろうな。私とオマールの意見が一致したことはこれまで一度もないのだから」アーメドは苦々しげに顎をこすった。「あなたの推測が正しいとすれば、兄が逃亡したと私が信じ、彼を探すのをあきらめたと見せかけるために護衛の数を減らしたほうがいいかもしれないな。傷口から毒をしぼり出すように、彼をおびき出したいものだ」

「長く膿《う》んでいた傷ですからな」ファヒールは重く真剣なまなざしで言った。「長すぎるほどに」

10

サラは温かい湯に体を沈めた。湯がむき出しの肌を覆うのが気持ちよかった。軟膏がすばらしく効くはずだとハリデが請け合ってくれたのだったが、痛む場所がいくつもあり、手首はずきずきと刺すように痛んだ。何よりも心を癒し、気持ちを浮き立たせてくれた知らせは、ハメットが生きてその晩を越したということだった。腹と肩に負った傷は深手だったが、医者たちが絶対とは言わないながら回復を見こんでいるという。

ため息をつきながらサラは髪をほどき、湯に深くつかって髪をゆすいだ。厚手の絨毯《じゅうたん》に落ちている長い影を見れば、昼過ぎまでぐっすりと眠っていたのは明らかだったが、まだ少しばかり眠気を感じていた。起きたときにアーメドに会えると思っていたのに、彼が外出したと聞いてがっかりし、もしかして昨日襲撃してきた盗賊たちを追跡しに行ったのかもしれないと訝《いぶか》らずにいられなかった。何よりも、宮殿の扉から勢いよく部屋にはいってきたときの彼が、怒り狂っていて暴力をふるうこともためらわない様子だったのはたしかだ。

庭でアーメドが殺した男のことを思い出し、身震いしてサラは風呂にほんの少し深く身を沈め、石鹸《せっけん》に手を伸ばした。昨日、目の前で無情な銃弾に倒れた護衛たちの姿も悪夢に見ることになりそうだ。

小さな音がして、サラはいいにおいのするやわらかい石鹸を手に持ったまま目を上げた。今体を沈めている冷たい磁器のバスタブは部屋の隅にある台の上に載っていて、一部がついたての陰になっていた。中庭に向いた窓は外から見えないように、また、厳しい午後の太陽の熱をさえぎるために閉まっていたが、首をめぐらしてそちらを見やると、そのひとつがわずかに開いていて、そよ風にカーテンが軽く揺れていた。

即座に全身に鳥肌が立った。胃の奥で警鐘が鋭く鳴り響く。サラはタオルに手を伸ばし、「ハリデ！」と叫んだ。

「あの婆《ばあ》さんを呼ぶなら、婆さんもいっしょに殺してやるぞ、イギリス女め！」

聞いたことのない男の声だ。ひどい発音だったが、そんなことはどうでもよかった。すぐにも声の主が夫の兄であることがわかったからだ。男が前に足を踏み出し、浅黒い顔とぎらぎらした目がはっきり見えるようになる前にすでに。近くで見ると、アーメドよりも大きく、背は彼ほど高くないが、肩ががっしりしていて腕も筋骨たくましく、首は雄牛の首のようだった。顔立ちにはどことなく似ているところがあったが、表情にはアーメドの知性や皮肉なほほ笑みなどかけらも見あたらなかった。オマールの顔は憎悪と侮蔑にゆがんでいる。彼はなかば湯船に沈んだ彼女の体の上に目をゆっくりとただよわせた。サラはタオルを胸にしっかりと抱き、恐怖をあらわにした目で彼を見返した。「出ていって」とできるだけ冷静に言う。「さもないと大声で護衛を呼ぶわよ」

「こんなに青白い異国の女ははじめてだ」オマールは一歩前に出た。人間のものとは思えない暗い笑みが顔に浮かぶ。「それに、ばかな弟はおれに妻をもてあそばれているあいだ、逃亡を防ごうと、港でおれを探しているというわけだ。おれがどれだけやつを苦しめ、はずかしめてやりたいと思っているかわかっていないのだ。しかし、戻ってきておまえが穢されて死んでいるのを見つけたら、ようやくわかる――」

「あなたがどれほど真っ黒で罪深い魂の持ち主であるかが？」

サラは発作的に立ち上がり、しぶきを飛ばした。必死にあたりを見まわした目が部屋にはいってきていた背の高い人影を見つける。アーメドは正気を失った兄とは対照的におちついているように見えた。が、黒い目にはぎらつくような怒りの炎が燃えていた。前に持っていたのと同じ恐ろしげな短剣を持っていて、曲がった柄をつかむ指の関節が白くなっている。「たぶん」彼は静かに口を開いた。「私はそれほどばかではないんだろうな、兄上。あんたがここへ来ると予測していたのだから」

オマールは顔を鉛色《なまり》にし、かすれた音を立てて武器を抜くと、顔をしかめ、敵意もあらわにそれを前に持ってかまえた。次に発せられたことばは低く激しすぎて、サラには一音節も聞きとれなかったが、サラは恐怖に呆然としながら、ふたりの男が寝室のまんなかで突いたり引いたりする死の舞踏を、円を描きながらゆっくりとはじめるのを見つめた。夫の気をそらしてはいけないと思うと、なすすべもなくそこでじっと見守るしかなかった。やがて、兄が体の重さで優位に立っていることをアーメドがよくわかっていることが見てとれた。兄が振りまわす短剣が届かないところに身を置くよう気をつけ、牽制《けんせい》してすばやく剣を振り、後ろに戻る。そのかいあって、敵の筋骨たくましい腕に赤く細い線が現れた。

アーメドは何かののしるようなことばを発した。サラの解釈では〝最初の血〟ということばだった。オマールは喉の奥で低く怒りに満ちた声をあげ、飛びかかってきた。二度目に剣が弧を描き、すばやく後退すると、オマールは肩からも出血していた。チュニックの前が裂けて開き、浅黒い顔は憤怒の形相となった。また飛びかかってくると、次の一撃を交わし、激しく剣を突いた。すんでのところでアーメドの胴体に刺さりそうになる。ふたりは組み合ってもがき合いながら絨毯の上に転がった。アーメドはとっ組み合いから身を振りほどくと、敵の剣の届かないところまで飛びすさった。サラは安堵のあまりとり乱したすすり泣きの声をあげた。

しかし、オマールは抜け目なく、優位に立ったのを利用しようと、ナイフを突き出したますばやくそのあとを追った。アーメドは足を止め、一瞬間を置いたと思うと、踊り手のような優雅な動きで振り返り、突然退却をやめて前に飛び出した。ふたりの男がぶつかり合い、胸の悪くなるような悲鳴がとどろいた。やがてオマールがよろよろと後ろに下がり、浴槽の置かれた台につまずいて階段の上に倒れ、サラが手を伸ばせば触れられる位置に身を横たえた。サラに見えたのは、足もとに倒れるオマールの首から大量の血が流れ出る光景だった。サラは数分前には心地よく思えた浴槽から急いで出た。裸の体から水がしたたり落ちるのも気にならなかった。

荒い呼吸をしながら、アーメドはサラがまだ胸に押しあてていたタオルをとり、彼女の震える体をそれで包んだ。アーメドのほうこそ、唇を真っ白にしていたのだが。「すまなかった」彼は丁重に謝った。「せっかくの風呂をだいなしにしてしまったな、美しいサラ」

サラは震えながら夫のハンサムな顔を見上げた。「彼が来るとわかっていたのね」

「来るかもしれないとは思っていた。というよりも、ファヒールがそう確信していた」夫の目は兄の体に釘づけになっていた。ぱっくりと裂かれた喉から流れ出た赤黒い血が川となって大理石の階段を流れ落ち、下の床にたまっている。アーメドに勝ち誇った様子はなく、その顔は悲しみに沈んでいた。彼は静かに言った。「殺されるべき人だったが、それでも、この手で殺したことは残念だ」

サラは手を伸ばし、濡れているてのひらで彼の頬を包んだ。「あなたはこれまで出会ったどんな人ともちがう。戦士であり詩人でもある」

アーメドが視線を動かし、ふたりの目が合った。「きみもこれまで出会った誰ともちがうよ。とても美しく、勇敢だ」

サラは震えながら首を振った。「それほど勇敢じゃないわ。あなたの声が聞こえたとき、ほっとして気を失いそうだったもの」

「きみのことは必ず私が守るよ、サラ。きみが……きみがとても大事なんだ」

彼が自分のほんとうの気持ちを口に出すのをためらっているのはわかっており、今はそれをはっきり告げるときでないのもたしかだったため、サラはただおののきながら笑みを夫に向けた。「わたしもよ」と小声で言う。「あなたがとても大事だわ、アーメド」

ランプの明かりが揺れたが、赤みを帯びた光が動いても、ベッドに横たわる男の顔色は変わらず、真っ青でやつれたままだった。それでも、いつもの戦いを挑むような笑みの兆しが口に現れた。男は少し身を動かしたが、痛みにひるんで体をこわばらせた。「こういう日が来ると言っただろう。父上に赦《ゆる》されたなら、あなたも自分を赦すべきだ」

部屋を行ったり来たりしていたアーメドはくるりと振り返り、ハメットに皮肉っぽい目をくれた。「頼むよ、今はおまえまでがファヒールみたいな口をきく。正直に言って、とどめのひと突きをくれてやったとわかるやいなや、後悔に駆られたんだ。失ったことではなく……おそらくは、けっして持つことのなかったことについて。言っている意味がわからないかもしれないが。私たちには同じ血が流れていたのに、生涯敵同士だった。それは悔やむべきことだ」

「あなたのせいじゃない」ハメットは見るからに弱っている人間にしては強い口調で言った。「あなたがありとあらゆる努力をするのはぼくも見てきた。彼の邪魔になるまいとしたり、丁重に和解を申し出たり。彼にはどこか欠陥があったのだという事実をあなたも認めなくては。オマールが正常だったことは一度もない。彼が復讐に成功してサラに害をおよぼしていたとしたらどうした？」

「もちろんそんなことは起こらない」振り向いてアーメドはけがをしている男をにらみつけ

た。「ばかなことを言うな。彼女を守るために私は彼を殺したんだ」

「あなたが彼を殺したのは、彼がそうさせたからだ。それだけのことだ。起こったことについて、自分を責めてはいけない。もしくは、なお悪いことに、彼女を責めては」

指で髪を梳き、アーメドは一点を見つめた。「彼女を責めたりはしないさ。ばかばかしい」

「だったら、どうしていっしょにいてあげないんだい？　もう遅い時間だというのに」

それは真実をついていた。アーメドにもどうしてかははっきりとわからなかった。起こったことについて美しい妻を責めているわけでないのはたしかだったが。渋々彼は答えた。

「私は彼女の目の前で兄を殺したんだ。殺さなければならなかったかもしれないが、文字どおり、兄は彼女の足もとで絶命した。血に汚れた私の手にさわられるのを彼女がいやがるのではないかと不安なのだ。サラは上品な女で、彼女の国はわが国とはまるでちがう。彼女はすでに、私のことをあまり洗練されていないと思っている。最悪、野蛮な攻撃を受けたり、意思に反して閉じこめられたりするのにはうんざりで、ここを出ていきたいと思っているかもしれない。そう思っていたとしても彼女を責められない気がする」

「彼女はあなたを愛している」ハメットは青白い顔をこわばらせて首を振った。「自分の信念に反したこんなことを自分が言うとは思ってもみなかったが……幸運なとこ殿、サラはあなたを深く愛していて、あなたのことを話すときには心にともった炎を映して顔を輝かせている。それは情熱かもしれない。でも、ぼくでも見てとれる何かがそこにはある。ぼく自身は経験したことのない何かがね」

それはほんとうだろうか？　アーメドは信じたいと思ったが、まちがっているとわかるのが怖かった。そこでゆっくりと言った。「彼女には幸せでいてほしい。イギリスに戻してやったほうが満ち足りた暮らしを送れるのではないだろうか」

「彼女を幸せにしたいと思うなら、今すぐ彼女のところへ行くんだね」ハメットは目を閉じ、ベッドの枕に身をあずけた。「愛を交わし、自分の真の気持ちを伝えるんだ。彼女が理解できることばでね。明日の朝また会おう」

そんなふうに追い払われることが少しばかり愉快で、アーメドはつかのまその場から動かなかった。が、やがて「おやすみ《グッド・ナイト》、友よ」と言った。

「どうかな」いとこは少し体を動かし、顔をしかめながらつぶやいた。「あなたの夜ほどすばらしい夜《グッド・ナイト》にはなりそうもないけど。ただ、すぐに動けるようになるために安らかな夜であることを祈るよ」

低い笑い声を立ててアーメドは応じた。「だいそれた望みだが、それなりの進歩はあるようだな。よくやすんでくれ」

しかし、いとこの部屋を出て自分の住まいへ向かうにつれ、かすかな不安が湧《わ》き起こり、アーメドはドアのところでためらった。それから臆病者めとみずからを叱咤《しった》し、ドアを開けて部屋のなかへはいった。

「待っていたのよ」窓辺に立っていたサラが振り向いた。優美な白いネグリジェに身を包んだその姿は息を呑むほどで、ほっそりとした肩があらわになっており、金色の長い巻き毛は輝いていた。ダークブルーの目にまつ毛を伏せ、小さくほほ笑んで彼女は付け加えた。「あなたの腕のなかじゃないと眠れなくなってしまったみたいなの」

彼の不安は一時的に消え去った。アーメドは驚くほど魅惑的な妻の姿を目にし、誘うようなその声を聞いて、当然ながら下腹部がこわばるのを感じた。「それがきみの望みかい？」そばへそっと歩み寄りながら彼は訊いた。「眠ること？」

サラは笑った。「最後にはね」

アーメドはにやりとした。さわっても彼女が身をひるませなかったことには安堵した。「きみの願いはなんでもかなえるよ、美しいサラ。言ってみてくれ。そのとおりにするから」彼女の手を自分の唇に持っていき、アーメドは優美な指に軽くキスをした。

サラはからかうようにとり澄ました笑みを浮かべた。「こんなことをわたしが言うのはふしだらかもしれないけど、あなたを……そう、あなたをわたしのなかに感じたいの。それがあなたにとっていやじゃなければ」

「たぶん、我慢できるさ」一瞬のすばやい動きでアーメドはサラを腕に抱き、ベッドに運んだ。すぐにもネグリジェのひもをほどき、レースのネグリジェを輝くしなやかな体からまくり上げ、頭から脱がせた。それを脇に放ると、目に欲望をむき出しにしてわざと彼女の体を上から下まで眺めまわした。あらわになった胸や腿をじっと見つめながら、自分の服を脱ぐ。すでにその部分は固くそそりたっており、欲望に脈打っていた。彼が上に覆いかぶさると、サラはまるで怠《なま》け者の猫のようになめらかな太腿をそのこわばったものにこすりつけ、キスされると体を弓なりにそらした。

情熱的な妻は前戯には関心を示さなかった。アーメドはすばやく手を彼女の脚のあいだにすべりこませ、彼女がすでに濡れて準備万端であることを知って驚いた。彼女はヴェルヴェットのようにやわらかで、すばらしく温かかった。触れられてサラは彼の腰を撫でながら耳もとでため息をつく。この肉体的な悦びは魔法のようだと彼は胸の内でつぶやき、どくどくと脈打つ彼自身を妻の体の奥深くへと沈めた。

熱く激しく貫きつつ、アーメドは彼女の耳もとで今度は英語でささやいた。「サラ、きみは私の光であり、命だ。日ごとよりいっそうきみのとりことなり、きみにぬかずくよ。体も心も魂もすべてをこめてきみを愛していることをわかってくれ」

指先で彼の頰を撫で、サラは悦びに顔を上気させてほほ笑んだ。彼がもたらす愛のリズムを受け入れて体がなめらかに動く。アーメドが驚いたことに、サラは彼の母国語でささやき返した。「わたしもあなたを愛してるわ、アーメド」

心が体とともに天に舞い上がる思いで、アーメドはサラが頂点に達するのを待った。それから、みずからの解放がもたらす恍惚感が自分を天に連れていくのを許し、そこに長くしがみついて魂を粉々にされるような時間を過ごしてから、地上に舞い戻ってきた。ふたりとも汗だくであえいでいたが、アーメドはその親密な態勢を解くのを拒み、彼女の脚のあいだに留まっていた。サラの目をのぞきこみ、かすれた声で言う。「自分の幸運が信じられないよ。ここに私とともに留まり、私のそばで老いていってくれ」

つややかな髪に縁どられたサラの顔にまばゆいばかりの幸せの表情が浮かんだ。が、サラはいたずらっぽく眉を上げてみせた。「それって王子としての命令?」

アーメドは彼女の鼻先と頰のやわらかいふくらみにキスをし、口に自分のものと刻印するような長いキスをした。唇を彼女の唇からほんの少し離してアーメドは言った。「もちろんさ」

エピローグ

羊皮紙を手にとり、ハメットはそれをためつすがめつして、からからと笑った。「『鶏肉をもうひとついただきます』と書いてある」

紙を奪いとると、サラは尊大な口調で言った。「鶏肉をもっとほしいからそう書いたのよ。最近ひどくおなかが空くから」

「そのようですね、妃殿下。あなたの食欲が旺盛《おうせい》すぎて国庫が空《から》になってしまうかもしれないといとこも心配しているらしい」

それはあながちまちがっていないかもしれなかった。というのも、サラはしじゅう食べてばかりいたからだ。しかし、ハリデによると、サラの今の状況ではそれがごくふつうだということだった。「みごもった女はふたり分食べなきゃならないのよ」

「一個大隊を養えるぐらいの食べ物を妻に与えられるだけの金《かね》がたまるまで結婚などしないよう、肝に銘《めい》じておきますよ」ハメットはあれほどの深手を負ってまだ四カ月なのに、見かけはまったく問題なく見えた。肩を動かすときに多少動きがぎごちない以外は、けがの後遺症は表には現れていなかった。ただ、肩は生涯そのままだろうと医者に診断されていた。ハメットはまだ先生を務めてくれており、サラも会話はかなり上達してきたため、今度は夫の国のことばの書き方を教えてくれようとしていた。

しじゅう言い争いをし、意見が食いちがってばかりにもかかわらず、サラはハメットを弟であるかのように好きになっていた。彼を値踏みするように見て、体は筋肉質で顔も悪くないと評価すると、サラはなめらかな口調で言った。「フランス領事の娘がとても美しいのよ。おまけにあなたもそれに気づいているのがわかったわ」

ハメットはすぐに顔をしかめた。「ぼくは自分の国の女と結婚しますよ。ヨーロッパの女は厄介事のもとだから」

「それには賛成するね」背後から、聞き慣れた敬愛する声が聞こえてきた。「独立心が強く、頑固で、異国で逮捕されることも多い」

サラは勢いよく立ち上がり、くるりと振り向いて喜びの声をあげた。「ウィリアム！」

兄はにっこりとほほ笑んだ。フロックコートをはおり、それに合ったズボンとヘシアンブーツを身につけた姿はどこまでもイギリス人だった。ブロンドの髪は明るい陽射しを受けて輝いている。ウィリアムはにやりとして腕を広げた。「今朝船が入港したんだ。アーメドが一、二カ月訪ねてこないかと手紙をくれてね。じっさい、断るのがむずかしいぐらいだった。驚いたかい？」

「すばらしくね」サラはタイルを張った中庭に靴音を響かせて愛する兄のもとへ駆け寄り、その腕のなかに飛びこんだ。

ウィリアムは妹をきつく抱きしめ、頭のてっぺんにキスをしたが、やがて少し身をこわばらせ、そっとしがみつく妹の腕をはずした。そして妹を見下ろし、そっけなく言った。「どうも少し太ったみたいだな、サラ。最後に会ったときより」

腹がふくらんでいるのは見逃すべくもなかったので、サラは赤くなったが、とり澄ました口調で言った。「わたしは結婚しているのよ。こういうことも起こるわ。アーメドとわたしはとても喜んでいるの」

「どうやら時間を無駄にはしなかったらしいな」兄はからかうように眉を上げた。「驚いたとは言えないがね。ギリアン叔母さんが、どういうことになろうとも、ふたりは愛し合っていると言っていたから」

兄に再会した喜びを嚙みしめ、アーメドの心遣いに感動して、サラは兄と腕を組んで小声で言った。「そう、ギリアン叔母さんがまちがっていたことなんて一度もないものね」

買いとられた伯爵令嬢

主な登場人物

イザベル・エドワーズ……………………バックランド伯爵令嬢。
デヴォン・オースティン…………………ホワイトヘイヴン公爵の孫。
トーマス・ヴァンダービルト……………デヴォンの友人。
マグナス・オースティン…………………デヴォンの祖父。ホワイトヘイヴン公爵。
リチャード・エドワーズ…………………イザベルの父。バックランド伯爵。

1

一八一〇年　カリブ某国

レディ・イザベル・エドワーズは頭を高く掲げ、小さな木製の台の上から集まった人々に目を向けた。海からのそよ風が唯一身につけているシュミーズの短い裾をやさしく引っ張り、むき出しの痛む腕をかすめた。手首を後ろでしばられて数時間がたっており、肩の筋肉が抗議の声をあげはじめていた。それを気にすまいと精一杯努めていたが、無理な体勢をつづけているせいで、体は参りはじめていた。

競売人が競りの開始を告げる声がひどく遠くから聞こえた。

競りにかけられるのはわたし。

ちがう、そうじゃない。苦々しい絶望とともにイザベルは胸の内でつぶやいた。競りにかけられるのはわたしの体だ。

思い返せば、アメリカへ航海していた船が海賊に襲われたときに、海へ身を投げてしまったほうがよかったのかもしれない。無知だったせいで、ただ持ち物を奪われるだけだと思ったのだった。ほかの乗客たちのほとんどはそうだったのだから。しかし、それでは終わらず、海賊たちに捕虜《ほりょ》にされ、この野蛮な島へ連れてこられて今こうして牛のように売りに出されているというわけだ。

神様、お助けください……

「さあ、どうだい」演台の隣に立つ小柄な男が猫撫《な》で声を出した。イザベルの長い髪をひとつかみ持ち上げ、ぎらつく太陽の光にあてる。「まるで最高級の金のようで、シルクのようにやわらかい」

集まった人々はみな一様に讃嘆の声をあげ、いくつかまた入札の声が飛んだ。イザベルは反射的にはっと身をそらした。その動きを見て忍び笑いをもらす者や口笛を吹く者がいた。競売人は毛むくじゃらのひげの隙間《すきま》から欠けた汚い歯を見せてただにやりとした。

「元気のいい娘っ子なのはまちがいない。その上、上等のイギリス女だ！」男は声を張りあげた。「ようくご覧あれ。こんななめらかな肌を見たことがありますかい？　目は深い海ほども青い。それに、これまで見たこともないほど上等のおっぱいときたもんだ！　さあ、どうだい？」

いやらしい小男は大袈裟《おおげさ》な足どりでさっと近寄ってきたと思うと、イザベルの胸もとのリボンを引っ張ってはずし、胸を大きく開いた。

百人はくだらない見物人のうち、すべての男の目がはだけた胸に釘づけになり、屈辱の思いがイザベルの全身を貫いた。男たちの指で胸を撫でまわされている気がして、めまいと吐き気を必死でこらえなければならなかった。

これまでのところ、最高の入札額を示したのは、明るい陽光に黒い肌を光らせて演台のすぐ前に立っているアフリカ系の背の高い女だった。すぐにまた声があがり、金額はじょじょに高くなっていた。競りに参加していたのは男がほとんどだったが、何人か女も混じっていた。そのほとんどがいかがわしいほどに胸もとの開いたドレスを着ている。

「金貨五百枚」

声高に発せられた声ではなかったが、その声にはどこか威厳があり、人々のつぶやきや冷やかしの声を圧して響いた。

「五百」競売人が高い声をあげた。「ミスター・オースティンから五百の声がかかりました」

「六百」見物人たちの後ろのほうから誰かが応じた。

「だったら、上等のイギリス女に千だ」そう声をあげた男はほかの誰をも見下ろすほどに背が高かったため、イザベルにもすぐに見分けがついた。髪が黒く、日に焼けたその男は、退屈と言ってもいいような表情を顔に浮かべていて、気前のよい入札金額が意外に感じられるほどだった。

その金額が一瞬見物人たちを黙らせたようだった。数分がたったが、ほかには誰も声を発しなかった。競売人は満足そうにうなずいた。「では、オースティンに金貨千枚で売り渡されました。次の女を連れてこい」

現実であるはずがない。イザベルは胸の内でつぶやいた。鼓動が速くなり、涙がまぶたを刺した。馬や家具さながらに誰かに買われるなど。しかし、現実にちがいなかった。背の高い男は見物人たちをかき分けて仮設の演台のところまでやってくると、彼女の腰をつかんで抱き下ろし、裸足《はだし》のまま地面に立たせた。イザベルは冬の空の色をした目をのぞきこむことになった。

「来い」男はぞんざいにそう言うと、にぎやかな通りを歩きはじめた。

イザベルは驚愕《きょうがく》して広い背中を見つめていたが、じっさい、ついていくよりほかにしようがなかった。手をしばられたまま、どことも知れぬ島にいて、逃げ出そうとするなどばかばかしい考えに思われた。

小さな港町は汚らしくはあったが、栄えていた。水漆喰《しっくい》を塗った建物が建ち並ぶ曲がりくねった通りは、おもむきがあって魅力的だったが、いたるところにごみが落ちていて、そのなかをネズミが自由にうろつきまわっていた。前を開けたまま、イザベルは男の大股についていこうと必死になったが、どうしても遅れがちになった。急いで通り過ぎる彼女に人々が――とくに男たちが――目を向けたが、それはこの地がまともな法や規則が行使される場所ではないという証《あかし》だった。シュミーズの前をはだけ、手をしばられた女が通りを歩いていく様は関心を引いたが、救いの手を差し伸べようとするほどめずらしい光景ではないようだった。

しばらくして息を切らしたイザベルは、苛立《いらだ》ちのあまり男に声をかけた。「歩くのが速すぎます」

男は汚い通りで足を止め、振り向いた。肩まで無造作に伸ばした黒髪が陽光を浴びて輝いている。襟を開けた気楽な白いシャツに黒いズボン、履き古したブーツといういでたちの男は、ほっそりした腰に恐ろしげな短剣をくくりつけているところまで、いかにも海賊といった様子だった。顔立ちも、多少いかめしくはあったが、じっさいとてもハンサムだった。まっすぐな鼻、黒く濃い眉。形のよい口は不快感からか苛立ちからか、きつく引き結ばれて薄くなっている。そうだとしてもイザベルにはまったくどうでもいいことだった。腕が抗議の悲鳴をあげ、足が汚物まみれになっているこんなときには。

イザベルはひとりぼっちで怯《おび》えてみじめな気持ちでいるばかりか、今やこのいかめしい顔をした見知らぬ男の持ち物となったのだった。「手のいましめをほどいて、もう少しゆっくり歩いてくださったらありがたいわ」

その声が震えているのを聞き逃しようがなかったのか、男が皮肉っぽく眉を上げた。「気がきかなくて申し訳ない。後ろを向くんだ」怖くなるほどの速さと正確さで、男は短剣を抜いてロープを切った。

自由になった手でまずは前を閉じようとした。リボンを結ぼうとあたふたする様子を男がじっと見つめているのが強く意識された。「ありがとう」

それに対する返答としては、氷のような灰色の目が若干細くなっただけだった。「後ろを離れるな」男は唐突に言った。「気づいてないといけないから言うが、ここはメイフェアではないんだ、レディ・イザベル。おまけにきみはとくにそそられる外見をしている」

「わたしを知っているの？」とイザベルは訊いた。

答えるかわりに男は無作法に背を向け、また歩き出した。


デヴォン・オースティンは女を馬に乗せ、その後ろにひらりとまたがった。内心勝ち誇った思いでいっぱいだった。明るい熱帯の太陽を浴びて、女の薄い色の髪は琥珀《こはく》色からプラチナ色までさまざまに色を変えて見えた。女の体を包みこむように腕を伸ばして手綱をとると、そそるようなやわらかい尻の曲線が太腿《ふともも》にあたった。

ようやく幸運の悪魔がほほ笑んでくれたというわけだ。

そろそろそうなってもいい時だ。

イギリスの伯爵の美しい娘がとらわれの身となり、競りにかけられるという噂を聞いたときには、ずっと昔に消え去ったと思っていたばかばかしい道義心の燃えかすがくすぶる気がした。彼女がじっさい誰であるかを耳にして、その道義心は魂という名の暗黒の穴へと吸いこまれていった。彼が波止場での競りにやってきたのは、それとはまったくちがう思いに導かれてだった。

復讐《ふくしゅう》心。

海を航海する者は誰であれ、運命を信じる。彼も例外ではなかった。バックランド卿の娘がこの邪悪な腕につかまえられることになったのも、説明できない奇妙な運命のいたずらと言えた。

馬が町をあとにし、町のにおいと喧騒《けんそう》から離れてデヴォンはほっとした。前の週ほど暑くなく、湿気も少ない気持ちのよい午後で、浜沿いの道へと馬を進めると、顔にあたる風が心地よかった。前に乗った女は落ちないように小さな手で彼の腕につかまっており、ほとんど何も身につけていない体は軽く感じられた。レディ・イザベルはほっそりとした女だったが、ちびの競売人もひとつだけ正しいことを言っていた。デヴォンは薄いシュミーズの下で揺れる豊かな胸のふくらみへと目をさまよわせながら胸の内でつぶやいた。彼女はすばらしい胸をしている。

じっさい、何から何まで魅力的な女だった。

よし。おかげで彼女を穢《けが》すことが非常に愉快な仕事となるはずだ。

「どこへ向かっているのかお訊《き》きしてもいいかしら？」

その質問は、見るからに無力で、これからのことを不安に思っているにちがいない人間のものにしては、驚くほど威厳に満ちた声で発せられた。声とは裏腹にほっそりした体がかすかに震えているのをデヴォンは感じた。

「ここから遠くないところに家がある」できるだけ抑揚のない声で彼は答えた。「これまでいろいろな場所を目にしてきたが、この島も住むのに悪い場所ではない――もちろん、町を離れさえすればだが」

「そうでしょうね」女は繊細な顔立ちをしていた。長いまつげに縁どられた目のブルーは、きらめく海のターコイズ色に匹敵するほどだった。彼女はくぐもった笑い声をあげた。おもしろがっている声ではない。「ふつうだったら、ここもきれいだと思うんでしょうけど、こんな状況では……」

ヤシの木立を過ぎると、デヴォンは馬の歩みを遅くした。考えこむようにゆっくりと口を開く。「でもこんな状況では、私がきみを買った理由と、これからきみに何をするつもりかが気になるだけだ」

「いけない？」

なかばささやくように発せられたその問いを聞いて、デヴォンは目の前の女を見下ろした。鞍《くら》に横向きにすわった女はほとんど何も身につけていないも同然の恰好で、髪は乱れ、足は汚く、磁器のような頬の片方には汚れがついていたが、身を震わせながらもどうにか威厳をかもし出していた。

「いや」デヴォンは冷ややかに応じた。「いけなくはないさ。ただ、私が思うに、きみがまず受け入れなければならないのは、きみが慣れ親しんできた決まりはここではまったく意味をなさないということだ、レディ・イザベル。文化的な暮らしや、応接間でのマナーや、花を手にひざまずく紳士たちなどというものは忘れることだ。私は紳士ではない。私に紳士たることを期待するようなまちがいは犯さないことだ。まずそれをはっきりさせておけば、互いにやりやすくなる」

馬は崩れかけた壁から大量に垂れ下がって咲いているピンク色の花のそばを通り過ぎた。

おそらくは何年も前にハリケーンで壊された不運な農家の残骸《ざんがい》だろう。女は花の鮮やかな色や甘い香りに気づいた様子もなく、彼を見上げた。「何がやりやすくなるの？」

「なんだと思う？」デヴォンは眉をわずかに上げた。

イザベルはまだ若く、箱入り娘だったかもしれないが、顔に血が昇ったところを見ると、まったくの世間知らずというわけではないようだ。彼女は口ごもった。「つかまったほかの若い女たちのひとりが、あそこにいた男のほとんどは……愛人を買おうとしてるって言っていたわ。でも、女たちも競りに参加していたから、たぶん、あなたもメイドとか、料理人を必要としているのかと……」

「競りに参加していた女たちは娼館の主で、売り物となる新しい娼婦を手に入れるつもりでいたのさ。きっときみなら一番人気の娼婦になっただろうな」

「娼館？」顔からさっと血の気が引いた。「なんてこと。ここはなんて恐ろしいところなの」

「私は娼館にはあまり行かないが、体を売っている女の多くは一日に二十人近く客をとるそうだ。自分をあざむこうとするんじゃない。白人が奴隷にされることはこの小さな島にかぎった話じゃない。そうした悪名高き場所はロンドンにもそれなりにある。きみがそういうものの存在を知らされずにいただけだ」

きれいな目に恐怖が浮かぶのを見て、デヴォンは若干罪の意識に駆られたが、言ったことはけっして嘘ではなかった。彼は淡々とつけ加えた。「正直に言って、きみが這いつくばって床を磨いている姿は想像しがたいね。甘やかされた貴族の娘がうまい食事を用意できるとしたら、それも驚きだ。だから、きみの質問に単刀直入に答えるとしたら、答えはノーだ。メイドや料理人が必要なわけではない」

「あれが目的だとしたら、どうしてあなたのような人がそのために女を買わなくちゃならないの？」へつらうようなことばだったが、恐怖に駆られた真剣な口調で彼女は訊いた。「あなたは若くてハンサムで、きっと――」

「私はブロンド女が好みでね」デヴォンはさらりと口をはさんだ。「それにこのほうが都合がいい。いつでも好きな時にきみを利用できるというのは悪くない。男はみなそうだが、私にも性欲はある。きっときみがそれをおおいに満足させてくれるだろう」

そのあからさまな言い方に、美しいレディ・イザベルは衝撃のあまりことばを失ったようだった。

家が視界にはいってきた。海とのあいだには長くつづく砂浜があり、家のまわりをとり囲む庭にはヤシやその他の熱帯の植物が点在し、家に自然のままのみずみずしい雰囲気を与えていた。レンガと木材でできた建物は大きく壮麗で、一階にも二階にも長く広いベランダがあり、開いた広いフレンチドアが潮風を家のなかにとりこんでいた。デヴォンが長い邸内路に馬を乗り入れ、口笛を吹くと、厩舎《きゅうしゃ》から少年がやってきた。デヴォンは馬から降り、意思に反して連れてこられた客を鞍から下ろすと、しっかりとその冷たい指を指でつかんで家のなかへと導いた。

美しいコーヒー色の肌と大きな黒い目をした混血の女中のレナータが玄関の間を横切って

きて、いつものようにお辞儀をした。そんな堅苦しい挨拶はやめるようにと何年も前に命じてあるにもかかわらず。

「こちらはレディ・イザベル」デヴォンは簡潔な物言いをした。「風呂と、たぶん、何かちゃんとした食べ物をご所望だ」

レナータは驚愕して目を光らせた。無理もない。デヴォンは女性関係をさらけ出すことはなく、裸に近い恰好の貴婦人を拾って家に連れ帰ることなど、もちろんこれまで一度もなかったからだ。

たしかにこの状況はあらゆる意味で異常だが、それを利用しない手はあるまい。

「私の部屋へお連れしろ」暗い笑みを浮かべて彼は言った。「そこが彼女の寝室となる」

そこが彼女を穢す場所となる。

2

黄昏《たそがれ》色の空が凪いだ海面に赤い色を映し、静謐《せいひつ》な情景を産み出していた。イザベルは暗くなりつつある外へ開いた背の高い両開きのドアのそばに立っていた。内心の動揺は、眼下の浜に寄せるのどかで穏やかな波の音とは対照的だった。

ドアの外で足音が聞こえ、イザベルはくるりと振り返った。やってきたのが彼だったことには驚かなかったが、背が高く浅黒い男はその存在で部屋を圧しているように思えた。そこは天井の高い広々とした部屋で、家具調度としては、彫刻のはいった大きな衣装ダンスが隅にあり、木の床に明るい色の綿織物の敷物が敷かれ、凝った彫刻をほどこした大きなベッドがあるだけだった。

ベッドがないものと思えたなら。

男は煙草《たばこ》とブランデーのかすかな香りをただよわせていたが、それも彼女の頬を撫でる南国の潮風に運び去られた。

「あなたは誰なの？」イザベルは前置きなしに訊いた。「これからどうするつもりかはっきりさせたわけだから、それぐらいは明かしてくださる義務はあると思うわ」

男はブーツを履いた足をわずかに開いて数フィート離れたところに立っていた。居心地が悪くなるほど近すぎる場所だった。男の驚くほどの肩の広さに、イザベルは自分の立場の弱さをいっそう強く意識した。薄れつつある光のなかでも、男の銀色の目は澄みきっていて、そこには反抗的な質問を受けておもしろがっているような色がかすかに浮かんでいた。「義務があるだって？　不遜《ふそん》なご婦人だな。いわば、きみのほうが私に義務を負っているはずだ。きみは金貨千枚という高い買い物だったし、きみは今よりもっとずっとひどい状況におちいっていたかもしれないんだからね」

娼館の話は思い出すといまだに胸が悪くなる。イザベルはかすかに首を傾けてささやいた。「教えてほしいのは名前だけよ。名前を明かすのが恥ずかしいの？」

一瞬、男の口が――いつもは官能的で形のよい口が――引き結ばれたのはたしかだった。「生まれたときはデヴォン・フレデリック・オースティンという名だった」男は静かだがわざとはっきりした発音で述べた。「祖父は公爵だ。だから心配しなくていい。きみは農夫に穢されるわけじゃない。しかし、私は罪を犯した容疑をかけられ、イギリスから追放された」

男がなんと答えるか多少予想していたにせよ、そんな答えが返ってくるとは思わなかった。ええ、そう、男が高い教育を受けた人間であることは予想がついていた。話し方が洗練されているからだ。「そ、そう」声が震える。

「その一件についてはたぶんきみも覚えているだろう」

記憶にはなかったが、男の名前にはかすかに聞き覚えがあった。「たぶん、覚えてないわ」

「そうかい？　六年前のことだから、きみはまだ若かったんだろう。まあ、そんなことはどうでもいい」男はイザベルのそばへやってきた。「ここではそんなことは問題じゃない。私の過去も現在も、きみの過去も現在も。この世で重要なのは力だけだとわかったからね」

イザベルは思わず一歩あとずさった。開いたフレンチドアから射す夕日の薄れゆく光のなか、男の古風な風貌は影に沈み、いくつかの平面が組み合わさっているだけのものに見えた。

「言いかえれば、わたしにはまるで力がないってことね」と彼女は小声で言った。

「残念ながら」男は答えた。笑みが邪悪な色を帯びる。「金《かね》がまったくなかったり、孤独だったり、きみのような状況に女が置かれたりした場合は、まあ、私の言うとおりだろうな。教えてくれ、きみは処女か？」

ぶしつけに個人的なことを訊かれ、イザベルの頬がかっと熱くなった。「ええ」今はおっているガウンはまちがいなく男のものだった。大きすぎて足もとの床に余った部分がたまっている。その下には何も身につけていなかった。風呂につかっているあいだに女の使用人に汚れて破れたシュミーズを持ち去られてしまったからだ。イザベルはガウンの襟もとをきつくつかんだ。

「競りで処女だと言っていたが、どうかなと思ってね。メルローズ船長が欲張りだったおかげだな。今日はいい商売をしたいと思っていて、きみの純潔には高値がつくと思ったわけだ。そうでなかったら、きみは船から下ろされた瞬間に穢されていただろうね」

運がよかったのだろうか？　そうとも思えなかった。というのも、今この瞬間自分を見つめている男の意図は明々白々だったからだ。「それがあなたの望み？」イザベルは震える小さな声で訊いた。「わたしを無理やりベッドに連れこむつもりなの、デヴォン卿？」

「私を爵位で呼ぶな。私にとってイギリスはもはや祖国ではない」男は銀色の目をぎらつかせ、ぶっきらぼうに言った。「それに、無理強いするつもりはない。きみが望むならきみをメルローズに返して金をとり戻すこともできる。船長がまた競りをするだけのことだ。もちろん、選ぶのはきみだ。それがいやならここに留まり、私がきみをここに置いておこうと思うあいだ私を悦《よろこ》ばせるよう精一杯努めることだな。うまくいってきみが私の気に入れば、きみに飽きたときにはイギリスに戻る費用を出してやろう」

本気で言っているの？　自由の身にして故国に帰してくれると？　男のまじめな顔は本気であることを物語っており、イザベルは男のことばに疑問を唱える立場になかった。

娼館とぎらつく目をしていた恐ろしげな男たち……

もしくは、冷ややかな目と黒髪のハンサムな顔立ちをしたこの謎めいた救済者。選択の余地はまったくなかった。少なくともこれまでのところ、ひどい扱いはされていない。ここ二日の汚れを風呂で落とす機会を与えられ、スパイスのきいた鶏肉と米のおいしい夕食に冷たい琥珀色のワインまで与えられた。男を判断するだけの経験が自分にないことはたしかだったが、この男が自分を傷つけるとは思えなかった。そう、性的な目的に利用されることはまちがいなかったが、肉体的にむごいことをされるとは思えなかった。

悪魔の取引に乗る……

震えながらイザベルは言った。「金貨と引きかえに船長のところに戻されたくはないわ」

「だったら、自分の意思で残るんだな？」

「ええ」

「賢い決断だと思うよ」男の口がうつろな笑みの形に持ち上がった。「しかしそれもやはり、私の言ったとおりになったわけだ、そうだろう？」

「わたしにどうしてほしいの？」

「ガウンを脱ぐんだ」

感情のこもらない声で述べられた命令には、愛情のかけらも見あたらなかったが、もちろん、男が望んでいるのは愛とはなんの関係もないことだった。いやいやながらイザベルはガウンをつかんでいた手をゆるめた。頬が燃えるように熱くなるのを感じたが、そのままガウンを肩からはずして落とした。

男の目がじっくり検分するように体の上をのろのろと動いた。胸や太腿の付け根にある小さな三角地帯を時間をかけてじっと見られ、イザベルは恥ずかしさのあまり死にたくなった。

「きれいだが、きっときみ自身すでにそのことは知っているんだろうな。ここへ来るんだ」

イザベルはほんの少し目をそむけて男のほうへ何歩か近づいた。手の届く距離まで近づくと、男に顎をつかまれ、上向かされた。イザベルは男の顔を見なければならなくなった。

「力を抜くんだ、お嬢さん。処刑しようってわけじゃないんだから。まったく逆さ。きみもたのしめるようにするつもりだ。きみが聡明なら、そのたのしみを受け入れるだろうよ。結局ただの性行為にすぎず、きわめて自然なことなんだから」

ただの性行為……

顔を撫でる日焼けした長い指は心を騒がせたが、やさしい感触だった。イザベルは辛らつな口調で言った。「わたしは愛の肉体的行為は夫と妻のあいだでのみ為《な》されるべき、記念すべき出来事と教えられて育ったわ」

「私もその同じ世界で育ったが、われわれが教えられたことの多くはまったくの嘘っぱちさ。その教訓はいやというほど学んだよ。私が服を脱ぐあいだ、ベッドに横になっているんだ。喜んでそれを証明してあげるから」

恐怖に襲われそうになるのをこらえながら、イザベルは男のことばに従った。ベッドの上掛けが背中にやわらかかった。意思に反して好奇心に駆られ、伏せたまつ毛の陰から男がシャツのボタンをはずすのを見つめる。むき出しになった胸は顔と同じぐらい日に焼けていて、筋肉の筋がついていた。腹は平らで引きしまっている。男がブーツを足から引き抜くためにベッドに腰を下ろすと、片方の二の腕の筋肉が盛り上がったあたりに、生々しい銀色の傷跡があるのがわかった。今は治っているものの、けがをしたときには深く、かなりの痛みをともなったにちがいない傷だ。

驚くことでもなかった。この無法の島で暮らし、みずから犯罪者を名乗る男だ。危険な人生を歩んできたにちがいない。

長く優美な指がズボンのボタンをはずし、ほっそりした腰からズボンを押し下げた。現れた男の高ぶったものにイザベルが少しばかり驚きを受けたのはたしかだった。大きくふくらんだ長いそれが、腹のほうへ高々と突き出している。男がベッドに近づいてきても、イザベルは動揺を覚えるほどに大きいその部分から呆然《ぼうぜん》と目を離せずにいた。男の興奮の大きさを示すように、その部分のなめらかな皮膚はぴんと張り、血管が膨張しているのもはっきりとわかった。

低い笑い声をあげながら、男がベッドにはいってくる。男の体の重みでマットレスが少しきしんだ。「きみが肉体的な愛の行為について教わったときには、結婚する際の心がまえとして、抽象的な意味合いで教わったはずだ。男のそそりたつものについて詳細に教えてくれた人はいたかい、きれいなイザベル？」そう言って男は自分のものの光る先端に指で触れ、一滴現れた透明な液体をぬぐいとった。「これは私がきみを欲しているという証だ」

イザベルははっと男の顔に目を上げた。自分があまりに無知だったことが悔やまれてならなかった。理由はわからなかったが。「全然知らなかったわ」と認める。

男は冷ややかに言った。「つまり、これがどんな働きをするかもあまりよくわかっていないということだな。まったく、イギリスの貴族とそのとり澄ましたお行儀のいいならわしにはあきれるよ。いいかい、私のベッドのなかできみは誰よりもお行儀悪く振る舞うことを学ぶんだ」男は邪悪な誓いを立てるように、わざとことばを選んで言った。「きみをあの船に乗せてイギリスへ戻すときには、きみは高級娼婦ほども経験豊かになっているはずだ」

イザベルはことばを発しなかった。そんなみだらな誓いにどう応じていいかわからなかったからだ。驚いたことに、それが避けられないこととなり、男が裸でベッドの隣に横たわっているというのに、さほど恐怖は感じなかった。ひたすら奇妙な気分だった。男と女のあいだに何が起こるのか、その謎を解き明かしてみたいという期待のようなものまで感じていた。それは禁じられたテーマだったが、人間である以上、興味を感じずにはいられなかった。男が身を寄せてきて軽く首に顔をすりつけてきても、イザベルは抵抗しなかった。男の口が肌に温かく感じられる。男は口を耳の下の感じやすいところまでゆっくりと動かし、手で胸を包んだ。親指で巧みに胸の頂きをこすられ、イザベルは小さな声を押し殺した。男がさらに身を寄せてくる。男の体の熱が感じられるほどに。愛撫は心地よく、首の感じやすい部分を這う唇はどこか刺激的だった。

「きみの胸の大きさはいい」それが話し合わなければならないことだとでもいうように男は小声で言った。胸をわずかに持ち上げて重さをはかるようにしている。「気に入ったよ。固いと同時にやわらかくて魅惑的だ。胸の頂きは入り江の洞窟のなかにある珊瑚《さんご》礁の珊瑚のような色で、形もとても繊細だ。その洞窟のなかで裸で泳ぐときに教えてあげよう。海のなかで愛を交わすのもきみの気に入るはずだ」

なんてこと、こんなことあり得ない……

男の手が腹にすべり、長い指が太腿の内側を撫でた。「今回は最初だからどうにも我慢がむずかしいが、きみの準備はしないとね。脚を開いてこれから起こることへの準備をさせてくれ。言われたとおりにするのがきみのためだ」

従う以外に選択の余地があるだろうか？　むずかしいことだったが、イザベルはのろのろと脚を開いた。そこへ指がゆっくりとすべりこむ。彼女の感じやすい襞《ひだ》を指が押し開き、もっとも親密な場所を撫ではじめた。自分が真っ赤になっていることはわかっていたが、イザベルは抗わなかった。

「きみは温かいヴェルヴェットみたいだな」彼女を買った男はかすれた声で言った。「それにとても協力的だ。ご褒美をあげよう。なあ、これは気持ちいいかい？」

そう言って男がある場所に触れた瞬間、悦びの小さな震えがイザベルの背筋に走った。男はまた同じように触れ、小さな円を描いて軽くその部分をこすった。イザベルは息を呑んだ。

「それはイエスということだな。すばらしい。まだ私も運に見放されたわけじゃなさそうだ。少なくとも、きみは怯えきってはいない。怯える必要もないけどね。きみが早く達してくれたら、それだけすぐに私もきみのなかにはいれるというわけだ。目を閉じてこの気持ちよさだけに神経を集中させるんだ。気持ちよすぎて驚くだろうよ」

外では波が穏やかに砂浜に寄せる音がし、ときおり海鳥が哀しげな声で鳴いていたが、イザベルの世界は脚のあいだで官能的な動きをする指だけに集約されていた。突然、この途方もない状況と、祖国から遠く離れた異国の地にいることが、腹のあたりでうずを巻き出した罪深い悦びにふさわしいものに思えてきた。自分の体を金《かね》で買ったこの見知らぬ謎の男の思いのままにさせるという背徳的な自由。

男は悦ばせてやろうと約束していたが、どうやらそれはほんとうだったようだ。今男が何をしているにせよ、それは信じられない感触で、これまで経験したどんなものともちがった。男が手をまわすような動きをつづけるうちに、自分の体に変化が起こったことが経験のないイザベルにもわかった。脚のあいだが濡れ、胸の頂きが固くなるのがわかる。男が首をかがめ、固くなった胸の頂きを熱い口にふくむと、イザベルははじめて男に触れた。指をそっと男の黒髪に差し入れたのだ。体が抑えようもなく震え出し、イザベルは厚いシルクのような感触のその髪をつかんだ。

慣れない衝動につき動かされるように、彼女は腰を持ち上げて巧みに動く手に押しつけるようにした。低い声がもれてしまうのを恥ずかしく思うべきなのに、それも気にならなかった。その感覚は身をさいなむほどにすばらしく、自分の反応を抑えるのはむずかしかった。やがて隠すことがまったくできなくなり……

それが起こったときには、地面が崩れるような気がした。イザベルは脚をさらに開き、体を弓なりにして震わせた。内なる筋肉が収縮するのがわかる。イザベルが信じられない至福の解放に身をまかせているあいだ、祖国から追放されたデヴォン卿は彼女の胸をもんでいた。その感触が痙攣《けいれん》をさらに長引かせた。開いたドアの外から聞こえてくる静かな波の音を圧して彼の忍び笑いの声が響いた。

「完璧だ」固くとがった胸の頂きをいやらしくなめ、肌に口を寄せたまま彼はささやいた。

「今日の投資は大成功だった気がするよ、お嬢さん」

魅惑的な客は、不道徳な計画の次の段階に進むのに、なんとも官能的で準備万端に見えた。ほっそりした体は上気し、女が興奮したときのかぐわしいにおいがあたりにただよっている。洗ったせいでまだ濡れているもつれた金色の巻き毛はベッドのシーツの上に乱れて広がっていた。美しい青い目ははじめて経験する悦びに信じられないというように見開かれたままだ。速い呼吸とともにきれいな胸が上下している。楽園を約束して誘うように今や色っぽく濡れている太腿のあいだからデヴォンは目を離せなかった。脚のあいだでは濃いブロンドの毛が光り、長くほっそりした脚はまだ魅惑的に広げられたままだ。

完璧だ。

デヴォンは体の位置を変えて彼女に覆いかぶさるようにすると、自分の脈打つものの先端をやわらかい襞にこすりつけ、貫くための小さな入口を見つけた。「できるだけそっときみを奪うことにするよ」欲望に声が太くなる。デヴォンは膝で彼女の脚をさらに開かせ、そこに身を置いて挿入をはじめた。

組み敷かれた美しい女は小さな声を発した――おそらくは抗議の声だろう――が、すでに興奮しきった体は固くなった彼を受け入れた。女の手が肩をつかむのがわかる。少しずつゆっくりとなかへ進むにつれ、女の唇が開いていく。

「受け入れてくれ」とデヴォンはうながすように言った。自分よりもずっと小柄な彼女の体のこわばりと繊細さに、突然かすかに罪の意識を覚えたが、長年の鍛錬《たんれん》からそんな罪悪感はすぐさま退けた。自分の過去にはこんなことよりもずっとひどいことがいくらもあったではないかとせせら笑うようにみずからに言い聞かせる。彼女は頂点に達したばかりで見るからにたのしんでいるのでは？　それでも、じっさいの挿入もたのしんでほしいと思った彼はささやき声で約束した。「体の力を抜けば、痛いのはほんの一瞬だ。心配しなくていい。きみの体は私のすべてを受け入れられるから」それがほんとうであるのはたしかだったが、額にはうっすらと汗が浮かんだ。自分の大きなものがそこにおさまるのは不可能に思えたからだ。それでも彼を包む彼女は罪深いほどに気持ちよく、デヴォンはゆっくりと慎重にさらになかへと進んだ。

それにしても、なんて気持ちいいのだろう。

見上げてくるレディ・イザベルの顔に浮かんでいるのが信頼の表情なのかどうかはわからなかったが、少なくとも明確な恐怖でないことはたしかだった。彼が処女膜を破り、彼女のなかに容赦《ようしゃ》なく自分を根元までおさめると、処女を失ったことを示す彼女の反応は小さな悲鳴だけだった。「すまない」デヴォンは彼女のこめかみに口を寄せて言った。そうして謝ったのが、意図は純粋そのものだったとはいえ、彼女の純潔を奪ってしまったことに対してなのか、不正を正す目的に不正が為されたこととはまったく関係ない彼女を利用してしまったことをただ後悔してなのかはわからなかった。

いや、後者のはずはない。イギリスから逃れたその日にそんなばかげた感傷は捨て去ってしまったはずだ。後悔は愚か者のすることだ。

組み敷かれ、男のそそりたつものの長さに血の気を失った彼女は、彼の腕のなかで首をまわし、なめらかな頬を彼の二の腕に寄せた。それは降伏のしぐさで、彼女が音を立てて唾を呑みこむと、白い弧を描く喉の小さな筋肉が震えた。

女の最初のときには必ず痛みはあるものだが、経験から言って、それはすぐに消え去る類《たぐ》いの痛みだ。とはいえ、処女を奪ったことがそれほど多いわけではなかったが。「すぐに私の大きさにも慣れるから、心配しなくていい」とデヴォンは言った。尻に触れるシルクのような女の内腿が心地よかった。「最悪のときは過ぎた。あとは最高の瞬間だけが待っている」

彼女は答えなかった。目はまつ毛に隠れている。

「イザベル」デヴォンは小声で命じた。「私を見るんだ」

イザベルは首をほんの少し動かし、あのすばらしいアクアマリン色の目を上げた。しみひとつない顔がピンク色に染まっているせいで顔立ちの繊細な美しさがきわだっている。

伯爵の娘はこの上なく美しかった。それはまちがいない。完璧な鞘《さや》となっている彼女のなかで、彼はいっそう激しく脈打った。

そこではじめて彼は彼女にキスをした。ゆっくりと確たる意図を持って首を下げ、反応を求めるように口を口に押しつける。驚いたのか、もしくは迎え入れるためか、彼女の唇が開く。迎え入れるためではないだろうと思いながら、デヴォンは唇を奪った。激しく動いて解放を迎えたいという強い欲望と相反するゆっくりとした動きで、舌を彼女の口のなかにすべりこませ、彼女の舌とからませてその甘さを丁寧《ていねい》に味わう。同時に体を片手で支えて、もう一方の手をそそるような豊かな胸のふくらみへと戻した。

舌は彼女の口のなかにあり、手は彼女の胸をもてあそび、彼自身は彼女のなかに深々とはいっている。すべての復讐がこれほどに甘いものならば。デヴォンは悦びに身を焼かれながら思った。親密な侵入に慣れるための時間を女の体に与えながら、デヴォンは首の角度を変えてキスを深めた。イザベルがおずおずと自分の舌を彼の舌にかすめるようにして反応してきたときには深い満足を感じた。

首を上げると、呼吸が速くなっているのは自分のほうだった。彼女の小さな何気ない動作に思わず興奮してしまっている。デヴォンは彼女の目をのぞきこむと、ゆっくりとみずからを引き出し、また深々と湿った熱のなかに沈みこんだ。

「痛かったかい？」ようやくの思いで出した声はおかしいほどに裏返って聞こえた。

「いいえ」イザベルは若干驚いたような声を出した。ほっとしたような声でもあった。

よかった。

「ようし」彼はゆっくりと笑みを浮かべてみせ、また後ろに戻りはじめた。「自分がかなり自制ができる人間だと思いたいんだが、だいぶそれも揺らいできている。つかまっているんだ。できるだけゆっくり動かすつもりだが、約束はできないんでね」

肩に置かれた彼女の手に力が加わった。デヴォンは自分を抑えながら突いたが、早く達したいと全身が悲鳴をあげていた。未経験で、教えられたわけでもないのに、直感が経験のなさを補ったのか、イザベルはリズムをとらえ、彼が突くたびに腰を浮かせた。ふたりの乱れた呼吸の音が寝室を満たし、デヴォンは自分の欲求が高まるのを意識した。

ちくしょう。なんてきつく、気持ちいいんだ。

触れられて驚くほどの反応を見せた彼女を思い出し、デヴォンは互いの体のあいだに手を差し入れ、すでに腫《は》れているつぼみを探った。突くたびにそのひどく感じやすい場所にほんの少し力を加えると、とらわれの身の美しい女はすぐに声をあげはじめた。まもなく彼女の爪が彼の二の腕の張りつめた筋肉に食いこんだ。デヴォンはその合図をしかと受けとめて刺激を強めた。イザベルが降伏の小さな声をあげ、内なる筋肉が貫いている彼のまわりでこわばった。

彼の悦びの波も同時に押し寄せてきて、デヴォンは波に呑みこまれた。射精のあまりの激しさに体がぶるぶると震えてこわばった。熱くみだらに脈打つ場所が種で満たされる。彼の喉からは低い声がもれた。その感覚は耐えがたいほどの悦びをもたらし、デヴォンは肺に空気をとり戻そうとしながら目を開けた。

日が沈みきって部屋のなかはかなり暗くなっていた。寝室から二階のバルコニーへと開いたドアの向こうでは、夜空に明るい星が散らばっている。今自分が故国としているこの危険な島の美しさにはいまだに驚かずにいられない。

楽園。そう、ここが今や楽園に近いものになったのはたしかだ。生まれながらに官能的で、無垢《むく》ではなくなったレディ・イザベル・エドワーズが同じベッドにいる今は。

バックランド卿よ、ざまあみろ。美しい娘の純潔を奪ってやったことを面と向かって言ってやれたなら。

3

トーマス・ヴァンダービルトは熱く甘いコーヒーをひと口飲み、眉根を寄せた。「英国海軍が港を封鎖して戦闘を開始し……おいおい、どうしたんだ、全然聞いてないじゃないか」

テーブルをはさんで向かい側にすわっていた友人は一瞬ぽかんとした顔をしたが、やがて黒い頭を振った。上質のリネンの長袖シャツと体にぴったりしたズボンというくだけた装いをしたデヴォン・オースティンはいつになく上の空だった。いつもならば、イギリスに関する知らせには強い関心を見せた。今勃発《ぼっぱつ》している、ボナパルトの金銭欲に対抗する戦争については言うまでもなく。しかし、今回訪ねてきてからずっと、トーマスは何かが少々いつもとちがうことに気づいていた。

「すまない」デヴォンが言った。「ああ、そうだ、きみの言うとおり、ちょっと考え事をしていたよ。きみに会えてうれしくないわけじゃないんだが、おそらく時期があまりよくなかったんだな。少なくとも、きみは昨日着かないでくれたわけだが」

「それがどうして問題なんだ？」フォーマルな上着をはおり、きちんとクラヴァットを結んでいたトーマスは自分が少しばかり場ちがいな気がしていたが、昔からの習慣というものはなかなか変えられなかった。たとえ世界のはてと言っていい場所に来てはいても。厚手の服の下でトーマスは汗ばんでいた。

くつろぎきった優雅なぞんざいさでデヴォンは椅子に背をあずけた。美しく彫りあげたようなハンサムすぎる顔には、なんの感情も現れていない。「問題だったかどうかはわからないが、その可能性はあった。きみから上品な影響をおよぼされると、どうも心穏やかではいられないから」

くだけた雰囲気のダイニングルームは、草木の生い茂るジャングルのような庭に面しているせいか、窓の外は緑一面で、かすかに動物の声が聞こえていた。朝の光をとり入れるために窓は開け放ってあり、射しこんだ陽光が磨きこまれた床に敷いたマットに模様を描いている。外では鮮やかな色の鳥が揺れる枝にとまっており、デヴォンは魅せられたようにそれを若干眉根を寄せて眺めていた。

「どういう意味だ?」トーマスは率直に訊いた。「きみに会うためだけに長い航海をしてきたんだぞ。この呪わしい島にたどり着くには危険もないではないが、きみの名前を出すことで、幸運にもこの島に足を踏み下ろしてすぐに串刺しにされないですんでいるというわけだ。この港へはいってくる船の半分は、旗も揚げていないような船だからな」

「きみが訪ねてきてくれることはいつもありがたいと思っている。きみにだってそれはわかっているはずだ」デヴォンは立ち上がり、黒い髪に手を走らせ、悲しげな笑みを浮かべた。「コーヒーにラムを少しどうだい? 悪くないぜ」デヴォンはすばやくしなやかな身のこなして広い部屋を横切り、不運な船から略奪されたにちがいない古い優美なサイドボードからデキャンタを手にとった。戻ってくると、それぞれのカップに中身の酒を注いだ。

「デヴ、きみはどうも……きみらしくないな」トーマスは正直に言った。幼馴染《おさななじみ》の彼にとって、友のハンサムな顔に浮かんでいる表情はこれまで見たことのないものだった。見たことがあったとしても、それははるか昔のことだ。

デヴォンは罪悪感と言ってもいいような表情を浮かべていた。

あり得ない。デヴォン・オースティンには罪の意識などというものはない。少なくとも今は。

「私らしくない？　そうかもしれないな。でも、どうして私らしくしなきゃならない？　昨日私は思いもかけず、なんともすばらしい復讐を堪能することになったんだ」

風味の強くなったコーヒーを飲もうとしていたトーマスは動きを止めた。それからゆっくりとカップを下ろした。「復讐？　どういう復讐だ？　きみが恨みを持っている相手として私が知っているのは、きみの手の届かないところにいるふたりの権力者だが」

デヴォンは脚を伸ばして椅子にゆったりともたれた。銀色の目が光り、口が特徴的な皮肉っぽい笑みの形に持ち上がる。「途方もない話なんだ。信じられないほどの。どんな力が宇宙をつかさどっているにせよ、その力にまだ気圧《けお》されているところだ。幼いころに頭にたたきこまれた信仰心はずっと昔に捨ててしまったから、神のしわざということはあり得ない」冷ややかに付け加える。「それに、今回の皮肉に神が手を貸したとは思えないしな」

トーマスは六年も前に起こった出来事をデヴォンがいまだに恨みに思っていることをとがめるつもりはなかったが、時とともに友が――新たな生活における幸せは無理でも――少なくともある程度の心の平和を持てるようになってくれればいいがと思わずにいられなかった。

「自分がわけのわからないことを言っていると気づいてもらいたいものだな。でも、正直、きみの顔に浮かんでいる表情からして、説明してくれと頼むのも怖いぐらいだが」

「禁欲的で高潔な精神を持つきみは許さないだろうな。昨日の晩、きみがここにいて私の良心をつつかないでくれて幸いだったよ。今となっては状況を変えようと思っても手遅れだ。人生にはとり戻せないものがあるものだが、これもそのひとつなんだ」

「おいおい、いったいなんの話をしているんだ?」トーマスは内心少しばかり動揺を覚えた。幼馴染は生まれつきそうではなかったものの、財産も家族もなく厳しい世のなかに放り出されたせいで、無慈悲なところがあった。刺激すると危険な男になる。

デヴォンは磁器のカップにラムを足した。「あの欲張りでいやしむべきメルローズが、貨物船を襲撃したり、乗客の持ち物を略奪したりするほかに、不運にもやつにとらわれた多少なりとも魅力的な女によってもかなりの利益をあげていることは知っているだろう? メルローズは人身売買が黙認されているさまざまな港で女を売っている」

それを聞いて血が沸き立ったが、トーマスはそっけなくうなずいた。「噂は聞いたことがある」

「ここでも女を売ることは黙認されている。総督はそれを強く否定しているが」

「そう聞いても驚かないが、胃がよじれる気はするよ。それがきみの話とどう関係するんだ？　きみが違法な人身売買のような唾棄《だき》すべきものに参加するはずはないだろう、デヴ。その必要もないし。きみほどの外見と財産があれば、喜んで身をまかせる女には不自由しないはずだ」

「昨日の競りには参加した」

どう反応していいかわからず、トーマスは驚きを隠そうともせずに友を見つめるしかなかった。

「どうして参加せずにいられる」デヴォンはくだけた調子で説明した。「バックランド伯爵の娘が売りに出されていたというのに」

「え？」とうてい信じられない話だったが、デヴォンが運命とは気まぐれなものだと能弁に語った理由がすぐさまわかった。あの伯爵の娘がカリブ諸国の辺鄙《へんぴ》な島に現れ、最悪の敵の手にきれいにおさまったという天文学的な確率の出来事に、トーマスは頭がくらくらする思いだった。「どうしてそんなことが？」

「イギリス貴族の娘が売りに出されているという噂を耳にしたときには、私もまったく同じ反応をしたよ。じつのところ、競りの前にその娘の名前を訊き出そうとメルローズを探したときには善意でそうしたんだ。そう、慈善はあまり趣味じゃないが、ときには善き行いをせずにいられないこともある。そのときはその若いご婦人を競り落としてイギリスに戻してやろうとぼんやり思っていた。金《かね》ならいくらでもあるし、その女が友人の娘か妹ということもあるからね」

自分が答えを求めているのかどうかはっきりわからないまま、トーマスはゆっくりと問いを口にした。「それで、彼女の素姓がわかってどうしようと思ったんだ、デヴ？」

「きっときみも正しい結論に達しているはずだ」長い脚を伸ばし、ほっそりした体をゆったりと椅子にあずけて、デヴォンは真っ黒な眉を上げた。「運のいいことに、あのゆがんだ顔のバックランドじいさんがうんときれいな娘をもうけていた。まだ私のベッドで眠っているはずだ。昨晩は、そうだな、きわめて……満足いくものだったよ」

「なんてことだ、デヴ」トーマスは陰鬱《いんうつ》な口調でつぶやき、コーヒーをごくりと飲んだ。

「バックランドに仕返ししたいという気持ちは理解できるが、娘とベッドをともにしたと？」

「娘を穢してやったんだ」デヴォンは眉を上げてやわらかく訂正した。「一度ならず、おおいなる悦びとともにね。彼女が多少疲れているとしても不思議はない。父親がそのことを知るのが待ちきれないよ。娘が報告する際に、自分がどれほどそれをたのしんだか言ってくれるといいんだが」

「きっと父親も喜ぶだろうさ」

その皮肉っぽいことばにデヴォンは短い笑い声をあげた。グレーの目からは内心の思いは読みとれなかった。「私の不確かな運命において、これはかなり感動的な転換点じゃないか？　心配しなくていい。女を救ってやろうという気持ちをすっかりなくしたわけじゃなく、母国へ戻す手立てはとってやるつもりだ」デヴォンは冷ややかにしめくくった。「もちろん、もっと何度もたのしんでからだけどな」

「父親がしたことを娘につぐなわせるのは正しいことじゃない」

友人は肩をすくめたが、トーマスはデヴォンが自分で装っているほど無情な人間ではないと確信していた。「メルローズの人身売買の現場に集まっていたほかの熱心な買い手に買われていたらどんな運命が待ち受けていたか考えてみれば、私のベッドのほうがずっとましにはちがいない。彼女もそう思ったようだった。私はベッドにはいるよううながしはしたが、無理強いはしなかった」

トーマスは首を振ったが、デヴォンの言うことはじっさいきわめて正しかった。デヴォンは伯爵の娘をあまり高潔とは言えないやり方で利用したとしても、女に危害を加えることはしない。幼馴染は追放される前、ベッドでの技に卓越した男というなんともすごい評判を頂戴していて、愛人に不自由することがなかった。伯爵の娘も名を穢されるだけでじっさいに危害を加えられることは絶対にないはずだ。それに友人は少なくとも彼女をイギリスに送り返すつもりだと言っている。それでも、トーマスはきっぱりと言った。「それは弁解にすぎないな」

予想どおり、デヴォンに悔いる様子はなかった。「そうだとしても、彼女を手放す決心がつくまでつづけるつもりだ。昨晩を経験したあとでは次の復讐の味が待ちきれないよ、ほんとうに」

色とりどりの紗のような薄い布で作られたスカートは体にぴったり合った。熱帯の気候のせいでこれほどに軽い作りになっているのはまちがいない。すでにひどく暑く、湿気が多かった。イザベルは二階のベランダから吹きこむそよ風に顔を向け、腰の帯を結んだ。それから、スカートと同じ素材で作られた淡いクリーム色のブラウスを手にとり、袖を通した。恐れていたとおり、深い襟ぐりと薄い生地のせいで、胸の形はあまり隠れなかった。

イザベルはあきらめの境地でみずからに言い聞かせた。知っている人に見られるわけじゃないのよ。昨日、ほぼ裸に近い恰好で大勢の前に立たされたばかりじゃないの。

そして昨晩は知らない男の腕に裸で抱かれたのだった。

男の持ち物とわかっていてドレッサーの上の櫛《くし》を使うのは妙に親密な気がしたが、長い髪がもつれていたため、遠くで踊る波を見ながら、イザベルは髪をとかした。海の眺めはすばらしく、ヤシの葉は優美に風に吹かれている。あたりには数多《あまた》の異国のにおいがただよっていた。

デヴォン・オースティンが肌に残していったにおいを風呂で洗い流し、着替えて髪を整えた今、イザベルは次に何をしたらいいだろうと考えた。空腹だということもあった。少なくとも昼に近い時間にちがいない。

遅くまで寝過ごしたのはさほど驚きでもなかった。昨晩のことを思い出すと、首筋と顔に熱が這い上がった。その最初のときが終わると、無知だったせいで、それですべてが終わりだと思ったのだった。しかしもちろん、そうではなかった。彼が性的な頂点に達したのはたしかに思われたが、体を離そうとはせず、彼を彼女の脚のあいだに置いたままその場に留まった。体重をかけないでいてくれたので、彼女は心地よく体を覆われながらもつぶされずにすんでいた。彼は彼女の髪を指で梳き、口に軽くキスをした。腕と胸を撫でられているうちに、かすかな動きで彼がまた固くなっていて、同じことを最初からくり返すつもりでいることがわかった。

わざと長く時間をかけて引いたり突いたりをくり返されるうちに、その動きがどんどん気持ちよくなっていったのだった。なかにいる彼がさらに深く突き、つながった互いの体の摩擦が……

誰に見られているわけでもなかったが、頰の赤みが増した。

それは罪深いほどにすばらしい感触だったのだ。

イザベルは髪を振り、震える手でスカートの皺を伸ばした。何者であれ、どんな人間であれ、デヴォン卿は金《かね》を払っただけのものは得たいと思っているようだ。たぶん、自分を娼婦のように感じるべきなのかもしれない。彼と取引したことで、みずから進んで体を差し出したのも同然なのだから。なぜか多少なりとも本気で抵抗していたら、彼が手を出さずにいてくれたかもしれないという気がした。自分が彼の行為を容認することが彼にとって重要だったようだからだ。もしかしたらそれは単なる勘ちがいかもしれず、結局は純潔を失うことになったのかもしれなかったが。少なくとも彼は悪くない外見をしている。過去に何があったにせよ、気遣いを見せてくれた。それだけはたしかだった。最初は少し痛みもあったが、その後の悦びはそれを上まわっていた。

熱帯の楽園のハンサムな愛人。もっと悲惨な状況におちいっていたかもしれないと考えればまだましなのだろうか。

肩をすくめると、イザベルは寝室のドアから外へ出て、前の日の午後、どちらの方角から来たのか思い出そうとした。廊下は長く、見えるかぎり空っぽの寝室が連なっている。イザベルは階段を見つけ、ゆっくりと降りはじめた。家のなかは蜜蠟《みつろう》とオレンジの花のにおいがした。玄関の間の掃除をしていた浅黒い肌の女が目を上げ、あるドアのほうを指差した。

自分がこの家にいることをその女がどう思っているのかイザベルには見当もつかなかったが、女が無言で指し示したほうへと歩を進め、広い入口を抜けて暖かく日あたりのいい部屋にはいった。部屋には黒光りする木のテーブルがあり、開いた背の高い窓があった。濃いコーヒーとイースト菌のそそるような香りがただよっていて、胃がそれに反応した。とらわれの身だったここ数日の食事はご馳走《ちそう》とはけっして言えなかった。部屋には男がふたりすわっていて、イザベルが恐る恐るなかにはいっていくと、どちらも礼儀正しく立ち上がった。

明るい陽射しを浴びて、昨晩彼女を穢した男はこれまでになく危険なほど魅力的に見えた。髪も目も黒い男っぽい美しさと強烈な男らしさは圧倒されるほどだった。くだけた装いの男がお辞儀をすると、長い黒髪がたくましい襟もとで揺れた。「おはよう、レディ・イザベル」

その挨拶にはどこかゆったりとかまえた尊大さが感じられた。イザベルは思わず赤くなりそうになるのを抑えようとした。「おはようございます」

「きっとよく眠れただろうね」

彼女がどれだけよく眠れたか彼にはよくわかっているはずだった。彼のすぐ隣で丸くなって寝ていたのだから。イザベルはできるだけ冷静に返した。「ええ」

「こちらは私の親友のヴァンダービルト船長だ」

ヴァンダービルトは背の高い男だった。デヴォン卿ほどではないが、かなり高く感じるのはたしかで、明るいブロンドの髪と人のよさそうな顔をしていた。目をみはるほどのハンサムではないがとても感じのよい顔で、前に進み出て手にキスをする物腰も礼儀正しかった。目の前にいるのは不正が横行している島で金《かね》で買われた商品で、自分の友人はその商品の持ち主なのに、そうとはつゆほども思っていないという態度だ。「お会いできて光栄です、レディ・イザベル」

「こちらこそ、船長」イザベルは小声で言った。ブラウスがもっと厚く、スカートもむき出しのすねが見えないぐらい長ければよかったのにと思わずにいられなかった。

作法にかなっているとはとうてい言えないそんな装いにはまるで気づいた様子もなく、温かい茶色の目が彼女に向けられた。「どうぞ、おすわりください」

明るい髪の船長がうやうやしくどうぞというように椅子を引き、イザベルはそれを受け入れるよりほかなくなって、色鮮やかな色のスカートをつまみ上げて椅子にすわった。「ありがとう」

デヴォン・オースティンは口に笑みらしきものを浮かべて礼儀正しく振る舞うふたりを眺

めていた。その銀色の目に浮かんだ何かがイザベルの全身を熱くした。もしかしたらそれはふたりのあいだに起こったことを再確認するようなまなざしだったのかもしれない。経験不足の彼女にも、その熱いまなざしが、昨日のことが昨日だけで終わらないことを約束しているのがわかった。

私を悦ばせるよう精一杯努めるんだな。そうすればイギリスに戻してやる。

腰に白いエプロンをきちんと巻いた黒い癖毛のやせた年若い少女が部屋にはいってきて、何も言わずに果物とコーヒーと何かわからないスパイスのいい香りがするパンをイザベルのところへ運んできた。男たちが食べ終えてからかなり時間がたっているのは明らかだったが、イザベルは空腹すぎて食べ物を拒むことができなかった。これがお茶だったらと思いながら上等の磁器のカップからコーヒーを飲み、気まずい沈黙が広がるなか、果物やパンを食べた。

しばらくしてヴァンダービルト船長が咳《せき》払いをした。「あなたが乗っていた船が海賊に襲われたということでしたね。それで、あなたは不運な状況でこの島に上陸した」

不運な状況どころではなかったと思いながらも、イザベルはうなずいた。「要約すればたしかにそういうことですわ、たぶん」

「育ちのいいご婦人には大変な体験だったことでしょうね」

この家の主人が淡々と言った。「レディ・イザベルは勇敢な人間だからな。きっと今の状況にもうまく順応できているはずだ」

そのことばにはどこか挑むような響きがあったため、イザベルは動きを止めた。ふと、ふたりの男のあいだに意見の相違があることがわかった。ヴァンダービルト船長は皮肉っぽく言い返した。「それで、なんとも高尚な人間であるきみが順応するのに手を貸したというわけか」

「ふん、高尚というのは私を言い表すのに正しいことばかな、イザベル?」

刺すような銀色の目に見つめられ、イザベルは一瞬ことばを失った。昨晩のことが少しも不愉快ではなかったと認めるのははばかられた。それではふしだらな女に聞こえてしまう。イザベルはスカートの皺を伸ばし、震える声で答えた。「たぶんちがうでしょうね。でも、もっと最悪の事態におちいっていたかもしれないし」

ヴァンダービルトは小声で言った。「ずいぶんとお褒《ほ》めいただいたものだな、デヴ」

イザベルがぎょっとしたことに、デヴォンは笑った。いつもはいかめしい顔つきが明るくなり、より陽気で若い顔になった。「トム、不運な人間を救ってやりたいという気持ちはここでは無用の長物さ。私は高尚な人間になろうと試したことすらない。きみがどう頑張ろうと今回のことの成行きは変わらない」

「そうかな? 紳士として、ご婦人に救いの手を差し伸べねばという気がするんだが」

「友人として、かかわるなと忠告するよ」

昨日は裸に近い恰好で演台に立たされ、粗野な見知らぬ男たちの目をたのしませたというのに、今朝はふたりの紳士が——デヴォンを紳士と呼べるかどうかはわからなかったが——すでに失われた自分の純潔をめぐってけんかをしているというわけだ。イザベルは張りつめた空気をゆるめようと、急いでことばを発した。「デヴォン卿はわたしに危害を加えたりはせず、家に帰してくれると約束しました。これまで数日のあいだ、これからどうなるのだろうと恐怖に駆られていたので、今の状況が……それほどいやというわけではありません」

ほんとうだろうか？

なんてことだろう、ほんとうにそう思っていた。なお悪いことに、声に変化があったことにデヴォンが気づき、眉を上げて魅力的な目に愉快がるような皮肉っぽい光を浮かべた。

「なあ、トム、きみの古めかしく役に立たない博愛精神は受容されないんだ。このご婦人は今の状況のままで少しもかまわないとおっしゃったんだからな。じっさい、私もそうだろうと思っていたよ」

ああ、この人はわたしが彼に組み敷かれて悦びの声をあげたことを思い出しているのだ。イザベルは気恥ずかしさでいっぱいになったが、同時に、彼と見交わしたまなざしには、これまで感じたことのない親密さがあった。私はきみの恋人だと彼のグレーの目は語っていた。ふたりはあの驚くほどに魅惑的な悦びを共有した仲なのだ。

「私の船は二週間以内に出港する」トーマス・ヴァンダービルトはイザベルのピンク色に染まった頬を見ながら静かに言った。「この人を家に連れ帰らせてくれ、デヴ。無事に送り届けるよ。イザベルとデヴォンがすばやく目を見交わしたことも見逃さなかった。そうすれば、きみの目的も満たされるというわけだ」

「私が満たされれば――」デヴォン卿ははっきりとあてこするように言った。「それでいい」

トーマス・ヴァンダービルトは感心しないというように冷たいまなざしを友に向けた。イザベルはこれから何が起こるのか考え、われ知らずわくわくするものを感じた。

浜辺の砂は温かかったが、そばを歩いている女の魅力的な体も温かかった。新たに自分のものとなった女のためにレナータがどこで服を見つけてきたのかデヴォンにはわからなかったが、その結果は非常に喜ばしいものだった。小さな花柄の簡素なスカートがほっそりしたウエストのくびれとわずかに広がった尻のラインをきわだたせている。ブラウスは下が透けるほど薄いわけではなかったが、近くに寄ると魅惑的な胸の豊かなふくらみにぴったりと貼《は》りついているのがわかり、裸の胸を思い描くのにそれほど想像力を働かせなくてもよかった。

腰までの長さの金色の髪はほどいて背中に垂らしてあった。その光り輝く巻き毛がそよ風に揺らされ、日の光をちらちらと反射している。繊細で女らしい美貌を持った彼女は、放蕩《ほうとう》者の夢から出てきた夢の女のようだった。男の夢想が現実となった女。服を脱がせるのも簡単で、美しく、いつでもその体をたのしめる女。それが深いターコイズ色の海とほかに人っ子ひとりいない美しい白い浜辺にいるのだ。そう、どうやらとても気分のよい午後となりそうだった。

「きっとここがお好きなのね。とてもきれいだもの」

小声で話されたことばを聞いてデヴォンは目を下に向けた。イザベルのブルーの目が問いかけるようなまなざしを向けてきていた。すでに気づいていたが、彼女はただきれいなだけではなく、知性にあふれてもいた。故国を追放されたデヴォンの現在の生活について興味を抱いたとしてもしかたのないことだった。

デヴォンは肩をすくめた。背中と肩に上等のリネンのシャツを通して陽射しが焼けつくように感じられた。「人にせよ、場所にせよ、好きなものなどない。感情というものがなくなってしまっているようでね」

「あら」イザベルは当惑顔になった。長いまつ毛がわずかに伏せられる。小さな形のよい裸足が湿った砂の上に小さな足跡をつけていた。後ろを振り返れば、ブーツを履いた彼のもっとずっと大きな足跡とは好対照だった。

「でも、美しいものを賛美する気持ちはある。だから、この島が魅力的だという意見には賛成だ。きみの顔と体もそうだけどね。どちらもきわめて魅力的だと思う。きみの目をみはるほどの美貌は美しい海や真っ白い砂浜に匹敵するよ」

「お褒めいただいてありがとう」イザベルは静かに答えた。なめらかな頰の上でひと房の薄い色の髪が揺れている。「でも、わたしを買ったのはそのせいじゃないんでしょう?」

このご婦人はあらゆる点で魅力的なだけではなく、洞察力も鋭いようだ。

「ああ」デヴォンはめったに嘘をつかなかった。名誉を重んじるからではない。ただ考えや行動を隠しておく理由がなかったからだ。「きみが不細工で太っていたとしても、きみを買ってベッドをともにしていただろうな。幸い、きみがきれいなおかげでずっとたのしめるがね」

「父にかかわることなのね。わたし自身じゃなく、わたしの素姓を知って競りに加わろうと思ったとしたら、それしか理由はないわ」声は穏やかだった。慎重に穏やかな口調を保とうとしている。

「きみにひどい扱いをするつもりはない」デヴォンは顔をそむけた彼女の横顔をじっと見つめながら答えた。「昨晩のことでそれは証明できたはずだ」ひそめた声が意味ありげだった。

「今日の午後、その事実を再確認することになる」

「どうしてこういうことをするのか教えてくださる？」

「だめだ」デヴォンはきっぱりと答えた。「しかし、私は約束は守るよ、レディ・イザベル。これから二週間、私が望むときにいつでも脚を開いてくれたなら、トーマスがきみをうやうやしくエスコートし、イギリスへ無事に送り届けるのを許そう」

イザベルの足がもつれ、両方の頬が真っ赤になった。「そこまで露骨に言わなきゃならないの？」

デヴォンはうんざりしたように口の端を笑みの形に持ち上げた。「こんなのは露骨とは言わない。いいかい、私はもうちゃんとしたイギリス紳士じゃないんだ。露骨に言いたかったら、こう言うさ。これから二週間、きみが私の固くなった一物《いちもつ》をきみのすばらしく甘くきついあそこに入れさせてくれ、やらせてくれたなら、国に帰してやろうと。すばらしく甘いあそことといえば、まだひりひりするかい？」

そんな物言いに彼女が愕然としたのはまちがいなかった。そんな卑猥《ひわい》な表現はこれまで耳にしたこともないのではないかと思われたが、その意味は簡単にわかったはずだ。一瞬イザベルは足を止めた。デヴォンは彼女が家へ逃げ帰ろうとするだろうかと思いながら振り向いた。逃げ帰るならそうさせてやろう。そして家に戻ったら、怒り狂ったトーマスに彼女を動揺させたことを責められることになる。

同じく足を止め、デヴォンは何も言わずに彼女の目をのぞきこんだ。

怒りに燃えた目が見返してきた。見開かれた目のブルーが濃くなり、深いアクアマリン色になっている。「気にしてくださるなんて驚きですわ、デヴォン卿」

「私は貴族ではない」デヴォンは殺気をこめて言った。「不名誉な濡れ衣を着せられ、勘当もされた。きみに華やかなことばを捧げ、手にキスをして求愛するつもりがないからといって、きみを傷つけたいわけじゃない。昨日警告したはずだ。礼儀にかなった行いとされている陳腐な行為は私には無用だ」

「わかってるわ」一瞬黙ってからイザベルは冷ややかに言った。

「理解してくれてうれしいね。しゃれたクラヴァットと洗練されたマナーのトーマスに、国に帰ったら何が待っているか思い出させてもらうといいさ。しかし、今はまったくちがう世界を見せてあげよう、おいで」

連れの女は決心がつきかねるかのように差し伸べられた手をしばし見つめ、やがてゆっくりと彼の手に手を置いた。それからは何も言わずにデヴォンは彼女を広い木陰を作っているヤシの木立へと連れていった。そこは強い陽射しがさえぎられ、砂浜よりも涼しくなっていた。すぐそばにある入り江は泳ぐのにいい場所で、昨晩約束したとおりに、今日の午後はベッドをともにするようになったばかりの相手とそこでふたりで過ごすつもりだった。

デヴォンは冷んやりした砂の上に腰を下ろし、そばの地面をたたいた。「すわれよ」

イザベルはそのことばに従い、淑女らしく足を体の下に折りたたんだ。まなざしが突然警戒するような色を帯びた。「これから何をするつもり？」捕食動物のような彼の表情を正しく解釈して彼女は訊いた。

「きみをたのしませるのさ」デヴォンは正直に答えた。「それからきみにたのしませてもらう。そのあとでどこよりも澄んだ、肌に温かく感じられる海で泳ぐ。快楽主義的な午後の過ごし方さ。でも結局、われわれは楽園にいるわけだろう？」

「そうね」イザベルは疑うような顔をしていたが、デヴォンが身を寄せてキスをしても抗わず、腕に抱かれると、彼の胸に素直に顔を寄せた。

彼女はなんとも言えずやわらかい口をしていて、その甘さが下腹部にまっすぐ欲望を伝達した。ゆっくりとやさしく誘うように、デヴォンはあの災難のせいで人生が狂ってしまう前に貴婦人の寝室――その後はさまざまな女の寝室――で培《つちか》った技のかぎりをつくし、彼女から反応を引き出そうとした。

それがすばらしくうまくいった。レディ・イザベル・エドワーズは昨晩発見したとおりに、彼女自身おそらく存在を理解していない、非常に官能的な側面を備えていた。だからこそ、さっき怒らせたときも、トーマスが守ってくれるとわかっている場所へ逃げ帰らなかったのだ。

思いちがいではない。彼女は私に魅惑され、惹きつけられている。今朝テーブル越しに向けられたまなざしにそれが現れていた。恥ずかしがると同時に誘うようなまなざし。彼女は無垢すぎてそれを隠すこともできなかった。そのまなざしはトーマスも目にした。だからこそ、彼はイザベルのことに口をはさまなければという紳士的な義務感を引っこめたのだ。

それは自分にとっては好都合だった。利用しない手はない。

「あおむけになって」口に口をつけたままデヴォンは言い、やわらかい砂の上に背中をつけさせた。胸にキスしたくてたまらなかったが、それはあとでいい。今は別のものを味わいたい思いのほうが強かった。デヴォンは手を下へ走らせ、彼女のスカートの裾をつかむと、腰までまくり上げた。イザベルの腰から下がむき出しになった。

「髪が砂だらけになってしまうわ」イザベルが抗議した。声がわずかに震えている。

デヴォンは笑った。男が女を称える低い声。彼は彼女のほっそりとした白い太腿とそのあいだにある縮れた魅惑的な金色の毛をじっと見つめた。「あとで洗ってやるよ」そうデヴォンは約束し、まずは腹に顔を寄せ、彼女の香りを吸いこんだ。「今はきみを味わいたい」

「い……言っている意味がわからないわ」わからないと言いながら、デヴォンの意図を察したかのように彼女の体が震えた。

「こんなふうにさ」デヴォンは彼女の踵《かかと》をつかんで持ち上げ、膝が曲がるように砂の上に下ろした。両手を彼女の内腿にあて、脚を開かせる。指を広げると、細やかに気を遣って手を上に動かした。親指が陰唇をなぞり、彼女にそっと分け入って開いた。

「デヴォン」ぎょっとして抗議するように彼女は言ったが、体を動かそうとはしなかった。

そんなあえぐような声で名を呼ばれるのは悪くなかった。

「すばらしい」熱いまなざしでピンクのサテンのような秘部をじっと見つめながらデヴォンは言った。つぼみが固くなって表面の皮膚を突き上げている。デヴォンは指先でそれに軽く触れた。

「ああ」イザベルは反応してぴくりと体を震わせた。

次にデヴォンは首を下げてそれをなめた。

イザベルは低く小さな声をあげ、わずかに身をそらした。

ああ、いいぞ、彼女も心ゆくまでこれをたのしもうとしている。デヴォンは罪深いほどの傲慢さでそう胸の内でつぶやくと、舌を下へ動かし、彼女の入口を見つけた。軽く舌を押し入れる。なんとも言えず女らしい、魅惑的な味だ。すでに自分の体も興奮しきっている。ぴったりしたズボンがきつく思えるほど彼はふくらんでいた。デヴォンは彼女を絶頂に押し上げようと腫れたつぼみをもてあそび、それから舌をさらに奥へと差し入れた。

イザベルの手が砂をつかんだ。あえぐように不明瞭な悦びの声をあげている。デヴォンは両手を彼女の体の下に差し入れ、シルクのようになめらかな尻をつかんで持ち上げると、さらに口を強く押しつけ、舌と唇の両方を使ってやさしく吸ってはなめ、彼女を頂点へと押し上げようとした。

「ああ、なんて」イザベルは息を呑んだ。木漏れ日が肌と広がった髪にまだらに光を落としている。「ああ……ああ……」

ほっそりした体が震え、脚がさらに開いた。彼女が荒々しく達したのが口に伝わってくる。デヴォンは彼女の悦びのしるしを味わい、体の痙攣を感じて男としての深い満足にひたった。意図的にそれをできるだけ引き伸ばし、イザベルの体から多少力が抜けるたびに、また軽く口を動かして腫れて感じやすくなった部分を刺激した。

イザベルは抗議の声をあげたが、ほとんど即座にまた頂点に達した。今度は砂まみれの手が彼の髪に伸びた。デヴォンはそれが気になったわけではなかったが、髪を引っ張られて顔を上げた。イザベルの体から力が抜けた。

「もうだめ」レディ・イザベルは腰から下をあらわに砂の上にぐったりと脚を開いて横たわったまま懇願した。絶頂に達したばかりで肌はきれいなピンク色に輝いている。

デヴォンは彼女の開いた太腿のあいだに身を置いたまま歯を見せて荒々しい笑みを浮かべた。「いやだったかい？　私にはそうは思えないな。きみは気に入ったはずだが」

「でも……息が……できない」

「息ができるようになるまで、よかったら、服を脱がせてあげよう。きみは何もしなくていい。服を脱がせるのもたのしいものだから」デヴォンは器用な指でスカートのひもをほどいて引き下ろし、ぐったりとした体を持ち上げてブラウスを頭から脱がせた。裸になった彼女は昨日の晩も見ていたが、日の光のもとで見るとさらに美しく見えた。クリーム色の肌も長くしなやかな四肢も官能的で、ほんとうにすばらしい女だ。

自分の服もさっと脱ぐと、彼女の隣に身を横たえた。イザベルは長いまつ毛の下から彼の動きを見つめていた。前の晩と同じく、たかぶった男のものにすっかり注意を奪われているようだ。その猛々しいほどの長さに目を惹かれ、わずかに口を開いている。

その美しくやわらかな温かい口と痛いほどにたかぶったもの。そのふたつは完璧な組み合わせに思えた。デヴォンはわずかにくぐもった声で言った。「私に報いてくれる準備ができたら、教えてくれ。見ればわかるが、私のほうは準備万端で待っているから」


彼はわたしに何をさせたいの？

イザベルは彼の脚のあいだから高々と突き上げている大きな固いものから彼の顔へと目を移した。今経験したばかりの激しい恍惚感のせいでまだ少し頭がぼうっとしていて、聞きまちがいをしたのかもしれない。「報いるって？」

「きみは私の口をたのしんだだろう、洗練された麗しのお嬢さん。だから、今度は私がきみの口をたのしむ番だ。きみの口を私のものにあててほしいということさ」うぶすぎて何も知らない様子の彼女を見て、デヴォンのグレーの目は愉快そうに輝いていたが、欲望の深さを示すように、顔にはどこか獰猛な表情が浮かんでいた。「やり方は教えてあげるから、心配要らない」

「その……」声が途切れた。彼のたかぶったものに口をあてるということに嫌悪を感じているのか、そそられているのか自分でもわからなかった。

彼は猛々しくもどこまでも美しい半神のようにそばの砂の上に寝そべっていた。全身なめらかな筋肉に覆われ、男らしい力強さに満ちている。肩までの黒髪はつややかだった。彼は黒い眉を上げた。「その……なんだ？」

デヴォンが罪深くもすばらしい悦びを与えてくれたのはたしかだった。イザベルはゆっくりと膝立ちになり、髪を後ろに払った。細かい砂が飛んだ。「あなたを悦ばせられるかやってみるわ」と小声で言う。

デヴォンは喉をつまらせたような小さな笑い声をあげた。「きっとできるさ、保証するよ」あおむけに寝そべり、肘で体を支えて半身を起こし、彼は脚を広げた。「さあ」

イザベルはそのことばに従って動き、彼の固い太腿のあいだに膝をつく恰好になった。近くで見ると、そそりたったそれは見たこともないほどの大きさに見えた。膨らんで光る頂きには透明な液体がにじみ出ている。両手でほっそりした彼の腰の両脇をつかむと、イザベルは身を乗り出し、注意深く試すように舌を動かしておずおずと彼の先端をなめた。

「ああ」デヴォンはあえいだ。「なあ、もうすごくいいよ。もっと深くくわえてくれ。無理しない程度に深く」

彼はこれまで経験したことのない、独特の味がした。少し塩辛かったが、不快な味ではなかった。裸で浜辺にいて、男の脚のあいだに膝をつき、口に男のものをくわえていると思うと恥ずかしく、一週間前の自分だったら恐怖に駆られたはずだが、イザベルは男の要望にがわかる。

従った。男のものが喉の奥に触れる感触は奇妙だった。デヴォンは喉を絞められたような声
を出し、イザベルはそれを悦びの声と解釈した。長い指が髪に差し入れられ、頭をつかむの
が
わかる。

「さあ、口を引いて」デヴォンはかすれた声で指示した。「いいぞ、イザベル。そうだ、そ
れでいい。舌を使うんだ」
ゆっくりと口をすべらせ、固くなめらかなものに舌をこすりつける。デヴォンも手でそれ
に合わせるように彼女の頭を動かして協力した。彼の息が荒くなる。
「くそっ、やめろ」しまいに彼はそう言って彼女の口から自分を引き抜いた。胸を上下させ
ながら、指で自分のものを握っている。低いうなり声をあげ、目を閉じて彼は射精した。液
体が胸に飛び散る。男の性的な解放がどのように訪れるのかはっきり知らなかったイザベル
にとって、その量の多さは驚きだった。しばしの後、デヴォンは身を震わせながら深々と息
を吸い、まつ毛を上げた。「これだけでもきみのために払った金《かね》の価値はあるな。安いもの
だったよ。おいで」
デヴォンはイザベルの二の腕をつかんで引き寄せた。体が彼の腹と胸に散らばった熱いも
のの上をすべった。胸が彼の固い胸に押しつけられる。デヴォンは片手を彼女の垂らした長
い髪に巻きつけ、激しいキスをした。愛の行為そのものを真似るかのようにわざと突いては
引くように舌を動かす。べたつく体をからみ合わせ、ふたりは情熱的なキスを交わした。太
腿のあいだに触れられて、またうずくような感覚がよみがえってくる。

こんなこと、不道徳すぎるわ。彼の体の上で無造作に体を伸ばしながら、イザベルは自分に言い聞かせた

堕落している。でもそれでも……すばらしく魅惑的でもある。

彼には体だけでなく、魂までも奪われている気がした。理解できない目的のために。

ひどい人。

そうしたすべてがわかっていながら、イザベルは彼の腕に抱かれ、海に運ばれるままになっていた。温かい海水がふたりを包み、愛の行為の跡と体についた砂をきれいに洗い流した。「わたし、泳げないわ」彼の首筋に顔を寄せて彼女は小声で言った。

「私がつかまえている」と彼は約束した。彼の肌は水に濡れて輝き、目は銀色に光っている。

「心配要らない。放さないから。信じてくれ、イザベル」

「どうやらあなたのこと、すでにとても信頼しているみたいなの」

彼はたくましい腕で軽々と彼女を抱えながら、さらに海のなかへと進んだ。

ふたりは入り江にある小さな洞窟へはいっていった。彼の首に腕をまわしたまま、イザベルはまわりを泳ぐ鮮やかな色の小さな魚や、透明に輝く水のなかで優美にそよぐ海草を驚きを持って見つめた。胸まで水の来る入り江のなかのその洞窟で、欲望にふたたび固くなった彼が腹にあたっているのがわかった。力強く誘うように脚を腰にまわさせたと思うと、すぐにもデヴォンが体の位置を変えてなかにはいってくる。固いものがやわらかい鞘にすべりこみ、彼女は自分が気持ちよく伸ばされるのを感じた。

「海でやると約束しただろう」デヴォンはからかうような声になってそう言うと、ゆっくりと突いたり引いたりをはじめた。

「海で愛を交わすと約束したのよ」イザベルはあえぎながら訂正した。震える体の奥に彼があたるのを感じて頭を後ろにそらす。髪が波に揺れた。

一瞬彼は動きを止めた。「そんなことを言ったかな？」

「言ったわ」

デヴォンは答えなかったが、彼女の尻をさらに強くつかむと、より激しく突いた。イザベルは彼の筋肉質の腕に両手でつかまって水に浮かびながら、みずからの根源的な欲望の強さに浮かび上がるような気持ちでいた。

熱に浮かされたような悦びはあまりに強く、すぐにもまたほかに比べるべくもない至福の感覚がよみがえってきた。うずに引きこまれていくような感覚のなかでイザベルは彼の名を呼んだ。デヴォンは顔を彼女の肩に寄せてそれに応えた。彼女の内なる筋肉が痙攣をはじめ、彼のたくましい体がこわばった。

彼女の低い悦びの声に呼応するように、解放の温かい液体があふれた。

そのあと、満足しきって水に浮きながら、イザベルは思った。わたしは悪魔と取引したかもしれないけれど、その約束をまちがいなくたのしんでいるわ。

4

食事が運びこまれるときの磁器が触れ合う文化的な音は、じょじょに激しさを増しながら吹き寄せる熱帯の風の音と窓に打ちつける雨の音にかき消されていた。嵐に備えて閉められた木の鎧戸《よろいど》が雨風にさらされて音を立てている。給仕の若い女はテーブルの上の果物の隣に蒸した魚の皿を置いた。

「すぐにおさまりますよ」トーマス・ヴァンダービルトは不安そうに窓を見やったイザベルのまなざしをとらえて言った。「デヴォンは先に食事をはじめていてくれと言っていました。おそらく遅くまで厩舎にいるだろうからと。気に入りの馬がけがをしているんだが、嵐のせいで動揺し、痛みもあって余計に気が立っているそうで、この嵐がおさまるまでは家には戻ってこられないだろうと思います」

ろうそくの明かりのなか、トーマスはいつものように仕立てのよい上着とクラヴァット、ぴったりしたズボンと磨きこまれたブーツという、きっちりとした上品な装いをしていた。旅をするのに従者も連れていた。二十歳にも満たないような若者で、イザベルを見るたびに髪の毛の色と同じだけ真っ赤になるのだった。

最初は、使用人や、デヴォンの見るからに育ちのよさそうな立派な友人を前にして、自分がデヴォンとベッドをともにしていることを彼らに知られていると思うと屈辱的な思いに駆られた。ほぼ一週間も過ぎていたが、まだ少し気恥ずかしい思いが残っていたのだ。しかし、おそらくはここが異国の地だという事実のせいか、もしくは自分が金《かね》で買われた愛人にもかかわらず丁重に扱われているせいか、思ったほどにはそれも気にならなくなりつつあった。

慎重に純潔を守ってきた十九年が、デヴォン・オースティンが最初に入札の声をあげたあの運命の瞬間に無に帰したのだった。

謎めいた愛人による寝室での手ほどきも六日におよび、純潔を失って疵物《きずもの》となったことを自分が残念に思っているのかどうかもわからなくなっていた。父を説得して叔母に会いにアメリカに行くことを許してもらったのは、結婚の申しこみを受ける前に冒険旅行に出かけ、上流のイギリス社交界の堅苦しい決まりとは異なったものを経験したいと思ったからだ。今自分が置かれている状況が何よりも荒々しく情熱的な冒険であるのはたしかだった。

彼女を金で買った男は粗野であると同時にやさしく、自分の意思を押し通そうとすると同時に思いやりに満ちていた。彼の目的がなんであれ、肉体的に彼女を悦ばせようとしているのはまちがいなかった。それでも、何度となく親密な関係を結んだにもかかわらず、彼という人間はいまだに謎だった。

彼を多少なりとも知るのに、今は絶好の機会に思えた。一度ならずトーマスとふたりだけで話をし、彼が質問に答えてくれるかどうかたしかめてみたいと思っていたのだが、これまではその機会は一度も訪れなかったのだ。

イザベルはデヴォンが街で買ってきてくれたライトブルーのドレスのスカートの皺を慎み深く伸ばした。彼は彼女のサイズに近いドレスを数枚買い、それを彼女の体にぴったりに直せる地元のお針子まで連れてきてくれたのだった。昼の暑さのなかではもっと軽いブラウスとスカートのほうがよかったが、夕食用により洗練された衣装を持っているのは悪くなかった。しばらくどう切り出そうか迷ったあげく、イザベルは口を開いた。「きっとあなたのほうがここの変わりやすい天候についてはおくわしいですわね。これまでは穏やかで美しい天気の日ばかりでした。ねえ、船長、どのぐらい頻繁にこちらを訪問なさいますの？」

いつものように、トーマスは彼女がこの家にいるという事実に少しばかり居心地の悪い様子を見せていたが、質問にはすらすらと答えた。「私は商船を指揮していまして、この近辺に商品を届けるときには必ず航路を変えて――もちろん、積荷を空《から》にしてからですが――この港にやってくることにしています」彼はゆがんだ笑みを浮かべた。「レディ・イザベル、世界じゅう、いたるところに海賊はいますが、当地の海賊はどこよりも大胆不敵です。この島々では法はあってなきがごときものですから。船籍がどこの国か明記してあれば入国してよしというわけです」

「デヴォンがここを選んだのはそのせいですの？　イギリスの法の手が届かないところだから？」

とくに激しい風が家を揺らし、ろうそくの光が明滅した。つややかなブロンドの髪をしたトーマスはイザベルに鋭い目を向けた。「そのことを彼があなたに話したとは驚きですね。自分のことはけっして明かさない男なのに」

「話してくれたのは自分が犯罪者で、イギリスから追放された身だということだけです」イザベルはワインをひと口飲み、そっとグラスを置いた。「当然ながら、ほんとうのところどうなんだろうと思って……だって……」

ことばが途切れ、イザベルの頰に赤みがさすと、テーブルの向かい側にすわった男は皮肉っぽく言った。「くわしく話してくれる必要はありませんよ。あなたの身に起こったことを恥ずかしがる必要もない。あなたのせいではないのだから。自分のちっぽけな復讐のためにあなたを利用したデヴォンを恥ずかしく思いますよ。正直、すぐにあなたを自由の身にするようもっとしつこく彼を説得しなかった自分のことも。そうしなかった理由がひとつだけあるのですが」

イザベルは興味を覚えてトーマスを見つめた。「それはなんですの？」

「彼のあなたを見るまなざしです。珍しいことだと思いました。ふだんは花崗岩《かこうがん》ほども心を固く閉ざした男なのに、私がここへ来た最初の朝に、彼の目に人間らしい感情が宿っているのを見たんです。さらには、あなたもそれほど不幸せそうでもない。こんな出すぎたことを言って申し訳ありませんが」

たしかに不幸せではなかったが、そう考えると心がかき乱された。はじめてあの信じられない銀色の目をのぞきこんだ瞬間に、説明できない魅力を感じたのだった。しばらくイザベルは口をつぐんだまま、ワイングラスの脚をもてあそんでいた。やがて哀しげに目を上げて言った。「どうしてそうなのかわからないんですけど、おっしゃるとおりですわ、船長。不幸せではありません。口ではなんと言おうと、デヴォンがイギリスをひどく恋しがっているのはたしかです。でも、ここはきれいな場所ですけれど、故郷ではありませんもの。彼は不誠実な感じもしないし、むやみに暴力をふるう人でもありません。いったい何があったんですの？　教えてくださいな。父が関係しているのはたしかなんです。デヴォンがそれだけは認めました。わたしには知る権利があるはずですが、私もあなたにはある程度の権利があると思います。彼は

「それを話すのは彼の役目ですが、私もあなたにはある程度の権利があると思います。彼はときに愚かしいほど頑固ですしね」大尉はため息をつき、ほっそりした顎をこすった。「いいでしょう、簡単にお話ししましょう。六年前にデヴォンは殺人の罪に問われたんです。ある雪の夜のことでした。ありあまるほどの特権と金を持ち、放蕩三昧《ざんまい》でたのしみを追求していた若い荒っぽい男たちや大胆不敵な女たちが大量の酒を消費し、カードゲームに興じたとくに騒がしいパーティーのあとのことです。当時デヴォンはまだ二十歳で、短気で血気盛んな若者だったことはたしかです。でも、人を殺すような男ではけっしてなかった」

「人を殺した」背後で雷鳴がとどろき、イザベルは身を震わせた。

「被害者は準男爵の末っ子で、ばかなことに、しこたま酔ってカードでいかさまをしたんです。そのことでそいつとデヴォンは大声で怒鳴り合い、それを何人かの人間が目撃していました。翌日その若者が自宅で死体となって発見されたときには、それがデヴォンに不利な証

拠となりました。若者は暖炉の火かき棒で殴り殺されていたんです」

「殺人の罪を問うには、その前にけんかしていたというだけでは証拠として不充分では？」

トーマスは表情を変えずにうなずいた。「ええ、まさしく。そこへあなたのお父さんが証人として現れ、殺人が行われた建物からデヴォンが出てくるのを見たと証言したんです。あなたのお父さんはデヴォンであったのはまちがいないと宣誓しました。オースティンの家族が権力を持つ家族であるのはたしかですが、あなたのお父さんも権力者ですから、警察は板ばさみになって困っただろうと思いますよ、レディ・イザベル。公爵の孫を、本人が完全に否定している殺人の罪で告発する？　しかし、死体の検分や証人尋問をするに際し、名門の貴族が名指しでデヴォンを非難しているということで、当時まだデヴォンが住んでいた祖父の家の使用人たちが尋問されることになりました。あるメイドが殺人の起こった翌朝、玄関の間で血まみれの足跡を見つけたと証言したんです。もちろんメイドはすぐさま足跡を拭きとりました。それが仕事だということで」

イザベルは動揺し、まともに考えられないままゆっくりと言った。「つまり、私の父がデヴォンを見たと証言した以外、確たる証拠はなかったんですね」

「ええ、そうです。でも、覚えておいてください。デヴォンは少々荒っぽい若者で、甘やかされていたのはまちがいありません。公爵の後継者で、裕福で、ハンサムで、ときに軽率なこともありました。彼の厳格な祖父は孫の放埒《ほうらつ》な暮らしを快く思っていませんでした。デヴォンは財産があって見かけのよい多くの若い男たちと同じことをしていただけなのですが。

彼がこの六年のあいだ、勝手気ままに過ごした向こう見ずな若き日の代償を二倍は払うことになったのはたしかです。彼の祖父は家名に泥を塗られそうだとわかると怒り狂いました。すでにデヴォンは二度も決闘し、芳しくない噂にもまみれていた。今度のことは老人には行きすぎたことに思えたんでしょう。ふたりのあいだでどんなやりとりがあったかは、知りたくもありませんが、じっさいに告訴される前にデヴォンは勘当され、相続人からもはずされてしまいました。私とデヴォンは幼馴染で、イギリスを離れ、よそで運を試すことを考えたほうがいいと助言したのは私なんです」

イザベルはどう考えても不公平な事の次第を聞いてわずかに胸が悪くなった。「ご両親は？　息子を助けようとはなさらなかったの？」

「両親は彼が幼いころに亡くなりました。彼の味方をした唯一の家族は祖母と妹でしたが、物事の成り行きを恐怖をもって見守る以外、たいしたことはできなかった。イギリスを離れたときのデヴォンは、無数のご婦人を魅了し、自由にギャンブルに興じ、夜明けまで酒を飲んで過ごしたかつての無鉄砲な若者ではなくなっていました」

誰が彼を責められるだろう。イザベルは陰鬱に胸の内でつぶやいた。勘当され、凶悪な犯罪者の汚名を着せられ、恥辱にまみれて故国を去らざるを得ず、未来を捨てざるを得なかった彼を。

「そう」イザベルはそっけなく言った。「陽気な人間になるはずはありませんね」

「デヴォンはみずから身を立て、かなり短いあいだに財産を手に入れました」トーマスは魚をひと口食べた。ワインでそれを胃に流しこむと、きっぱりした口調で言った。「その不運な出来事でひとつだけよかったことがあるとすれば、自立して生き延びる能力が自分にあることを彼が学んだということでしょう。デヴォンは懸命に働き、抜け目なく投資を行って、驚くほど短期間に自分の船を手に入れました。それが今では小さな艦隊ほどの数にのぼっています。かつて相続するはずだった財産とは比べるべくもないですが、金持ちであるのはたしかです。しかし、金《かね》で買えるのは物でしかなく、心の安らぎではない。デヴォンは辛い経験から人生に疲れた、人を信じない男になってしまいました。それはあなたにも理解できることでしょう。私の目に狂いがなければ、彼の魂が多少はくもってしまっているかもしれないが真っ黒ではないことを、あなたは見抜いているはずだ」

トーマスが語るあいだ、イザベルは自分の食べ物に手をつけなかった。少しも空腹を感じなかったからだ。「故国に帰って汚名をそそぐことはできないのかしら？」

トーマスの茶色の目がくもった。「わかりません。彼の高すぎるほどの誇りが邪魔をするでしょう。あの運命の夜、彼の姿をはっきり見たというあなたのお父さんの証言もありますし」

「彼がわたしを利用したいと思う理由がはっきりわかりました」イザベルは顔をしかめた。胸が少し苦しくなる。「敵に仕返しするのに、娘を疵物にする以上に効果的な方法がありますか？　でも残念ながら、愚かな復讐ほど報いの少ないものもありません。来週わたしたちが出港したら、デヴォンは前よりも孤独で深い恨みを抱く人間になってしまいます」

ヴァンダービルトは心からの笑みを浮かべた。「それに気づいてくださってうれしいですよ。あなた方はどちらも美しく頭もいい。そこで問題は、あなたにはすべてを変える力があるかもしれないと申し上げたら、あなたがどう思うかです。あなたには二重の力がある。デヴォンの男としての興味を惹きつけているだけでなく、おそらく、お父さんがなぜ嘘をついて無実の男を破滅させようと思ったのか、その理由を見つけられるのはあなただけだから」

そう考えてみれば、責任の重さに身のすくむ思いだった。イザベルは異を唱えた。「わたしはこのことでは人質にすぎません。それに正直、そもそもデヴォンがわたしに興味を抱いているかどうかも疑わしいものだわ。きっといなくなったらすぐにわたしのことなど忘れてしまうはずです」

トーマスは彼女を見つめながら、ゆっくりとグラスを口に運んだ。「なぜかそうなるとは思えないんですがね」

夜遅い時間で、家は暗闇に沈んでいた。デヴォンは静かに家のなかにはいった。飢えきっていたので、料理人がキッチンの簡素な四角いテーブルの上に覆いのかかった皿を残しておいてくれたのがありがたかった。冷えた鶏肉とチーズと果物をすばやく口に運び、地元産の甘いワイン何杯かで胃に流しこむ。

食べ終えるやいなや、一度に二段ずつ階段を駆け昇りたくなる衝動と闘わなければならなかった。早く二階に昇りたいという、焦れるような思いは自分でも怖くなるほどだった。

まるで発情した少年がはじめて性の冒険をするときのようだな。自分をからかうようにそう胸の内でつぶやくと、みずからを律していつもと変わらぬ足どりで階段を昇った。もちろん自分にとってこれがはじめてのわけはなく、その日の朝もイザベルをベッドに遅くまで留め、何度も愛の行為をくり返したのだった。

また彼女がほしくてたまらなくなっていた。彼女が必要だった。やわらかく、魅惑的に温かい彼女が自分のベッドにいると考えただけですでに欲情していることから、そのことは否定できなかった。あの冷ややかなブロンド女の外見の下には、とても情熱的な女が隠れている。

彼女に触れたいという思いは何かにとりつかれたように強くなっていた。彼女のことばかり考えてしまう。それはさらに心乱されることだった。

鎧戸が閉められ、寝室は真っ暗だった。外の嵐はおさまっており、風が低く音を立て、しとしとと降る雨が屋根に静かにあたっている。イザベルは白いベッドシーツの上にブロンドの巻き毛を広げて眠っていた。シーツは腰まで下ろされ、そそるような胸の丸いふくらみがむき出しになっている。ドレスを何枚かと必要なアクセサリーは買い与えていたが、わざと寝巻きになるようなものは何も買わなかった。脱がせる手間が省けるからと説明すると、イザベルはかわいらしく魅惑的に頰を染めた。

デヴォンは音を立てずにすばやく服を脱いだ。ズボンを脱げるのはありがたかった。下腹部のこわばりが頂点に達していたからだ。ベッドの彼女の横にすべりこむと、熱した肌にシーツが冷んやりと感じられた。片肘をつき、しばらく彼女を観察した。無垢な美しい横顔、磁器のような頬に降りている長いまつ毛、鼻のまっすぐな線、キスをすると彼の唇とすばらしく溶け合う魅惑的にやわらかいピンク色の唇……

ああ、美しい女だ。しかし美しいだけではない。肉体の悦びのために買った女なのに、それ以外の点で喜ばしいのはいったいなぜだろう？　金貨で体を買われ、実質囚人のような状況に置かれながら、彼女はいっしょにいてたのしい相手で、聡明で、ユーモアにあふれ、否定しがたい優美な雰囲気を持っていた。文字どおりありとあらゆる意味で真の貴婦人であり、彼にとってはうっとりするほど真の女だった。

孤独などというものの存在をデヴォンは認めていなかった。そんなものには我慢がならなかったのだ。しかし、今やそれが暗い影のように目の前に迫り、トーマスに彼女を連れていかせた瞬間に自分を呑みこんでしまうように思えた。

ちくしょう。

眠っていても凝視されていることを知る感覚が働いたらしく、まつ毛がはためいて目が開き、イザベルが眠そうにほほ笑んだ。「デヴォン」

「ほかの誰かが来ると期待していたんじゃないといいが」デヴォンは小声で言い、彼女の頬に軽く触れた。指が微妙なふくらみをなぞり、顎《あご》の繊細なラインを探った。

イザベルは笑った。歌うように発せられたその小さな声が暗くなった部屋のわびしさのなかに響いた。「あなただけよ」

あなただけ……

デヴォンはなぜか喉の奥がしめつけられるような気がした。

「馬はどうなの？」イザベルはまつ毛を少し上げ、彼の顔をのぞきこむようにして尋ねた。

「あなた、ちょっと変ね。何事もなかったなら――」

「話などしたくない」思った以上に厳しい声が出た。

イザベルの顔が真っ白になり、デヴォンは自分が愚か者の悪党になった気がした。「そういう意味で言ったんじゃないんだ、イザベル、すまない。ただ、頼む、きみがほしいんだ」

思わず胸の内で悪態をつき、デヴォンは身をひるませた。まるであきらめの悪い求婚者か何かのように〝頼む〟などとほんとうに言ってしまったのか？

「わたしもあなたがほしいわ」イザベルは低いささやき声で応じた。本気で言ったのかどうかわからないながら、どこまでも魅惑的な声だった。

デヴォンが身を動かしてイザベルに覆いかぶさると、彼女の喉から小さな音がもれた。彼は岩のように固くなって長くそそりたつ自分のものを彼女の平らな腹にこすりつけながら、尻を手で撫でた。先ほどまでの激しい嵐に匹敵するほど激しいキスで唇を奪う。これまでは彼女をやさしく扱おうと気をつけていたが、生々しく口をむさぼりはじめると、そうした気遣いは失われた。最初は彼の情熱のあまりの激しさに驚いて身を固くしていたイザベルだったが、やがて彼の背中に軽く爪を走らせながら同じ激しさで応じはじめた。胸にあたる彼女の胸の頂きが固くなる。

「脚を開いて」デヴォンは彼女の耳もとでささやき、彼女の髪のほのかな香りを吸いこんだ。絹糸のようなやわらかな束が頬にあたる。「今すぐきみのなかにはいらなくては」

「ええ」

イザベルがそれに応じると、デヴォンはためらうことなく彼女の膣《ちつ》のなかに深々とはいった。狂ったように打つ鼓動とともにたかぶった部分も脈打っている。焦れるほどの欲望に駆られ、あまり繊細とは言えないやり方でデヴォンは動きはじめた。ほぼすべて引き抜くとまた深々と突く。全身を駆けめぐるとろけそうな悦びをむさぼりながら、デヴォンは目を閉じた。動きをくり返すうちに脳や血管や骨まで欲望が脈打つのがわかった。恍惚の頂点が近づきつつあるのを感じる。彼の下でイザベルは突かれるたびに声をもらし、彼ができるだけ深くはいれるよう、腰を持ち上げた。ふたりの動きはあまりにぴったりと一致していて、これで何か考えられたなら驚きだとデヴォンは思った。

「さあ」デヴォンはくぐもった声で言った。興奮した彼女のなめらかな愛液が彼の性急で容赦のない挿入を容易にしてくれていた。今や彼女が達しそうになっているのはほかの徴候からもわかった。肩をつかむ指が曲がり、肩に食いこむ。イザベルは激しく身をそらした。

「ああ、イザベル、頼むよ、私のためにいってくれ」

しばらくしてイザベルは低い声をもらし、彼の腕のなかで身を震わせた。内なる筋肉が痙攣し、彼をしめつける。デヴォンは自制心を失い、最後に一度強く突くと頂点に達した。純粋な悦びの液体が激しい奔流となって流れ出す。その悦びのあまりの強烈さに心が揺さぶられた。彼の種が彼女のなかにあふれ、子宮を包み、彼が頂点に達したことの証拠で彼女を満たした。

ちくしょう、そう胸の内でつぶやくのが精一杯で、デヴォンは彼女のほっそりした体を抱いたまま横向きに身を転がした。ふたりとも汗ばみ、あえいでいた。

彼女を手放すことなどできるのだろうか？


自分が筋肉のひとつも動かせるかどうかイザベルにはわからなかった。胸の頂きで動く温かい舌の信じられないような感触。これほどに疲れきり、これほどすばらしく満足しきったことは生まれてはじめてだった。胸の上のデヴォンの熱い口の感触も夢の一部に思えた。

イザベルは軽くため息をついた。外では波が浜を洗い、雨がぱらぱらと音を立てている。

「たぶんわたし、ずっとここに残るべきなんだわ」イザベルはことばを口に出す前によく考えずにつぶやいた。肉体的に満足しきっていたために、頭から口へ考えがそのまま伝わってしまったのだ。

少し前には見せなかったやさしさで胸を吸っていた男はすぐさま顔を上げた。ぼんやりとした光のせいで、口のまわりの細かい皺が隠れ、いつも以上にハンサムに見える。美しい目にいつもの険しい光が宿った。「残りたいのか？」

どうしてそんなことばを口に出してしまったのだろう？　正気なの？　この無法の島に残り、残忍な人殺しとみなされている男の愛人でいつづけたいと？

「ど……どうしてそんなことを言ったのか自分でもわからないわ」つかえながら彼女は言った。

「私にもわからないね」デヴォンも言った。顔は影に沈んでいる。「でも、最初にした約束を破ってきみを手もとに置いておきたいと思ったことはある。結局、私は金《かね》を払ってきみを手に入れたわけで、私が好きにしていいことはお互い了解している。誰が私を止められる?」

「たとえば、トーマスとか」イザベルはかすかな笑みを浮かべて指摘した。「それに、デヴォン、わたしにもあなたという人がわかってきたけど、あなたはわたしと同じく、誰かを自分のものにできるとは思っていないはずよ。でも、そんなことはどうでもいいこと。あなたが愛人であれ、主人であれ、わたしが出ていきたいと願えば、無理やり留まらせることはしない人だわ。あなたの外見にはどこか人を寄せつけないところがあるけど、その下の根っこのところにはまだ人間らしさを備えてる。あなた自身は否定するでしょうけど、きっとそうだとわたしは思ってるの」

「そうかい? ぐっすり眠っているきみを起こし、安酒場にたむろする娼婦のように扱ったせいでそうとわかったのか?」

傷つけようとしてのことばだったろうが、イザベルは傷つかなかった。短くも親密な時間をともに過ごしたせいで、彼がほんとうの感情を隠すためにわざと冷淡なことを言うのはわかっていた。「わたしにキスするように安酒場の娼婦にもキスするの?」イザベルはかすかに感情のゆらめきを表した声で訊いた。「わたしを欲するようにその娼婦を欲するの？　その娼婦の気を引くのに、『頼む』と丁重にお願いするの？」

外から浜に波が寄せる音が聞こえてきた。その瞬間にぴったりの原始的な音だった。

彼女の質問は電気を帯びたようにびりびりとふたりのあいだに浮かんでいるように思えた。彼の顔から表情が消え、仮面のようになった。しばらくしてデヴォンは静かな声で答えた。

「いや」

「じゃあ、どうしてそんなことを言ったの？」

頰の筋肉が動いた。「私にどうしてほしいんだ？　謝ってほしいのか？　いいだろう、悪かったよ。きみはどう考えても安酒場の娼婦とは似ても似つかないからな。赦しがたく不当な侮辱だった。私の野蛮な振る舞いは弁解の余地もないが、それも問題なわけだろう？」

荒々しい愛の行為のせいでイザベルの脚のあいだはまだうずいていた。眉を上げ、イザベルはそっけなく言った。「あなたが思っているのとは正反対よ。こんなことを教えてあげるのはいやでたまらないけど、あなたの振る舞いはふだんはとても洗練されているわ。自分でわざと不快な態度をとろうとするときは別だけど。つまり、何が問題なの？」

「私はもうきみとは住む世界がちがうんだ、イザベル」

その声からはいつもの皮肉っぽい棘《とげ》がなくなり、自暴自棄ともとれるものがかすかに感じられた。それが彼女の心をしめつけた。「どんな世界？」注意深くイザベルは訊いた。どのぐらい追求していいものかわからなかったからだ。「わたしにわかっているのは、ついこのあいだまでわたしは海賊の分捕り品の一部で、性の奴隷として競りにかけられた商品だった。あなたはそんなわたしよりは上の人間と言えるじゃない、デヴォン。だってあなたは裕福で力を持っていて、完全に自由な人間なんだもの」

「自由？」彼の笑い声には苦々しさがにじみ出ていた。「私ほど自由と呼ぶにふさわしくない人間はいないな。私は無実であるにもかかわらず、名を真っ黒に穢された人間だ。きみと同じ、貴族としての生活に戻ろうとすれば、すぐに逮捕されて裁判にかけられることだろう。いや、私はここからどこへも行けない。故国とはけっして思えない場所で、自分で選んだのではない人生を送るしかないんだ」

「何があったのかトーマスが教えてくれたわ」父がまちがった証言をして彼を破滅させたことをどう謝っていいのかわからなかったため、イザベルは謝ろうとはしなかった。「正直、わからない。だって、父はとても厳格で頑固な人だけど、わたしの知るかぎり嘘をつく人ではないもの」

「板挟みか、おもしろいな」デヴォンは引きしまったたくましい裸体を彼女の隣に長々と横たえたまま、黒いまつ毛をわずかに伏せて彼女を見つめた。「きみは何を信じる、レディ・イザベル？　罪を否定する私か、それとも、父親の証言か？　誇りのかけらもない殺人の容疑者と愛を交わした事実に耐えられるかい？」

　イザベルは手を彼の裸の胸に置いた。鍛え上げられた筋肉となめらかな脂肪の下で心臓が鼓動している場所だ。「わたしに迷いはないわ。あなたがわたしの父に最悪の復讐をしようと本気で思ったなら、わたしをあの競りの演台の上に置き去りにし、想像するのもおぞましい運命にさらさせたはずよ。あなたはそうせず、かなりの金額のお金を払ってわたしをここへ連れてきた。わたしたちのしたことは上流階級の道徳基準にかなった行いとは言えないかもしれないけど、あなたはいつもわたしにとてもやさしくしてくれている」

「ほんの少し前のあの行為も？」

少しばかり自分の魂をむき出しにするような気がしたが、イザベルはかすれた声で言った。

「わたしもああするのを望んだんだもの。あなたが我慢できないときは、わたしも自制心を失うみたい」

胸に置いた手にわずかに速さを増した力強い鼓動が伝わってきた。デヴォンの口が引き結ばれる。「くそっ、イザベル、私に明るい光をあてないでくれ。たとえ人殺し呼ばわりされるのはまちがっているとしても、もともと私は遊び人のろくでなしだったんだ。私という人間に祖父が失望したのもあながちまちがってはいない。たぶん、それが何よりも急所をついたんだな」デヴォンは手で髪を梳き、ため息をついた。つややかな黒髪が額に落ちる。「なぜこんな話をきみとしているのかもわからない。とっくの昔に終わったことだ。きみは来週ここから船で発《た》ち、私のことは忘れてしまうんだ」

「そんなことができるとは思えないわ。あなたはわたしを忘れられるの？」

「まさか！」そのことばは獰猛な響きを帯びていた。

そのことばが発せられた瞬間、イザベルには地面が揺れた気がした。デヴォンは身じろぎもしなかったが、心臓は激しく鼓動していて、その強い一拍一拍が手に伝わってきた。イザベルは注意深くくり返した。「あなたを忘れることはないし、忘れたいとも思わない。お願い、いっしょにイギリスに戻ることを考えてみて。汚名をそそいで人生をやり直すの。デヴォン、あなたはあなた自身や味方になってくださったお祖母様や妹さんのためにそうする義務があるわ。変わらぬ友情を抱きつづけてくれているトーマスのためにも」突然、思いもよらず熱い涙が目にあふれた。「わたしのためにも。だってあなたがわたしの純潔を奪ったというだけのことじゃなく、お互いのあいだにそれ以上の何かが芽生えたことはどちらもわかっているじゃない。あなたが自分の心は石で、追放者としての人生こそ自分の人生だと思っているとしてもそんなのどうでもいいわ。わたしはそうは思わないんだから」

立ち入りすぎたかもしれないという不安が——彼には情に訴えてもしかたないかもしれないという不安とともに、心をさいなむ恐ろしいその一瞬、棺《ひつぎ》にかける布のようにその場に垂れ下がっていた。やがてデヴォンの手がゆっくりと持ち上がり、広い胸に置かれていた彼女の手を包んだ。「そうは思わないだって？」

その声にはおもしろがるようなやさしい響きがあり、イザベルの頬を涙が伝った。「ええ、誓って思わない」と彼女は言った。

「きみが泣くのは見たくないな」彼の指先が流れる涙をとらえてぬぐった。

「だったら涙を止めて。いっしょにイギリスに行くと言って」

「そうしたいのは山々だが——」

「言い訳はなしよ」イザベルは彼の目をのぞきこんだ。「わたしの提案を考えてみると約束して」

デヴォンが答えなかったため、イザベルは思いきって彼に体を押しつけ、誘うように胸を彼のたくましい胸にこすりつけた。それから彼の耳たぶをかじった。「航海のことを考えてみて。船の上ではあまりやることがないけど、わたしたちは退屈しないわ。あなたの望むことはすべてやってあげる。教えてくれたすべてを」口が彼のたくましい首筋から固い胸へとくだった。そしてさらに下へ、腹の張りつめた筋肉へと動く。「イギリスへの航海のあいだずっと、あなたのお気に召すままにあなたを悦ばせてあげる」

「きみはまるで小さな魔女だな。そんなのまちがっている」彼は彼女の頭を両手で包んだが、すでに固く長くなっている彼から引き離そうとはしなかった。「どんな賄賂《わいろ》を使っても、私にそんなばかげたことをさせることはできないさ、イザベル」

「やらせてみて」彼女はそう言って彼をそっとなめ、たかぶったものの先端で舌を動かし、にじみ出たしずくを味わった。イザベルは彼を説得できるはずの唯一の方法にとりかかった。

5

絶壁から見る海ははるか下にあり、淡緑青色の海がかなたまではっきりと見わたせた。馬の手綱を引くと、トーマスは鞍から降りた。無意識にポケットから小型望遠鏡をとり出して伸ばし、レンズをのぞいてみる。水平線に船が二隻見えたが、遠すぎて旗印はわからなかった。彼は望遠鏡をたたんで上着にしまった。振り向いてデヴォンがにやりとするのを見ると、しかめ面を作った。「習慣の為せるわざさ」と言う。「一度船長になるといつ何時も船長なんだ。陸地で過ごす時間が少ないせいか、揺れる甲板や指揮官としての責任が恋しくてたまらない。海の近くにいて絶えず水平線に目を配らずにいるのは私にとって不自然なことなんだ」

友人は運動選手のようなしなやかな動きで馬から降りた。「じゃあ、早く航海に出たくてたまらないだろうな。きみはいつもそうだ。出航まであとたった数日じゃないか」

「きっときみは手から砂がこぼれ落ちるような気分で一分一分を数えているんだろうな。遠乗りにいっしょに行くと言うんで驚いたよ。それは彼女のそばを離れるということだから」

「私は彼女のスカートにしばりつけられているわけじゃない」

「そうかい？　そうじゃないとしたら、いっしょにいるときには彼女が何も身につけないようにしているってことだろう」トーマスはそっけなく言った。「きみは自分の身に起こったことをしっかり見つめるべきだな、デヴ」

「いったいどういう意味だ？」

デヴォンは表情を変えなかったが、トーマスは少しもだまされなかった。「きみには選択肢がふたつある、デヴ。問題はきみがどちらを選ぶかだ。私はきれいなイザベルと結婚してここに彼女を引きとめておくほうを勧めるね。ふたりで美しい子供たちを産み育て、残りの人生を幸せに過ごせばいい。それが一番簡単な解決法だ」

デヴォンがいつものあざ笑うような無関心な態度をとらなかったのははじめてだった。

「彼女がどうして私のような悪党にしばりつけられ、愛する者たちから引き離された恥辱にまみれた生活を送りたいと思うんだ？」

「簡単に答えるとすれば、夢見がちな若いご婦人ならみなそうであるように、きみと恋に落ちたからさ。きみは彼女の恋人であり、保護者だ。たぶん彼女は、きみの刺々しく、ときに冷たすぎるほどの仮面の下に、心に傷を負った人間が隠れているのも見通しているんだと思う」

「おいおい、いいかげんにしてくれよ。誰が夢見がちだって？」デヴォンが海を見つめ、上の空で手綱をにぎりながら小声で言った。「そういうばかばかしい感情など私にはまったく必要ないものだ、トム。イザベルと私は知り合ってまだ二週間にもならないんだぞ」

トーマスはそっけなく指摘した。「私の見るところ、きみたちはずいぶん頻繁に知り合っているじゃないか。私の最近の経験から言って、恋に落ちる早さに制限はない。きみたちふたりのあいだに心の交流があるのを私が感じとれるとすれば、きみのような意固地な放蕩者にもきっとわかるはずだ。まったく、最初の朝にわかったよ。そのときまみたちは前の日に知り合ったばかりだったじゃないか」

「もうひとつの選択肢はなんだ？」デヴォンの声にはわびしい響きがあった。グレーの目は遠くを見つめている。

「彼女の願いを聞き入れていっしょにイギリスに戻るんだ。ふたつの選択肢のなかでは危険が大きいほうだが。きみは刑務所に入れられ、殺人の罪で裁判にかけられる危険を冒さなければならないからね。ただ、汚名をそそぐことができたら、イザベルにしかるべきものを与えることができるのがいい点だ。安全で安定した家庭と、彼女が慣れ親しんでいる特権と、ちゃんとした結婚を与えられる」

「結婚にばかりこだわるきみの意見にはうんざりしはじめたよ」

トーマスはその抗議のつぶやきは無視した。「彼女がすでに身ごもっていたらどうする？きみはそうなるために最善を尽くしたはずだ」

「そのことを私が考えなかったとでも？」デヴォンは震える手で髪を梳いた。平静を装っていたのが若干崩れはじめている。「頭だけで考えていたころは、バックランドの娘に自分の子をはらませて送り返すというのはなんとも言えず復讐心を満足させる考えだった。しかしじっさいはまるでちがう。彼女を恥辱にまみれさせたり、私の子が親のせいで排斥《はいせき》されるようなことは絶対にさせない。私もそこまで冷たい人間じゃないさ、トム」

トーマスは表情を変えまいと精一杯努めつつ、かすかな希望の光を感じずにいられなかった。「そうだな。彼女は守られてしかるべきだ。じっさい、イザベルのことは私もとても気に入っている。外見が美しいだけでなく、明晰《めいせき》で、哀れみ深く、驚くほど心が広い。知性にあふれているということだ。きみが彼女にふさわしいかどうかはわからないが、彼女を自分のものにしたのはたしかだ。たとえベッドに連れこんだやり方があまり褒められたものじゃなかったとしても。ばかなことを言ってないで、彼女と結婚しろよ、デヴ」

デヴォンは気むずかしい表情でトーマスに目を向け、お手上げという身振りをした。「正気とは思えないが、きみの言うとおり、真っ黒な疑惑の雲のかかっている私を彼女が受け入れるとしよう。六年も前に起こった事件を私がどうやって解決できるというんだ？　事件を解決するしか方法がないことはお互いわかっているはずだ。容疑者でなくなるだけでは充分じゃない。別の容疑者が現れないかぎり、疑いは晴れないわけだから。私の汚名はそそがれないし、彼女の名も穢されることになる。子供たちが後ろ指を差されるようになるのもごめんだね。そう考えただけで胃がよじれるよ」

「たしかにそれは事件を解決する強い動機となるな。もちろん、できるかぎり私も手を貸すさ」

「それはありがたいが、きみの助けがあろうとなかろうと、あの事件を解決できるとはあまり思えないな。私は自分でやっていないことの咎《とが》を受けてしばり首になりたくはない」

デヴォンが口を陰気に引き結ぶのに気づき、トーマスはやさしく付け加えた。「じっさいきみには三つ目の選択肢もある。ここに残り、これまでと同じように不幸で孤独な暮らしをつづけ、起きているあいだずっと、彼女を腕に抱く感触がどんなだったか忘れようと努めて過ごすんだ。でも言っておくが、以前のきみがどんな暮らしを送っていたにせよ、けっしてとり戻せない何かに恋焦がれて暮らすのはその十倍も辛いはずだ」

塩と水の香りのする暖かい風が吹き抜けた。しばらく黙ってからデヴォンはうんざりしたように言った。「くそっ、きみには選択肢などないことがわかっているんだな」

やや乙に澄まし、トーマスはにやりとした。「そうかもな」


ヤシの木の木陰に毛布が広げられていた。自分たちがどこへ向かっているのか気づいたイザベルは形のよい眉をからかうようにかすかに上げた。「これから最後の水泳のレッスンをするとおっしゃったはずだけど。水から何ヤードも離れた毛布の上で水泳のレッスンなんてできないわ」

「泳ぐさ、あとでね」デヴォンはこれまで何度となく愛を交わした場所へ彼女を連れていった。そこは熱帯の過酷な陽射しをさえぎられる場所だった。「まずはいっしょにワインを一杯飲もうと思ってね」

前もって運んであったワインのボトルは、小さなバケツにはいった冷たい水につけられており、そのそばにあるバスケットのなかにふたつのグラスがはいっていた。デヴォンの美しい連れは彼が気を配って用意したものに目をくれ、彼が努めて引き出そうとするようになった心を浮きたたせるような魅力的な笑みを浮かべた。「だったら謝らなくては。結論を急ぎすぎたみたいだから。ふつうここへ来るときには、あなたはワインをいっしょに飲むのとはちがうことを考えているんだもの」

デヴォンはそのとおりと言うようにわざとらしくいやらしい目を彼女にくれた。彼女の美しい笑い声がじっさいに全身を撫でた気がした。「きみが何のことを言っているのか想像もできないな」

「そう？」イザベルはそっけなく言った。「だったら、思い出させてあげるわ、デヴォン。あなたはときどきよこしまなことをしにわたしをここへ連れてくるのよ」

「ふうん、そうかい？」デヴォンは彼女をちらりと見やり、今や少し日に焼けて明るい金色に輝く肌や、つやつやとしたシルクのような薄い色の髪を美しいと思った。「どうしてそんなことをしようと思うのか想像できないな。たぶん、責められるべきはきみのほうなんじゃないかな。きみがこれほど魅力的で美しく、あらゆる意味で女らしくなければ、私だってきみを腕に抱きたいとしじゅう思ってばかりもいないはずだからね」デヴォンは何気ない声を出そうと努め、彼女に合わせて冗談を装っていたが、口に出したすべてのことばが本心からのものだった。どんな女にもこれほどの欲望を抱いたことはなかった。トーマスのことばはまったくの真実だという気がした。自分は彼女に心をとらわれてしまっている。

「あなたがそんなふうにお行儀のよい言い方をするなんて意外ね」イザベルは小声で言った。「いつもはもっと生々しい言い方をするから、どうも慣れないわ。愛を交わすのではなくてワイン、粗野なことばじゃなくて褒めことばなんて。すぐにここを旅立つということで、あなたもかたくなな心を解いて隠していた紳士らしさを表に出そうってわけかしら」

デヴォンはすわるように身振りで示し、ワインのボトルとグラスに手を伸ばした。「私がいっしょに行くと確信しているような言い方だな。六年前にあの不運な若者を殺した真犯人を見つけられるかもしれないという、おぼろげな可能性に自分の首をかける決断はまだできそうもないんだが」デヴォンはゆっくりとわざとらしくほほ笑みながらグラスにワインを注いだ。「それに心配は要らない。今日の気持ちのよい午後のうちには紳士にあるまじき方法できみと寝るつもりでいるから。だからきみにも私がまったく変わっていないことがわかるさ、美しいイザベル」

彼女はその信じられないような青い目でデヴォンにとがめるようなまなざしをくれたが、そこに期待の炎が揺らめいているのは容易に見てとれた。

「じっさい――」彼はくだけた調子で言った。「飲み物を飲む前に言い忘れたようだが、服を脱いでくれと丁重にお願いするよ。下に何も着ていないのはわかっている。だから、脱ぐのに時間もかからないはずだ」

「いつものあなたに戻ったわけね」イザベルは小声で言ったが、すぐにスカートの留め金をはずし、ブラウスを脱いだ。いつものように彼女の見事な体にデヴォンは息を奪われた。飢えたようにしばらくじっと見つめてから彼女にグラスを手渡す。指が軽く触れ、それが興奮を呼び起こした。

デヴォンは自分のグラスにもワインを注ぎ、腰を下ろした。体にぴったり合ったきついズボンのなかでふくらみはじめたその部分のことは気にすまいとした。「これから何をするか話してやろうか？　こんなふうに自由に外で海を眺め、美しい潮風を感じながら互いをたのしめる最後の午後になるわけだから、互いの欲望を思いきり満たさなければ」

「もちろん、興味はあるわ」とり澄ました言い方だった。イザベルは貴婦人らしい物腰でグラスのワインを飲み、脚を横に伸ばし、地上に降り立った金色の女神のようにくつろいだ。髪は垂れて揺れ、すばらしく盛り上がった胸がむき出しになっている。

「きみが一番たのしめるやり方できみを奪おうと思っている。きみの喜ばしい体を隅々まで味わい、何時間もきみのなかにいつづけるんだ。日が沈みはじめるまで、ひたすら互いを悦ばせ合う。きみが絶対に忘れない午後にすると約束するよ。してほしいことがあったら、なんでも言ってくれ」

イザベルは彼を見つめた。突然目に涙が光った。「そういう午後ってすてきだわ、デヴォン。でも、あなたにお願いしたいのは、明日いっしょに船でイギリスに戻ることよ」

デヴォンは自分の顔から皮肉っぽい表情の仮面がはがれていくのを感じた。「正直、自分でも理由はわからない。私がきみといっしょに戻らなければ、われわれのあいだにあったことを誰にも知られずにすむ。きみが船から拉致されたことは当然噂となって伝わっているだろうが、トーマスが金《かね》を払ってきみを自由にしてくれたと言い訳するのは簡単だ。トーマスは非の打ちようのない評判の持ち主で、それにたがわぬ立派な人物だ。彼の保護を得られれば、きみの未来も安泰だ。私といっしょに戻ったら、スキャンダルと不名誉のそしりをまぬがれないだろう。たとえ人殺しの容疑をかけられなかったとしても、イギリスを去る前、私は好んでとんでもない放蕩者として暮らしていた。私と少しでもいっしょに過ごしたら、どんな女にとってもそれが汚点となる。ほんとうさ」

「あなたが世界のはてにいるなら、わたしにとって名誉なんてどうでもいいことになるわ。だってあなたを愛しているんだもの」イザベルはやさしく言った。「あなたが否定している紳士としてのあなたも、罪深い放蕩者のあなたも」

ちくしょう、はっきり言われてしまった。

「本気で言っているのか？」かすれた声でデヴォンは訊いた。ワインのグラスを持つ手が震えるのがわかる。

「ええ」イザベルはささやいた。「本気よ」

慣れない熱いものがまぶたを刺し、デヴォンは目を閉じた。

もはや疑いをさしはさむわけにはいかない。彼女が決断をくだしてくれたのだ。

イザベルの五感は満ち足りて疲弊し、圧倒されていた。

心も同じだった。

いつものデヴォンも飽くことなく激しかったが、この数時間はまるでちがった。どこまでも情熱的で、意地悪なほどに探究心に満ちていた。あらゆる感触、あらゆる愛撫が新たに強調された意味を持っているようだった。肉体的な悦びという以上のものが与えられ、奪われ、共有された。

しかし、否定しがたく巧みな愛の行為以上にすばらしかったのは、彼女が愛を告白したときに彼の顔に浮かんだ表情だった。喜びとともに内面のもろさを露呈する表情が仮面のはがれ落ちた顔に浮かんだのだ。さらには、銀色の目に涙が光った。それからすぐに抱き寄せられたときには、キスにこめられた強い歓喜が、ことばとして発せられたかもしれない何よりも彼の気持ちを雄弁に物語っていた。

「夕陽をご覧」デヴォンが耳もとでささやいた。ふたりは毛布の上にみだらに体を伸ばしていた。「喜ばしいほどに美しいが、それでもきみにはおよばないよ、イザベル」

水平線が鮮やかな色に染まっているのはたしかだった。海の向こうへと沈みゆく太陽が燃えるような色を海面に投げかけている。イザベルは満足しきった気分を表すけだるい声で答えた。「この午後が終わるのは残念だわ」

「まだ終わらないさ」デヴォンの手が意味ありげに太腿をすべった。彼の指は優美でありながらとても男らしかった。その手の向かう先は明らかだ。

「もう無理よ」イザベルは抗議した。最後の絶頂のせいでまだ体はぐったりしている。

「まったく、デヴォン、あなたは疲れというものを知らないの?」

「きみとの愛の行為に疲れるだって？　そんなことは絶対にないと思うね」デヴォンは笑みを浮かべた。イザベルが愛する罪深いほどの曲線を描く唇。「心配要らないよ、イザベル。なんならきみはそこにただ横たわっていればいい。あとは私がすべて引き受けるから」

指が侵入してきて、イザベルは目を閉じた。二本の指が膣の奥深くへとすべりこみ、やさしくなかを探る。親指に感じやすくなっているつぼみをこすられると、至福の吐息を抑えることは不可能だった。

「どうやら――」デヴォンはからかうようなかすれ声で言った。「きみはつい最近男と親密なことをしたようだな、レディ・イザベル。ちゃんとした若い女がそういうふしだらなことをしていていいのかい？　男の種がまだなかにあるじゃないか」

午後じゅうずっとふしだらきわまりないことをしていたのだった。「その人があまりにしつこいんですもの」イザベルはふざけて言い返した。まつ毛をわずかに持ち上げる。「断りきれなかったの」

デヴォンの眉がわざととがめるように上がった。「それで、体を与えたと？　なあ、きみはそいつのものをくわえたのかい？」

「ええ」イザベルは恥ずかしがる振りをして認めたが、自分のなかで動きまわる彼の指のせいで気もそぞろだった。

「チッ、チッ」デヴォンは目を輝かせて首を振った。「まさか脚を広げてそいつにきみのすてきなあそこを味わわせたなんて言わないでくれよ。そんなのはほんとうに慎みや礼儀を欠いた行為だからね。おや、きみの顔を見ると口でも悦ばせてもらったのがわかる。それで、達したのかい？」

達したのはたしかだった。デヴォンの舌はひどくみだらだったのだから。「たぶん」

「きみは自分がすっかり穢されてしまったことに気づくべきだな。それから、それが何を意味するかも」

彼の声が深くなったせいで、それ以上おふざけをつづけることに当惑を覚え、イザベルは目を大きく見開いた。「何を意味するの？」

「きみはそいつと結婚しなきゃならない」デヴォンは指を彼女の脚のあいだから引き抜くと、荒々しいとも言える声で言った。あおむけになった彼女の上に覆いかぶさると、なめらかなひと突きで互いの体を結合させた。イザベルの目をのぞきこみながら、デヴォンは深々と身を沈め、かすれた声で言った。「きみがこの甘美な体を男にさらすとしたら、そいつはきみの夫となるべきだ、レディ・イザベル。男のほうも名誉を重んじる人間ならば、そのことを知っているはずだから、ふたりは結婚して道理を通さなければならない」

デヴォンがなんともみだらな状態で他人事のようにプロポーズするのを聞きながら、イザベルはなかば愉快に思い、なかば怒りに駆られていた。過去を知っていたので、彼が自分の感情を認めたがらないことは意外ではなかった。彼が拒絶に耐えられる人間でないこともわかっていた。デヴォンは最悪の誤解をした祖父に見放された人間だった。船に乗って故国を離れなければならなかったときの気持ちを考えると、途方に暮れた若者の――そして今の彼の——心の痛みに同情を禁じ得なかった。

イザベルは手を伸ばして彼の頬に触れた。「あなたの言うとおりね、デヴォン。わたしの恥知らずな行為のつぐないとして、その人と結婚しなければならないわ。ありがたいことに、わたしはその人を愛していて、彼の妻になるのはいやなことじゃない。その人もわたしに同じ感情を抱いていてくれればと願うだけよ」

「抱いていなければそいつは愚か者だな」デヴォンは小声で答えた。

「その人とわたしは明日イギリスに発つの」イザベルはささやき返した。「だから、船の上で結婚することになるわ」

「きみたちふたりは同じ船室を使うことになるだろうから、それがもっとも賢明だろうな」

「そうね」はかりしれぬ幸福感に包まれ、イザベルは婚約者を見上げた。「じゃあ、すべて決まったところで、このままつづけられる？」かすかな笑みを浮かべて、互いの親密な態勢を身振りで示す。「わたしも思ったほど疲れていないみたいなの」

「それはなんとも喜ばしいことだね」デヴォンはそう言い、長くなめらかに動きはじめた。

6

一八一〇年　ドーヴァー、イギリス

あまりに長いあいだ故国の地を踏んでいなかったせいで、船から降りたデヴォンはよろめきそうになった。

故国。

目をしばたたき、気をおちつかせる。イザベルが腕を軽くつかむのがわかった。心配そうに問うような目をしている。

いや、彼女にとってこれ以上事態を悪くするわけにはいかない。悪と暴力の代名詞のような自分の名前のせいでもう充分最悪の事態なのだから。彼女の今後の人生は、自分が無実の証を立てられるかどうかという細い糸のような可能性にかかっている。「大丈夫だ」彼はきつすぎる口調で言った。その自分の声を聞いて顔をしかめる。イザベルはひたすらこの自分に我慢してくれているというのに。デヴォンは付け加えた。「今はそうでなくても、きっとそうなるさ」

「そう言いつづけているのはわたしのほうよ」イザベルは穏やかにそう言った。冷たい霧ともやが薄い色の髪を宝石のついたネットのように覆ってはいるものの、あり得ないほどに美しかった。「ようやくここまで来られてうれしいわ」

「私が地獄から抜け出たときにもう一度そう言ってくれ」デヴォンは波止場の端へと彼女を導きながらそう小声で言った。

「トーマスが精一杯やってくれるわよ」

「トーマスは――」デヴォンは雇った馬車のほうへと向かいながらそっけない口調で言った。「いくつか重要な調査をしてくれて、いつもと同じように私の後ろ盾《だて》になってくれるだけさ。残念だが、残りは私自身にかかっている」

「わたしの父からはじめるのね」それは質問ではなかった。ターコイズ色の目がくもる。「デヴォン、わたし――」

「少なくとも多少調べがつくまでは、私がイギリスにいると彼に知らせるのはいい考えとは思えない。それでなくとも大変なのに、私が戻ったとわかったら、彼はすぐさまニューゲートの刑務所に私を放りこもうとするだろう。刑務所に入れられたら、できることはほとんどなくなる」

「父にそんなことはさせないわ」イザベルは確信に満ちているとは言えない声で言った。

「危険は冒さないでおこう、イザベル。私が戻ってきていることを彼が喜ぶとは思えないしね。娘と結婚したなどという歓迎できない知らせを聞いたら、なお喜ばないはずだ。きみが無事戻ってきたと知って歓喜に駆られたとしても、誰がイギリスの岸辺へときみを連れ帰ったか知ったら、即座にその気持ちを失うだろうさ」

「あなたが父に恨みを抱いているのはわかるわ、デヴォン。でもお願い、父と話して、どうして父があなたを犯人だと思ったのか、理由を探らなければならないわ」

自分の恨みの十分の一もイザベルは理解していない。多少なりとも情報を手に入れてからでなければ、伯爵に接触するなど論外だった。「まだだめだ」

「いつならいいの？　少なくともわたしが父に会うことは許してくださらなければ。わたしの父なのよ」

たしかにあの悪魔のような男は彼女の父親だった。そう、たとえどれほど真っ黒な魂の持ち主だとしても、彼がイザベルを目のなかに入れても痛くないほど溺愛《できあい》しているのはたしかで、娘を失うことこそが彼にとっては真の恐怖にちがいなかった。「これは彼と私の問題だ。私のやり方でやらせてくれ」

「わたしにだって力を貸すことはできるわ」これほどにほっそりとしたか弱い体の持ち主にしては、声になんとも強情な響きがあった。つんと上げた顎もその声に合っている。

「宿屋についたら、思う存分力を貸してくれていい。ベッドがやわらかいことを祈ろう、いいね？」デヴォンは明日は別の場所へ移りたいと思いながらにやりとした。

「デヴォン」彼の言いたいことがわかってイザベルは叱責《しっせき》と笑いが混じった声で彼の名前を

呼んだ。

デヴォンはイギリスへ戻ってきたことが自分にとってほんとうによかったのかどうか確信が持てないでいた。じっさい、美しい妻のためでなければ、戻ってくることなどなかっただろう。

妻。

イギリスを離れてからの辛い日々、心を動かされることはあまり多くなかった。凪《な》いだ海に沈む輝く夕陽ぐらいのものだろうか。自然がもたらし得るもっとも激しい力ですべてをなぎ倒す夏の嵐の激しさもそうかもしれない。認めたくはないが、トーマスが急に訪ねてきては去り、逃亡の身の自分がひとり島にとり残されるたびに感じる胸の痛みもそうだろう。しかし、そうしたことがわずかに感情を呼び起こしたとしても、イザベルのように、氷山と化した心の氷を溶かしてくれたものはこれまでなかった。今でも彼女が自分のものになったことが信じられない思いで毎日目覚めるのだった。

若いころは、金《かね》や特権を生まれながらのあたりまえのものとして享受していた。大きなまちがいだった。地位や富といったものは簡単に奪い去られてしまうものだ。自分はその過酷な教訓を、けっして忘れられない形で学んだのだった。絶対に失うつもりのないものがひとつあるとすれば、それはみじめな人生を劇的に変えてくれた、美しく、寛容で、知性にあふれたこの女だ。

彼女のために、はるか昔のあの運命の夜に失ったすべてを全身全霊をかけてとり戻すつもりでいた。

もしくはそうしているあいだに死ぬことになるかもしれない。自分がイギリスに戻ってきたことを警察が知ったら、そうなる可能性もないわけではなかった。

くそっ。妻が馬車に乗るのに手を貸しながら、デヴォンは胸の内で毒づいた。まだ大きな問題が残っている。


小さな窓から射すぼんやりとした月明かりから判断して、午前〇時は大きくまわっているようだ。隣ではデヴォンが眠っている。顔を薄明かりにさらし、長い体を伸ばして片方のたくましい腕を頭の下に敷いている。これまでにないほど安らかな様子だった。故国に戻ってきて、かつての人生をとり戻せるかもしれないという期待が、ハンサムな顔から幾分険しさをとり除いたかのようだ。

彼をどれほどの困難が待ちかまえているか考えると心が痛んだ。ある意味、彼の言うことは正しかった。揺るぎなき友情を持つトーマスを別にすれば、デヴォンは孤立無援だった。友情厚いトーマスはありがたいことに、デヴォンがロンドンに着いたときに何からはじめればいいか多少の手がかりがわかっているよう、できるだけ調査を進めるためにすでにロンドンへ向かっていた。

じっさい、孤立無援なのはわたしたちふたりだ。イザベルは自分に言い聞かせた。夫と妻はひとつなのだから。今後何が起ころうとも、夫の味方でいるつもりだった。じっさいにイギリスに戻ってきてみて、彼を犯人扱いした人々に真実をつきつけて立ち向かうことは絶対的に正しいことなのだと、今まで以上に彼に確信させたくなっていた。

デヴォンがなんと言おうと、父とは話さなければならない。自分が無事でいるということを家族に知らせるという目的だけでも。島で数週間過ごしたことと、戻ってくる航海に日数がかかったことを考えれば、すでに自分が拉致されたという知らせは届いていて、おそらくは家族がとり乱しているのではないかと思っていた。夫に指摘したように、父は多少厳しく傲慢なところのある人だが、娘を心から愛していた。それを疑ったことはなく、だからこそ、父の意思に反してアメリカへ行くことさえも許してもらえたのだった。父としては、自分の目にかなう、望ましい誰かのきちんとした結婚の申しこみを受け入れてもらいたいと思っていたはずだ。

父は非常に公平な人間で嘘をつくことはなかった。考えれば考えるほど、まずはそこからはじめるべきだという気がした。

イザベルは規則的に上下する夫の広い胸や、たくましい腕にななめに残った恐ろしい傷痕《きずあと》、枕の上に落ちる伸びすぎた黒髪を眺めてゆがんだ笑みを浮かべた。安らかに眠っていても危険な人物に見える。たくましい体と優美な顔立ちをした罪深いほどに魅力的な海賊といった様子で、長いまつ毛が高い頬骨に落ちている。デヴォンはある点では正しい。父はふつうだったら、女を無理やり穢すことを復讐の手段として正当だと考えるようなみだらな悪党に対しては、その十フィート以内に娘が近づくことも許さないだろう。娘自身がそれを心からたのしんでいるという事実も、父の目に映るデヴォンをよく見せることにはならないはずだ。彼の腕に抱かれて見つけた深い肉体的悦びについて、自分自身、父に語って聞かせたいとも思わなかったが。

悦び。それは性的な悦びだけではない。もちろん、夫が女を悦ばせるやり方をよく知っていて、思慮深い恋人であることはまちがいなかったが。それでも、この並外れて傲慢で、専横で、ときおりとんでもなく無礼なデヴォン・オースティンを自分が愛していると気づいた瞬間から、愛の行為はそれまでとはちがう感覚をもたらすものとなった。彼に体を与えているのではなく、分け合っているという感覚。彼のほうもただ奪っているのではなく、みずからを与えようとしていた。ときに衝動的な情熱の嵐のなかで。ときにやさしく執拗《しつよう》に、まるで少年が痛いほどの欲望に駆られてでもいるかのように。

しかし、デヴォンに愛していると言われたことはなかった。

その事実に心は痛んだが、イザベルにはわかっていた。彼が心穏やかでいられないことがひとつあるとすれば、それは自分の弱さだった。

「眠れないのかい、イザベル？」

イザベルははっとした。自分が起きていることに彼が気づいているとは思わなかったのだ。デヴォンはまだ目を閉じていて、ぐっすりと眠っているようにしか見えなかった。イザベルは小声で答えた。「眠れないのはわたしだけじゃなかったようね。あなたは寝た振りが上手だけど」

「きみのことが気にならないことは一秒たりともないよ」まつ毛が持ち上がる。彼女に向けられた銀色の目が光った。口に笑みのようなものが浮かぶ。「それに、ここ何年かで浅く眠るこつを学んだんだ。ときおりあまり芳《かんば》しくない場所へ行くこともあるからね」

「今のわたしたちの状況について考えていたの」

「そう聞いても驚かないよ。私もそのことばかり考えているのはたしかだから」デヴォンは彼女の胸を覆っているシーツに目を落とした。ゆっくりと手を伸ばし、シーツを引き下げて胸をあらわにする。「まあ、それは正しくないな。それればかり考えているわけじゃない。きみのきれいな胸をどれほどすばらしいと思っているか、話したことはあったかな？」

「ときどきね」イザベルは腹立ちまぎれに首を振って笑った。「デヴォン、わたしはとても真剣に言っているの」

「私もさ。きみの胸はほんとうに完璧だ」

「わたしに父と話をさせて。父が助けてくれると思うの」

「だめだ、イザベル。この話はさっきすんだはずだ」デヴォンは身を寄せると人差し指で軽く彼女の右の胸の頂きに触れ、円を描いた。

「だったら、手紙を書かせて」イザベルは触れられて感じた悦びを無視しようとした。

「だめだ」

「あなたってとんでもなく頑固なのね」

「きみはそそられるほど美しい」

今や彼の目に特別な光が宿っているのがはっきりとわかった。「また寝てちょうだい」彼の拒絶に苛立ちを覚えたイザベルはそう言って身をそらした。

「それほど疲れていないことがわかったのに、どうして無駄に眠らなきゃならない？　きみが都合よくいっしょのベッドにいて手を伸ばせば届くというのに」デヴォンはイザベルの手首をつかんで引き寄せた。

「いやよ」イザベルはきっぱりと言ったが、下腹部にことばとは裏腹な興奮がうずまくのを感じた。「もう遅いし、わたしは疲れきっているの。あなたが疲れていなくても」

「そうかい？　なあ、かわいい奥さん、きみは夫が権利を行使するのを拒んではならないはずだ」デヴォンの笑みはゆったりとした自信に満ちていた。長い指はまだ彼女の手首をつかんでいる。「それに、きみがそれほど疲れているというなら、どうして目を覚ましている？」

「さっきは拒まなかったでしょう」イザベルは辛らつな口調で言った。

「どうして拒まなきゃならない？」デヴォンは運動選手のような機敏さで覆いかぶさってきた。こわばったものの鋼《はがね》のような固さが腹にあたるのがわかる。「きみは私のものがなかにはいるのが好きなはずだ、イザベル」

「うぬぼれたことを言わないで、デヴォン」それでも彼のことばを否定はせず、まつ毛越しに彼を見上げた。

「経験から確信を得たんでね。うぬぼれているわけじゃない」デヴォンは横柄な笑みを浮かべると、イザベルの脚を楽々と広げ、そのあいだに身を置いた。口にキスをしながら、彼の先端が彼女の入口にあたるようにする。

　イザベルは待った。彼のせいで容易に興奮する胸の頂きは固くなってうずいている。腿をさらに広げると、期待するように手で彼の肩をこすった。

「私がほしいと言ってくれ」

　やさしく口に出された命令は行為そのもののことではなかった。一見自制心に富み、自信にあふれているように見えるデヴォンが、ふたりの将来のことを不安に思っているのは意外ではなかった。今や故国に戻ってきていて、過去の恐ろしい出来事と直面しなければならなくなったのだから。「愛しているわ」イザベルは言った。「それにそう、あなたがほしい。わたしと愛を交わして」

　デヴォンは動かなかったが、じっと彼女を見下ろし、やがて小声で言った。「私はたぶんずっとそうだ。あの最初の晩から」

　彼なりにできるかぎり率直に感情を口に出したことばだった。イザベルは行く手に困難が待ち受けているにもかかわらず、喜びに満たされる思いだった。彼が愛してくれているとは思っていた。そうでなければ、イギリスに戻ってきたりはしなかったはずだ。それでも、彼にもそれを自覚して認めてもらいたいと思っていた。彼女よりも彼のほうがそれを必要としていたのだから。それはつまり、永遠に失ったと思っていたものがじょじょに心に戻りつつあるということだった。

「それを表してくださる？」彼をもっとなかに引き入れようと、イザベルは身をそらした。

デヴォンの告白に歓喜しながらも、それ以上を求めるつもりはなかった。ハンサムで、気まぐれで、ときにひどくよそよそしい夫についてひとつ学んだことがあるとすれば、彼が癒され、人を信用することを学ぶのには時間が要るということだった。

「ああ、くそっ、そうするさ」

挿入の際のやさしさが、まだ口には出せない思いのたけを物語っていた。腕が彼女をきつく抱きしめる。彼が動きはじめてもふたりの視線はからみ合ったままだった。体と体の交わりはとても親密かつ原始的で、イザベルは悦びと感情に呑みこまれそうになった。頂点に達しはじめても、彼女は目をしっかりと見開いたままでいた。のぞきこんでくる彼に、魂まで見通されている気がした。

事を終え、イザベルはデヴォンの湿った固い胸に顔を寄せて横たわり、呼吸を整えようとしていた。彼のたくましい腕に抱かれていると不安が霧散する気がした。彼の香りとその存在の大きさが、すばらしく守られているという感覚をもたらしてくれたのだ。

イザベルはそれが幻想ではありませんようにと祈った。

トーマスはあまりギャンブルをしない人間だったため、ひとりの男の人生がかかっている今のこの試みが、カードやサイコロを使った賭けよりはうまくいってくれることを祈るしかなかった。

まだ早い時間だったが、公爵が早起きであることはわかっていた。自分とデヴォンがわんぱくな子供だったころと同じく、きっと起きてからの日課もきっちり決まっているはずだ。両親がバークシャーのオースティン家の広大な邸宅のそばに小さな田舎の家を持っていたので、ホワイトへイヴン公爵の孫とはまだほんの幼いころに出会ったのだった。そのときすでにデヴォンは、爵位を継ぐ者としてたたきこまれた決まりごとに少しばかり反抗する様子を見せていた。公爵の将来の跡継ぎとして、デヴォンの祖父は品格を保った行動を孫に期待していた。

残念ながら、デヴォンが自分の行動に気をつけることはめったになく、行儀よくしろと命令されたときはなおのことそうだった。それでも、高い知性の持ち主だったため、さしたる努力もなしにやすやすと大学まで出た。デヴォンは勇敢で、誠実で、寛容な人間でもあった。家族を愛しているのはまちがいなく、だからこそ、祖父から勘当されてあれほどに打ちのめされてしまったのだろう。人殺しの容疑は、彼が跡継ぎからはずされ、家から追い出された日にかたまってしまった。

ひとりの男の証言以外にはさしたる証拠もないままに、みずからの血肉を分けた孫に裁きをくだしてしまったあの日、自分が何を失ったのか老人が気づいてくれているといいのだが。

トーマスは邸宅の石段を昇り、ノッカーを持ち上げた。

しばらくして、驚いた顔の執事が応じた。時流に即さぬ朝の訪問を感心しないと思っているこわばった表情だ。トーマスは公爵に話を聞いてもらえるよう、前もってひとこと裏に書き添えておいた名刺を差し出し、玄関の間で待った。

ひどくとり澄ました堅苦しい執事が戻ってきて、書斎で公爵が直接面会すると告げると、トーマスの胸に一抹《いちまつ》の希望が芽生えた。

どうやらデヴォンの名前を出しただけで外に蹴り出されるということはないようだ。きっかけはつかめた。トーマスは執事のあとに従って、メイフェアの邸宅の壮麗な廊下を進んだ。第七代ホワイトヘイヴン公爵、マグナス・オースティンは彫刻をほどこした巨大な机の奥に腰をかけていた。デヴォンが不名誉の烙印《らくいん》を押されて逃亡してからの年月で、髪は真っ白に変わっていて、ペンを置いた老人の手もわずかに震えていた。

「ヴァンダービルトか」

トーマスはお辞儀をした。「お久しぶりです」

心騒がすほどにデヴォンの目に似た鋭いグレーの目がトーマスに向けられた。公爵は事務的なきっぱりした口調で訊いた。「やつがどうした?」

名刺の裏に書いたのはデヴォンという名前だけだった。

この機会をどう利用したらいいか、心のなかで練習してあった。トーマスはゆっくりと答えた。「最近会いました」

「あのろくでなしがまだ生きているとは驚きだな」孫をそのまま年とらせたような老人は口をゆがめただけの苦笑いを浮かべた。

「デヴォンには高いところから落ちても大丈夫な猫さながらに苦境を脱する能力が備わっていますから。しかし、その際にいわゆる九生のいくつかは使いはたしてしまったようですが」

「すべて無責任なあいつが悪いのだ」

「それがあの殺人事件のことをおっしゃっているのなら、彼が悪いわけではありません。すわってもよろしいですか？」トーマスはそばの椅子を差し示した。

それを拒まれなかったことには希望が持てた。トーマスにはデヴォンが頑固な気質をどこから受け継いでいるかよくわかっていた。「そうだな」とマグナスは小声で言った。

こうして黙認されたのは大きな進歩と言ってよかった。デヴォンが最初に容疑をかけられたときにトーマスは彼のためにとりなしをしようとしたのだが、文字通り家から蹴り出されるも同然の扱いを受けたのだった。トーマスは椅子にすわり、老人に目を向けた。七年という歳月が老人の貴族的な顔の皺を深くしていた。おそらく両方が辛い思いをしたのだ。それは胸をつかれるような事実だった。

「デヴォンは誰も殺していません」トーマスは静かに確信に満ちた口調で言った。「私にはわかっています。前からずっとわかっていました。彼は自分の無実を証明したいと思っています」

「少々遅すぎるのではないか？」公爵はなんの感情も見せなかったが、頬の筋肉がぴくりと動いた。

「今彼には美しい妻がいます。彼にとっての宝と言える存在です。彼の望みはイギリスに戻り、汚《けが》れなき家名のもと、子供を育てることだけです」

「それは喜ばしい変化だな。これまでことあるごとに私に恥をかかせようと精一杯努めてきたというのに。今頃どうしてそんなに殊勝になった？」

老人の口がわずかにゆるむのを見るのは興味深かった。つっけんどんな口調が別の意味を持つのかもしれない。

「たぶん彼も成長したのでしょう」トーマスは穏やかな口調を保とうとした。家族に背を向けられたと知って友人がどれほど苦しみ、途方に暮れたかが思い出された。「彼がまだ少年だったころのことを思い出してください。すでに甘やかされてはいました。外見がよく、財産を持っていて、これほどの爵位の跡継ぎでありながら、それにうまく対処するのはむずかしいものです。三男である私には、人生は自分で切り開かなければならないものだと昔からわかっていました。しかし彼は揺籠《ゆりかご》で揺られているころから、いずれ莫大《ばくだい》な財産と輝かしい爵位を受け継ぐことになると頭にたたきこまれて育ったのです。女たちはみずから彼に身を投げ、それに彼も抗えませんでした。抗える若者は多くないはずです」

「あいつは身もちの悪いろくでなしで、向こう見ずなギャンブラーだった。生意気な子犬さながらに私の権威をばかにすることに喜びを感じていた」

「それはまったく否定できません。彼もそうでしょう。でも、さっきも言いましたように、彼は甘やかされて育ったのです」

公爵は青い血管の浮き出た薄い手を持ち上げ、トーマスに指を突きつけた。「あいつの過ちを一瞬たりとも私のせいにしようとするな、トーマス」

名前で呼んでくるとはとてもよい兆しだ。

「そうしようとは夢にも思っていません。それについては、デヴォンも今は自分で自分の人生をだめにして無駄にしたと気がついているはずです。しかしながら、たとえ彼がとんでもなくだらしない人間だったとしても、人を殺したりは絶対にしませんでした。ギャンブルや女遊びやその他の放蕩三昧については彼もみずから認めています。それでも、これだけ年月がたち、金も家族もなく世のなかを渡っていく試練を経験した今となっても、サミュエル・ハンコック殺しは自分のしたことではないと否定しています。世界の反対側にいて、認めても失うものは何もないのに、その容疑をかけられたということで彼は苦しんでいるのです」

老いた公爵は椅子に背をあずけた。その表情から内心の思いは読みとれなかった。「妻がいると？」

「ええ」

「子供は？」

トーマスは小さく忍び笑いをもらした。「ふたりがいっしょにいるのを見ましたから、そのうれしい知らせはすぐにもたらされることでしょう」

「あの島で暮らす無知な原住民の女と結婚したとは言わないでくれ。それは最近の話にちがいないな」

つまり、無関心なはずの公爵も、孫の消息を追っていたというわけだ。生きているかどうかも知らないと嘘をつきつつ。力を持った味方ができれば、デヴォンの無実を証明するための調査もおおいにちがってくるはずだ。「いいえ、イギリス人です」トーマスは慎重に付け加えた。「彼女の父親はあなたもご存じの方です」

「ちゃんとした女なら、ああいう状況にあるデヴォンと結婚したりはしないだろう」

「異を唱えさせていただきますが、レディ・イザベルは美しく、教養高く、やさしいお方です。残念ながら、思いもよらずふたりが結婚したと聞いて、伯爵はきっと喜ばないとは思いますが」

「伯爵？」

「バックランド伯爵です」

ややあってから、公爵は明かされた事実を隠しようもない驚きとともに受けとめた。「なんということだ。孫は狂ってしまったのか？　バックランドこそが、デヴォンがハンコックを殺したと最初に指摘した張本人ではないか」

「いいえ、狂ってはいません。恋に落ちたのです、公爵。身も心も。まっさかさまに。詩や感傷的な歌で見聞きするような形で。レディ・イザベルもそうです。お互い相手に夢中というわけです。なんともあり得ない話に聞こえるのはわかっていますが、お望みなら、喜んで事情を説明いたしましょう」

「なぜだ――」老人はつぶやくように言った。「デヴォンがからむといつも足をすくわれる気がするのは？　私は整然とした人生を送ろうと努めているのに、デヴォンは生まれたその日から、それを必ずかき乱してくれる」

トーマスは笑わずにいられなかった。「私にとっても同じです。兄のように慕ってはいますが――おそらくデヴォンには実の兄弟に対する以上の愛情を抱いていますが、ひどく苛々させられることがあります。それでも、こう言ってよろしければ、デヴォンは私が知っているなかでもっともすばらしい人間のひとりです」

ホワイトヘイヴン公爵はトーマスにまっすぐ目を向けた。「きっときみは本気でそう思っているんだろうな」

トーマスはほほ笑んだ。「ええ、そうです」

しばらくしてデヴォンの祖父はうなずいた。「いいだろう。あの腹立たしい若いろくでなしがどうやってバックランドの娘を妻にしたのか事情を説明してくれ。それから、国を逃れる前に引き起こした大問題をどう解決するつもりでいるのかもな」

7

トーマスからの知らせをひたすら待ちつづけた三日間は神経に障った。戻ったのを誰かに見とがめられるといけないので、デヴォンはロンドンから離れているのがいいということで意見が一致したのだったが。ロンドン郊外のテムズ川のほとりにある小さな名もなき宿屋で美しい妻とともにほとんどずっとベッドで時を過ごすのは悪い気分ではなかった。行く手に何が待ちかまえているかを考えてひどくぴりぴりしているのでなければ、そのひとときを心からたのしいと思ったことだろう。イザベルと愛を交わすことで張りつめた神経がある程度ゆるむのもたしかだった。彼女を腕に抱いていると、幸せを信じることができたからだ。

幸せなどというのは慣れない概念だった。あまりに長いあいだ、ただ生き延びることだけを考えて生きてきたせいだ。

おずおずとドアをノックする音がし、シャツのボタンを留めていたデヴォンははっと顔を上げた。イザベルは眠っている。シルクのような金色の髪は乱れてシーツの上に広がり、むき出しの肩が毛布の下が裸であることを示していた。デヴォンはベッドに歩み寄り、シーツを引き上げて彼女のほっそりした体に巻きつけるようにしてから、ドアへと向かった。

宿屋の主人の太った女房が小さく会釈して封筒を差し出した。「あなたにです」

「ありがとう」デヴォンは封筒を裏返して封印を見て、信じられない驚きに打たれた。

いったいなんなんだ？

デヴォンの表情に少しばかり驚いて、宿屋の女房は手をばたつかせた。「階下《した》に男の方が来ていて、お返事をお待ちするとのことです」

トーマスは正気を失ったのか？　いったい何をした？　デヴォンは棘のある声で言った。

「返事は自分で持っていく」

女房はそそくさと立ち去り、デヴォンは震える手に手紙を持ったままドアを閉めた。なぜ祖父から手紙が来る？　答えはひとつだけで、祖父は孫がイギリスにいるという事実のみならず、正確に今どこにいるか知っているのだ。祖父にそれを教えられる人物はひとりだけだった。トーマスが手の届くところにいたなら、デヴォンは無実を証明したいと思っているのと同じ罪をじっさいに犯してしまったことだろう。手紙には、オースティンの家の者には近寄るなと警告が記してあるにちがいない。もしくは、孫がイギリスの地にいることを通報するつもりだと告げる手紙ということもあり得る。

まだ昼前だったが、デヴォンは小さなテーブルに載った瓶からクラレットをグラスに注いであおった。それから椅子にすわって手紙の封を切った。よく知ってはいるものの、六年も目にすることのなかった繊細な筆跡が自分の心に与えた影響の大きさに少しばかり驚きを覚えた。

デヴォン・フレデリックへ
おまえの現在の状況を話し合うため、ホワイトヘイヴンの家へ来るように申しつける。
おまえのために馬車を送った。

敬具
祖父である第七代ホワイトヘイヴン公爵

驚いたというだけでは言い足りなかった。敬具だと？　祖父にしては友好的な手紙だった。マグナス・オースティンは本来、友好的な人間ではない。

もちろん、デヴォン自身もとくに友好的とは言えず、それが両者の問題であるのはまちがいなかった。気質が似すぎているのだ。デヴォン自身は認めたいとは思わなかったが。

しかし、あれほど辛い別れ方をしたことを思えば、手紙と馬車を送ってくるのは和解の申し出ととってもよかった。こちらはそれを拒む立場にない。イザベルのために、祖父がなんらかの援助をしてくれるというのであれば、柔軟な姿勢をとり、強情な自尊心は脇に退けておかなければならない。

結局、トーマスのことは殺さなくていいかもしれない。幼馴染が何を言ったかはわからないが、効果があったようなのだから。ひとつだけたしかなことは、これ以上、今後のことを考えてただ心を悩ませているわけにはいかないということだ。行動を起こさなければ。これまでもそうやって生きてきたのだから。そこでデヴォンは意を決したように立ち上がり、眠っている妻を起こしにベッドのそばへ行った。

イザベルは目を覚まし、まつ毛を持ち上げた。眠そうにまばたきしていたが、彼を見るとにっこりした。「眠ってしまったみたいね。ねえ、今何時？」

彼女が眠りに落ちたとしても不思議はなかった。自分がしつこく過度に求めすぎたせいだ。自分の苛立ちを性的な方法で解消しようとすることがふたりにとって心地よいことだとしても、デヴォンには自分の執拗な情熱で彼女を疲弊させてしまっているという自覚はあった。彼はほほ笑み、彼女のなめらかな頬からシルクのような巻き毛を払った。「満足することを知らなくてすまなかった」

イザベルは身を起こし、つややかな髪を後ろに払って笑った。「いつだってそうじゃない。それも魅力のひとつだけどね、旦那様。もう慣れたと思ってくれていいわ」それから彼の顔から何かを察したように目をわずかに見開いた。「どうしたの、デヴォン？　何かあったの？」

「祖父が私に会いたがっている」彼はすぐに訂正した。「私たちにだ」

イザベルは当然ながらぎょっとした顔になった。「でもたしか――」

「トーマスが祖父を訪ねていったにちがいない。人を説得するのがうまい男だからね。それしか思いつかないよ。祖父の送ってよこした馬車が今外で待っている」

　イザベルはベッドから急いで出た。全裸ですばらしく魅惑的だった。胸をゆすりながら走って部屋の奥へ向かい、前に運ばせてあってすでにぬるくなった風呂の水で体を洗った。見ていて喜ばしい光景だった。さっきまで肉欲にふけりすぎていたにもかかわらず、彼女の長い脚や、絶頂に達したせいで濡れている脚のあいだの金色の毛や、ピンクの頂きを持つ、そそるような胸を見ているうちに、デヴォンはまた興奮が高まるのを感じた。

　イザベルが着替えをしているあいだ、デヴォンは階下《した》に降りて祖父がよこした御者にすぐに準備ができると告げた。見慣れたお仕着せに身を包んだ御者は、生まれたときから知っている使用人で、御者の笑みには心の底からの温かさがにじみ出ていた。

「ぼっちゃまがお元気でいらしてよかった」

「ジョージ」デヴォンの心に記憶がどっとよみがえった。「私もおまえにまた会えてうれしいよ」

　薄くなりつつある白髪と皺の寄った顔からして、老いた御者は祖父よりさして若いはずはなかったが、まだオースティン家に仕えているらしい。老人はデヴォンの声に真の感情を認め、こう訊いた。「でしたら、いっしょに来ていただけるのですか？　それとも、お返事をくださるだけにしますか？」

　つまり、祖父は話を聞かせろという尊大な命令がどう受け止められるか確信が持てなかったのだ。そうとはつゆ知らなかったわけだが、イザベルのため、恨みを抱いたままではいられなかった。デヴォンは驚くほど短期間に、イザベルから自分以外の人間のことを思いやる気持ちを教わっていた。わがままで利己的だった二十六年間が、彼女が雄々しく競りの台に立っているのを見た瞬間に消え去ったのだ。

「妻と私はあと少しで出立の準備ができる」

「結構です」

デヴォンは二階に戻るために振り返りかけたが、そこで動きを止めた。「あの人はお元気か？」祖母と妹についてはトーマスが近況を知らせてくれていた。妹は結婚し、まだ会ったことのない甥《おい》を授かっていた。しかし、祖父については尋ねることもなく、トーマスもそれを心得て話題にしなかった。

「旦那様ですか？　ああ、相変わらずお元気です。ただ、こう申し上げるのを許していただけるなら、昔ほど若くはありませんが」

「みなそうさ、ジョージ」デヴォンは放埒でだらしなかったかつての自分を思い浮かべ、静かに付け加えた。「それに、そのほうがいいこともたまにある」

邸宅は大きく堂々たる造りだった。メイフェアのもっともしゃれた地域に棟を広げている。イザベルは公爵家の馬車から降りながら、この面談がうまくいくためにどんな助けでもいいのでもたらしてくれるよう、心のなかで神に短く祈った。短気な夫はこの世の誰よりも頑固な人間になり得ることは神にもよくおわかりのはずで、当然ながら彼は六年前に祖父から勘当されたことを恨みに思っているはずだった。

イザベルは少なくとも夫が礼儀を失わないでいてくれればいいと願ったが、デヴォンに関するかぎり、予測はつかなかった。

デヴォンは石段を昇るのに腕を差し出したが、心ここにあらずといった様子だった。注意はすべて家に向けられている。顔に浮かんでいるのはほとんど無表情と言ってもいいような読めない表情で、感情を隠すためにわざとそういう顔をしているかのようだった。

イザベルにはそれが吉兆なのか凶兆なのか見当もつかなかった。

「こんにちは、若様」確固とした態度でデヴォン同様無表情の執事が、デヴォンが殺人の容疑をかけられ、何年も姿を消していたことなどなかったかのように挨拶した。「旦那様が応接間でお会いになりたいそうです」

「ありがとう、ベイツ」デヴォンはイザベルをちらりと見て眉を上げた。「応接間を選んだのはきみのためだな。私と応接間で会おうとは思わないはずだから。トーマスが私の性格に多少変化があったというような作り話をしたんじゃないかと思うんだ。変わったとしてもどう変わったのかはっきりしないわけだが。それでも、卑《いや》しからぬ若いご婦人との結婚がこの家の玄関への距離を縮めてくれたのはたしかだな」デヴォンは天井がアーチ型になっている壮麗な玄関の間へと彼女を導いた。天井には美しいフレスコ画が描かれ、光る床にはしみひとつなかった。シャンデリアは大きく重そうで、イザベルが察するにイタリアの職人の手によるものだった。

島でデヴォンが暮らすきれいで気楽な家とはまるで正反対の家だった。あの家は潮風に満ち、彼が違法すれすれのことをして暮らしていたころに集めたと思われる家具でいっぱいだった。

「どういう理由にせよ、悪くない徴候だわ、デヴォン」彼の腕をつかむ指がこわばった。

「まあ、たしかめてみるかい？」デヴォンは後ろをついてこようとする執事に向かってうなずいてみせた。「場所はわかっている。案内してもらう必要はない、ベイツ」

「かしこまりました」執事は来客を正式に告げる機会を逸して残念そうに見えたが、首を縦に振った。

夫は廊下を進み、優美なアーチ型の入口のところまでイザベルを導いた。部屋は大きく、家具調度は白に近いほど薄いブルーから深いインディゴ・ブルーまで、さまざまなブルーの色合いで統一されている。彫刻をほどこした暖炉のマントルピースの上には凝った装飾の鏡がかけられていて、部屋じゅうの明かりを映していた。鏡の下に背中で手を組んだ老人が立っていた。皺の寄ったその顔は、ハンサムな夫の顔立ちに驚くほど似ていた。夫が年をとったらこうなるといった顔。ふたりが応接間にはいると、老人は若干身をこわばらせたが、何も言わなかった。

デヴォンは祖父を訪問するのはイザベルのためと言っていたが、デヴォンの祖父はちらりとも彼女のほうを見なかった。

そのまなざしは孫に激しいほどの強さで向けられていた。イザベルは自分の指の下でデヴォンの腕の筋肉がこわばるのを感じた。彼はぴたりと足を止めた。

誰もひとことも口をきかなかった。

ああ、なんてこと。

しばらくして公爵がわずかにうなずいた。「デヴォン・フレデリック」

「お祖父さん」デヴォンも祖父同様短く答えた。

「そこに突っ立っているんじゃない。なかにはいっておまえの妻と思《おぼ》しき若いご婦人を紹介してくれ」

尊大な命令に若干黒い眉を上げつつ、デヴォンはイザベルを部屋のなかへと導いた。「イザベル、こちら第七代ホワイトへイヴン公爵だ。公爵、妻のイザベル・オースティンです」

「よくいらした」公爵は彼女にちらりと目を走らせた。見慣れたデヴォンと同じ銀色の目に孫そっくりの称賛の光がかすかに浮かぶのがわかった。

老人は丁重に彼女の手にキスをし、彼女はお辞儀を返した。それからシルクのカバーのかかった椅子のひとつへと導かれた。老人は反対側の椅子に腰を下ろしたが、デヴォンはおちつかない様子で暖炉へと近寄り、くつろいだぞんざいな態度を装って肩をマントルピースにあずけた。イザベルにとっては彼がそうした態度をとるのは意外ではなかった。

彼のことをよくわかっていたため、彼がまったくくつろいでなどいないことは容易に見てとれた。デヴォンが最初に口を開いた。唐突なことばだった。「トーマスが来たんですね。それでもったいぶったお召しがかかった」

イザベルは挑むような夫の口調にわずかに顔をしかめた。

公爵はそっけなくうなずいただけだった。「ヴァンダービルトは私が力を貸せば、おまえがみずからそのばかな頭の上に招いた恥ずべき禍事《まがごと》を晴らすことができると考えているようだ。おまえが無実だと確信しているのだ」

「それであなたは？」デヴォンはまったく感情を見せずに訊いた。まるでどんな答えが返ってきても意に介さないという顔だが、そうではないことがイザベルにはわかっていた。おそらく、気になりすぎるほどに気になっているはずだ。

マグナス・オースティンは仕立てのよいズボンを穿《は》いた膝を手で撫で、しばらくしてから重々しい声で答えた。「まずもっておまえが罪を犯したとは思ったこともない、この頑固者の青二才め」

デヴォンの顎の筋肉が動いた。「だったら、どうして文字通り私のケツを蹴り出すようなことをしたのか、説明してください」

「ご婦人が同席しているのだぞ」祖父はとがめるような顔になった。「ことばに気をつけろ」

「イザベルにはもっと汚いことばも聞かれていますから、ご心配なく。ここ数年、あなたが慣れているよりは少しばかりお上品でない連中に囲まれて暮らしていたものでね、お祖父さん。トーマスから聞きましたか？　彼女の父親に復讐する目的のために私が競りにかけられていた彼女を金《かね》で買ったということを」

「いや、その話はしていなかった」公爵は幻滅したような顔になり、薄くなるほどに唇を引き結んだ。

ああ、全然だめだわ。イザベルは苛々と胸の内でつぶやいた。神様、頑固な男たちをどうにかしてください。とくにオースティン家の男たちを。

それから急いで口をはさんだ。「デヴォンはじっさい、考えることも耐えられないほどの運命からわたしを救ってくれたんです。彼のことばにだまされないでください。彼はわたしを思いやり、わたしを守り、イギリスへ無事に送り返すと約束してくれました」イザベルは公爵の短気な孫の手――や諸々――によって自分が誘惑されたことは完全に話から省くことに決め、なめらかな口調でつづけた。「どうやらわたしはどうしようもなく彼を好きになってしまったようで、イギリスへ戻って汚名をそそぐよう、どうにか彼を説得しました。すぐにも汚名をそそぎたいというのがわたしの心からの願いです。父と話ができるといいのですが、デヴォンはその考えに賛成してくれていません」

「こいつに賛成するのはいやでたまらないがな、レディ・イザベル、そのことに関しては私も同じ意見だ」イザベルが間髪入れずデヴォンの良心について弁護したことで、公爵は少し怒りをおさめたようだった。一方の夫のほうは顎と引き結んだ口に反抗心をありありと浮かべながら、おもしろがるような顔をしている。公爵はつづけた。「強情なわが孫を見たといううきみのお父さんの確固たる証言がもっとも呪わしいものだった。ほかには血の足跡を拭いたとするメイドの証言もあったが、幸い、メイドのほうは金《かね》をもらって警察に嘘をついたと白状したので片がついた。しかし、きみのお父さんはまったく別の問題だ」

デヴォンは背筋を伸ばした。「メイドが金をもらって偽証し、それを認めていると?」

「認めたのは六年前だ。私がこの不快な出来事について調べもしなかったと思うのか?」

「どうしてわかります?」夫は追及するように言った。銀色の目が氷のようになる。「あなたは私が有罪だと思うときっぱりとおっしゃった」

「ちがう」祖父は同じようにけんか腰で高慢な口調で言った。叫ばんばかりに声が不穏に大きくなっている。「あのときの会話を思い返してみろ。私が口に出したことばをそのまままくり返せばこうだ――〝いつかおまえが自分の身を滅ぼすような大問題にみずから飛びこんでしまうことはわかっていた〟おまえが冷血にも人を殺したと思うとはひとことも言っていない。最初からおまえでないことはわかっていたのだ、くそっ」

すぐさま公爵は振り向いてイザベルに目を向けた。「すまない。孫が悪い影響をおよぼすのでね」

「デヴォンの言うとおり、もっとひどいことばもたくさん聞いていますから」イザベルは小声で答えた。夫に対する証拠のひとつが消滅した喜びのせいで、多少どぎついことばを聞かされるなどというささいなことでは怒る気にもならなかった。「公爵様、どうして警察にお話しにならなかったのですか?」

「メイドが証人の前できちんとサインをした宣誓証言を持っている。心配要らない」

デヴォンは怒りに駆られた様子で手で顔をぬぐった。「あなたには私の汚名をそそぐ手助けができたというのに、私を海賊だらけの海に囲まれたどこかの島で腐らせるままにしておいたというのですか？　いったいどうしてなのか教えてもらえますか？」

「ああ」マグナス・オースティンは孫に揺らがないまなざしを向けた。「デヴォン、おまえの向こう見ずな行いはどんどん深刻なものとなっていっていた。二度の決闘だけをとっても、おまえは命を落としていたかもしれない。どちらの場合も相手は本気でおまえに血を流させたいと思っている怒り狂った夫たちだったからな。そう思ってもしかたないはずだ。たとえば、おまえのきれいな花嫁を誰かが誘惑しようとしたら、どんな気分か想像できるか？」

イザベルは夫の目に炎が燃え立つのに気づいた。所有欲をそのまま表した目の輝きはあまりに激しく、驚くほどだった。デヴォンはわざと愉快そうな声を出した。「そんなやつはこの手でばらばらにしてやる」

「まさしく」彼の祖父は顔をしかめた。「おまえにとって幸いなことに、たまたま妻を寝られたどちらの紳士よりもおまえのほうが射撃の腕がすぐれていたわけだが、私の言いたいことはわかるはずだ。遅かれ早かれ、おまえは自分よりもすぐれた相手と立ち向かうことになったかもしれない。そうしていかがわしい女たちと放埓な行為にふけっていないときには、危険なギャンブルに興じたり、早死にしそうなほど酒を飲んだりと、無謀なことばかりしていた。正直なところ、自分に正当な理由などないことは認めざるを得まい、デヴォン。私は何度もさとそうとしたのだが」

デヴォンは自己弁護のことばは何も発さず、ただ片眉を上げた。

「おまえが殺人の容疑をかけられたとき、最初はもちろん助けねばと思った。おまえには数多くの欠点があるが、あんな卑怯なやり方で人を殺すような真似だけはしないとわかっていたからだ。しかしそれからよく考えてみて、おまえをまた問題から救い出してやったところで、おまえのためにはならないと気がついた。おまえが誰にも頼らずに人生を立て直し、生き延びるためには多少の規律と自制心を学ばざるを得なくなれば、じっさいに命を永らえることもできるかもしれないとも思った。どちらにしても、おまえを失うことにかわりはなかったが。おまえを追い出すことは、これまでの人生でもっとも辛いことのひとつだった」

「あのときはそんなふうには見えませんでしたがね」デヴォンの口がわずかにゆがんだ。

「私をそういう立場に追いやったおまえに腹を立てていたからな」

「私だってああいう状況がうれしかったわけではない」

デヴォンの祖父は濃い眉をぴくりと動かした。「しかし今、おまえも妻と将来持つであろう家族の責任を担う大人の男となったわけだから、多少はわかるのではないか？　おまえが自分の人生を投げやりにしているのを見るのは腹立たしく、それを止める手立てもあまりなかった。私が縁を切れば、おまえにはイギリスを去るしか選択肢がないはずだった」

しばらくのあいだ部屋のなかが静まり返り、イザベルの耳には部屋の隅にある凝った装飾の時計がチクタクと時を刻む音しか聞こえなかった。国を追われるようなことになったのは彼自身のためだったのだとデヴォンに理解させるのは不可能だったかもしれないが、しばらくしてデヴォンはかすれたため息をつき、もたれていたマントルピースから身を起こした。

「私が少しばかり荒っぽかったのを否定するつもりはありません。おそらく六年前にはあなたと同じようには物事を見ていなかった。あなたがどういう目的でしたにせよ、結果は今の私です。私がイザベルのことを考えなければならないのはたしかなので、あなたの援助はありがたくお受けしますよ。あなたの影響力をもってすれば、真相を突き止めるために証拠を集めるあいだ、私が逮捕されないようにしておけるはずです。私が頼みたいのはそれだけだ」

「それよりはましなことができる」公爵は少しぎごちなく立ち上がった。背の高い孫とほぼ同じぐらいある上背を伸ばすと、仕立てのよい上着の懐《ふところ》に手を入れた。そこから羊皮紙を一枚とり出して開き、デヴォンに差し出した。「メイドからの証言だ。友人に証人になってもらったから、偽造の疑いをかけられることもない」

デヴォンは黒い眉をさっと上げた。「カンタベリー主教ですか？ そうだったら、裁判に持ちこまれても多少重みのある証拠となり得る」

イザベルは安堵と一抹の希望を同時に感じた。「メイドがお金をもらって嘘をついたのだとしたら、誰がメイドを買収したんですの？」

公爵は振り向いてイザベルに目を向けた。その表情から内心の思いは読みとれなかった。

「わからない。メイドから男の様子を聞いたのだが、残念ながら少しばかり曖昧《あいまい》なのだ。しかし、紳士であるのはまちがいなく、提示された額はかなりの金額だったそうだ」

「想像するに、銀貨三十枚ぐらいだろうな」デヴォンはまだ紙を見つめながら小声で言った。

「なぜ誰かが私を破滅させたいと思うのか理由がまだわからない。ある程度、どんな男にも敵はいるはずだが、殺人の罪におとしいれるのは少々行きすぎだ」

咳払いをしてイザベルは静かに言った。「その紙がある以上、あとはあなたに不利な証拠はわたしの父の証言だけだわ、デヴォン。おふたりのどちらもわたしには賛成してくださらないのはわかっているけれど、父があなたを見たと信じた理由を探るべきだとは思わない？その紙だけでも、いかがわしいギャンブルをめぐっての単なるけんか以上のものがそこにあるという証拠だわ」

祖父と孫は目を見交わした。よく似たふたりだった。デヴォンが頑健で若々しいのに対し、祖父のほうは尊大な物腰だったが、どちらからも男らしい力が感じられた。

イザベルは男たちがことばを発せずにいるのを利用した。「あなたはわたしの父にあなたがイギリスに戻っていることを知らせたくないと思っている。それはたしかにそのほうがいいかもしれないわね。わたしをトーマスといっしょに行かせて。あなたが戻ってきていることは父には言わないから。あなたと会ったことを打ち明けずにこの問題について訊くことはできないけれど、あなたが最初に主張したように、トーマスに連れ帰ってもらったことにして、あなたは島に残っていることにするわ。父がわたしに嘘をついたことがないとは言えないけど、やってみる価値はあるはずよ。父が目撃したと思っているものが正確になんなのか、なぜそれがあなただと確信したのか、説明してくれるかもしれないわ」

デヴォンは苛立ちを表すようにしきりに黒髪を指で梳いた。「きみを巻きこみたくないいんだ、イザベル」

イザベルはにっこりした。「残念ながらすでに巻きこまれているわ。さあ、わたしにも力にならせて」

夫はすぐさま拒絶はしなかった。見こみはある。「きみの提案を考えてみることにするよ」

8

居酒屋には紫煙が立ちこめ、気の抜けたエールのにおいがただよっていた。デヴォンは隅に席をとり、目の前に二杯のぬるいエールのジョッキを置いて待っていた。

ちくしょう、いったいどこにいる？

ほっとしたことに、影のなかから背の高い人影が現れた。ウィリアム・ファラデイ子爵がデヴォンと向かい合う椅子に腰を下ろし、エールにちらりと嫌悪のまなざしをくれてから、ジョッキのひとつを手にとった。「ここにはブランデーはないのか？」

「あるさ。おそらくはネズミだらけの路地裏で蒸留したやつが。いいから飲めよ、このほうがずっとましだから。待っているあいだに私は一杯飲んだ」

「遅れたのはわかっているが、頼まれた仕事はたやすいとは言えなかったものでね、オースティン」

「ここに一時間以上もすわっていて、バーのメイドに誘うような笑みを向けられつづけていたんだぞ」デヴォンは文句を言ったが、相手の言うことが正しいことはわかっていた。六年もたっていたにもかかわらず、願いを聞き入れてもらえるほど互いの友情が厚かったことがわかってうれしかった。誰もがトーマスのように変わらぬ友情や高潔な信頼を抱きつづけてくれるわけではない。デヴォンは昔の遊び仲間の誰かに接触していいものかどうか自問したのだった。幸い、ウィリアムは再会を喜んでくれているようで、デヴォンと同じく、ともに放蕩にふけった日々に比べて多少はおちついたようだった。

ファラデイは振り返って若いメイドを見やり、ぴっちりとしたドレスの襟ぐりの開いたボディスに丸々とした胸の豊かなふくらみが隠されているのを見てとった。彼は眉を動かして笑った。「一発やるのにいい相手かもしれないぞ、デヴ。あの胸を見ろよ」

「私は世界一美しい女と結婚したんだ、ウィル。どうしてほかの女に触れなくちゃならない？」

ひょろりと背が高く、かわいいと言ってもいいほどのハンサムな顔とやわからい茶色の巻き毛をしたファラデイは、〝やさしいファラデイ〟というあだ名を頂戴していた。そんな変わらぬ様子の子爵はぎょっとした顔になった。「結婚したって？」

「ああそうさ」

「デヴォン・オースティンが結婚の鎖につながれたって？　そんなこと思い描くこともできないよ。ただそうだな、たぶん、みんな変わるものだ」

苦い顔になってデヴォンも同意した。「そうさ。偽りや不当な非難のせいで変わらざるを得なかった場合はとくにな。さあ、教えてくれ、うまくいったか？」

旧友はポケットから折りたたんだ紙をとり出してデヴォンに手渡した。「これだ。こんな短いあいだではこれが精一杯さ。きみと哀れなハンコックが賭けのいかさまをめぐってけんかになった晩、あそこに集まっていた全員の名前が書いてある。彼らについて自分で思い出せることと、こっそり調べさせたことを書き加えておいた。あと数日あったら、もっと完璧なものを渡せるんだが、これでもかなり詳しい情報だと思うぜ」

デヴォンは同意するようにうなずきながらメモに目を通した。住所や妻の名前、ゴシップによってわかった現在のだいたいの財政状態までが書かれている。「すばらしいよ、ウィル。力を貸してくれてどれほどありがたく思っているか、口では言えないほどだ」

相手はエールをひと口飲み、顔をしかめると、ジョッキを脇に置いた。「きみがハンコックを火かき棒で殴り殺したんじゃないとは前から思っていたよ、デヴ。なんと言ってもきみの後ろにはオースティン家の財産がついているんだからな。われわれとちがって、カードでどのぐらい負けようがかまわなかったはずだ。そう、きみはいかさまについてやつを糾弾《きゅうだん》したが、あの晩やつから金《かね》を巻き上げられたわけでもなかった。一番負けたのは若いスタンホープだったが、そんなことはハンコックが加わっているギャンブルでは前にもあったことだ。じっさい、スタンホープの父親が息子の首に縄をつけて絞めつけるように財布のひもをきつくしているという噂も聞いている」

「しかしスタンホープに人殺しをする度胸があるとは思えないな」デヴォンは顎をこすった。「それにそう、この六年のあいだ、そのことは充分すぎるほどに考えてきた。スタンホープには意気地がなさすぎる。たとえはっきりした動機があろうとも」

「そうだろうな。ハンコックにはみんながだまされていた。彼のいかさまの方法はかなり賢く、最初に考えていた以上に欲を出しすぎなければ、見破られることもなかったはずだ。じつのところ、私もあのゲームには加わっていたんだが、何も気づかなかった」

「私も彼のことをしばらく前から疑っていたんだが、きみの言うとおり、なかなか見破ることはできなかった」デヴォンは顎をこすり、あの運命の夜を思い出して目を細めた。「思い返せば、あのときも見破ったりしなければよかったと思うよ」

ファラデイは椅子に背をあずけた。「ハンコックはいかさまを見つかってしかるべきではあったが、だからといって殴り殺されて当然とは言えなかった。あの晩のわれわれはかなり酔っ払っていたが、それもよくあることだった。カードでいかさまをしたからといって、あの場にいた誰かが彼の家までついていって彼を殺したと本気で思っているのか?」

「きみも言っていたように、カードで一度いかさまをしたというだけのことじゃなかったんだ、ウィル。ハンコックは半年のあいだにじょじょに儲《もう》けを増やしていた。まったく、われわれみんなからどのぐらいの金《かね》をいかさまで巻き上げたんだろうな」デヴォンはいかさまに気づいたときの自分の怒りをまだ思い出すことができた。しかし、かっとして責め立てるよりももっと別のやり方をとったほうが賢明だったはずだ。当時も今も自分は賢明ということばとは程遠いなとデヴォンは胸の内で皮肉っぽく自己批判した。イザベルを利用してバックランドに復讐する機会に飛びついた自分の思慮のなさを見てみるといい。その行為は六年前にハンコック殺しの容疑をかけられたときと同じように裏目に出ていた。復讐は成功せず、気がついてみれば、降参したのは自分のほうだった。

イザベルは妻というだけでなく、自分の命そのものとなっている。

だからこそ、彼女が父親に会うのを許せずにいるのだ。彼女の父親が夫に対する彼女の感情に悪い影響を与えたらどうする？　あり得ることだ。バックランドはデヴォンの罪を固く信じていた。その確信の強さに自分が動揺したのもたしかだった。伯爵はまっとうな市民であり、社交界の重鎮であり、まわりの尊敬を集めている。だからこそ、あの晩目撃したことで嘘をついた理由がわからないのだった。

このリストは役に立つかもしれないが、それでもまだ越えなければならない障壁はとても高い。容疑者がわかったとしても、なぜバックランド卿が忌々《いまいま》しい証言をしたのかという謎は残るのだ。

結局、危険を冒してイザベルを父親のもとへ行かせるべきなのかもしれない。

そして、父親がなんと言おうと自分の無実を信じてくれるだけ、彼女が自分を愛してくれていることを祈るのだ。


トーマスは自分の腕に置かれたイザベルのほっそりした指が上着の布越しにも震えているのがわかり、同情を覚えた。

容易な面談となるはずはなかった。

デヴォンがからむと容易なことなど何ひとつない。トーマスは皮肉なおもしろさを感じて胸の内でつぶやいた。しかし、レディ・イザベルは夫のそうした性質については気にしていないようだった。これほどにやさしく魅力的な人間がデヴォンのような短気で我の強い気性の男をうまく扱っているとは驚きだったが、イザベルはさほど骨を折ることなく、穏やかに彼を受け入れつつそうしているようだった。トーマスはいつか自分にも、イザベルがきわめて運のいい友人を見つめるのと同じように自分を見つめてくれる女が現れてくれるようにと心から願った。

「いっしょに来てくださるなんてほんとうにご親切だわ、トーマス」イザベルはエドワーズ家のタウンハウスの玄関の前で足を止めた。愛らしい顔には緊張がありありとうかがえた。「父はわたしが家に帰ってきたのを知ってほっとするでしょう。でも、わたしが結婚したことを知らされてどういう反応を見せるかも容易に予測がつくわ」

「私に娘がいたとしても、デヴォンと結婚したと知って喜べるかどうかわかりませんね。彼は最悪の悪党かもしれないわけだから」トーマスはノッカーを持ち上げて落とし、それから自分の腕に置かれた彼女の手を軽くたたいた。「でも、あなた方はある意味驚くほどにぴったりで、私はふたりがいっしょになったことをことばにできないほどに喜んでいます。私がこうしていっしょに来たことで、あなたが心強く感じてくださり、あなたの夫となった人物について最悪のことを信じているお父さんの気持ちをどうにか変えられるといいのですが」

「わたしも同じ思いです」ドアが開く音を聞いてイザベルはやわらかい下唇を嚙んだ。金色の髪と天使のような美しさの彼女は目をみはるほどだった。着ているものはデヴォンが島で買い、彼女のすばらしい体形に合わせてサイズを整えさせた簡素なドレスだったのだが。

ドアを開けた使用人は目をぱちくりさせ、口をぽかんと開けて目をみはった。「レディ・イザベル。お帰りでしたか！」

「ただいま、ピーター」イザベルは称賛に値するほどの冷静さで笑みを浮かべた。「ええ、わたしよ。正真正銘のわたし。お父様にわたしが帰ったことを知らせてちょうだい。すぐにお会いしたいから」

「もちろんですよ、お嬢様。ええ、旦那様は今温室にいらっしゃいます。知らせが来てからというもの、そこで過ごされることが多いのです」

その知らせというのが、イザベルが船から拉致されたことだとは聞かされなくてもトーマスにもわかった。無垢で美しい娘が姿を消し、極悪非道な海賊の手に落ちたと知ったら、なすすべもなく絶望を感じずにいられるだろうか？

デヴォンの妻はうなずいた。そのアクアマリン色の目に涙が光るのがわかった。

執事は若い女主人の帰還にまだ動揺しているのも明らかな様子で、ふたりをなかに招き入れた。それからパネル板を張った長い廊下を、家の裏手へと急いで導いた。ガラスに囲まれた温室は朝食の間のすぐ先にあり、扉が開くと、肥沃《ひよく》な土と咲き誇る花のにおいがただよってきた。伯爵は温室の奥でランの鉢らしきものに身をかがめ、真剣な顔で枯れた葉を剪定《せんてい》していた。

イザベルはトーマスの腕を離し、駈け出した。「お父様」

バックランドは身を起こした。信じられないという喜びの表情が顔に浮かぶ。剪定バサミを地面に落とし、彼は両腕を広げた。「イザベル？」

バックランドが見るからに娘を溺愛しているという事実はデヴォンに有利に働くだろうか？　トーマスは伯爵が行方不明だった娘を愛おしそうに抱きしめるのを見守りながら心のなかでつぶやいた。

もしくは不利に働く？　父親としてバックランドは当然娘の夫選びには口をはさんだはずで、人殺しの汚名がかけられずとも、デヴォンが堕落した生活を送っていたのはよく知られた事実だった。たしかにデヴォンは育ちのよいご婦人方からも追いかけられていた。財産と爵位を持つ一族の出だったからだ。黒髪と銀色の目をした外見が魅力的であることは言うまでもなく。しかし、美しい娘のために結婚によって金や爵位を手に入れてやる必要のないバックランドのような男は、悪名高き放蕩者がにぎわっている舞踏会で娘とダンスを一度踊ることさえ許さないはずだ。

トーマスは父と娘が感動的な再会をはたして抱き合っているあいだ、深緑色の葉を持ち、珍しいピンク色の花をつけた植物の並びを礼儀正しく眺めている振りをして待っていた。しばらくして、バックランドが手を差し出して――片腕はまだしっかりと娘の肩にまわしたままで――近づいてくると、その手をとった。

バックランドは声を震わせて言った。「娘をとり戻してくださって、お礼のことばもありません。あなたが連れ帰ってくださったとイザベルが言っていました」

それはまちがってはいなかった。乗ってきた船の船長は自分だったのだから。しかし、真実からすると、だいぶ要点を省いた説明だった。

伯爵の手を放すと、トーマスはお辞儀をしてから身を起こし、まっすぐ伯爵の目を見つめた。「トーマス・ヴァンダービルト船長です。以前お会いしたことがありますが、覚えていらっしゃいますか？」

伯爵の眉根が寄った。バックランドは中肉中背で、白髪が増えつつある髪をきちんと後ろに撫でつけ、温室の手入れをしていたにもかかわらず、隙のない装いをしていた。目はイザベルの鮮やかなアクアマリン色を少し薄くしたような色だったが、トーマスが誰かわかってその目が細められた。「ああ、たしかに。あの当時オースティンの友人でしたな。あの不運な出来事があったあとで、私に会いにいらした」

「今もデヴォン卿の友人です」とトーマスは訂正した。「それで、六年前にお会いしに来たときには、あなたは彼が有罪だと言って譲りませんでしたが、よければ、今日そのことについてもう一度話し合いたいと思っています」

「あなたにはお礼の言いようがないほど恩があるが、今は娘と話をしなければならないことはきっとおわかりいただけることと思います。心配でおかしくなりそうだったんですから――」

イザベルは手を伸ばして父の頬に触れ、さえぎるように言った。「お願い」

つかのま伯爵が当惑したのは明らかだった。トーマスが娘といっしょに来て話をしたいといっている事実と、娘がやさしく懇願したことにどんな関係があるのか見きわめようとしている。やがて娘の帰還には何かもっと事情があるにちがいないと悟ったような光が目に宿った。「お願いだって?」バッククランドはゆっくりと娘のことばをくり返した。「祈りが奇跡的に通じた今この瞬間、どうして私がホワイトへイヴンの評判の悪い孫について話し合わなければならないんだ?」

「彼がわたしの夫だからよ」イザベルはトーマスが尊敬してやまない静かな威厳をもって答えた。「わたしが彼を愛しているから」

「なんだって?」バッククランドは怒鳴るようにことばを発し、力の抜けた腕を脇に下ろした。デヴォンの妻は一歩下がり、ぎょっとした顔の父親と向かい合うと、勇敢に顎を上げた。

「ちゃんと聞こえたはずよ、お父様。わたしはデヴォン・オースティンと結婚したの。それだけじゃなく、たしかだとわかってから伝えたいので夫にもまだ言っていないんだけど、たぶん彼の子供をみごもっているわ」

トーマスは娘の告白を聞いてバッククランド卿がなんの反応もできないでいるのをしかたないと思った。できるだけ波風を立てないようにことばをはさむ。「伯爵、娘さんの言っていることはほんとうです。婚姻は正式なものです。どうやら無効にすることもできないようですから、あなたがデヴォンの汚名をそそぐ手伝いをするのが、娘さんや生まれてくるお孫さんにとって最善ではありませんか? 私たちはあの晩の出来事について正確に思い出していただき、犯行現場の近くで見た男がデヴォンだと思った理由を明らかにしてほしいと言っているだけです」

「こんなことは信じられない」伯爵はトーマスのことばが聞こえなかったかのように言った。口のまわりに険しい皺が現れる。「あんな言語道断な放蕩者と出会い、こともあろうに結婚するなど、正気を失ったのか？　まったく、おまえがほかの数多くの女たちと同じようにやつに誘惑されたなどとは――」

「拉致されたあとに彼に救われたのよ」イザベルは父に冷静な目を向けた。「それに、わたしとは結婚したわけだから、わたしは若き日の彼が誘惑したほかの女たちとはちがうようね。今のデヴォンはお父様が覚えている人間とはちがうわ。たとえ昔は荒れた生活を送っていたとしても、まずもって人を殺したりなんかはしていない。ねえ、おすわりになって、トーマスとわたしと話してくださらない？　わたしにとってとても重要なことなの」

「やつはどこにいる？　イギリスに帰ってきているなどとは言わないでくれよ。やつがおまえに指一本でも触れたらやつの命をもらうからな」年輩の男の顔は怒りに真っ赤になり、青い目はぎらついている。

友人の妻はあくまでも女らしく、繊細でか弱く見えるが、彼女なりに鋼のような決意を持って怒り狂った父親に相対しているようにトーマスには思えた。「わたしが身ごもっているとしたら、指一本で触れた以上のことをしたはずだけど。夫なんだから、そうする権利はあるわ」

「デヴォン卿について覚えていることからすると、血気にはやった下衆《げす》野郎にとって、結婚の誓いなどたいした意味はないはずだ。みずから進んでやつのベッドにはいった妻を持つ、私の知り合いの既婚者に訊いてみるといい。おまえはばかなことをしたんだ、イザベル」

トーマスはイザベルの父親の口調の厳しさと語られていることが真実であることに内心苦々しい思いを嚙《か》みしめていた。妻にしろ夫にしろ、ひそやかに情事を持つのはけっしてめずらしいことではないが、デヴォンはかつて上流社会のしゃれた既婚婦人たちのあいだでもっともハンサムで若い精力的な恋人として人気があった。彼が恐ろしいほどすぐれた拳銃の使い手でなければ、決闘も二度ではすまなかっただろう。しかし、デヴォンを弁護するとすれば、彼が女たちを誘ったというよりは、つねに彼は追いかけられるほうだった。デヴォンはきわめて女の好みがよかったため、彼の情事の評判はよりいっそう誇張されることになった。

トーマスは言った。「伯爵、デヴォンはこの六年、家族の助けや財産なしに単身世を渡ってきたんです。そう、浮ついた情事にふける暇などほとんどなかった。彼は自分の過去について弁解しようとはしませんが、あなたのお嬢さんの将来を心配しています。きっとあなたにとっても気がかりだと思いますが」

「もちろんさ、ヴァンダービルト」伯爵はぴしゃりと答えた。「だからこそ、娘が路地裏の猫ほどの倫理観も持たず、人殺しの容疑をかけられている悪名高き男と結婚したと聞いて、驚きのあまりここに突っ立っているわけだ」

「人殺しの容疑については晴らすのにお力を貸してもらえるはずです。倫理観については、そう、彼がレディ・イザベルに向けるまなざしをご覧になれば、彼が昔とはちがう人間であると信じていただけるでしょう」

「そうだといいがね」伯爵は苛立って白髪を指で梳き、ため息をついた。「いいだろう、おまえのためだ、イザベル。どうやらおまえが無事帰ってこられたのはオースティンのおかげのようだから、あの朝の出来事をもう一度思い出してみよう。これまで何年ものあいだ、何度も思い返してはいたのだが、状況を考えれば、それについて霧をすっかり払うのが一番のようだ。さあ、いっしょに書斎に来なさい」

イザベルの父は窓に顔を向けていた。その横顔は険しく、心ここにあらずというように見えた。父は娘のグラスにはシェリーを、自分とトーマスのグラスにはブランデーを注いだが、グラスに口をつけようとはせず、立ったまま上の空で裏庭を眺めていた。イザベルは椅子に浅く腰をかけ、グラスを指でつかんでいた。

しばらくして父は振り向き、娘に形だけほほ笑んでみせた。「おまえも結婚したわけだから、おまえのお母さんが亡くなってからずっと私が禁欲的な生活を送っていたわけじゃないことは話してもいいだろうな。そう、おまえにわからないようにではあったが、ときおり私は愛人を作っていた」

自分のすばらしく精力的な夫と同じだけ、どんな男もあの行為に強い関心を抱いているものかどうかイザベルにはわからなかった。もちろん、父がさみしい思いをしていたかどうかなど考えたこともなかった。父はハンサムな男で、裕福で爵位を持っている。思い返せば、父のことをそんなふうに考えたことがなかったのは、子供の自己中心的な興味のなさのせいだった。

「わかるか？　どう答えていいかわからず、イザベルは小声で「わかるわ」と言った。

私は上流社会ではめずらしく、おまえの母親を愛していた。それでも私自身はまだ死んだわけではなく、ときおり――」

「わかるわ」イザベルは急いで口をはさんだ。「ただ、そのこととデヴォンがまちがった容疑をかけられたこととどう関係するのかちょっとわからなかっただけよ。お父様の行動を非難しようだなんて思っていないわ」

長い脚を伸ばして彼女の隣の椅子に腰を下ろしていたトーマスも、ブランデーのはいったグラスを手にしたまま、眉根を寄せて何がなんだかわからないという顔をしていた。

「娘が居合わせている部屋でこんなことを口に出すなど、思ってもみなかったことだ」イザベルの父はようやくブランデーのはいった自分のグラスのことを思い出したようで、手にとってすばやくひと口飲んだ。「しかし、もう一度思い返してみれば、紳士たろうとして早々に判断をくだしたことはまちがっていたのかもしれないな」

「おっしゃっている意味がよくわかりませんが」トーマスのハンサムな顔にもイザベルが感じているのと同じ当惑が浮かんでいた。「何のことをおっしゃっているんです？」

「デヴォン・オースティンがハンコックが殺されたタウンハウスから出てくるのを見た朝、私はひとりではなかった。しかも、この目で彼を見たわけではない。連れが彼を見たのだ。

しかし彼にちがいないと言い張るので、私もそれが真実だと進んで証言したわけだ」

イザベルは椅子にすわったまま背筋を伸ばした。驚きに唇が開いている。「なんですって？　お父様自身が彼の姿を見たわけじゃないの？」

言い訳するように父は言った。「私は馬車の反対側にすわっていたんだ。男が歩いているのはわかったが、顔まではっきりと見えなかった。連れのご婦人が名乗り出て、私とひと晩をともに過ごして家に帰る途中のことだったと言うわけにはいかなかったから、私には彼女の評判を守るよりほかに選択肢がなかった。しかし、若いオースティンがその晩ハンコックの息子と言い争いをしており、彼を殺した容疑をかけられていると聞いて、たとえエリザベスが名乗り出られなくても、私が真実を証言しなければならないと感じたのだ。なんと言っても人がひとり殺されているわけだから」

「どこのエリザベスです？」トーマスの顔が石のように固くなった。「まさかエリザベス・ダンワーシーではありませんよね」

イザベルの父の目が光った。彼は小さくうなずいた。「そう、そのエリザベスだ」

デヴォンの友人は痙攣するように椅子にすわったまま身動きした。「これですべての辻褄《つじつま》が合いはじめた。彼女もあの晩あそこにいたのはご存じですか？」

「あそこ？」

「デヴォンとハンコックのいさかいが起こったパーティーですよ」

父の頬から赤みが消えるのにイザベルは気がついた。「いいかげんなことを言うな！　エリザベスは淑女だぞ。そんないかがわしい場所に出入りするはずが――」

「デヴォンがすべての参加者の名前が書かれたリストを持っています。彼女の名前もそこにあります。この目で見ました」

「見まちがいだ。どうして彼女がそんな不埒な場所に行かなければならない？」

「こんなことを言って申し訳ないのですが、エリザベスはかなりの遊び人として知られていました。金持ちを利用して、付き合うかわりにギャンブルで負けた分の穴埋めをさせるんです。一度デヴォンに近づいてきたこともあります。あなたが先ほどおっしゃったとおり彼は血気にはやっていたかもしれないが、彼女の裏の顔を知っていたので拒絶しました。教えてください、彼女の借金を肩がわりしてやったことはありませんか？」

「私と彼女の関係は絶対にそういう類いのものではなかった」父の声のぎごちなさが、ことば以上に雄弁に真実を物語っていた。

払ってやったことはあったのだ。父の表情からイザベルにはわかった。「もし――」とゆっくりと口を開く。「彼女がサミュエル・ハンコックにだまされていたと気がついて、復讐したいと思ったとしたら？　借金を帳消しにし、その罪をほかの誰かに――それも自分の誘惑を拒絶した誰かに――なすりつける機会を見つけたとしたら？　建物からデヴォンが出てきたのを見たと証言したとしても、彼女がギャンブル好きだという事実が明るみに出れば、そんな証言もそれほど重要視されなかったでしょう。でも、お父様が彼を見たと証言すれば、それは重大な証言となるわ。お父様は彼女に秘密を守ると誓っていたから、名前が表に出ることなく彼女は復讐をはたし、自分を拒絶したデヴォンにも仕返しができたはずよ」

「まさか」父は突然十も年をとったように見えた。「そんなのは憶測にすぎないよ、イザベル」

「教えて、その人がそんなにすばらしい人なら、今もまだ会っているの?」

父は目をそらした。「いや」

「どうして? 親密な関係にあったなら、どうしてもっとその関係を深めようとしないの?」

つかのま沈黙が流れ、やがて父はため息をついた。「金を要求されることが多くなったので、彼女が魅力を感じているのが私自身なのか、それとも私の財産なのか、疑問に思うようになったからさ。私もばかではない。だから関係を絶った」

イザベルは勝利を確信して身震いした。自分のためでもあったが、おおかたは長いあいだ犯罪者とみなされて辛い思いをしてきた夫のためだった。「つまり、可能性はあると認めるのね? デヴォンのお祖父様は血の足跡を見たと証言したメイドが誰かにお金をもらって嘘をついたという明白な証拠をお持ちなの。血のついた足跡なんてなかったのよ」

父はグラスを口に運んだが、その手はかすかに震えていた。ごくりと大きくグラスの中身を飲むと、少しむせて咳払いをした。「おまえの言うことが真実である可能性を認めざるを得ないな。あの晩、彼女はとても遅く私のところへやってきた。会う約束をしていなかったので、私はすでに眠っていたから、正直驚いた。私がひそかに彼女を家に送っていったのはかなり夜も更けた時間だった。そのときにハンコックが部屋を借りている建物からデヴォンが出てくるのを見たと彼女が言ったのだ。当時彼女の住まいはそのすぐそばにあった」

「今はどこに住んでいるんです？」トーマスが椅子のそばにある小さなテーブルの上に音を立ててブランデーのグラスを置き、椅子から立ち上がった。「このことをデヴォンに伝え、そのご婦人と話をしなくては」

「彼女は数年前に裕福な老伯爵と結婚した。噂では夫の金《かね》を湯水のように遣っているそうだ。しかし、夫の名前によって彼女は守られるだろう」

トーマスは短く笑い声をあげた。「デヴォンからは守られませんよ。悪魔だって彼が汚名をそそぐのを邪魔することはできない」

イザベルにはトーマスの言うとおりだという気がした。

9

「申し訳ありません」男は歌うように言った。「奥様は今晩お客様をお迎えにはなりません」デヴォンは笑みを浮かべた。その顔に浮かんだ何かに不安を感じて執事が一歩あとずさった。「私には会うさ」

「おふた方は今お食事中でして、そ、その……」執事は口ごもった。脅しがはっきりと伝わったことがわかる。

「私のことはデヴォン・オースティン卿と呼んでくれていい」とデヴォンは言った。六年ぶりに公爵の爵位を受け継ぐ者であることに満足を感じていた。「王がそのテーブルについているとしても気にしない。正しい方向を指し示してくれればいい」

しばし執事は譲るまいとするかに見えたが、やがてびくびくとうなずき、廊下を指差した。

「左へ曲がれば、すぐにおわかりになります」

「来訪は自分で告げるから、心配しなくていい」デヴォンは執事が指差した方向へ歩を進めた。トーマスと渋々ついてきた義理の父がそのあとにつづいた。たしかに大きなダイニングルームが左にあり、開いた入口から、揺れるろうそくの明かりや長いテーブルの近くに控える使用人たちの姿が見えた。

今やレディ・セント・マークとなったエリザベス・ダンワーシーから告白を引き出すことは、イザベルへの愛を別にすれば、デヴォンにとって人生においてもっとも重要なことだった。デヴォンは今晩、いかなる手を使ってでも真実を暴くつもりでいた。

テーブルについていたふたりの人物が侵入者に驚いて目を上げた。エリザベスの顔がみるみる真っ青になるのを見てデヴォンは満足を覚えた。冷ややかに口を開く。「こんばんは、リズ。久しぶりだな。私がこうしてイギリスに戻ってきていて、六年前にハンコックの死に関して誤った容疑をかけられた汚名をそそぐつもりでいることを知ったら、きみも多少驚くだろうと思っていたよ」

背中が曲がり、髪の白くなった彼女の夫は震える声で訊いた。「いったいあんたは誰です?」

デヴォンはフォークを持つ手を皿の上で止めたままますわっている女から目を離さなかった。女の目には狼狽しつつも計算するような光があった。三十代前半でもまだほっそりと形のよい姿をした女は、つややかな黒髪をうなじのところで複雑な形に結っていた。顔は非常に美しかったが、その美しさにはデヴォンがどうしても好きになれない険しさがあった。自分が二十歳という若造のころにも、カードによる損失を穴埋めしてくれるだけ裕福な男を誘惑しようとする貪欲《どんよく》な彼女には警戒心を抱かずにいられなかったものだ。娼婦にもいろいろな種類があり、彼女ははっきりと金《かね》で体を売っているわけではなかったが、借金を返済するために、ホワイトチャペルの娼婦さながらに自分を売ったのはたしかだった。

デヴォンは彼女の夫にちらりと目を向けた。気の毒な男だ。妻より四十は年上にちがいない。「私はあなたの奥さんがギャンブルの借金をめぐって人を殺したときに、はめられて容疑者にされた人間です」

「正気じゃないわね」エリザベスはフォークを落とした。磁器に銀器があたる音が大きく響いた。

「私はアンソニー・スタンホープに会いに行ってきた。彼はすでにきみの共犯者だったことを認めたよ。血のついた足跡の証言をさせるためにメイドを買収し、バックランド卿の馬車が通りがかったときに私の振りをして建物から出てきたのも彼だ。スタンホープも黒髪で、遠くからちらりと見ただけでは見まちがう可能性はある。とくに連れがはっきり顔を見たと証言した場合はね」デヴォンは彼女にわざと明るい笑顔を向けた。「そこまでのことをさせるためにはきっと彼にもずいぶんと体をあずけたんだろうな。でももちろん、彼もきみと同じだけ復讐したいと思っていただろうから、きみがそのきれいな脚を開かなくても同じことをしたかもしれないが」

老いた伯爵が唾を飛ばしながら口をはさもうとした。「何を……」

「奥様の顔をごらんなさい、セント・マーク卿」

デヴォンの後ろにイザベルの父親が立っているのを見たエリザベスの顔は、驚きから残忍なものへと変わっていた。エリザベスははっきりと体を震わせながら立ち上がった。「出ていって」

「もちろんさ。きみが私に——ここにいるみんなにも——あの晩ほんとうは何があったのか教えてくれたらすぐにね。きっときみのご主人は自分が人殺しの女とベッドをともにしていることには気づいていないんだろうな。きみが真の貴婦人だったらけっして出入りしないような、あまりよろしくない場所にしばしば入りびたっていることもご存じないんだろうし。噂では、ご主人の財産を記録的な速さで浪費しているそうじゃないか」

セント・マークは訝るように目を細め、妻を見つめた。「そうなのか？」

「ハンコックを殺したのはあなたよ」エリザベスは両手をこぶしに握ってデヴォンをにらみつけ、それからかつての愛人に懇願するような目を向けた。「バックランド卿だってあなたがあの建物から出てくるのを見たのよ。お願い、リチャード、彼に言ってやって」

「残念ながらもう言ったさ。真実をね、エリザベス。きみのことばをあれほど簡単に信じたことは褒められたことではないが、当時私はきみもよくわかっているように、きみに夢中だったからね。しかし、だからといって、ばかなことをしてはならなかったんだ」

長年恨みつづけた男に感謝の気持ちを抱くというのは奇妙な感覚だったが、イザベルが父親について言っていたことは正しかった。彼は嘘つきではない。いまだに娘の結婚を認めていないことは明らかだったが、必要とあらば、おおやけの場で自分の証言が誤りであったことを認めると約束してくれていた。

「あなたはばかだったわ」エリザベスは顔に冷たい仮面を貼りつけて唾を吐くようにことば

を発した。

デヴォンは雄弁に語った。「国に残って自分を弁護しようとしなかった私もばかだった。まさかじっさいにハンコックを殺したのがきみだったとは思いもしなかったわけだが、たぶん、男と同じく女にだって火かき棒は振りまわせるだろうからね。きみがこれ以上の偽証をする前に知っておいてもらいたいんだが、われわれはすでに警察に届けてきた。まちがった証言をするようにきみにうながされたというバックランド卿の証言と共犯のスタンホープの証言があれば、治安判事にきみの有罪を確信させるのも容易だと思うよ、レディ・セント・マーク」

真っ赤な嘘だった。まだ誰にも接触などしていなかったのだから。デヴォンは真犯人にはっきり罪を認めさせるまで、自分がイギリスに戻ってきていることを知られてかつての容疑で裁判にかけられる危険を冒したくないと思っていたのだ。

エリザベス・セント・マークは夫をちらりと見やり、夫の助けは得られないと判断した。夫は老いてはいたがぼけてはおらず、顔に幻滅しきった表情を浮かべているのは明らかだったからだ。エリザベスは身を固くし、しばらくしてから言った。「何が望みなの?」

「自白書を書いてサインしてもらいたい」デヴォンはきっぱりと言った。「スタンホープによれば、きみたちふたりはハンコックを殺しに行ったのではなく、だましとられた金《かね》をいくらかでも返してもらうために行ったとのことだった。私がそれを信じているかどうかは自分でもわからないが、治安判事は信じるかもしれない。それでも、故意ではなかったとしても、火かき棒でまちがって誰かを殴るなどということはないはずだ、リズ。だからきみと取引しようと思う。私に自白書をくれたら、二日の猶予を与えよう。そのあいだにきみは姿を消せばいい。たしか、ハンコックの父親は数年前に亡くなっているから、父親から復讐の機会を奪うことにもならないしね」

エリザベスの夫が耳障りな声で言った。「自白するにしろ、しないにしろ、この家からは出ていってもらいたい。一時期、きみがどこで夜を過ごしているのか不思議に思ったことがあった。今は不快な疑念を抱かずにいられないね」

結局、エリザベスは根っからのギャンブラーだったのだ。彼女はデヴォンに苦々しげなまなざしを向けた。「二日ですって？」

「きみみたいにつての多い女にとっては充分な猶予なはずだ」

「地獄に堕《お》ちろ」

デヴォンはやさしい声を出した。「きみのおかげですでに一度堕ちたさ。それを忘れないでくれ」

「カードのすべての手がそっちにあるみたいだから、わたしはゲームから降りる以外にないようね」エリザベスはそう言って一部始終を呆然と見守っていた従者のひとりに横柄に合図した。「何か書く紙を持ってきて」

エピローグ

「なんていいお天気なの」イザベルは馬をうながして小さな茂みを迂回《うかい》させつつ、肩に暖かい陽射しがあたるのを感じて喜びのため息をついた。「イギリスはわたしにとっていつまでも故国ではあるけど、空がこんなに晴れて青いときには、島でいっしょに過ごした日々を思い出すわ」

隣で毛並みのよい鹿毛に乗っている夫はいつもの皮肉っぽい笑みを浮かべてみせた。はじめて会ったときと同じような恰好をしている。カフスをしていない白いシャツに、長い脚にぴったり合ったズボン、履き古したブーツといういでたち。つややかな黒髪は気まぐれな風になびいてハンサムな顔をとりまいている。

デヴォンは訊いた。「浜でともに過ごしたすべての時間について言っているのかい？　私の記憶がまちがっていなければ、きみは浜で過ごす午後をとても楽しんでいたようだった。最後にいっしょに過ごしたときはとくにね。あのときは何度きみを奪ったと思う？　少なくとも――」

「デヴォン」イザベルは笑いを押し殺しながらさえぎった。「多少はそのとんでもない舌を抑えようとしているんだと思っていたのに」

「あの日の午後をきみが本気で思い出したいと思ってくれるなら、この舌ももっと有効に使えるんだけどな」ぬけぬけとしたその笑みには官能的な約束がこめられていた。「外で愛を交わしたくてたまらなかったが、この場所なら人目につかない」

たしかにそうだった。ふたりがいるのはオースティン家の田舎の地所で、領地は広大だった。午後の乗馬に出かけてたどってきた道は小川に沿ってつづいており、前方にはピクニックにぴったりの小さな雑木林と平らなくさむらがあった。

ピクニックでなくとも、ほかの目的にもぴったりの場所。

「おや」デヴォンは銀色の目を細くした。「顔を見れば、きみが何をしたがっているのかわかるよ、情熱的な奥さん。いいだろう、私もその考えにそうだな、そう、熱烈に賛成というのがぴったりのことばだな。きみの喜ばしい体に紳士にあるまじき行いをさせてくれたなら、話すときにはとても紳士らしく話すと約束するよ。それでどうだい？」

いつもながら、デヴォンはそばにいるだけで情熱に火をつける力を持っていた。イザベルは無関心を装って眉を上げたが、鼓動は速くなり、期待に胸がしめつけられた。「どうかしらね、デヴォン。あなた、紳士らしい話し方を知っているかしら。何か華やかなことばを言って、ご自分が洗練された立派な紳士であることを証明してみて。そうしたら賛成してもいいわ」

「それは挑戦かな、レディ・イザベル？」デヴォンは馬を停めてひらりと馬から降り、彼女が馬から降りるのに手を貸そうとそばへ来た。両手で腰をつかむと軽々と鞍から持ち上げる。

イザベルが見上げると、彼の銀色の目にはやさしい光が宿っていた。「ええ」と彼女はささやいた。地面に下ろされてからも彼の手は彼女の体から離れなかった。

「そういうことばはひとつしか思い浮かばないな」デヴォンの声がほんの少し揺らいだ。

イザベルは鼓動が速まるのを感じながら目を上げた。「それって？」

「愛してる」

デヴォンの容疑が晴れ、将来はふたりで安定したふつうの生活が送れるのではないかという希望が芽生えてからずっと、彼が心の鎧をとり払って自分の感情を認めてくれないものかと願いつづけてきたのだった。しかしひと月が過ぎ、今のこの瞬間まで彼は自分の思いを口に出してくれなかった。

震える手を上げ、イザベルは彼の下唇をなぞった。「あの競りの台の上に立たされたときがわたしにとって人生最悪の瞬間だったことをご存じ？　それが人生最高の瞬間につながるなんて皮肉じゃない？」

「皮肉なのは、私が人の人生に喜びをもたらす存在であると信じた誰かがいたということさ。きみに出会うまで、私に救いは何もなかったんだ、美しいイザベル」

「わたし――」

デヴォンにキスで口をふさがれ、イザベルの頭から言おうとしていたことばが飛び去った。焼けつく南国の太陽に匹敵するほど熱く美しいキスだった。デヴォンにくさむらに押し倒されて服を脱がされるのをイザベルはもどかしい思いで手伝った。愛を肉体的にも確認し合ってともに頂点に達すると、彼がまだ自分のなかで動いているのを感じながらイザベルは至福の悦びに満たされた。自分たちが性的な意味だけでなくほんとうに親密な存在になったことが強烈に意識された。

あとになって満たされた思いで彼の固い胸に顔を寄せながら、イザベルは思った。この悪魔との取引は結局は天国からもたらされたものだったのね。

アリアドネの糸にみちびかれて

主な登場人物

ブリタニー・トリヒューン……………………子爵令嬢。
アダム・キンモント…………………………考古学者。
テレンス・トリヒューン……………………ブリタニーの父。ヘッドリー子爵。
ラウル・サン・ヴィア………………………フランス人考古学者。

1

ギリシャの陽射しが金色のハンマーのように打ちつけるなか、シラサギが優雅な翼を広げて空に舞い、つややかな緑の葉と小さな黄色い花を持つ木が生い茂る木立のなかへと姿を消した。レディ・ブリタニー・トリヒューンは小川がよどんでできた水たまりの端に腰を下ろし、足をつけた水の冷たさにひと息ついていた。脱いだシルクのストッキングと靴は横に置いてある。膝までスカートをまくり上げているのは淑女らしからぬことかもしれなかったが、そのほうがずっと涼しかった。いずれにしても、発掘隊は海の近くの発掘場所で作業しており、ここからはかなり離れたところにいた。

そう、父の発掘隊のほとんどは。背の高い影が水に落ち、透明な水に顔が映るまで、誰かが近くにいるとはまったく思いもしなかった。

「おやおや、どうしたんだ？　嘘だろう、育ちのいいイギリスのご婦人がスカートをまくり上げているのか？」

最悪だわ。もちろん、アダム・キンモントに決まってる。もちろん。

最初は反射的にきちんとスカートを直そうと立ち上がりかけたが、すぐに、男がなぜ女の踵《かかと》やら裸足《はだし》の指などをちらりと見ただけで興奮するのか、わかったためしがないと思い直した。そこでそうするかわりに、半身振り返り、すぐ後ろに立っている男を見上げた。「気づいていないかもしれないけど、地獄《ハデス》よりも暑いぐらいなんですもの」

「そりゃあ、気づいてるさ」

彼が身に着けている服は汚れていて、片方のこけた頰には何か黒っぽいしみが走っていた。黒い髪は濡れた束になってもつれ、神話に登場する神々のモデルにされるような顔をとりまいている。その顔はすっきりしていて否定しようがなくハンサムだった。弧を描く黒い眉が目の鮮やかなハシバミ色をきわだたせ、鼻はまっすぐで頰骨が高かった。美しい形の口は彼らしくあざ笑うような形に曲がっている。白いシャツは午前中の激しい労働のせいで黄土色に変色し、汗で濡れて広い肩に貼《は》りついていた。「そう、その点ではわたしに賛成してくれるようね」

ほっそりとした腰に手をあて、彼は眉をぴくりと動かした。「ご婦人に反対することはないさ。ご婦人が心配されるほど頻繁《ひんぱん》にキャンプから迷い出るべきではないと意見することはあるかもしれないが。きみがいなくなっていることにお父さんが気づいてぼくを探しによこしたんだ、ブリット」

いやがっているとわかっていて彼がブリットというあだ名を使うのはよくあることだったが、ブリタニーはわずかに身をこわばらせた。「わたしは羊や牛じゃないわ。だから、あなたが言うみたいに迷い出たりはしないわよ、アダム。ご覧のとおり、なんの問題もないの」

「クレタは至極安全な場所とは言えないからね。率直に言って、大昔から人が住んでいた場所にしては、とくにこのあたりの山岳地帯はあまり文明的じゃない。ひとりでぶらついたりしてはだめだ。ただ、ひとつだけきみが正しいことがある。ここの水にはそそられるな。子守りを命じられ、仕事を中断してきみを探しに来たわけだから、ぼくも少し涼をとってもいいかもしれない」

「わたしのことは気にしてくれなくていいのに」ブリトニーは鋭い怒りを感じた。というのも、このギリシャ行きの話が出たときに、彼女が同行することにアダムがおおやけの席できっぱりと反対したのを思い出したからだ。彼は彼女の能力に価値を認めていなかった。もともとそんなものがあると思っていないと言ってもけっして過言ではなかった。

「気にしないわけにはいかないな。お父さんに頼まれたんだから」

ブリタニーががっかりしたことに、アダムは近くの岩に腰を下ろし、ブーツを足から引き抜いた。さらに悪いことに、長い指が——優美ではあるが男らしい指が——シャツのボタンに伸び、それをはずしはじめた。

ブリタニーは目をそらした。が、思わずそうした反応を見せた自分に心のなかで激しく毒づいた。考古学者の娘として、シャツを着ていない男たちはしょっちゅう目にしてきた。現地雇いの男たちは発掘先の地域の気候のせいで、だぼだぼのズボン以上のものを身に着けて作業にあたることはまれだったが、そのことに驚いたことは一度もなかった。アマゾンで男性器を覆っていない男を目にしたこともある。

しかしアダム――いいえ、最近騎士の称号を授与されたのだから、今はサー・アダム――となると話はちがった。傲慢《ごうまん》で、専横で、ときおりさしでがましいとしか言いようのない態度はとるものの、彼はきわめて魅力的な男でもあった。

地獄にまっさかさまに堕《お》ちるといいんだわ。

彼が水にはいる小さな音が聞こえたが、ありがたいことにズボンは身に着けていた。ブリトニーはまつ毛を伏せながらもその下からのぞき見ずにいられなかった。思ったとおり、胸はブロンズ色で筋肉がぴんと張りつめている。彼が山から海へ向けて流れる小川へとはいっていくのを見ながら、サラは急いで立ち上がって靴をつかみ、その場を去りたくなる衝動と闘った。

そんなことをすれば、逃げたことになる。それだけはお断り。そこで、無頓着《むとんちゃく》でいるように見せようと、裸足の踵で水を打った。「今日は多少進んだの？」

「くそっ、ここの水は氷みたいだ」体のある部分が水のなかにつかると、アダムの顔に少しばかり痛みに耐えるような表情が浮かんだ。水はほっそりした腰のあたりまで来ている。

「すばらしい感触だと思うわ」まじめな顔でブリタニーは言った。笑い出したくてたまらなかったのだが。

「男だったら、そうは思わないかもな」アダムはそうつぶやき、やがて首を振った。「いや、探している宮殿は影も形も見あたらない。ただ、あるのはたしかだと思うけどね」

「伝説のもととなった宮殿としてはクノックスのほうが理にかなっているわ」半裸で目の前

にいる彼について考えるよりも、前々からくり返してきた議論のほうがましだった。「あれだけたくさんの部屋が埋まっていたんだもの。下にはもっとあったかもしれないし」

「ミノア人についてはあまりよくわかっていない。彼らの文字もまだ読めないからね、ブリット。でも、巻物に描かれている絵を見ると、われわれが今掘っている場所と地形がよく似ている。掘る意味はあるはずだ」

長いまつげに縁どられたアダムの目はとても印象的だった。鮮やかなハシバミ色の目はときに金色に見え、ときにエメラルド・グリーンに見えた。彼が悪名高き迷宮《ラビュリントス》の探索とそれにまつわる伝説について語るときには、その目に特別な火が燃えて光るように見えた。

ブリタニーは首を振った。「わたしもその巻物にさわってみたけど、そこまで古くないものだったわ」

「ぼくにはそんなばかげたことを聞かせないでくれ。考古学者なんだからね。命を持たない物体にさわっただけで、その歴史がわかるときみが思いこんでいるのはわかる。ただ、ぼくは疑わしいと思っているけどね。それはわかってもらえるはずだが」

彼がそのことばどおり疑っているのはまちがいなく、これまでそのことを侮辱的なほどにあからさまにしてきたのもたしかだった。「父にはわたしの能力が本物だとわかっているわ」ブリタニーは顎をつんと上げた。「それに、過去にその力が何度も父の役に立っているのよ」

アダムは数フィート離れたところで裸の胸に水をかけながら金緑色の目を光らせた。「きみのお父さんはきみに甘いからな」

「それはどういう意味？」

「月がガチョウの羽でできていて、眠るのに心地よい場所だときみが言ったなら、きみのお父さんは枕と毛布とテントを腕にかかえて毎晩月へ飛ぼうとするだろうよ」

「父には正しい判断ができないって言いたいの？」

アダムは無表情を仮面のように顔に貼りつけた。「彼がとても美しくてとても頑固な娘を甘やかしていると言いたいだけさ」

彼のまなざしが半分むき出しにして水にひたした脚に向けられていなかったら、ブリタニーはもっと怒っていたことだろう。彼女はただ挑むように冷ややかな目を彼に向けた。

「ミスター・キンモント、お世辞はもっとうまく言ったほうがいいわね」

「きみはきみにぴったりの場所であるロンドンに戻れば、大勢の崇拝者にお世辞を言われ、きみの目の色やしみひとつない肌についてのたわごとを書いた詩を贈られるんだろうけどね」

「ありがたいことに、わたしが何をしようとあなたの指図を受けることはないわ」ブリタニーはわざと甘ったるい調子でことばを発した。

彼の顔に何とははっきり言い表せないものがよぎった。「そうだな」彼は曖昧《あいまい》な口調で認めた。「それでも、きみがキャンプにいるべきなのにそれを拒むから、ぼくは発掘現場で働くかわりにここでこうしてきみの番犬の役割をはたさなければならないわけだ。ぼくが指図するとなれば、きっときみも従順でいることの利点を学ぶだろうよ」

あまりに失礼なことばに、ブリタニーは一瞬ことばを失った。父にかなりの自由を許されているのはある程度真実だった。それでも、真に危険な場合は父の指示に従うだけの分別は持ち合わせていたので、アダムが彼女の同行に激しく反対した理由はわからなかった。しばらくしてブリタニーは言った。「あなたが女の従順さについてどんな古臭《ふるくさ》い考えを持っているかはわからないけど、どうやって従順にさせるのかとても興味があるわね」

アダムは水のなかを近づいてきて、若干目を細くした。むき出しの胸が木漏れ日を受けて光り、肩の広さが目を引いた。「きみがぼくの妻だとしたら、ぼくが決めた場所に留まっているように命じるだろうね。それに従わなかったら、反抗する子供にするように膝に乗せておしおきする。きみはまるで反抗する子供みたいになることが多いから」

妻？

どこからそんな発想が浮かんできたの？

もっと最悪なことに、どうして心臓がこんな変な鼓動になるの？　父の若い弟子がとても見映えのする男であるのはたしかだったが、見た目のいい男ならこれまでもそれなりに会ったことがある。それでも、アダム・キンモントほど強い影響をおよぼす男はいなかった。とはいえふたりは、四カ月前にはじめて出会った瞬間からぶつかり合ってきたと言ってもよかった。アダムの言うことはあたっていた。男は言い寄ってくることがふつうで、一挙一動を批判する男などいなかった。

ブリタニーは息をついた。「あなたが暴力に訴える人であっても、驚かないわね」

「じっさい、ふつうはそんなことはしないさ。ただ、こんなことを言って悪いが、尻を思いきりたたいてやることはきみには効果があるかもしれないと思うね、ミス・トリヒューン。要するにきみは甘やかされた子供だということだ」

「わたしのほうはあなたの女への態度はあり得ないほどに差別主義者のそれだと思うわ」

さらに一歩近づいてきた彼は目の前にそびえるようで、顔を見るには頭をそらさなければならないほどだった。「きみはクレタ島にはなんの用事もないわけだからね。ぼくがいつもはご婦人にどういう態度をとるかということはそれとはまったく関係ない。正直に言ってきみは気を散らす存在なんだ。男たちはきみを見てしまう。彼らを責められないと思うね。自分がとてもきれいだということはきっときみ自身よくわかっているはずだ」

アダムがあまりに近くに来たので、手を伸ばせば濡れた胸に届くほどだった。肌は清潔な香りを発している。男らしくぴりっとした香り。「つまり、わたしは甘やかされていて、役に立たない存在ってことね」

「きみみたいな外見の女はうぬぼれないようにきつく抑えつけなければならないはずだ」驚いたことに、アダムが長い指を伸ばして頬に軽く触れてきた。

ほんとうに世界一最悪の褒《ほ》めことばをくれる男だ。ブリタニーは少し後ろに身をそらした。彼があまりに近くにいることでおちつかない気分になったのだ。突然身震いするほどの興奮を覚え、少しめまいがした。

何かが……

目の前で何かが光った。水面がちらちらと揺れ、中央に腰まで水につかったふたつの人影が見えた。男は長く黒い髪を革ひもで後ろにしばっている。ブロンズ色でたくましい裸の体が光っている。じっさい、ふたつの人影はどちらも裸だった。ブリタニーはその幻影が揺れてはっきりとした像を結ぶのに驚いた。女はほっそりした体つきで青白い肌をしており、裸の胸を男に押しつけるようにして男とキスをしている。女はため息をもらし、男の口が喉に沿って降りると頭をそらした。男は胸のふくらみに口を下ろし、固くなった頂きを見つけた。飢えたように唇がそれをふくんで吸う。

息を呑《の》むような情景だった。男が位置を変え、水から腹のほうへと突き出している長いものが見えた。そそりたつ男のそれは、ブリタニーが想像していたものとはまったくちがった。ブリタニーが見ていると、女は声をあげて身を震わせた。男の口はまだ女の胸を愛撫《あいぶ》している。女は男の広い肩をつかんだ。

そのときブレスレットが目にはいった。金色かブロンズ色で、女の二の腕に巻きついている。そこに刻まれたしるしがはっきりと見えた。突然男に体を持ち上げられ、女は声をあげた。男が腰を前に突き出すと、女は脚を男のほっそりした腰にまわした。

ふたりの恋人たちがひとつになり、あえぐような声で発せられたそのことばはあたりにはっきりと響きわたった。

女が男の名前を叫んだのだ。

それはブリタニーの知っている名前だった。

なんと愚かしいことをしてしまったのだ。

アダムは女の扱いにはかなり慣れた人間だと自負していた。少なくとも、横暴なくそ野郎のような態度をとることはなかった。しかし残念ながら、ブリタニー・トリヒューンには洗練された男として振る舞う能力を失わされる気がした。ふたりはいやになるほど頻繁にけんかをした。というのも、子爵の娘が棘《とげ》のある舌と強情な性格の持ち主だったからだ。

それでも、これまでは気絶させるようなことはけっしてなかった。

少なくとも、何が起ころうとしているのか気づいたときに、彼女の体を抱きとめるぐらいの正気は保っていた。セイレーンさながらにほっそりした魅力的な脚を冷たい水につけて目の前にすわっている彼女を岩から引っ張り起こしたいという衝動と闘っていたと思ったら、次の瞬間には彼女の目が閉じ、きれいな顔がキャンバスから絵具が消えていくように真っ白になるのを目にしたのだった。彼女が倒れる前にその体を抱きとめたのは反射神経のたまものだった。何度も彼女を腕に抱く想像をしたものだったが、こんなふうに現実になるとは思ってもみなかった。

いったい何があったんだ?

アダムは美しい体を抱えて水から出た。彼女の胸が一定の調子で上下するのを見てほっとする。レモンの木立の木陰に小さなくさむらがあったので、そこへ彼女を運び、そっと下ろした。ほどけた金色の髪がとりまいている血の気のない顔はぴくりとも動かなかった。

さっきはただお説教をしていただけではなかった。彼女があまりに美しいせいで心の平静を保てずにいたのだ。

どうしていいかわからず、アダムは彼女を見下ろした。濃い金色の眉、小さく繊細な鼻、ピンク色のやわらかそうな口。長いまつ毛が石膏《せっこう》のような頬に降りている。体つきはほっそりしているが、女らしい部分は喜ばしいほど肉づきがよかった。その体からぐったりと力が抜けている。アダムはどうしてこんなふうに突然気絶したのだろうと訝《いぶか》りながら、彼女の手をとってこすったが、効果はなかった。ペールブルーのドレスのスカートは倒れそうになった体をつかまえたときに水につかっていた。その湿った布をほんとうは逆にまくり上げたいところを、形のよいくるぶしのほうへと引っ張り下ろす。

「ブリット？」アダムは彼女のそばに膝をついた。心配で胸に塊がつかえた。

尊大で高飛車な保護者のように説教を垂れるなど、自分は何様のつもりだったのだろう？まるで彼女の行動を批判する権利が自分にあるような態度をとってしまった。彼女が何時間も前に出かけ、どこへ行ったのか誰も知らないと聞いたときに、動揺したせいだ。幸いすぐに彼女は見つかったのだが、彼女が絵のように美しい小川のそばにまるで木漏れ日を浴びる金の天使のような様子で穏やかに腰を下ろし、裸足を水につけて顔に夢見るような表情を浮かべているのを見て、安堵《あんど》のあまり怒りに駆られたのだった。家出した子供をとり戻した親の心境だった。

アダムは彼女の身を案ずるのにうんざりしていた。方法があるのならば、彼女自身のためにどこかに監禁してしまいたいぐらいだった。

もちろん、自分だけは彼女に会えるようにして。

小さなため息が聞こえ、アダムはナイフで全身を切り裂かれたような気がした。まつ毛が震え、持ち上げられる。彼女のまなざしははじめは焦点が合っていなかった。その目の色は変わっていて、ブルーではなく、どちらかと言えば深いスミレ色だった。その深い色の目をのぞきこむと、いつものように自分のなかに抑えきれない欲望が湧《わ》き起こるのを感じた。今はもっともそれにふさわしくない時だったが。

ブリタニーはまばたきした。当惑もあらわにアダムを見上げながら口を開き、やがてささやいた。「あの人たちがここにいたわ」

「え？」アダムはまだ彼女の手をにぎっており、力づけるように指にこめる力を少しきつくした。

「アリアドネとテセウス」ほっそりした片手を額にあて、ブリタニーはなめらかな弧を描く眉を寄せた。「ここへ……よく来ていたのよ……」

古い神話について語る彼女にアダムは首を振ってみせた。彼女が真っ赤になるのがわかる。

「そんなのは作り話さ、ブリット。そのふたりは架空の人物だ。ポセイドン神が女王を雄牛と恋に落ちさせ、ミノタウロスを産ませたとされるのが作り話であるのと同じで。ラビュリントスがこの島のどこかにほんとうにあるとしても、それ以外は単なる伝説だ。きみは太陽にあたりすぎたんだよ、ブリット。それで意識を失った」

「見たのよ。彼女は彼のこと、名前で呼んでいた」ブリタニーはふいに身を起こした。結った髪からほつれた薄い色の束が背中に落ちた。「ああ、アダム、水のなかにいたの。ブレスレットをしていたわ。それを見つけなくては」

心底当惑し、アダムは首を振った。「いったいなんの話をしている？　頼むよ、ブリット、キャンプに連れ帰らせてくれ。運んでいってあげるから」

「雄牛のしるしがブレスレットに彫られていたの」

雄牛はミノアの象徴としてよく知られていたので、アダムは彼女がそう言っても驚かなかった。しかし、赤くなった頬が気になった。「どんなブレスレットだい？」

「彼女がここにつけていたのよ」そう言ってブリタニーは自分のほっそりした二の腕を示した。「それに彼女はブロンドだったわ。わたしみたいな。彼はあなたのように黒い髪だった。たぶん、あなたと口論したせいで――それかたぶん、あなたに触れられたせいで、啓示を受けたのね」

ああ、神よ、救いたまえ。またばかばかしい啓示の話を聞かされるのはまっぴらだ。「きみは気を失ったんだ。今すぐきみをキャンプに連れて帰るよ。ブーツを履くから待っていてくれ」

「わかってないのね」ブリタニーは髪が乱れていることに気づき、彼をにらみつけながらピンでそれをまとめようとしたが、うまくいかなかった。「ここにいるのを見たの。水のなかで愛を交わしていたのよ」

自分の心がどうしてもみだらなほうへ向かうのを考えれば、そういう話を聞かされる必要はなかった。性的な目的で水辺を使いたいと思う者がいるとすれば、自分こそがそうだった。麗しいブリタニーとともに。

自分の師でもある裕福で権力を持つ男の愛娘は、自分の劣った出自と比べて、ずっと上流の貴婦人だった。

あり得ない。

髪の毛と格闘するために腕を上げているせいで、そそるような胸のふくらみがよりはっきりとわかる。濡れたズボンはじっとりと冷たく感じられたが、アダムは自分が固くなりつつあるのを感じた。

ああ、やめてくれ。

アダムは腰を下ろしてブーツを履き、ひょいと彼女を抱き上げた。シルクのスカートが揺れ、彼女が留めようと格闘していたピンがすべてはずれて金色の髪が広がった。ブリタニーは怒りのあまり小さく息を呑んだ。アダムはそれを無視し、くさむらを出て峡谷の反対側へ向かった。

「さあ、連れて帰るからな」彼は歯を食いしばるように言った。「それで今度はきみもじっとおとなしくしているんだ」

2

いったいどうしたというのだ？

ヘッドリー子爵のテレンス・トリヒューンは、仲間の考古学者が発掘場所のそばにある峡谷の反対側から現れるのを見て、不安に駆られて立ち上がった。若者の腕に抱かれているのが自分の娘であることは見まちがえようがなかったからだ。明るい色の髪が金色の垂れ幕のように背中に降りている。ほっとしたことに、娘がけがをしたとしても、深刻なものではなさそうだった。というのも、かなり離れた場所からでも、ふたりが言い争っている声が聞こえたからだ。

驚くことではなかった。というのも、このふたりは言い争うことでしか交流し合えないようだったからだ。

テレンスはつるはしを脇に置き、ほこりっぽい道を登ってふたりを出迎えた。「どうした？」

「わたしを下ろすようにこの人に言って」娘がきっぱりと言った。疑わしいほどに頬をピンクに染めている。「わたしは全然問題なく歩けるんだから。もちろん、この人が靴とストッキングを置いてきてしまっていなければの話だけど」

「気を失ったんです」アダムはブリタニーのことばなど発せられなかったかのように、それに従う素振りも見せず、依然軽々と彼女を抱いたまま言った。

「正確にはそういうことじゃないわ」

「ぼくがそこにたまたま居合わせました。正確にそういうことです」

「そういうことでもいいけど、だからといってわたしを荷物か何かのように運んでいいことにはならないわ」

「あのときはそうしたほうがよさそうだったんだ」彼女を抱いている男は顔におもしろがるような表情を浮かべた。

「ねえ、あなたって――」娘はキンモントに険しい目を向けたが、彼を言い表すことばを見つけられないようだった。

テレンスが口をはさんだ。「テントに戻ってから何があったのか話してくれればいいよ、ブリタニー。アダムの言うとおりだ。気分が悪いなら、少し横になったほうがいい。私もふたりといっしょにキャンプまで戻るから」

その件に関してそれ以上の言い争いを避けるために、テレンスは先に立って歩きはじめた。野営地は遠くなく、左手には有名な白山脈の山麓《さんろく》の丘がはっきりと浮かび上がっていた。発掘隊はセイヨウズオウの木があちこちに生え、異国の花――テレンスのイギリス人の目には異国の花に見えた――の香りがただよう山脈の一方の側に、きれいな平地を見つけていた。

ふもとの海に向けてゆるやかにくだっている山々は、何世紀ものあいだにじょじょに浸食され、ときおり押し寄せる津波によって削られていた。その津波が大昔、今探している文明の運命を決めたのかもしれなかった。そこはクノッソスの南で、ほとんどの学者が主たる宮殿があったところと信じて疑わない場所だったが、入り江の水深から言って、船を寄せるのに願ってもない場所であることから、おそらくは一部が津波にさらわれる前のミノア文明の中心地だったにちがいないとテレンスはかなりの確信を抱いていた。

これまで誰にも知られることのなかった重要な都市を見つけることは、考古学者としての最高の栄誉となるはずだった。クノッソスの発掘現場で見つからなかったラビュリントスがこの人里離れた美しい場所にあったのだとしたら、それはなんとも言えずすばらしいことだ。神話が息を吹き返し、プラトンが記した失われたアトランティス大陸ほども有名な古代の伝説がほんとうであったことを証明できるのだ。

しかし、今までのところ、いつの時代のものであってもおかしくない壊れた陶器がいくつか見つかったぐらいで、さしたる発見はなかった。研究者はみなそうだが、考古学者にも我慢が絶対的に必要だ。悟りを開いたかのようにそう自分に言い聞かせると、テレンスは小さな峡谷のそばに立てたいくつものテントのほうへと向かった。清涼で光り輝く峡谷の小川は滝となって海に流れこんでいる。

ブリタニーには一番大きなテントを与えていた。美しい娘が父が選んださいはての地へ同行する際、娘がいかに居心地よく過ごせるかがいつも一番の心配だった。不満たらたらの荷物を抱えたままアダムがなかにはいれるよう、テレンスはテントのフラップを押さえてやった。若者がベッドへと向かおうとすると、ブリタニーが声を殺して何か言った。犬猿の仲にもかかわらず、アダムはブリタニーをとてもやさしく毛布の上に下ろした。

テレンス自身は性的な興奮を覚えなくなって久しいが、それがわからないほどぼんくらになってはいなかった。キンモントは隠そうとしていたが、娘に惹かれているのは明らかで、ブリタニーのほうも父のハンサムな助手に無関心でいられないのはたしかなようだった。

もちろん、ふたりが言い争いをやめてふつうに口をきくようになっていたなら、ふたりともそれを認めていたかもしれない。テレンスはアダムの裸の胸を見て娘が赤くなっているのと、娘が髪を乱しているのを見てとった。「娘が髪を乱して半裸の男にキャンプに運ばれてくるというのは少々異常なことだな。きみたちのどちらかがまず何があったのか説明してくれ。そのあいだもう一方は自分の番が来るまで口を閉じているんだ」

今度は少し顔を赤らめるのはアダムの番だった。「娘さんに話してもらいます。ぼくが何を言っても、彼女はすべてのことばに異を唱えるでしょうから。ぼくは小川のところへ行って自分のシャツと彼女の持ち物をとってきます。そのあとで少し仕事を終えるつもりです」

アダムはフラップを開けて外へ出た。テレンスは笑いたくなるのをこらえながらベッドのところへ行って端に腰をかけた。ブリタニーのほっそりした手をとる。「ほんとうに気分は悪くないのかい？」

「大丈夫よ。ちょっと啓示があっただけ」

テレンスは神経をとがらせた。娘のスミレ色の目をのぞきこむ。その目の色はつねに亡くなった妻を思い出させた。まだ胸の奥底に痛みをもたらすほど恋しい妻を。ブリタニーが独特の能力を持っていることは、彼女がまだ幼いころ、エジプトの魔よけの札を手にとって尋常ならざる正確さでその持ち主の名を告げたときにわかったのだった。それは若くして亡くなったあまり知られていない女王だった。そのときブリタニーは五歳で、彼女の告げた名前が正しいことがわかってテレンスは完全に度肝を抜かれた。そのときからブリタニーは、専門家がその目的や出所がわからずに首をかしげるような物がなんであるかを何度も言いあててきた。そういうことは異常であるとか、淑女らしからぬことであるとか、単に真実ではないとか考える人がほとんどだったため、父娘のどちらもそのことをおおやけにはしなかったが、アダムには話してあった。キンモントが信じていないのは明らかだったが、テレンスはこの発掘調査のあいだに彼がその考えを変えるのではないかと思っていた。「何に触れたんだね？」

ブリタニーは縦皺《たてじわ》を寄せて首を振った。「ただあっただけ。何にも触れてないわ。あそこの谷の小川を登っていくと、きれいな水たまりがあるの。そのそばにすわって足を水につけていたら、そこへアダムがやってきたの。彼が来るまでは何も問題はなかった。彼が水にはいっていって、わたしに触れたら、それが見えたの」

テレンスは眉を上げた。「触れた？」

「たいしたことじゃないわ」ブリタニーは顔をしかめた。「わたしがここにいることについて、いつもみたいな言い争いになったの。その問題になるとどうして彼があんなに反対するのか理由がわからないわ。ほかは誰も気にしていないようなのに。これまでだってわたしはお父様といっしょに世界じゅうを旅してまわってきたというのにね」

テレンスにはアダムが気にしている理由がよくわかった。抑圧された欲望は集中力を高める役には立たない。アダムは非常にひたむきな研究者で、この発掘にはとくに熱意を注いでいた。しかしブリタニーがそばにいるときには、彼はできるだけ人に知られないように彼女を見つめる以外のことはあまりできずにいた。

テレンスは娘の手を軽くたたいた。「そのうちおまえがいることにも慣れるさ。まだこの島に来て数週間しかたっていないからね。さて、その啓示について話してくれ」

「水のなかに男と女がいたの。抱き合っていた、いえ、その……じっさいはもっと」

「恋人同士だったのか？」

「ええ」顔に恥ずかしがるような表情が浮かんでいるのを見ると、それが箱入り娘には――変わった場所に多少連れていったことがあるとはいえ――少々生々しい情景だったとわかった。娘がもっと幼かったころには、ちゃんとした家庭教師をつけて監督や付き添いを頼み、護衛の人間もつねにつけていた。しかしブリタニーももう二十歳で、美しい姪《めい》を社交界にデビューさせたいと熱望しているロンドンの姉のところに置いてきてもよかったのだが、娘はいっしょにクレタ島へ来ると言ってきかず、好きなようにさせたのだった。旅の途中、娘のメイドが病気になり、家へ送り返した。その後、日ごろ慣れた贅沢《ぜいたく》なしにうまくやってきたかどうかについては、娘に合格点を与えなければならなかった。

しかし、今この瞬間は、娘が目にしたことについて自由に話せる女がそばにいてくれたならと思わずにいられなかった。テレンスは咳払《せきばら》いをした。「その男女が何をしていたのか正確に語ってくれる必要はない。今聞いたことで想像はつくから。目にしたことが何を意味していると思うか、教えてくれ」

「女は男のことをテセウスと呼んだの」

そう聞いてテレンスは驚いた。知るかぎりにおいて、ギリシャの王アイゲウスの息子はラビュリントスと同じだけ神話にすぎなかったからだ。神話では、王子はみずから進んで父王がミノス王に毎年捧げているいけにえに加わったとされていた。王子のねらいは、悪名高き迷宮に棲《す》み、そこへ送られた不運ないけにえをむさぼり食う、半分人間で半分雄牛の恐ろしいミノタウロスという化け物を殺すことだった。伝説ではそう言い伝えられている。考古学的検証は得られていないことばかりだ。

どう応じていいかわからず、テレンスは「なるほど」とだけつぶやいた。

ブリタニーは父の表情を正確に読みとった。「お父様もアダムといっしょね。わたしがその伝説を熟知しているから、太陽を浴びすぎて幻覚を見たんだと思っているのよ。それで、当然のようにテセウスの名前を白昼夢のなかに登場させたって。問題は女のほうが雄牛のしるしのついたブレスレットをしていたってことなの。それに……ひとつだけ、想像したとは思えないことがあって。その男、その、彼はその……とても大きかったの。わたしはぎょっとしてしまったわ。思いもしないことだったから」

ブリタニーがそそりたつ男性器について話しているのは明らかだったが、それが話題に出たことで父娘のどちらがより居心地悪い思いをしているかテレンスにはわかりかねた。

テレンスは立ち上がり、現地の甘いワインの瓶が小さなバケツにはいった冷たい水につけられているところへ行き、瓶の中身を隅にある簡易テーブルの上からとったふたつのグラスに注いだ。ブリタニー付きのメイドはいなかったが、テントのなかはきちんと片づいており、日陰になっているせいか、外の焼けつくような陽射しに比べて涼しかった。

まだベッドの上にすわったまま、娘は期待するような表情を顔に浮かべてワインのグラスを受けとった。テレンスは言った。「おまえの話はほんとうだと思うよ。テセウスが実在していて、この近辺にいたとしたら、われわれもまさしく正しい場所にいるということになる。問題は、じっさいの遺物に触れることなくどうして啓示が現れたかということだ。これまではなかったことだろう?」

「ええ」とブリタニーは認めた。

「おもしろい」テレンスはそれ以外に答えることばを思いつけなかった。

肌に走った寒気は、水の凍るような冷たさとは関係なかった。アダムは水たまりの底から拾い上げた物を手に持ってそこに立っていた。毛穴にいたる体のすべての穴や神経組織の先端まで信じられないという思いが広がる。ブリタニーが言い表したそのままに、磨きこまれた金属で作られている。何千年も変色せずにいるところからしておそらく金だろう。中央はほぼ完全な輪となっていて、端に行くほど細くなっている。職人の手による最高級品だ。さらに印象的なのは中央に彫られたしるしだった。たくましい肩と恐ろしげな角を持つ雄牛。

アダムは岩の上にすわっているブリタニーの目の前に立ったときにそれを踏みつけたのだったが、そのときは彼女がクレタ島に同行したことがどれほど望ましくないことか、説教をするのに夢中で、足の下になかばやわらかい砂に埋もれた、奇妙な輪の形のものがあることはかろうじて意識している程度だった。

あのとき自分がブレスレットに触れていたのは疑う余地のない事実だ。そしてそれから彼女に触れたのだった。

ブリタニーはそうした間接的な接触によって啓示を受けたのか。

あり得ない。

いや、それどころか、完全に常軌を逸している。

〝それを見つけなければ……〟

最初は、彼女が見た幻覚やブレスレットと、足に触れた丸い形の物とのあいだに関連があると思うなど、ばかばかしすぎると自分に言い聞かせたのだった。それから彼女をできるだけ急いでベッドに下ろし、足に触れたのがなんだったのかたしかめに駆け戻ることで、自分の愚かさ加減を深めた。そして今、手に持った美しい形状の物をそっと引っくり返してみて、自分の世界が少しばかり異常なものに思えてきた。

トリヒューン氏は非常に論理的で理性的な人間だが、娘が説明できない能力を備えているとはっきり言い、現実的で良識を持っていると自負していながらアダムがそれを信じないのは愚かなことだと言っていた。

もちろん、ブリタニーに関することではまるで良識ある行動をとれないのはたしかだ。数カ月前、子爵と共同でクレタ島への発掘隊を組織すると決めたときにはじめて会ったのだが、そのとき彼も啓示に打たれたのだった。それは特別な能力ではまったくなく、単なる男の夢想にすぎなかったが。それも彼女を自分の体の下に組み敷き、あのすばらしい金色の髪をベッド――もしくはなんでも敷き物として可能なもの――の上に広げ、ほっそりした脚を大きく開かせてなかにはいるといった夢想でしかなかった。

ああ、もちろん、多少ちがう夢想をすることもある。彼女の美しい口が自分のこわばったものにあてられていたり、彼女が上にまたがっていて、自分が彼女の固く豊かな胸をもてあそんでいたりというように。

アダムはみだらな情景を頭から振り払った。発掘調査全体の正しさを証明するかもしれない古代の遺物を手に持っていて、よくそれほどに気を散らせるなと自分をあざける。

募りつづける欲望は忘れるんだ、キンモント。

テセウスが実在したとしたら、その恋人でミノス王の娘、アリアドネも実在したことになるのでは？　アダムにはまだこの憶測を真実とみなすことに葛藤があった。もしアリアドネと彼女の伝説の恋人がここにいたとしたら、おそらくここに別の宮殿があったはずで、われわれは正しい場所で調査を行っていることになる。壊されてなかば海に埋まるまでは、クノッソスよりも外敵を防ぎやすかったもうひとつの宮殿。

もしかしたら、われわれはまさに正しい地域で発掘を進めているのかもしれない。ただ、アテネで見つけた巻物は偽物だった可能性がある。そこには、これは何年も前に描かれたものの複製であると書かれてはいたが。この地域では、何千年も前の伝説が今でも語りつがれている。

アダムは水たまりから出ると、ブーツを履く前に足を乾かしながら、細めた目であたりを見まわした。この絵のように美しい場所が恋人同士のあいびきの場所として充分に人目につかない場所でありながら、こっそり歩いてやってくるのにそれほど遠くない場所だったとしたら、おそらく、もう少し北側を掘ってみる必要がある。権力を持つ王の娘と宮殿から近すぎる場所で愛を交わそうと思う者はいないはずだ。

父親がすぐ隣で寝ているときに、怒りっぽいが美しいイギリスの淑女のテントに忍びこもうとする者がいないのと同様に。しかしそれでも、その考えはひどく魅力的だった。

苛立ちのあまりため息をもらすと、アダムは手で髪を梳《す》いた。ブレスレットを見つけたことをどのように説明したらいいだろう？　まっすぐ水たまりへ探しに行ったと正直に言えば、すぐにブリタニーは自分の啓示を彼が信じたと思うだろう。そんなことはあり得ないとあれだけあざけったことを考えれば、過去の振る舞いのすべてをあげつらわれても反論できない。

そうされてもしかたのないことをしたかもしれない。

アダムはブーツを手にとって履き、それからシャツをはおった。

上靴の上に繊細なシルクのストッキングが置いてあった。アダムはそれを拾い上げた。とてもやわらかく女らしい手ざわりで、何時間も砂をふるい、シャベルやつるはしを使ったせいでたこができて荒れた指で持つと少し引っかかった。上靴も非常に小さく、彼女の華奢な足にぴったりに見えた。

大人の男が靴ごときで興奮するなどばかばかしいと、彼は自己嫌悪におちいりつつ自分に言い聞かせ、峡谷からキャンプへつづく道を歩きはじめた。

ばかばかしいにも程がある。


夕食には着替えるのがふつうだった。大昔に途絶えた文明に夢中になり、それにどっぷりとつかりながらも、母国の習慣を忘れずにいようというブリタニーの父の試みにすぎなかったが。ブリタニーは簡素ながらしゃれたモスリンのドレスのボディスを直した。自分で整えなければならなかったため、髪形はそれほど複雑ではなかったが、それでも自分に似合っていることはありがたかった。後ろで束ねて結うことで、大部分の髪をまとめ、残りのカールした髪を肩に垂らすことができた。暖かい気候のため、手袋をはめることは拒んだが、食事をするテントへと向かうのに、むき出しの肩にレースの小さなショールをはおるのはしかたなしとしていた。

「準備できたかい、ブリタニー?」父が外からテントのキャンバスを軽くたたいた。

「ええ」ブリタニーは首をかがめて外へ出ると、父の腕をとり、顔を上げて潮風を受けた。低い三日月が、何百万ものダイアモンドのような星が出ている黒い空にかかっている。「美しい夜ね」

「おまえと同じさ」父はいつものように愛おしそうに娘の腕を軽くたたいた。中年になり、髪には白いものが増えたが、いまだハンサムで人目を惹く父と娘は、母がまだ若いころに亡くなったため、とても親しい仲だった。父が異国への探検旅行にまだ子供だった娘をともなった理由のひとつもそこにあった。両親がいない場所に娘を残していくのは、自分には受け入れかねることだったと、父は何度も娘に説明したものだ。

「こんなすばらしい夕べとわたしを比較してくださるなら、それ以上はない詩的な褒めことばだわ、お父様」ブリタニーは軽い笑い声をあげた。

「そのとおり、私は詩人だからね。かわいそうなアダム、彼にはその機会がない」

ブリタニーは眉根を寄せた。「なんですって？」

「なんでもないさ。今日の午後の出来事からはすっかり回復したのかい？」

じつを言えば、結局は昼寝をすることになったのだった。断続的な夢ばかり見る眠りで、かえって不安なおちつかない気分にさせられたが。

わたしを楽々と抱き上げるたくましい腕、固い筋肉を覆うむき出しのなめらかな肌。清潔な男らしい香りに五感を満たされ、全身がうずく……

「大丈夫よ」それはまったくの嘘というわけではなかったが、まったくの真実でもなかった。

今胸騒ぎのようなものを感じていることは説明するのがむずかしかった。

「よろしい」父はにっこりし、ふたりは大きな天蓋《てんがい》のついた食事場所へと向かった。そこはランタンで明るく照らされていた。「今夜は料理人が特別料理を出すそうだ」

「きっと魚ね」ブリタニーは眉を上げた。ここに滞在している丸二週間のあいだ、必ずなんらかの形で魚貝類を食べることになった。魚貝類は嫌いではなかったが、ビーフステーキが天国の食べ物のように思えるようになったのもたしかだ。「羊のミルクで作ったチーズもだいぶ好きになったわ。イギリスで食べる羊のチーズと同じとは言えないけど」

「おまえは難なく現地の料理に慣れるようだね、ブリタニー」

「そうよ」十六歳のときにアマゾン川をカヌーでくだった年には、今でもオウムにちがいないと思っている何かの肉を食べたこともあった。「誰だっておなかが空けば……」

テントのなかにはいって見慣れた姿を目にし、ブリタニーは思わずことばを止めた。アダムは正装という点では父ほどきちんとしていなかったが、体にぴったり合ったズボンと磨きこまれたヘシアンブーツ、真っ白のシャツ、したてのしっかりした上着を身に着けたその姿はとても目を惹いた。クラヴァットは結んでおらず、シャツの襟を開けたままにして日に焼けたたくましい首をあらわにしている。ブリタニーは彼の腕に――抗いながらも――抱かれていたときの感触をはっきりと思い出した。ロンドンの流行から言うと少々長い黒っぽい髪が骨細の顔をとりまいている。

アダムは礼儀正しく立ち上がった。ヘラキロン出身のストラトスという名前のギリシャ人の現場監督や、父の従者のジョージや、アテネの古代遺物美術館で働いているフランス人で、発掘の見学に来ているラウル・サン・ヴィアという名前の年輩の紳士も同様だった。ブリタニーは男の数の多い食卓には慣れきっており、一同に会釈して席についた。

ブリタニーの予想は正しかった。メイン・コースには、オリーブオイルで料理した小さなピンクの魚が出された。必ず出されるオリーブの実もあり、ハーブで味付けしたポテトや、オレガノで香りづけし、極上の味に焼かれたこの地特有の全粒粉のパンもあった。デザートには蜂蜜とナッツのはいったペイストリーが出された。食事がはじまると、当然ながらテーブルの話題は発掘の話が中心となった。いつものようにブリタニーは食卓の会話からはじかれることはなかったが、とくに引き入れられるわけでもなかった。それについては何年も前に忍耐することを学んでいた。

「ここから北へ一マイルほどのところで発掘をはじめてはどうかと思うんですが」アダムの長い指はグラスの脚をもてあそび、ハシバミ色の目がランタンの明かりを受けて光り輝いた。

ブリタニーの父は口をナプキンで拭いて眉をひそめた。「理由を訊いていいかね？」

なぜかアダムはブリタニーに目を向けた。「直感です」

サン・ヴィアが忍び笑いをもらした。先のとがった口ひげがわずかに震えている。「考古学はつねに九十パーセントの事実と、十パーセントの想像力によるものです。私がよく言うように」

「たぶん、そうでしょうな。ただアダムはいつもはあなたとはちがう意見なのでね、ラウル」ブリタニーの父は現地で雇った若者のひとりにワインのおかわりを注ぐよう合図した。

「彼はふつう百パーセント事実を信じるんです。どうして考えを変えた、アダム？」

アダムのハンサムな顔は穏やかだった。「まだお話しする準備ができていない推論があるんです。じっさい、ムッシュウ・サン・ヴィアのおっしゃることは正しく、ちょっとした直感のようなものです。ただ、やってみるに値するとぼくは信じています。許可をいただければ、明日何人かお借りして掘りはじめるつもりです」

その曖昧な言い方は率直な物言いをする彼らしくなかった。ブリタニーはそれが水たまりでの出来事と関係あるのではないかと直感のひらめきで思った。「ちょっとずるいわ」と小声で言う。「少なくともヒントぐらいはくださらなくては、サー・アダム」

「まちがっているかもしれない推測で興奮をあおるほうがずるいと思いますよ、レディ・ブリタニー」形のよい官能的な口が、これ以上何も明かすつもりはないと告げた。

いいわ、みんなのいるところでは言わないつもりね。でも、これが今日の午後目にしたことの結果だとしたら、わたしには知る権利がある。

あの情景は心に刻みこまれて消えなかった。光る水面、雄牛のしるし……恋人たち。

この頑固な男に何を見つけたのか白状させてみせる。絶対に。

3

影が動いた。誰かがこっそり忍びこんできたのはまちがいない。まだ半分眠ったまま、アダムは自分のテントのなかに誰かがいることを直感が鳴らす警鐘で察知した。古代の遺物を追い求める上で危険な場所に行ったこともあり、裸の肩に手が触れるのを感じて枕の下につねに隠している短剣に手を伸ばしたのは、純粋に反射的な行動だった。

「アダム」

短剣をさっととり出すとともに、自分の名前をささやく声が聞き覚えのあるものだとわかった。薄暗いテントのなかで短剣がきらりと光り、自分のほうに身をかがめていた人物が誰であれ、小さな悲鳴をあげて身をひるませた。

くそっ、ブリタニーか？

まさしく彼女だった。ほっそりした輪郭しか見えなくても、彼女がいつも身につけているやわらかい花の香りに包まれ、アダムは完全に目を覚ました。

ありとあらゆる意味で目が覚めた。まるでみだらな連鎖反応のように彼女の香りは脳から下腹部へとまっすぐ伝わり、興奮に体がこわばって意のままにならないその部分がそそりたった。アダムはまだ自分が短剣を持っているのに気がついた。火でもついているかのように短剣をとり落とすと、身を起こす。なんてことだ、じっさいに彼女に斬りつけていたら？そう考えると胃が縮むようだった。「いったい何をしているんだ？」

「わたしが？」怒りをこめたささやき。「あなたこそ短剣で何をするつもり？　冗談じゃないわ、アダム。死ぬほど怖かったんだから」下ろしたつややかな金色の髪にとり巻かれた顔は白い楕円《だえん》形に見えた。

「前にも言ったと思うが、このあたりはそれほど安全な場所じゃない」アダムはぼさぼさの髪を手で梳いた。「それにきみはひどくぎょっとさせてくれたからね」

「シッ、声を低くして、お願い。あなたに話があるの。お父様が読書を終えて明かりを消すまで永遠に時間がかかったものだから」

「朝まで待てないこととはいったいなんだ？」

「あなたが何を見つけたのか知りたいの」

何かを見つけたことをこれほど容易に推測されてしまったことには、真夜中にテントを訪問されるのと同じぐらいまごつかされた。シーツは腰まで落ち、下は素っ裸だった。すでに下腹部はこわばりつつある。アダムは暗闇で見えないにもかかわらず、意識してシーツを直した。「ここにいるのをお父さんに知られたら、ぼくが殺されるよ、おばかさん」

「言ったでしょう、眠ってるって」

「ブリット、ぼくのズボンをとってくれ。そうしたらきみのテントまで送っていくから」

「あなたのズボンがどこにあるのかまったくわからないわ、アダム。気づいてないかもしれないけど、ここは真っ暗なの」彼女の声には、腹立たしくもおもしろがるような響きがあった。「それに、突然もう少し離れた場所で宮殿を探したほうがいいと思った理由を教えてくれるまでは帰らないわよ。あの水たまりと関係がある気がするんだけど」

いいだろう、ズボンを自分でとって穿いたら、本人の好むと好まざるとにかかわらず、魅惑的なその体を本人の寝床まで引きずっていってやる。ベッドの横に小さなテーブルがあって、その上にランプが載っていた。アダムは低く毒づきながら、ランプの明かりをつけた。やわらかな光が射し、彼女がまだベッドの脇に立っているのがわかった。ネグリジェらしきものの上に薄いローブをはおり、金色の髪はほどいて背中に垂らしている。

彼女を運んでいるときに腕をかすめたその髪のシルクのような感触がまだ記憶に新しかった。真に女らしい体のそそるような感触も。意思に反してシーツの下に隠された部分がさらにそそりたち、アダムは悪態を呑みこんだ。立ち上がったら、ベッドからシーツをはがして下半身に巻きつけたとしても、彼女にそれを気づかれてしまうにちがいない。

身動きがまったくとれなくなってしまった。

きれいなスミレ色の目はきらきらと光り、繊細な顔立ちにははっきりと強情さが現れている。彼女がたまに見せる顔だ。ブリタニーは胸の下で腕を組み、アダムに揺るがないまなざしを向けた。「教えてくれるまでは帰らないわ」

天使のような美しさにもかかわらず、相当頑固な女であるのはたしかだ。真実を知るまでは絶対に帰らないといった顔をしている。ふたつの理由からアダムは彼女にブレスレットを見せまいと思っていた。まずは自尊心のせいだ。見せれば、彼女の異常な能力を信じるようになったと明かすことになる。もうひとつは、またさわりたいと彼女が思うのではないかという恐れからだった。彼女が気を失ったときにはおかしくなりそうなほどの恐怖に駆られた。あんな大変なことに彼女が――彼も――再度その身をさらすのを許すわけにはいかない。

もしかしたら、ベッドのすぐそばにいる心乱される女を出ていかせるためには、まったくちがう策略を用いるべきなのかもしれない。

ひどく冷静にアダムは言った。「だったらいいさ、夜じゅうここにいるつもりなら、いっしょにベッドにはいったらどうだい?」

ブリタニーは顎をつんと上げ、目を丸くして彼を見つめた。「さっきまで父が怖いって言っていたのに、今度はベッドに誘おうっていうの? うまい作戦ね、ミスター・キンモント、でも、効果はないわ」

「きみのお父さんを怖いとは言っていないよ、ブリット。殺されるだろうって言っただけだ。意味はまったくちがう。ぼくのほうが二十も若いんだから、必要とあれば自分の身は問題なく守れる。それがきみの望みかい? ぼくとお父さんのあいだをかきまわすことが?」

「もちろん、ちがうわ」ブリタニーは言い返したが、頬に赤みが差した。「ばかなことを言わないで」

「だったら、頼むから出ていってくれ」

それで解決のはずだった。ブリタニーは父親を崇拝しており、今耳にしたことばが正しいとわかるだけの知性もある。肉体的な争いとなったら年輩の男のほうが不利だ。

「わたしが自分でここへ来たのよ」しばらくしてブリタニーは考えこむような顔で言った。「父は公平な人間だから、このことであなたを責めたりしないわ」

ちくしょう。

「異を唱えさせてもらうよ。美しい娘のこととなったときの父親の怒りを甘くみてはだめだ」アダムは歯ぎしりしたかった。彼があまりに固くなっていて痛いほどだったからだ。鼓動に合わせてその部分も小さく脈打っている。彼女を腕に引き寄せて組み敷き、キスによって彼女の欲望を高めたいということしか考えられなかった。「きみが訊きに来たことを教えてもらえることはないわけだから、椅子の上にたたんであるぼくのズボンを放ってくれ。テントまで送るよ。そうすればふたりともぐっすり眠れる」

「いやよ」彼女の口の端が甘く持ち上がった。それから、アダムがぎょっとしたことに、ブリタニーは肩にはおっていたローブを脱いだ。ネグリジェはほとんどがレースと軽い素材でできていて、下のそそるような胸のふくらみがはっきりわかった。胸の頂きの色が少し濃いことまでわかるほどだった。「わたしが望みのものを手に入れられないなら、あなたも同じよ。場所を空けて、アダム。ご招待を受けるから」

恥知らずの大胆な行動であり、多少ならずスキャンダラスであるのもたしかだったが、ブリタニーにはほんとうのところ、アダムがそれほどにひた隠していることはもうどうでもよくなり、彼がこれほど近くにいることしか考えられなくなっていた。固い体と完璧な目鼻立ちのとても美しい男。すばらしく豊かなくしゃくしゃの漆黒の髪は言うにおよばず。

まるで説明できない力が働いたかのようだった。ブリタニーは彼のそばに身を横たえ、彼の力強い腕の温もりを自分のまわりに感じたかった。テセウスが大昔アドリアネにしたように、抑えきれないほどの情熱をこめてキスしてほしかった。

ああ、それを欲するあまり体が妙な感じだった。いけない場所がうずいているような。

「ばかな真似をするな」アダムは動きたくないとでもいうように、じっと身を起こしたまま動かなかった。指の長い手でシーツがずり落ちないよう、腰のあたりでつかんでいる。その下が裸であることは想像がついた。

なんて魅力的なの。

この人は啓示に現れた男ほど大きいのだろうか。われ知らず興奮を覚えながらブリタニーは考えた。背の高さと筋肉の盛り上がった肩の広さを考えれば、その部分も大きいにちがいない。「わたしはばかじゃないわ」ブリタニーはささやき、場所を空けてということばに彼が従わなかったにもかかわらず、ベッドの端に腰をかけた。「帰らないだけよ」

「ブリット」

抗議するような声がかすれていて、ブリタニーの背筋に震えが走った。ブリタニーはシーツの下にはいろうと、端をつかんだ。「いっしょにベッドにはいれと言ったのはあなたよ」

アダムは空いているほうの手をさっと伸ばして彼女の手首をつかまえた。「真っ裸なんだ」

「そうじゃないかと思ったわ」それほどにうろたえる彼を見るのははじめてで、いたずらっぽい気分が増し、少しばかり息苦しくなった。「のぞかないと約束するわ」

「のぞいたら、かなりびっくりするだろうよ」声を殺した、うなるような言い方だったので、ブリタニーにそのことばはほとんど聞こえなかった。

「おもしろそうね」

「自分でもわかっているだろうが、きみは小さな魔女だな」長い指でまだ手首をつかみながら、アダムはブリタニーの目をのぞきこんだ。彼女がすぐそばにすわっているため、ふたりの顔はほんの数インチしか離れていなかった。ブリタニーに経験はなかったが、彼の燃えるようなまなざしから、そこに性的欲望が現れているのはわかった。「きみには絶対に触れないと自分で自分に誓ったんだ」

それでも、アダムが触れたいと思っているのはたしかだった……もっと。ブリタニーは無垢だったが、観察眼がまったくないわけではなかった。「わたしはあなたに好意すら抱いていないんだって自分に言い聞かせてた」彼女は正直に言った。

彼の口の端がうっとりするような形に持ち上がった。「ぼくがきみに触れるつもりがなく、きみがぼくに好意すら抱いていないなら、今夜絶対にいっしょに過ごすべきじゃないな」

「問題は、あなたってとんでもなく腹立たしいし、横柄だけど、あなたのこと好きって感じがすることなの」できるだけ正直な気持ちを言ったつもりだった。彼の腕のなかに身を投げたいとしか思っていないのだから。

つかのまの時が流れ、アダムの目がブリタニーの口へと移った。「ぼくのほうは誓いを破って結局きみに触れることになる気がするよ」

「もう触れてるわ」ブリタニーは手首をにぎる指を強く意識した。

「いいかい、こんなのはほんの序の口だ」

「いっしょにいてほしいって言ってるの？」心臓の鼓動がゆっくり打ち、てのひらが湿った。

「きみがほしい、それだけだ」

ブリタニーに息を呑む暇も与えず、アダムは突然手首を放して腕を彼女の腰にまわし、体をベッドに引き上げて思いきり抱きしめた。ブリタニーはなかば彼の膝の上に身を横たえることになった。降りてきた彼の口に口をふさがれる。指先まで熱が走った。

全身に走る感覚はめまいを覚えるほどだった。彼の男らしい体からは熱が伝わってきて、楽々と体にまわされた腕はたくましかった。口に押しつけられた口は温かい感触で、アダムは舌で執拗《しつよう》に唇を開かせようとした。腕を彼の首にまわし、ブリタニーはまったく抗うことなく降参した。そんなあからさまに肉欲的なキスをされるのははじめてだったが。それどころか、ブリタニーは崇拝者から慎みあるキスを何度かされただけで、ちゃんとしたキスをしたこともなかった。このキスはどの経験とも似ても似つかないものだ。

彼女の胸は彼の固い胸に押しつけられ、感じやすい胸の頂きがそれに反応して固くなっているのがわかった。太腿には何か固くて長いものが押しあてられている。アダムは口のなかをくまなく探った。その動きまわる舌がやさしくなだめているかと思うと熱く求めるように変わり、ブリタニーの背筋に震えが走った。アダムがようやく顔を上げると、ふたりの呼吸はどちらも乱れていた。

「裸になってほしい」アダムが耳もとでささやいた。温かい息が肌に熱く感じられる。彼の指はすでに彼女のネグリジェの襟もとのリボンをほどいていた。「ぼくの想像力がどれほどすばらしいかたしかめてみよう、いいね？」

「裸のわたしを想像したことがあるの？」ブリタニーはネグリジェが片方の肩からはずれるのを感じた。

アダムは笑った。低く男らしい声だった。濃いまつげを伏せて金緑色の目を隠し、アダムはネグリジェをさらに引き下ろした。「想像してばかりさ。きみはこの発掘隊にとって、想像し得る、何よりも有害な存在だろうな。自分がクレタ島にいることを一日の半分でも覚えているのが驚きなぐらいさ。ここへ来た目的は言うまでもなく」

だからここにいてほしくないと言っていたの？

「気づかなかったわ、アダム、わたし――」

「シッ、ブリット。きみとは愛を交わしたいんだ。話をするんじゃなくて」

口で口を覆うことで会話は封じられた。ブリタニーはそのキスにとろけ、ネグリジェを腰まで下ろされるのに抗わなかった。指の長い手に外にさらされた胸を包まれ、その手がしなやかなふくらみを撫で出すと、ブリタニーは彼の口に口をつけたまま声を発した。そうして触れられ、愛撫されて彼女は恥ずかしくなるほどの激しさで彼にしがみついた。

「この服からきみを脱出させようか？」アダムはシーツを引き下ろし、さっと彼女を動かしてあおむけにした。それからネグリジェを彼女の腰からはずし、脇に放ると、裸の体に目を注いだ。そのままじっくりと眺めている。野営用のランタンのやわらかい明かりのなかでもハシバミ色の目が生き生きとした輝きを帯びるのがわかった。胸や太腿の付け根に目が止まるのを感じ、ブリタニーは手で体を隠したくなったが、隠しても手を払われるだけだという気がして我慢した。

傲慢で皮肉屋のアダム・キンモントのベッドに裸で横たわり、彼にじっと見つめられているなんて、ほんとうのことなのかしら？

そう、ほんとうのこと。そして絶対にここから出ていったりしない。彼がシーツをすっかりはがすと、彼の全身もあらわになった。筋肉の筋のひとつひとつにいたるまで。引きしまった平らな腹ともちろん、興奮の現れの荒々しいほどの長さまで。固い太腿のあいだで大きくふくらんでそそりたつそれを、ブリタニーは自分の裸体に注がれる彼のまなざしに劣らぬ熱さでただひたすら見つめずにいられなかった。

しばらくしてアダムが小声で言った。「自分をいやしく感じるよ、ブリット。きみを正当に扱ってこなかった。きみは……完璧だ」

「甘やかされた役に立たない女でも？」ブリタニーは彼のそそりたつものから目を離せずにいたが、彼が前に言ったことばはまだ少しだけ心に引っかかっていた。

「よければ、言い争いは明日にしよう。今はもっとすばらしい時間の過ごし方がある」アダムは彼女の横に寝そべり、片肘で体重を支えた。その長い体に比べると、ブリタニーには自分の小柄な体がよりいっそう小さく感じられた。彼は彼女の肩をそっと撫で、羽のように軽く腕に指を走らせた。「怖いかい？」

「え？」

「これが」そう言って彼に人差し指で触れ、そのてっぺんに絹のような液体が一滴現れたのをぬぐった。「きみがどの程度教育を受けているのかわからないから」

「五カ国語を話せるわ、おあいにくさま」

アダムはむせたような笑い声を発した。「性教育のことだよ、ブリット」

「あら」ブリタニーは頬が赤くなるのを感じた。もちろんそうね。しかしその瞬間、自分が多少おじけづいているのは認めざるを得なかった。彼女は何も考えずにことばを発した。「テセウスのが大きいと思ったけど、あなたのはもっと大きいわ」

彼の黒い眉が上がった。「男のみんながみんな、古代ギリシャ神話の英雄と比較されて褒められるわけじゃないからね。がっかりさせないように努めるよ。今日の午後に見たことはあとで正確に教えてくれ。ただ、このベッドのなかではふたりのことだけに集中したい」

なぜかブリタニーはがっかりするとはまったく思っていなかった。ぬくもって期待に満ちていることから、まったく逆を想像していた。彼が身を乗り出してきて喉に顔をこすりつけ、唇が下に降りはじめると、啓示に現れたブロンドの女が恋人に胸を吸われてうっとりしていた顔を思い出し、期待のあまり息ができなくなった。

　彼の口がうずいている胸の頂きで止まった。その至福の感覚に、アリアドネの反応のとおりだとブリタニーは思った。胸の頂きをいたぶる彼の舌の感触。ブリタニーはアダムの髪に触れ、目をみはるほどの男らしさとは対照的なその髪のシルクのようなやわらかさに驚いた。真っ黒な髪を指で梳き、気づく間もなくブリタニーは軽い吐息をもらしていた。

　口と手で情熱的に胸を愛撫されるうちに、やがてブリタニーははじめて感じる、焦れるような思いに体をつかまれ、身を弓なりにそらしていた。彼の指が探るように腹をすべり、腹の筋肉がきつくこわばる。腿の内側を撫でられても、ブリタニーには彼の目的がわからなかった。アダムは「開いて」と誘うように言った。

　たったひとこと発せられたその命令は、それ以上説明の必要のあることばではなかったが、ブリタニーはためらった。「どうして？」

「そこにぼくが身を置く必要があるからさ。そのぐらいはきみもわかっているはずだ」彼の指がやさしく愛撫をはじめる。「悲鳴をあげちゃいけないことは覚えていてくれよ。ブリット。キャンプの誰かが駆けつけてきて、こうしていっしょにいるのを見つかるのだけはごめんだからね」

「それってどのぐらいひどいの？」ブリタニーは唇を噛《か》み、太腿を閉じたままでいた。悲鳴をあげると予想されるとは不吉だった。女の最初のときは痛いと知ってはいたが、それほどひどいとは思っていなかったのだ。

「ひどい？」アダムにじっと見つめられ、そのまなざしに鼓動がくぐもった音の太鼓のようになった。彼の口には魅力的な笑みが残り、たくましい裸の体はアテネで見たすばらしい彫像のひとつのようだった。ただ、彼は生気のない彫像ではけっしてなく、その男としての能力は大きくふくらんだ部分にありありと現れていた。「ひどいものにはしないさ、ブリット。とてもすばらしいものにするつもりだ。ただ力を抜いてまかせてくれればいい」

アダムはときおり――頻繁にと言ってもいい――この世でもっとも腹立たしい男になることがあったが、アダム・キンモントについてブリタニーがひとつわかっていることがあるとすれば、それは彼が何かをはじめたら、誰よりも有能なところを見せるということだった。彼のことは好きじゃないと思うことはあっても、つねに信頼はしていた。

大きく息を吸うと、ブリタニーは少し脚を開いた。

「そうだ。ああ、きみはとても温かく、すでに濡れているよ、ブリット」長い指がもっとも親密な場所を愛撫し、脚のあいだのやわらかな襞《ひだ》を器用に開いた。「サテンのようでとても女らしい」

長い指がなかにすべりこむと、ブリタニーは驚いて小さく声をあげた。それに応えるようにアダムはいたずらっぽくにやりとすると、指をさらに奥に進めた。

堕落した、いけないことをしているような気分ではあったが、不快ではなかった。ブリタニーは抗おうとせずに体の力を抜き、彼の指が太腿のあいだで軽快に動きはじめるのをまつ毛の下から見守った。彼女の真っ白な肌と対照的に彼の手は大きくてブロンズ色だったが、その動きは繊細で巧みだった。

巧みすぎる。しばらくして、最初のぞくぞくするような悦びの波が全身に広がった。ブリタニーは「アダム」とあえぎながら言い、背を弓なりにそらした。

「身をまかせてくれ、ブリット」アダムはすばらしい指の動きを止めずに彼女の口にそっとキスをした。

身をまかせないなんて選択肢があるかしら？　少ししてまたなんとも言えずすばらしい波が打ち寄せてきて、潮が満ちるのを感じながら、ブリタニーは胸の内でつぶやいた。さっきまで感じていた恐怖は彼の指の感触に恍惚《こうこつ》と溺《おぼ》れるうちに消えてなくなり、唇からはあえぐような小さな息がもれた。やがて突然、崖から飛び降り、これまでその存在すら知らなかった肉体の悦びの深い海に沈みこんでいくような感覚に襲われた。ありがたいことにアダムがいっしょにいてくれた。その重大な瞬間、どうしようもなく発した解放の叫びを彼は情熱的なキスで抑え、みずからの長い体が震える彼女の体の上に来るように動いた。

少しずつ意識がはっきりしてきて、ブリタニーは自分が組み敷かれていることを知った。膝で脚をさらに広く開かせられる。経験のない者でもこれから何が起こるのかわかるほどの広げ方だった。満ち足りてぐったりと横たわり、まだ少し驚きも感じながら、ブリタニーは彼の顔を見上げ、その顔にあきらめとともにおもしろがるようなやさしい表情が浮かんでいるのに気づいた。

明日の朝になったら、彼はこのことでとんでもなく悦に入るにちがいない。

アダムは手で自分のものの先端をそこに導いた。絶頂に達したばかりのブリタニーの小さな女らしい場所は濡れて準備ができていた。そっと軽く突いてみると、彼女の美しい目が見開かれるのがわかった。

この世でもっとも望ましい女であるのはまちがいない。クリームのようになめらかな肌、長くしなやかな手足、光り輝く金色の髪がうっとりするほどの体を金のキャンバスのように包み、類いまれなる魅惑的な……

彼女をベッドに連れこんだ瞬間に自分の考古学者としての人生は投げうったも同然かもしれなかったが、今このとき——まさに彼女を奪おうとしているこのとき——が訪れることは、四カ月前、子爵の瀟洒《しょうしゃ》なタウンハウスにはじめて招き入れられたときに決まっていたのだという気がしていた。紹介された瞬間に子爵の美しい娘にぼうっとなり、彼女を心から追い出すことができなくなったのだから。

それが今こうして、自分の名誉を犠牲にしつつ、父親の鼻先で娘を穢《けが》そうとしているのだ。尊敬し、敬愛する人間の娘を。まだ少年のころから、ともに仕事をしたいと願ってやまなかった尊敬する考古学者の娘を。

そして彼女を欲するあまり、そのことがまったく気にならなかった。

「これをほしいと言ってくれ。きみも望んでしていることだと」自制心が細い糸でつながっている状態で、多大な努力とともにそのことばは発せられた。「あとで後悔したくないんだ。

なぜなら、これからしようとしていることはやり直しのきかないことだから」

「あなたはあとで後悔するの？」彼女の深いスミレ色の目がいつもと変わらず挑むように輝き、アダムはほほ笑んだ。

もちろん、急所をついている。これこそがブリタニーだ。

「後悔したら愚か者さ。しなくても愚か者だが」もつれた金色の巻き毛に囲まれ、上気した顔を見下ろして彼は言った。

「今になってわけのわからないことを言い出すなんてちょっと公平じゃないわ、アダム」肩に置かれた手に力が加わる。ブリタニーは自分の腰を少し持ち上げ、彼の先端がやわらかい熱のなかにもう少し深くはいるようにした。あえぐような息をつき、ブリタニーは付け加えた。「お願い、どうにかして」

「その招待で充分だ」アダムは小声で言い、ゆっくりと貫きはじめた。先端の数インチがなかにはいるように熱い通路を広げる。ゆっくりとした慎重な動きだった。アダムがさらに奥へ進むと、ブリタニーは長く息を吸った。豊満でそそるような胸が震え、ピンクの先端が固いつぼみになってとがっている。処女膜へ達して少し押すと、ブリタニーは明らかに痛そうな様子で身をこわばらせた。

アダムはやさしくしようと必死で努めていたが、動きたいという衝動に火がついていた。はいるときのきつさから言って、多少押したぐらいでは破れそうもなかった。顔を下ろし、アダムは彼女の口をふさぎ、強く押した。薄い膜が破れ、彼は彼女のしなやかな体の奥深くへと到達した。

「すまない」なめらかなこめかみや頬にキスをし、鼻先にキスをする。

「ちょっとのあいだ痛かっただけ」ブリタニーは体の位置をずらし、ためらいがちに膝を持ち上げ、彼をさらに奥へと進ませた。「もうそんなにひどくないわ」

「これは？」アダムはちょっと後退し、それからまた押し戻して子宮をつついた。試すような動きだった。

「ん……」

それが〝いい〟のか、〝よくない〟のか、アダムにはわからなかったが、肩に少しばかり爪が食いこむのが、男なら本能で理解する昔からの合図だった。アダムはことばを発することなく、愛の行為のリズムを教えはじめた。深々と押し入れ、制御された動きで引く。なめらかな肉と肉がこすれ合い、男と女がもっとも原始的なやり方で心を通わせ合う。あえぐような吐息が小さいがはっきりしたあえぎ声になる。頭の片隅では、完全に声を殺せていないことがわかっていながら、もうそれが気にならないほど興奮は高まっていた。

高まりすぎるほどに。

睾丸《こうがん》がこわばり、抑制されていた悦びへの衝動がもはや限界まできていた。熱くなった体が抗議の声を発する――彼女はすばらしくきつく、あまりに完璧で、従順で、情熱的だ。組み敷いている彼女がたのしんでいるのはまちがいない。

みずからを解き放ちたいという欲求をどうにか抑えこみ、アダムは手をふたりの体のあいだに入れ、腫《は》れた小さな感じやすいつぼみを親指でこすった。ブリタニーはあえぎながら彼の名前を呼び、腰を持ち上げた。

ああ、もっと近くに……もっと……くそっ……

彼女の悦びの痙攣《けいれん》がたかぶった彼をきつくしめつけた。ブリタニーは小さな声をあげてまぶたをぴくつかせ、目を閉じた。アダムは純粋な解放の快哉《かいさい》を心のなかで叫び、収縮する通路へと深く突き進んだ。熱い波が押し寄せてきて全身が輝かしく激しい解放の恍惚感に包まれる。その力によって彼が何度も収縮し、種を彼女のなかにあふれさせた。けっして忘れられないほどの信じられない悦びにぼうっとしながらも、それが意味することに圧倒される思いだった。

鼓動は激しく、腕には力がはいらなくなっていた。アダムはすばらしいレディ・ブリタニーの体の上から降り、自分のものと示すように彼女を脇に引き寄せた。

どこかにラビュリントスがあるとすれば、これまでとは向ける方向のちがってしまった自分の無数の感情がそれだった。信じられない思いや、歓喜や、満足や、将来への不安が、肉体的な満足感と混じり合い、自分の人生が永遠に変わってしまったという魂を揺さぶられるような実感が湧いてきた。

彼女の薄い色のやわらかいシルクのような髪を指で撫でながら、アダムは今腕に抱いている人がそれに気づいたら、どう思うだろうと訝った。生まれてはじめて自分が弱く感じられた。

4

最初の手がかりが見つかるまできっかり二時間かかった。それはまさに信じられない物だった。テレンスがかがんで見守るなか、アダムは我慢強く慎重にブラシでゆっくりと土を払いはじめた。それが巧みな技によってじょじょにあらわになっていくにつれ、テレンスはある種の高揚感を覚えた。そういう高揚感があるからこそ、考古学者になろうと思ったのだ。

それは壊れたピトイ——オリーブオイルを入れておくのに使われた大きな壺《つぼ》——のかけらだった。これまでに現れた表面は驚くほどに無傷だった。クノッソスでは倉庫とおぼしき場所から数十個のピトイが見つかっており、ここでそれが見つかることはきわめて意義深かった。こうした物を持てたのは金持ちだけで、発掘隊が探しているのは失われた宮殿だったからだ。

「すばらしい」アダムが小声で言った。すっきりした目鼻立ちの顔が輝いている。真剣なまなざしはテレンス自身の興奮を反映しているかのようだ。「ああ、この発掘が成功に終わるという最初の希望の光が見えたかもしれませんよ」アダムは現れた遺物のそばの小さな溝のなかにしゃがみ、濡れた額を手でぬぐった。額に土の汚れがつく。「サー・テレンス、絵が描いてあるのが見えますか?」

たしかに見えた。テレンスはさらに近くに寄り、鼻に載せた眼鏡を直して色あせた表面を凝視した。牛と踊る人の絵。テレンスはまたぞくぞくするものを感じた。探しつづけていたものが見つかったという証《あかし》かもしれない。見まちがえようがなかった。雄牛の角を飛び越えて背中に乗ろうとする小さな人間の姿だ。それは危険な余興であるのはまちがいないが、古代ミノアの娯楽だった。

「見える」テレンスは感きわまるあまり、二度咳払いしなければならなかった。「なあ、そろそろ教えてくれないか。なぜここを発掘したほうがいいと思ったのか。理論としては無理があったかもしれないが、正しかったようだからな。すぐに発掘場所をここに移そう」

若い研究者仲間は妙な表情を顔に浮かべて現れた遺物を眺めていた。沈んだ表情とも満足そうな表情ともとれる当惑顔だ。ため息をつくと、彼は言った。「水たまりに戻って、ブリタニーが言っていたのと寸分たがわぬブレスレットを見つけたんです。底の砂に埋もれていました。そのとき、テセウスとアリアドネが実在した可能性が多少でもあるなら、あの近くに宮殿があったはずと考えるのが理にかなっている気がしたんです。アリアドネはもちろん、父の宮殿にいたはずですから。それで、こう自問しました。恋人同士として、ふたりがひそかにあいびきしていたとしたら、そんな重要人物の娘を誘惑するのに、男はどの程度の危険を冒すだろうかと。われわれが今掘っている場所は安心してあいびきするには少々近すぎますが、当然ながらテセウスは王女をあまり遠いところまでは歩かせたくないと思ったはずです」

「なるほど」テレンスは冷ややかな口調で意見を述べた。「若者でなければ、そんなふうには考えないだろうな、アダム。きみが私の娘の啓示をそれなりに信用して熟考してくれたことは意外だと言わざるを得ないが」

「正直言って疑っていました」

「しかし、今は疑っていないと？」

なかば姿を現した壺のそばにしゃがみこんだまま、キンモントはテレンスにまっすぐなまなざしを向けた。「今でもブリタニーには発掘にかかわってほしくないと思っています。彼女にどんな能力があろうとも、それは変わりません。彼女はほんとうに気絶をしたんです。発掘にかかわらせるわけにはいきません」

自分の女について話すような若者の声の調子にテレンスはとまどいを覚え、「彼女は私の娘だぞ」と指摘した。が、ブリタニーの人生における中心人物としての自分の役割が変わろうとしているような予感が芽生えた。ふたりのあいだに何があったのかはわからなかったが、今朝はふたりとも故意に互いを避けようとしていた。朝食の席で交わした会話にも、いつもの言い争うようなやりとりはなかった。

アダムは一瞬ためらった。「今はこんなことを言い出すのにふさわしい場所ではないかもしれませんが、彼女と結婚する許しをいただきたく思っています」

テレンスは内心愉快がりながら、心底驚いた反応を装った。「おいおい、きみたちふたりは礼儀正しいことばのやりとりさえできない間柄じゃないか」

「その……それはたぶんどうにかなったと」アダムは見るからに居心地悪そうな様子になった。

「いつだね？　昨日の晩、娘が無事ベッドにはいるのを見届けてから、次にきみが話すのを聞いたのは、今朝、朝食の席でマーマレードをまわしてくれと彼女に頼んだときだったが、それ以外はほとんど口をきかなかったじゃないか」それはほんとうで、少々おもしろい状況だと思ったのだった。ブリタニーもアダムも両方とも、互いにできるだけ距離を置こうと気をつけている様子で、ひたすら目を合わせまいとし、いつもの言い争いも起こらなかった。父としてテレンスは、疑っている出来事について自分がどう感じているのかはっきりはわからなかったが、少なくとも怒り狂う振りをするぐらいの権利はあるはずだった。

アダムはその質問には答えないことにしたようだった。テレンスもそれについては責めないことにした。「ブリタニーなら誰でも選びほうだいですから、ぼくがあなたが選ぶ候補になることはないだろうとはわかっています。貴族の出でもありませんし、さしたる財産も持っていない」

テレンスは眉を上げた。「これまでのところ、結婚の許しを与えたくなるだけの説得力のある話は出ていないようだな、キンモント。まずもって、娘がきみを受け入れると考えた理由はなんだ？」

その核心を突く質問に若者は一瞬ことばを失ったようだった。が、やがて眉を皮肉っぽく上げた。「そうですね、ご婦人方というものについてぼくが知っている事実にもとづけば、きっと彼女はぼくの妻になることに同意してくれるはずです」

「研究者らしい口ぶりだな。しかし、私が知っている事実にもとづけば、それも疑わしいと思わざるを得ない。確信している理由を教えてくれないか」

「それは何？」

小声で発せられたその問いに、ふたりは目を上げた。どちらの顔にも半分やましさがあらわになっていたことだろう。話題の主が小さな溝の端に立っていたのだ。ほっそりした手でパラソルを軽く持ち、ブリタニーは岩の多い土の層に埋まっている壺の輪郭をじっと見下ろしていた。美しい目の色と同じ、小さなスミレ色の刺繍《ししゅう》のはいった白いモスリンを着た姿はとりわけ目を惹いた。金色の髪はほっそりした首にやわらかい巻き毛となって垂れている。

アダムはすばやく立ち上がった。その顔に浮かんだ表情を見れば、どんなことばよりも雄弁だった。「さわっちゃだめだ」

そんなことを言っては娘の気を惹くなどできるわけがないと言っても過言ではなかった。テレンスは若者の性急な気性にため息を押し殺し、娘の口が攻撃を開始しようとする瞬間にあいだに割ってはいろうとした。「アダムが言いたかったのは、すでにこれがピトイのかけらだと推測がついていて、ここが発掘するに正しい場所だという希望的観測がついたということだ。もちろん、すべておまえとおまえの啓示のおかげさ、ブリタニー」

ブリタニーは当惑した顔になったが、怒りはやわらいだようだった。「わたしの啓示の？

どうして?」

「ブレスレットを見つけたんだ」アダムが胸の前で腕を組み、彼女に冷ややかな目を向けた。

「アリアドネのブレスレット?」

「たぶん。水たまりのなかにあった」

彼女の繊細な顔がわかったというふうに輝いた。「昨日の晩、言わなかったのはそのことね」

テレンスは娘のことばを聞き逃さず、キンモントがよこしたすばやい一瞥《いちべつ》を見逃さなかった。「昨日の晩?」愉快そうな声で彼は訊いた。「私の知るかぎりでは、おまえたちふたりは夕食の席で、私もいるところで話をし、それからおまえはベッドに行ったんじゃなかったかな、ブリタニー」

娘は真っ赤になった。傍目《はため》にも明らかなほどで、子供のころ、嘘がばれたりいたずらが見つかったりしたときのことを思い出させた。「あの……わたし……」

「ブリタニーはあなたが寝てから、ぼくに会いに来たんです」娘の恋人は穏やかな様子だった。「そう、彼女はかなり衝動的な行動をとることがありますから」

「なるほど」テレンス個人としては、キンモントを義理の息子にすることに反対ではなかった。それどころか、若いふたりがはじめて会ったときから、そうなるのもしかたないと思っていたのだ。たしかに、この若者は高貴な生まれではなく、特権階級の出身でもない。裕福なわけでもない。しかし、知性にあふれ、教養高く、勤勉で、まだ三十歳という年にもかかわらず、考古学の分野である程度の尊敬を集めている。「私がきみたちふたりに結婚の許しを与えるのは単に形式的なものだと思うね。いずれにしても得る物がある結婚が一番だ。本来のやり方とは言えないが、効果的ではある」

「結婚ですって?」ブリタニーは口を開け、パラソルを落とした。

「得る物がある結婚」アダムは溝から出てパラソルを拾い、口にかすかな笑みを浮かべて彼女に手渡した。「どうかな、ブリット、ぼくの妻になってくれるかい?」

ブリタニーは反射的に小さな傘を受けとり、目を上に向けた。これもまた夢ではないかと思いながら。昨日の晩は若い女ならみな抱くロマンティックな幻想が現実になったような気がした。アダムは男と女のあいだにもたらされる悦びをすべて教えてくれた。それもとても繊細にやさしく。

そして今、わたしに結婚してほしいと言っているのだ。どうやらすでに父には何か言ったらしい。

暑い陽射しのもとでほこりと汗にまみれて仕事をしていながら、これほどにハンサムでいられるのは不思議なほどだった。額には汚れがつき、つややかな黒い髪はぼさぼさに乱れ、汗のせいで束になってたくましい首に貼りついている。シャツは半分のボタンがはずされ、筋肉質の胸があらわになっていた。ブロンズ色の肌をし、圧倒されるほど男らしい彼が目の前にそびえるように立っている。彼のハシバミ色の目に不安そうな色がなかったら、威圧感を感じていたかもしれなかった。

アダムはよりやさしい声になってくり返した。「ブリット?」

なぜか声が出なかった。ブリタニーは答えるかわりに、爪先《つまさき》立ち、彼の汚いシャツをつかんで引き寄せ、口を差し出した。アダムは望んだとおりの反応を見せ、身をかがめて彼女にキスをした。唇と唇を合わせながら、アダムは汚れた手を彼女の腰のあたりでぶらぶらさせていた。おそらくは薄い色のドレスを汚さないためだろうが、体にさわることはしなかった。かすかに父が忍び笑いをもらすのが聞こえ、その音が聞こえてようやくブリタニーは手を離して一歩下がった。

アダムは形のよい唇を魅力的に曲げてブリタニーを見下ろした。「イエスと受けとっていいんだね?」

ブリタニーはまだ答えることができずにうなずいた。昔から、自分が結婚して平凡な暮らしにおちつくなどということはあり得ないと思っていた。ロンドンと田舎の家とを行き来して、パーティーや上品な茶会に涙が出るほど退屈し、社交界のどうでもいい動向を噂し合うのが唯一の気晴らしという生活なんて。この人と結婚すれば、この世でもっとも魅力的な男と人生——とベッド——をともにし、愛してやまないこの暮らしもつづけることができる。

「近くの村には司祭がいるそうだ」父が手のほこりを払った。「すぐにストラトスを送って必要な手配をさせよう。そのあいだ、われわれはすべてをこの場所のまわりに移し、作業員たちをみなここへ連れてこなければならない。今発見した大きさの壺は持ち運びできるものではない。じっさい、当時は膨大な量のオリーブオイルが入れられていたはずだ。ここに壁があったのはまちがいない。きっと重要な建造物の跡が見つかるぞ」

アダムはまた壺に注意を戻して同意するようにうなずいた。しばらくすると、ふたりともまた発見したものに夢中になっていた。ほかの女だったら、自分が忘れ去られたことに腹を立てたかもしれないが、ブリタニーはしようがないというように首を振った。これまでずっと考古学へのとりつかれたような情熱を当然のこととして生きてきたが、どうやらこれからの人生も同じように過ごすことになりそうだ。

あのブレスレット。

アダムがそれを見つけたとしたら、彼はわたしの言ったことを信じたにちがいない。喜びはすぐさま苛立ちにとってかわった。どうしてわたしに見せてくれなかったの？

ブレスレットをこの目で見なければ。じっさい、理想的とはとうてい言えないプロポーズのあとで、婚約者がすぐに古代の陶器の壺に夢中になって、突然プロポーズした相手がそこにいないかのように振る舞い出すのであれば、わたしが彼の見つけたブレスレットを見にキャンプに戻ったとしても罪の意識を感じることはない。

ブレスレットを調べるのは発掘隊にとっても役に立つことと言い訳し、ブリタニーはアダムのテントに忍びこんだ。急いでやってきたせいで息が切れていた。彼の持ち物をあさるのは少しばかりまちがっている気がしたが、幸い、目あての品はトランクのなかですぐに見つかった。

覚えているとおりのブレスレットだった。丸く弧を描くそれが二枚のきれいなシャツのあいだにたくしこまれていた。近寄ってみると、美しい細工は驚くほどで、その持ち主が膨大な富を有する一族の出であるのはまちがいないように思われた。細心の注意を払ってブリタニーは手を伸ばし、それを拾い上げた。

鉄の門と……黒曜石の洞窟。その生き物はその奥でうごめいていた。彼女は急いで門の前を通り過ぎながらもそれを感じることができた。かすかにただよう悪臭の毒気が潮風と混じり合っている。

ぞっとするようなにおいだった。人間であれ獣《けもの》であれ、胸の悪くなるような生き物であることにちがいはない。父がどのようにそれを飼っているのかは理解を超えていたが、その怪物を殺すことは禁じられていた。怪物は父の欲望の象徴としてそこに存在し、人間の犠牲も罪のつぐないとはならなかった。

怪物が低く恐ろしい咆哮《ほうこう》をあげるなか、アリアドネは崖のふもとを通り過ぎ、岬に這い登ろうとしたが、石が崩れてつまずき、片手で無様にぶら下がる恰好になった。腕に痛みが走る。アリアドネはあえぎながら足場を探し、心をおちつけようとした。

この恐怖の迷宮にあえてはいろうと思うなど、テセウスが正気のはずはない。わたしの体に息が残っているかぎり、それを許すことはできない……

彼は待っていた。光る水面に頭上の雲の群れとときおり姿を見せる月が映っている。彼女が必死で近づいてくる音を耳にして、槍《やり》を手に持ったテセウスが振り向く。武器は脇に放られ、彼女は彼の腕に飛びこむ。

わたしの恐怖がこの人にわかってしまうかしら。口を口でふさがれ、彼女は思った。ふたりはことばを交わすことなくキスをした。ことばなどなんの役に立つだろう。テセウスにチュニックの裾をつかまれたときも彼女は抵抗せず、頭から脱がされるままになった。裸体がさらされる。テセウスが帯をほどき、自分の服をはらりと落とすと、アリアドネは水辺の柔らかいくさむらに身を横たえ、脚を開いた。

テセウスがすぐさま覆いかぶさってきて、彼がはいってくるのがわかる。腰を上げ、アリアドネは恥ずかしげもなくすっぽりと彼をなかに入れた。彼の物になった激しい悦びに声をあげる。ふたりは体が求めるままに動いてともに声をあげた。欲望と欲求の波がくり返し訪れる。

情熱の焔《ほむら》に包まれて、アリアドネが先に達し、そのすぐあとにテセウスが達して彼女の豊満な肉体のなかに種をまき散らした。

アテナイ王の息子の子供を宿しているなど、どうして父に告げられよう？　ミノア人のほうがすぐれたギリシャの支配者だというのに。ミノタウロスという奇怪な怪物に捧げるため、アテナイ人から人間のいけにえを求めるのはミノア人の権利だった。

テセウスは邪悪な怪物を打ち負かそうと考えていたが、援軍もなしにあの迷宮に彼をひとりはいらせるわけにはいかない。

「愛する人よ」テセウスの手がむき出しの尻を愛撫する。彼はまだ開いた太腿のあいだに深々とはいったままだ。「今宵が最後の夜だ。私は生きて帰ったとしても国から追放される。もし……」

アリアドネは手を彼の唇にあてた。「言わないで。あなたは生きて帰るわ。わたしが手助けします。もう考えがあるの」

道しるべの糸を入れた箱。うまくいくはず。うまくいってくれなくては。

「……この世で誰よりも頑固で腹立たしい女だな」

そのつぶやきを聞いてブリタニーは目を開けた。床にすわりこんでいる自分のほんの数インチ上にアダムのしかめ面がぼんやりと見えた。ブリタニーは今見ていた白昼夢を思い出しながら目をしばたたいた。アダムに手からブレスレットをとり上げられるのがわかる。

「返して」ブリタニーは身を起こそうとしたが、彼の手に肩を押されて身動きできなかった。

「絶対いやだね」アダムはうなるように言った。「きみがひとこともことばを発することなくあの場を離れた瞬間に、きみが何をするつもりかわかったんだ。どういうことだい、ブリタニー?」

「だって、あなたは壊れた壺に夢中だったから」ブリタニーは混乱したまま、弁解するように言い返した。「男に結婚してほしいと言われたら、たいていの女はそのあとにもう少し派手なやりとりがあると思うものよ」

「ぼくは自分が詩人だと主張したことはないぞ」

そう言い返しながらも、アダムはブリタニーをそっと腕に抱き入れ、とても大切に扱わないと壊れてしまう大事な宝物でも抱くように胸まで持ち上げた。ブリタニーは男の汗の清潔なにおいを嗅《か》ぎながら胸に寄り添った。思わず口に小さな笑みが浮かぶ。彼のたくましい腕に抱かれるのは最高だった。プロポーズのことばが洗練されていなかったとしても、少なくとも彼の抱擁《ほうよう》は多くを語ってくれていた。おまけに、発掘現場を投げ出してこうして探しに来てくれた。ピトイの記念すべき発見を前にしてのその行為は、彼の愛情の証と言える。

それでも、愛しているとことばに出して言ってくれたらどんなにすてきだろう。

「アダム、わたしが力になれることはあなたにもわかっているはずよ」

「だめだ」アダムの拒絶は有無を言わさぬものだった。彼は黒髪の頭を振り、ブリタニーをベッドに運んで腰を下ろした。長い指で彼女の顎を包み、目と目が合うようにする。底知れぬハシバミ色の目には感情が現れていた。「きみが定期的にそこらじゅうで気絶してまわるなんてのは困るからね。きみの健康にいいわけないし、正直に言って、死ぬほどぼくが怖い思いをする」

「いつも気絶するわけじゃないわ」ブリタニーは抗議した。彼の口が自分の口からほんのわずかしか離れていないことにうっとりとなる。「父に訊いてみて」

「きみの夫として、それを許すわけにはいかないね。もう啓示はなしだ。そういう反応を多少でも引き起こすものに触れるのもなしだ」アダムの唇が羽ではくように彼女の唇を軽くかすめた。

ブリタニーは辛らつな調子で言った。「あなたはまだわたしの夫じゃないわ」

「すぐにそうなるし、きみと言い争うのにもうんざりだ」口がもっと強く口に押しつけられ、ブリタニーの答えを封じた。むさぼるように大胆に舌が舌にからむ、アダムは抱く腕に力をこめてブリタニーが動けないようにし、キスに抗うことができないようにした。キスがつづくにつれ、ブリタニーは腹の奥深くに火がつくのを感じ、彼の膝の上で体をおちつきなく動かした。ようやく彼が顔を上げ、彼女は息をついた。頭がくらくらした。

「アダム！」

いたずらっぽい笑みが彼の唇を上向きに曲げさせた。「これからはこうやってきみを扱うことに決めたよ。きみが何かについてぶつぶつ言い出したら、きみがすべてを忘れてしまうまでキスをする」

ブリタニーは抱かれながら、彼のがっしりとしたたくましさを感じていた。臀部《でんぶ》には太腿の鋼のような筋肉の張りが感じられ、彼のズボンの生地越しに、それ以上に固い、こわばったものがあるのがわかった。ブリタニーはわざとらしくまつ毛をばたつかせた。「そんなことをされたら、余計に言い争いたくなるかもしれないわ」

「それはどうかな」アダムは皮肉っぽくおもしろがるような笑みを浮かべた。「ブリット、ぼくはきみを発掘や発掘された物から遠ざけておきたいと本気で思っている。忘れてほしくないんだが、ここにあった文明は恐ろしい大災害のせいで地上から失われてしまった。きみにその恐怖の一端でも経験させたいとぼくが思うと？」

恐怖。ブリタニーは鉄の門とそこを通り抜ける際のアリアドネの恐怖を思い出した。震えが走り、背中を丸めて彼の温かい体にさらに体をすり寄せる。「アダム……伝説についてはよくわからないけど、ここには地下の迷宮があって、かつてそこに何かが棲《す》んでいたのよ。アリアドネが恋人に会いに行くのにその入口の前を通ったとき、彼女が恐怖を感じているのがわかったわ」

アダムはぴたりと身動きを止めた。「ラビュリントスそのものを見たのか？」

「言ったでしょう、入口だけよ。それ以上は何も。でも聞こえた……声が……その生き物をあなたがなんと呼ぶにしても」

「ブリット、それは寓話にすぎないんだ。英雄的な手柄を輝かしく語った神話だ。半分人間で半分動物の生き物なんてあり得ないのはきみにもわかるだろうに。おぞましいのは言うまでもなく、科学的に不可能だ」

もちろん、理論的には彼の言うことが完全に正しい。アダムは苛立つほどに正しいことが多い。それでも、頑固な確信は揺らがず、ブリタニーは耳にした恐ろしい咆哮を思い出していた。「伝説がそのまま事実だって言いたいわけじゃないのよ、アダム。多少の真実が含まれているんじゃないかって言っているの。信じて。自分が何を見て、何を聞いたかはわかっているんだから」

アダムは眉根を寄せた。「いいかい、きみがそれを見聞きすることはもう二度とないんだ」

可能であったならば、その横暴な宣言を聞いてすぐさま勢いよく立ち上がり、テントから飛び出していたことだろう。しかし、断固とした手に体をしっかりとつかまれていた。ブリタニーは冷ややかな、しかしきっぱりした声で言った。「わたしに命令しないで」

「命令したくなるような態度をとらないでくれ。ほんとうに、頼むからそうさせないでくれよ」彼女の見るからに真っ赤に染まった顔を見て彼の目が燃えた。「思ったんだが、手の空いている者はみな新しい発掘場所に急いで向かったはずだ。きみのお父さんがここへ戻ってくることもまずないだろう。われわれは文字どおりふたりきりだ」

「だから？」ブリタニーは眉を上げ、それがどうしたのという顔をしようとしたが、おそらくは失敗だった。

「だから、きみが確実に発掘場所から遠ざかっているように手を打たせてもらう」そう言ってアダムは重さなどないように彼女の位置を変えた。ブリタニーはいきなりあおむけにされ、手ですねをさわられたと思うと、スカートをまくり上げられて太腿の内側の感じやすい肌を撫でられていた。危険な笑みがアダムの顔を輝かせた。「ふつうのキスもあれば、究極のキスもある。これできみの頑固な抗議の声を抑えられなければ、何が抑えられるかわからないな。やらせてみてくれ」

ブリタニーは彼が何を言っているのかはっきりとはわからなかったが、気がつくと、ドレスを腰のところまでまくり上げられていた。アダムが下へと動き、みだらなことに腹にキスをした。ブリタニーは不明瞭な抗議の声を発した。

アダムは壊れ物を扱うようにそっと彼女の脚を開かせた。彼が顔を下げ、彼女を舌でいたぶりはじめると、ブリタニーは驚きのあまりはっと息を呑んだ。

ああ、なんて……

罪深いほどにすばらしい感触だった。アダムの黒い頭が青白い太腿のあいだにあり、口が割れ目に押しつけられる。太腿をたしかな手で押さえつけられていたため、抗おうとしても無駄だった。背徳的な悦びが湧いてきて、ブリタニーは目を閉じて背をそらした。彼の舌が動く小さな音しか聞こえなかった。やがて息が荒くなり、その後すぐに、解放の悦びが全身に広がり、体が震えはじめた。興奮をはっきりと示すように腹のあたりで何かが脈打ち、思わず声をあげて昇りつめると、すぐにも筋肉が収縮し出した。その声を抑えるには、アダムの口はまるで間に合わない場所にあった。

しばらくして彼が身を起こし、貪欲で傲慢な笑みを浮かべてみせても、体から力が抜け、満足にひたってぼうっとなっていたブリタニーはまるで気にならなかった。太腿のあいだはまだ脈打っている。なかば伏せたまつ毛の陰から、彼がズボンのボタンをはずすのが見えた。

「ぼくも完全に無私無欲とは言えないな」アダムはそうつぶやくと、そそりたつものをとり出し、彼女の太腿のあいだに身を置いた。ハンサムな顔には真剣な表情が浮かんでいる。

「だから、悪いが……」

彼がなかにはいってきても、悪いことは何もなかった。こわばったものがしなやかな肉を押し開くと、ブリタニーの両手が彼の肩に置かれた。彼の固い感触はすばらしく、男らしい欲望は彼女自身の欲望を完璧に映す鏡のようだったため、すっかり満たされていたブリタニーには抗おうとする気持ちはまったくなかった。アダムは動きはじめた。すばやく引いて思いきり突く。ブリタニーはその感触とこれほどに求められていることにおおいなる悦びを感じた。

情熱にはかぎりがないとブリタニーは思った。またあの張りつめたようなすばらしい感覚が戻ってきたのだ。あまりにすぐのことで信じられないほどだった。突いては引くその動きは、古代の伝説的な恋人たちの交わりと同じく原始的だった。男が女を求め、男の欲望は女がまた頂点に達しようとする瞬間に目を閉じるその顔を見れば明らかだ。女の膣がこわばり、男を深く抱えこむと、男の動きが止まり、女の体の痙攣に合わせてたかぶったものが収縮し、熱い奔流《ほんりゅう》となった種をまき散らす。

「わたしたち、どちらも服をしっかり着たままよ」事を終えてアダムの首に顔を寄せたままブリタニーは言った。彼は発掘現場で着ていた汚れた服のままだった。「わたしのドレスはどうしようもなく皺だらけになってしまっていると思うわ、アダム」

アダムは顔を上げたが、悔いる表情はまったく見せなかった。「きみがなぜ着替えたのか、お父さんは不思議に思うだろうが、正直、今はそんなことはどうでもいいね。きみはベッドのなかですばらしく奔放だった。じっさい、きみはすべてにおいてすばらしいけどね、ブリットト」

ブリタニーは彼の口が情熱をかき立てた場所を思い出して赤くなった。責めるようなまなざしを彼に向けずにいるのは不可能だった。「前にもあんなことしたことあるの？」

「まさかその質問に答えるとは思わないでくれよ」アダムは腹立たしい笑みの形に口を曲げた。「きみにそれをするのを何度となく思い描いたのはたしかだとだけ言っておこう。きみが興奮するのを見てそそられたことはまちがいないが」

「アダム」ブリタニーは笑いたくなるのを押し隠し、怒った振りをつづけようとしたが、彼に身を寄せているのがあまりに心地よく、そんなことは不可能と言ってよかった。ふたりとも裸だったならもっとよかったのだろうが、こうしているのもけっして悪くなかった。

アダムはブリタニーの頬に触れ、目をのぞきこんだ。「きみを望むようには誰のことも望んだことはない。それだけはたしかだ」

美しい愛のことばとは言えなかった。その瞬間までそんなものを求めていたとは自分自身思っていなかったのだが、ブリタニーは内心の落胆を抑えてほほ笑んだ。「そうだといいわね。結婚するとしたら」

「われわれが夫と妻になるのは絶対さ。手立てが見つかったら、夜までには」体にまわされたアダムの腕がきつくなる。

「わたしがノーと答えていたらどうだったの？」

「説得しただろうな。たった今、きみを発掘現場から遠ざけておくためにしたのと同じやり方で」

彼の尊大な宣言から気をそらされたのはたしかだったが、ほんとうにその宣言に従う気はなかった。欲望の力をもって発掘現場から遠ざけられるやり方がいやなわけではなかったが、ブリタニーは誰であれ、男の所有物になるつもりはなかったのだ。たとえそれがすばらしくハンサムで自信過剰なアダム・キンモントであっても。

「やってみればいいわ」ブリタニーは小声で言い、また焼けつくようなキスを求めて顔を上げた。

5

六つの部屋の基礎がすべてあらわになったが、それもまだはじまりにすぎなかった。アダムは金属のカップから生ぬるい水をひと口飲み、深い満足とともに石の規則的な模様を眺めた。この調子で発掘が進めば、今月末までには仮説が証明されるだろう。クノッソスの宮殿の大きさから言って、この宮殿も同じぐらいの大きさがあったと証明するには、何カ月も何年もかけてこの建物を掘り起こさなければならないはずだ。どのぐらいかかるかは、これがじっさいにどのぐらいの大きさのものかによる。もちろん問題は、テレンスもそれは認めているが、一部が何千年も前に海に崩れ落ちてしまっているということだ。それでも、この発見は考古学の世界を揺るがすものとなるだろう。

もちろん、ラビュリントスが見つかればさらにすばらしいのだが。

伝説によれば、それは宮殿の地下にあったことになっている。何かを掘り起こすたびに、細心の注意を払って慎重にそれがなんであるかを確認し、記録しなければならない。壊れたり見過ごされたりするものがないように気をつけなければならず、次の層に進むまでにはかなり大変な思いをすることになる。最初の層の調査を終えるのにどのぐらいかかるかもわからず、次の層が日の目を見るのがいつになるかは見当もつかなかった。それが彼の仕事で、みずから好んで行っていることだったが、それでもなかなか前に進めないことには苛立ちを覚えずにいられなかった。

苛立ちを覚えるのはそれだけではない。アダムは目を細めて沈みゆく太陽を見ながら思った。頑固な新妻を御すのもけっして穏やかで容易な仕事とは言えなかった。ブリタニーはキャンプでおとなしくしていろという彼の命令に従うのを拒んだ。しまいには彼のほうがある程度譲歩して厳しい陽射しをさえぎる小さな仮設小屋を作り、そこにすわって発掘場所を見られるようにしてやったのだった。結婚してからの二週間、発掘を手伝いたいという彼女の願いをめぐってふたりはほとんど毎日けんかばかりしていた。発掘現場で作業するほぼ全員――とくにブリタニーの父とサン・ヴィア――がふたりのけんかをおもしろがっているのはたしかだったが、アダムはけっして譲らなかった。

いつもブリタニーが反抗的な態度で発掘を眺めている場所に目をやり、アダムは眉根を寄せた。ブリタニーはいつもよりもずっと早くそこを立ち去っていた。彼女がいないことで、心に不安の影がよぎる。

くそっ。アダムは苛立ちもあらわに胸の内で毒づいた。ここを発掘しているあいだずっと、仕事を放り出して彼女を探して歩かなきゃならないのか？　彼女がちゃんとテントのなかか、少なくとも自分の近くにいてくれないのならば、今度からはあの椅子にしばりつけておいてやる。そうするしかない。

アダムは覆いのかかっていない場所から出てストラトスに合図した。「暗くなる前に戻るよ。ちょっと、その、探し物だ」

ギリシャ人は満面の笑みを浮かべ、明るい色のハンカチで汗まみれの顔をぬぐった。「奥さんならあっちへ行ったよ。それが探し物なら」

くそっ。誰もがブリタニーのたわむれとぼくの苛立ちをおもしろがっている。アダムは指差された方向へ向かい、顔をしかめた。「キャンプへ戻ったのか？ 彼女らしくないな」

「ムッシュウ・サン・ヴィアが今日見つかった遺物の目録を作っているのを手伝うそうだ」

「そうかい？ またいつもみたいにその辺を探検しに行ったんじゃないのはたしかかい？」

彼女が見つかった遺物の記録を手伝うつもりでいるというならば、害はなさそうだったが、アダムはまだ疑念を払えなかった。ブリタニーが遺物の記録を？ 心のなかでまた不安が頭をもたげた。

発掘の現場監督はうなずき、さらに満面の笑みになった。「彼女は目につくからね、ミスター・キンモント。キャンプに戻れば見つかると思いますよ」

目につく？ まあ、それはたしかだ。アダムは一日じゅうブリタニーの一挙一動を意識せずにいられなかった。それが呪いであるのか、恵みであるのかはわからなかったが、自分がとりつかれたようになっているのはまちがいなかった。この世で彼女ほど魅力的で美しく、情熱的で腹立たしい女はいない。

「ありがとう」アダムはそう小声で言って仮の住まいへと向かった。まずはブリタニーが何か悪さをしていないかたしかめ、それから体を洗って夕食のために着替えるつもりだった。ブランデーということばが天国を約束してくれるものに思えた。昼食もとらずに働きづめだったせいでひどく腹も減っていた。

発掘現場で見つかった遺物を保管しておくための倉庫はふたつの大きなテントを組み合わせたもので、なかには大きな厚板のテーブルがいくつか置かれていた。遺物は見つかった順に並べられ、どこに埋まっていたかを示す地図と、それがなんであるかを推測するメモがつけられていた。アダムはフラップを押し開け、首をかがめてなかへはいった。美しい妻が長いテーブルのひとつに身をかがめているのを見て口が引き結ばれる。彼女がじっと見つめている遺物は今日作業員のひとりが掘り出した小さな四角い陶器だった。何であるかはわかっておらず、箱のひとつの側は半分欠けてなくなっており、アダムがてっぺんだと思うところには穴が開けられている。発掘された物としては、さほど記録的なものではなく、その重要性を推測するとしても、家のなかで使われていた何かで、おそらくは厨房《ちゅうぼう》の道具だろうとしか言えなかった。

ブリタニーが手を下ろし、指でその表面を撫でながら全神経を集中させているのを見て、アダムの顎が引きしまった。「ブリット」

その呼びかけに言外の警告を感じたのか、ブリタニーははっと顔を上げて振り向いた。いたずらを見つかった子供のように手を後ろに隠す。「アダム、もう、びっくりしたわ」

サン・ヴィアが目を上げた。その目にはおもしろがるような光が浮かんでいる。「キンモント、きみがすばらしい奥さんの居場所をつきとめるのにどのぐらい時間がかかるだろうと考えていたところだ。きみを責めるわけじゃないぞ。愛の花の力は絶大だからね」

愛……まあ、そう、たしかにそのとおりなのだろう。しかし今この瞬間、アダムは疲労と狼狽《ろうばい》しか感じなかった。何よりも、あれほど言ったにもかかわらず、妻が発掘された箱にさわろうとしていたことに強い疑念を抱かずにいられなかった。「きみが発掘現場からいなくなっていたんでね」

「ここでのほうが役に立つから。そう、ほんとうに役に立つのよ」ブリタニーは顔をしかめてみせた。「お願いだから、何かさせてよ。ムッシュウ・サン・ヴィアのお手伝いをするのは何も問題ないはずよ」

彼女の怪《あや》しい能力についてフランス人は何も知らず、アダムも知らせるつもりはなかった。

「それはそうかもしれない。でも、離れるときには知らせてもらいたいな」

ブリタニーの美しい顔が皮肉っぽく責めるように輝いた。「わたしは子供じゃないわ」

「それはたしかにそうだ」アダムは少しばかり強調するように言った。

サン・ヴィアが笑い声をあげた。ブリタニーは赤くなり、アダムにとがめるようなまなざしを向けた。それからまた、うっとりと小さな箱に目をやった。「この箱は何？」

「訊くならムッシュウ・サン・ヴィアに訊くんだな。もう訊いたと思うが」

フランス人が首を振った。「クノッソスで発掘されたものは数多く扱ってきたが、残念ながら、それがなんのためのものかは私にもわからない」

アダムにはそんなつまらないものに妻がどうして興味を惹かれるのかまったくわからなかった。「おいで、ブリット、夕食の席につく仕度をしよう。今日は長い一日だった。きみがそうしたいなら、明日ここで手伝いをすればいい」

驚いたことに、ブリタニーは口答えせず、柄にもなく従順に差し出されたアダムの腕をとった。結婚してからふたりで使っているテントへと歩きながら、ちらちらと光る海の向こうへ沈みゆく色鮮やかな夕日は妻の華やかな美しさにぴったりの状景だとアダムは思った。アダムが汚れた服を脱ぎ、一日の汚れを体から洗い流しているあいだ、ブリタニーはベッドの端に腰をかけ、伏せたまつ毛の下から彼を見守っていた。熱くなった肌に冷たい水が心地よかったが、近くの泉からくんできた冷たい水でさえも、裸になって美しい妻のそばにいることで体が反応してしまうのを抑えることはできなかった。

ブリタニーがすぐそばにいて、しかも、都合よくベッドに腰をかけているのに彼は気づいていた。

アダムはタオルで体をふき、意思に反してこわばっているものを無視しようとした。今は情熱的な愛を交わすにふさわしいときではない。体が疲れ、飢え、飲み物を欲しているのはもちろん、夕食の席に遅れれば目立ってしまうだろう。妻に夢中であるのが傍目にはっきりわかる新婚の夫として、作業員や学者仲間からすでにうんざりするほどからかわれていた。

押し殺した女らしい小さな笑い声がベッドのほうから聞こえ、自分の体の状態が気づかれずにすまなかったことがわかった。「あら、疲れてるんだと思ったわ、アダム」

ブリタニーには女《め》ギツネを演じる才能が生まれつき備わっているのだ。短いあいだにそのことはアダムにもわかっていた。彼女は愛の行為の作法においては学ぶ側だったが、覚えは速かった。アダムはゆがんだ笑みを浮かべてみせた。「きみとベッドの組み合わせがぼくの体のある部分に必ずといっていいほど影響を与えるんだ。このどうしようもなく分別のない部分にね」

「夕食に遅れるわよ」ブリタニーはやわらかくそそるような口をにやりと曲げた。「それに、わたしは髪の毛をまた整えなきゃならなくなるし」

髪のことなど言ってくれなければよかったのにとアダムは思った。手にとったときのシルクのような手ざわりが大好きだった。優美な背中にカールして垂れるつややかな金色の髪。

くそっ、自制心を働かせなければ。「だめだ。遅れるわけにはいかない」そう言ってアダムはトランクのところへ向かった。固くなったものが腹にあたっているのが滑稽《こっけい》だった。「服を着てこれのことは無視するよ。きみがこのテントから出ていってくれれば、おさまるはずだから」

「でも、無駄にするなんてもったいないわ」なまめかしい声の調子にアダムはぴたりと動きを止めた。

彼もそれに思いきり同意していた。

振り向くと、ブリタニーは靴を脱ぎ、スカートをまくってストッキングを脱いでいるところだった。長くほっそりした脚から薄いシルクのストッキングをはがす様は、この世の何よりも色っぽかった。アダムの固い決意は即座に霧散した。ブリタニーが腕を上げて髪のピンを引き抜くと、アダムは深々と乱れた息を吸った。

「夕食の席に何分か遅れたとしてもさほど問題じゃないかもしれない」アダムは彼女のところへ行って引っ張り起こし、ドレスとシュミーズを手早く脱がせた。すばらしい裸体をさらしたブリタニーはベッドに押し倒され、毛布の上に押しつけられて笑い声をあげた。「きみのせいでおかしくなりそうだよ、ブリット」スミレ色の目をのぞきこみ、口に口を寄せてアダムはささやいた。

「そう？」ブリタニーの手がアダムの腰を撫でた。「証明して」

拒みたくない挑戦だった。ゆったりと前戯に費やす暇はなかったが。手を彼女の太腿のあいだにすべらせると、その必要もないことがわかった。すでになめらかに湿っている。手の愛撫に脚を開いたブリタニーは、探るような指先が固いつぼみに触れると声をもらした。

「きみのなかはとても温かく、やわらかく、濡れていて、ぼくを迎え入れる準備ができている」口に口をつけたままアダムは小声で言い、体の位置を変えてなめらかなひと突きで彼女のなかにはいった。貫かれて彼女はその侵入を受け入れ、きつい鞘《さや》が手袋のように彼を包みこんだ。

なぜためらったりしたんだ、とアダムは自問した。あらゆる神経の先まで至福の感覚が広がる。布の壁の住まいで暮らしている以上、夫婦のあいだのことを他人にまったく知られずにすむわけにはいかないが、そんなことはどうでもいい。夕食の席についたときに、食べ物が冷たくなっていて、同席するみんなが眉を上げたとしてもそれがどうだと言うのだ。自分が考古学者としての経歴において最大の発見をしたばかりということすら、今この瞬間にはどうでもいいことに思われた。人生で唯一大切なのは、今腕に抱き、体で愛しはじめたこの女だけだ。

「ああ、アダム、なんて気持ちいいの」ブリタニーは背をそらし、彼といっしょに動いた。激しく突くたびに、固くなった胸の頂きが彼の胸をこすった。脚は腰にまわされている。

「ああ……ああ」

彼女の愉悦の声は喜ばしかったが、少しばかり大きかった。「シッ、ブリット」アダムは悦びにひたりながら小声で言った。彼女の繊細な香り、肌の感触、なめらかな頬を染める優美な色。昇りつめようとする彼女のすべてが彼の欲望を高めた。

ブリタニーは忠告を無視したが、アダムが見るかぎり、何を言ったところで無視されたにちがいなかった。驚くことでもなかったが。「やめないで、もっと速く……わたし……いく……ああ」

アダムも達しかけていた。悦びのあまりの激しさに、誰かに声を聞かれるのではないかと気にすることさえやめていた。彼の下でブリタニーは背をそらし、低い声をあげた。痙攣がはじまって体がこわばっている。

アダムにもそれ以上の刺激は必要なかった。解放のあまりの激しさに、おそらくはブリタニーに負けないほどのはっきりした声をあげた。ふたりはともに震えながらひとつになった。

肉体が官能的に同化するあまり、呼吸の変化から彼女の体から力が抜けはじめるのがすぐにわかった。

アダムはブリタニーのなめらかなこめかみにキスをし、ほほ笑んだ。「食事に重きを置きすぎていたな。たぶん、夕食は抜けばいいんだ、ブリット」

アダムは子供のようにあっというまに眠りに落ちた。ふたりで寝るには少々小さいベッドの上でたくましい体から力が抜けている。ふたつのベッドを合わせてあったのだが、彼の背の高さと肩幅の広さのせいで狭く感じられた。ブリタニーは彼を起こさないように気をつけてそっとベッドから出なければならなかった。

アダムが疲れきっているのはまちがいない。建物の一部とはっきりわかる石を最初に掘り起こしてから何週間ものあいだ、日の出から日没まで働きづめだったのだから。どんな発見も大きな意味を持つことがわかっているために、特別な興奮が発掘隊のキャンプを包んでいた。発掘隊の隊員たちはもちろん、料理人や雇いの作業員たちにいたる全員が、これまで見つけた物やこれから見つかる物が何であるかを考えていた。

ラビュリントス。ブリタニーはそれを見たのだった。残念ながら、アダムがブレスレットを隠してしまい、ブリタニーにはどうしてもそれを見つけることができなかった。謎の迷宮がほんとうに存在したとしたら、それもこの地に存在したならば、アダムはそれが考古学的な従来のやり方で見つかるまで待ちたいと思っているようだった。

しかしブリタニーはちがった。頑固な夫が許そうと許すまいと、自分が力になれるはずと思っていた。

あの壊れた謎の箱が手がかりになる。それを見た瞬間にそうとわかったのだった。過保護の夫が間の悪いときに現れなかったら、その重要性をたしかめるために真夜中に泥棒のようにこっそりテントから忍び出る必要はなかったのに。

衣服を身につけながら、布のこすれる音がするたびにベッドの夫のほうをうかがった。胸が一定の調子で上下しているので問題はなさそうだ。結局、夕食の席にはついたのだったが、食事のあとすぐに夫にテントに引っ張ってこられ、また愛を交わすことになった。

アダムがあれほどぐっすり眠っているのも無理はない。そのまま熟睡していてくれるといいのだけれど。

靴を履き、ブリタニーはそっと外へ出て急いで遺物を保管しているテントへ向かった。キャンプは真っ暗で静まり返っていた。野営する地域によっては父が警備の人間を雇うこともあったが、ここクレタ島は充分人里離れた場所だったため、そういう用心はまだしていなかった。金やその他の貴重な宝物が発掘され出したら、雇うことになるだろうが、今のところ運はブリタニーの側にあった。

箱はテーブルの上に置いてあった。やはり平凡であまり重要でないものに見える。どうして自分がそれを重要なものだと感じたのかは自分でもよくわからなかったが、どこか惹かれるものを感じたのだった。これからしようとしていることをアダムが知ったら絞め殺されるかもしれないが、箱から何を知ることになるにしても、明日それを告げる際に自分がこうしてこっそり夫の言いつけを破ったこともさらりと告げられるといいのだが。

肩を怒らせ、ブリタニーは手を伸ばして箱をとった。


門が開く音が死にかけた動物の断末魔の叫びのように夜の空気を切り裂いた。ふたりの後ろで海が動き、入り江の岩を波がなめた。アリアドネはすすり泣きを抑えようとしていた。きつく抱えているものが手の汗のせいですべる。たいまつの明かりを受けてブロンズ色に光る肌をした恋人は険しい顔をしており、この愚かしいことを決行すると決めていた。

「受けとって」アリアドネは箱を差し出した。「これがここから出るときの助けになってくれるわ、テセウス。道しるべの箱なの。てっぺんの穴から糸が出ているから、それを正面の門に結びつけるのよ。前に進むにつれて、巻いてある糸がほどけていくわ。それで……」

なかに棲む生き物を思い出してアリアドネはことばを止めた。呪いを解き、人間を犠牲にする恐怖の儀式をやめさせるために、勇敢にも彼が何に挑もうとしているのか考えまいとするのには意志の力が必要だった。やっとの思いでアリアドネはことばをつづけた。「……アテナイからはたしに来た目的を達したら、その糸をたどって迷宮のなかで帰り道を見つけられる」

テセウスは差し出されたものを受けとった。ハンサムな顔は石の仮面のようになっている。

「ミノタウロスは退治しなければならない。きみにもそれはわかっているはずだ、アリアドネ。この呪われた怪物がいるせいで、父は罪のない男や女を死出の旅へと送り出さなければならないでいる。怪物がいなくなればきみの父上も自由になることはきみにもよくわかっているはずだ」

「わたしにわかっているのは、あなたを愛していることと、あなたの子を産むということだけよ」アリアドネは恐怖のあまり苦しみを感じた。彼が死ねば自分も終わり。

彼を死なせるわけにはいかない。

テセウスは彼女を最後に一度腕に抱き、口をきつく口に押しつけた。それからたいまつを手にとり、崖に開いた洞穴のなかへと姿を消した。門が音を立てて閉まったが、アリアドネは父の部屋から盗んだ鍵を持っていた。

彼だけを行かせるわけには絶対にいかない。

もうひとつのたいまつを手にとり、アリアドネは深呼吸をして門を開け、恋人のあとを追ってラビュリントスと呼ばれる呪わしい迷宮へと足を踏み入れた。

なかにはいると、ごつごつした岩壁からは水がしたたり落ち、濡れてこけの生えた洞穴の底面はてらてらと光ってすべった。鼻を刺すような腐敗臭が襲ってきて、アリアドネは胃がむかむかする気がした。迷宮に送られた者たちが戻ってこなかったのはたしかだ。曲がりくねる小道を糸を頼りに進んでいくと、洞窟の岩壁沿いに崩れた骸骨《がいこつ》が散らばっているのに出くわした。歯の折れた頭蓋骨《ずがいこつ》がほほ笑んでいる。

お助けを。アリアドネは片手に小さな短剣を、もう一方の手にたいまつを持ったまま祈った。空気が薄く、じめじめしているせいで、たいまつの火は消えかけていた。この地獄のような場所が真っ暗闇になったら、正気を失ってしまうのはまちがいない。

ここに何が棲んでいるの？

噂は知っていた。その生き物は神への冒瀆《ぼうとく》の結果、呪われて生まれた半人間だと。父が神の怒りを鎮めるためにアテナイにいけにえの献上を命じ、その呪わしい生き物は恐ろしいねぐらの奥深くで不運にもいけにえに選ばれた者たちを餌《えさ》に生き延びているということだった。その噂はほんとうにちがいない。人間だとしたら、こんなくねくねとつづく洞窟の地獄のような暗闇とひどい湿気のなかで生きていられるわけがない。何歩か歩くと、すぐに曲がり角が現れ、いくつもの方向に道がつづいていることもよくあった。糸がなかったら、どうやってテセウスを追っていいかわからなかっただろう。

目で見る前に音が聞こえた。大きな動物があえいでいるような恐ろしい息の音。それから鼻を鳴らす音とどさりと何かが倒れる音。金属が岩にあたり、何かが低い苦痛の声をあげた。アリアドネは細い糸をたどって走った。たいまつの炎が揺れ、鼓動が速くなる。彼女はいやなにおいの空気を懸命に吸った。

狭い通路から、天井がアーチ型になっている広い空間に出た。天井からは水滴が垂れ、ヒカリゴケがいたるところに生えている。足を止めると、ぞっとしたことに、奥の壁にテセウスがもたれていた。顔は汗で光り、腕には血が流れている。

そして……それがいた。

目の前の光景が揺れ、アリアドネはごつごつした汚らしい壁にしがみついた。息は低い恐怖の叫びとなってもれた。がっしりとした肩から人間の男の上半身が立っている巨大な生き物。人間と獣とのあり得ない融合はとうてい信じられない衝撃的な姿をしていた。

その生き物が振り向き、低い咆哮をあげた。

その瞬間、テセウスが壁際から飛びかかり、その生き物の首に剣を突き刺した。ぱっくりと開いた傷から黒い血が噴き出し、怪物は吠えた。ぞっとするような悲鳴が自分の喉からしぼり出され、戦いの音を圧して響き渡るのがわかった……

女の悲鳴が聞こえ、テレンスは熟睡から覚めた。すぐさまベッドから出てガウンをつかむ。テントの反対側の端に置いたベッドで寝ていた従者もよろよろと身を起こした。「旦那様？」

「すぐに戻る」テレンスは外へ飛び出し、暗闇のなかでアダムと鉢合わせしそうになった。アダムはズボンしか身につけていなかった。

ブリタニーの夫は「いないんです」とだけ言った。

どちらも彼女がどこにいるかはっきりとわかっていた。テレンスは遺物の保管用テントへと走るキンモントのあとに従った。すぐにもふたりはテントのなかに走りこみ、真っ青な顔で震えているブリタニーを見つけた。夏のドレスの白い生地に負けないほどに蒼白な顔をしている。アダムは彼女の手から小さな四角い遺物をとり上げた。薄暗いテントのなかでも、彼の怒り狂っている顔は見てとれた。「ちくしょう。ブリット、いったいどうしたらいいんだ……」

ことばはそこで途切れた。ブリタニーの顔から表情が消え、見開かれた目から光が失われたと思うと、体がよろめいたのだ。娘が何を見たにせよ、今ここにいるふたりの男でないことはたしかだった。唇が動いたが、音は発せられなかった。以前にも啓示が訪れたあとの娘の様子は目にしたことがあったが、今度ばかりはテレンスも心配になった。ブレスレットを手に持ったときにもこういう様子だったとしたら、アダムがあれほど頑固に彼女に何にも手を触れさせないようにしているのも道理だ。

娘の夫は腕で妻を抱きとめ、見るからに怒り狂っているにもかかわらず、そっとやさしく抱き上げた。「ブリット?」

ほっそりとした肩を震わせ、ブリタニーは夫の肩に頬を寄せた。まつ毛が伏せられたと思うと、体がぐったりした。アダムはテレンスに苦々しい顔を向けた。「気絶してます」

「たまにこうなるんだ。きみも見ただろう。すぐに意識をとり戻すさ」テレンスも心配ではあったが、啓示が強烈すぎてブリタニーがつかのま意識を失うことはたまにあった。まれなことではあったが。このクレタ島では不安になるほどふつうのことになっているようだ。

「その呪わしい箱を彼女の目の届かないところに置いてもらえますか? サン・ヴィアも重要な遺物ではないと考えていますから」

「重要なものにちがいない。娘の注意を惹きつけたんだから」かなり損壊された遺物だった。これが発掘されたときに別の場所で作業していたせいで、テレンスはまだ目にしていなかった。ブリタニーが何を見たのか興味を惹かれ、箱を手にとって訓練された目でよく眺めた。しかし、何に使うものかはわからなかった。そういうことはよくあったため、娘がときおり力を貸してくれるのを容認してきたのだった。

「彼女をテントに運びます。ベッドにしばりつけておきたいほどですよ」なかば本気に聞こえる冗談を残し、アダムは振り返ってその場を去ろうとした。

「朝にはこれがなんであるか彼女が教えてくれるだろう」テレンスは箱を持ち上げた。

キンモントは妻に夢中の過保護の夫かもしれないが、考古学に身を捧げた学者でもあった。彼はしばし足を止めた。「あの悲鳴を聞いたら、彼女が覚えていなければいいと思ってしまいますね」

「発掘にとって重要な事実だったら？」

「そうだとすれば、彼女がなおぼくの言いつけにそむこうとするようになるでしょう」

「きっとわれわれの助けになると思ってやっていることだ」

「寿命が十年縮むほど、ぼくに怖い思いをさせてですか？」若者はきっぱりと言い返した。

テレンスは忍び笑いを抑えきれなかった。「アダム、ブリタニーには命令するよりもお願いしたほうがいいという事実はきみも認めざるを得なくなるぞ。たしかに娘はきみを愛しているが、私には娘の気性がよくわかっている。命令して何かをさせるのはうまいやり方じゃない」

「たしかにうまくいきませんね。それだけは言えます」義理の息子はそう小声で言うとテントを出ていった。

騒ぎを聞きつけてほかにも何人かテントから出てきていたが、テレンスは夢遊病のようなものだから心配要らないと説明し、自分のテントに戻った。

現金と貴重な書類を入れてある金庫に箱をしっかりとおさめてからベッドにはいり、テレンスは考えた。ブリタニーが頑固なのはたしかだが、直感は鋭く、前にも役に立ってくれたことがあった。彼女の夫は啓示が彼女にもたらす影響を心配する気持ちと過去の謎を解き明かしたいという科学的探究心のかねあいをうまくとる方法を見つけなければならないだろう。

テレンス個人は、箱について聞きたくて、いてもたってもいられない思いだった。

6

ブリタニーはまばたきした。濃い金緑色の目が揺らいだと思うと焦点が合った。がっしりした顎、黒い髪が顔をとりまいている……

アダム。

「どうしたの？」少しばかりめまいを覚え、混乱しながらブリタニーは訊いた。テントに明るい陽射しが降り注いでいるのを見ると朝のようで、夫はベッドの脇においた簡易スツールに腰をかけて長い脚を伸ばし、ハンサムな顔に謎めいた表情を浮かべていた。

「覚えていないのかい？」アダムは片方の黒い眉をゆっくりと弓なりに上げた。

ブリタニーは身を起こした。ネグリジェではなく、シュミーズを身につけている。そこで、昨晩の出来事が少しずつ脳裏によみがえってきた。

あの箱。

ラビュリントス。

化け物。

自分の顔にどんな表情が浮かんでいるのかはわからなかったが、そのせいで夫が突然立ち上がった。「きみをこういう目に遭わせたくなかったんだ」

夫が怒り狂っているのは理解でき、怒られるだろうとは思っていた。「わたしが何を見たのか、わからないでしょうに」ブリタニーは弁解するように言った。

「きみは悲鳴をあげたんだぞ」ハシバミ色の目が光った。「それからぼくの腕のなかで気を失った。それがぼくにとってどれほどの心労になるか前に言ったはずだ、反抗的な奥さん」

「わたしにラビュリントスを見つける手助けができたとしても？」

「それでもだ」とアダムは応じたが、その顔が若干変化するのにブリタニーは気がついた。

「きみの無事がぼくの人生において唯一最大の重大事だからね。さあ、熱いお茶と朝食をとってきてあげるから、着替えるんだ。きみが目を覚ましたらすぐに知らせてほしいとお父さんが言っていた。きみが言いつけを破って昨晩あの壊れた箱を見に行ったことで、何かわかったことがあるなら、お父さんもそれを聞きたいそうだ。この件に関してはお父さんのほうがぼくよりもずっと寛容な気持ちでいるらしい」

あなたの長所のなかに寛容さはないようねと胸の内でつぶやき、ブリタニーは洗面器の冷たい水で顔を洗った。仮住まいのテントの隅にロープとカーテンで仕切って作ったクローゼットのところへ行き、つるしてあるドレスのなかから一枚を選んだ。記録的な速さで着替えると、アダムが戻ってくるころには髪にブラシをかけていた。背の高い彼がはいってくると、狭いテントが窮屈に感じられた。

アダムはトレイを下ろし、まだ怒っていることをありありと表した冷たい声で言った。

「準備ができたら、きみとふたり、お父さんのテントに行ってメモを調べることになっている。啓示の話は三人だけのことにしたいとお父さんもぼくも思っている。昨晩のことはきみが夢遊病だとお父さんがみんなに説明した。妻が真夜中に出歩く嘘をその場でこしらえるのはぼくの得意とするところじゃないんでね」

ただ力になりたいと思ってしたことだったので、夫の態度には少しばかりうんざりだった。

「そういう嘘を即座に思いつくなんてとても賢いわ」ブリタニーは辛らつな口調で言った。

「あざけるような言い方をしないほうがいいな、ブリット。いいかい、まだぼくはきみのとんでもない行動について、膝の上に乗せて尻をたたいてやりたい気持ちでいるんだから。前にも言ったはずだ。思いきり尻をたたいてやったほうがきみのためにもなると」

「やれるものならやってみれば」指のあいだにブラシをぶら下げてブリタニーは彼をにらみつけた。

「やらないと思ったら大まちがいだから、あまり怒らせないでくれ。これは友好的な警告だ」アダムは踵を返してテントを出ていった。

「なんて高飛車で、傲慢で、腹の立つ……」ブリタニーは口角泡を飛ばして言ったが、すでに夫はいなくなっていた。

トレイには湯気の立つお茶、みずみずしい果物、おきまりのオリーブ、温かいパンなどが載っていて食欲をそそった。ありがたい気遣いだわとブリタニーは胸の内でつぶやいた。彼はきっと発掘に行きたくてじりじりしていたはずなのに、わたしが眠っているあいだ、そばにずっとすわっていてもくれた。

きっとそうやって待っていたことも無駄ではないとわかり、腹立ちも忘れてくれる。そう自分に言い聞かせると、ブリタニーは腰を下ろし、お茶のカップに手を伸ばした。

クリーム色の肌を引き立たせるバラ色のやわらかな生地のドレスに身を包んだ美しい妻は、夫と父にあまり自信のなさそうな目を向けた。「ずっとまちがっていたのよ。みんながまちがっていた。もちろん、仮説では、言い伝えにもあるように、ラビュリントスは人が作った迷宮で、宮殿の下に建設されたとなっているわ」

「それで？　つづけておくれ、ブリタニー」父がうながした。

うながされる必要はまったくないなとアダムは皮肉っぽく思った。

ブリタニーは控え目な女らしい仕草でうなずいた。テントのなかの簡素で持ち運び可能な家具といった殺風景な背景のせいで、しゃれたドレスがより引き立って見える。「ほんとうのところ、たしかに迷宮は今発掘している場所の下にあるんだけど、発掘しても見つからないわ。それは崖に開いた深い洞窟がうまい具合にいくつもつながってできたものだから。入口を見たのはこれで二度目だけど、最初のときはその重要性を充分わかっていなかったの。たぶん、激しい嵐のときに波に削られた部分があるのはたしかだけど、その一部はきっとまだ残っているはずよ。洞窟はとても深いようだった。かつてはそこに門があったの。たぶん、いけにえに選ばれた不運な人々が逃げないようにつけられたのね。でもきっとそれは波に流されてしまったと思う」

彼女が正しかったらどうする？

アダムはブリタニーの言うことが正しかったらどういうことになるか考えて身震いするほどの興奮を感じかけたが、どうにかそれを鎮めた。クノッソスの下から何も見つかっていないのははたしかだ。それはつまり、思っていたとおり、ここにあるのが主たる宮殿ということかもしれない。

「きみが惹きつけられてやまなかったあの遺物はきみが受けた啓示とどんな関係があるんだ？」とアダムは訊いた。どうしてもあざけるような声になってしまう。

予想どおり、ブリタニーにはまるで悔いる様子はなかった。美しすぎるほど美しいスミレ色の目でじっと見つめてくる。「あれは道しるべの箱なの。テセウスが洞窟の出口を見つけられるようにアリアドネが彼にあげたものよ。なかに糸玉がはいっていて、てっぺんの穴から糸が出るようになっているの。テセウスは糸を入口の門にしばりつけてなかにはいり、それをたどって戻ってきたのよ。わたしの言うことを信じて。それがないと、どうしても洞窟のなかで迷ってしまうの」

そのことばは、ブリタニーがじっさいにその光景を見たことを意味していた。考古学で経験を積んだアダムにも、それに答えることばは見つからなかった。途方にくれて彼女を見つめるしかなかった。

美しい妻はクレタ島の伝説のラビュリントスにはいったのだ。

ヘッドリー卿は反応に困るということはなかった。優美な顔を興奮に輝かせて膝を打った。

「もちろんそうさ！　ああ、ブリタニー、どこから探せばいいか手がかりを教えてくれるかい？」

ブリタニーはうなずいた。「当然、絶壁の下よ。そこへ行けば、少なくとも湾のどのあたりを探せばいいかだいたいの見当をつけられると思う」

「過去数千年のあいだに地形も変わったはずだ」アダムは誰かが分別の声を差しはさまなければと感じた。「たとえアリアドネとテセウスが伝説ではなく、実在した人物だったと仮定しても——ぼくはまだ実在したかどうか怪しいと思っているけどね——それを証明するような遺物を発掘する可能性はどれだけある？　きみはあのとるに足りない陶器の箱がじっさいにアリアドネがテセウスに渡したものだと言いたいわけかい？」

ブリタニーは肩をすくめた。「わたしはただ、あの箱にさわったら、ラビュリントスのなかへはいるための準備をして武器を持ったテセウスの姿が見えたと言っているだけよ。それで、テセウスが洞窟のなかにはいったら、アリアドネもそのあとを追ったの」

「それは伝説で語りつがれている話とはちがうな」アダムが指摘した。

「たぶん。でもそうだったんだもの」

「幻覚だったんじゃないかな。きみが今この地にいて、発掘によって宮殿らしきものが見つかり、そのふたりの伝説も知っているから見た幻覚さ」彼女の確信に満ちた態度に揺さぶられてはいたが、アダムは少なくとも論理的であろうとした。

「ブレスレットのときみたいに？」ブリタニーはさりげない口調で言った。

その点では彼女の勝ちだった。ブレスレットを見つけず、彼女の話を信じなければ、発掘隊はいまだにまちがった場所を掘っていたことだろう。

しかし、くそっ、ぼくは考古学者だ。専門家なのだ。どれほど魅力的できれいであっても、素人にすぎない若い女の夢にもとづいて重要な発見などはしないものだ。「きみは次にはそこにほんとうに化け物がひそんでいるなんて言い出すんだろうな」

ブリタニーは真っ青になって目をみはった。「あのとき目にしたのがなんだったのかはわからないけど――」

「頼むよ、ブリタニー。われわれは発掘することでまさに伝説を生き、伝説を呼吸しているんだ。きみがミノタウロスに似た化け物が登場する悪夢を見たとしても驚くことではないよ」

妻は深々と乱れた息を吸い、肩を怒らせた。「その部分はあまり考えたくないけど、洞窟を見つけるお手伝いはできるわ」

「探してみても害はないよ、アダム」ブリタニーの父が実務家らしく指摘した。

いや、害はあるかもしれない。すばらしい成果をあげている発掘場所から作業員たちを引き離すことになるのだから。

それでも、それがもしほんとうに見つかるなら……

ラビュリントスそのものが。残念ながら、彼女の言うことは論理的だった。伝説の迷宮が入り組んだ洞窟だとすれば、話も変わってくる。若い人間をむさぼる謎のけだものを閉じこめておくために入り組んだ迷宮を作ったという仮説よりも、そのほうがずっと理にかなっている。

アダムはその怪物が実在したというたわごとだけは信じまいと思った。

その入口は小さかった。険しく切り立った崖にちょっと裂け目があるというだけのもの。しかしここにちがいない。テレンス自身がまずそこに身を押し入れた。キンモントが先見の明で持ってこようと主張したたいまつの明かり以外は真っ暗闇だ。娘が説明したとおり、洞窟は狭かった。天井が低く、道はほぼ直角に曲がっている。

興奮で口のなかがからからになる。角を曲がると、道はふたつの地下道に分かれていた。洞窟説は以前からあった。古代の著述家でそれに言及している人間もいる。しかしじっさいにそれを見つけるとなると、それも新たに見つかった宮殿跡のそばでとなると、並外れた業績となるはずだ。

「これだな」声が歯ぎしりの音のように響いてテレンス自身がぎょっとした。

後ろにいるアダムの顔にも同じ興奮が浮かび、信じられないという表情と混じり合っている。アダムが言った。「ええ、信じられませんが。こんなところ、目をつけることも、疑ってみることもしなかったでしょうね」

「おそらく、一部は宮殿とともに失われてしまっているのだろう。それでもブリタニーの言ったことは正しかった。この洞窟は崖の入口から奥へとまっすぐくだっているようだ。その先どこまでつづくのか見当もつかない。

「完全に調査するには何年もかかるかもしれませんね」と義理の息子が指摘した。たいまつの明かりが彫りの深い顔に影を投げかけている。

調査の準備はできていなかった。アリアドネ王女が用意した糸玉の箱の恩恵もなかった。振り返ればはいってきた入口が見える場所ではあっても、テレンスは若干恐怖に襲われそうになった。

こんな場所に閉じこめられて迷うのは死ぬのも同然の恐ろしい試練だったはずだ。洞窟から外へ出てたいまつの火を消したときには、テレンスと同じだけアダムもほっとした様子だった。眼下の湾は陽光を受けてきらめいている。

不吉な空気のただよう狭い空間から外へ戻ってきて安堵するあまり、どちらもしばらくことばを発しなかった。テレンスは古代の地下納骨堂や、カタコンベや、秘密の宗教儀式を俗人に暴かれたくないと考える邪悪な霊の呪いがかかっているという言い伝えの場所などを訪れたことがあったが、これほどに強い嫌悪感を覚えた場所ははじめてだった。

アダムはしばし海を見つめていたが、やがて悲しげに口をゆがめて笑みを作った。「きっと彼女はこのことのつぐないをさせてはくれないでしょうね」

テレンスは忍び笑いをもらした。「ブリタニーかい？　ああ、そうだね」

「彼女がいなかったら、これを見つけることはなかった」

「いつかは見つけたかもしれないさ。たまたま誰かが探検したりしてね。いや、おそらくそれもなかったろうな」キンモントの言うことは正しい。テレンスには若者の心の葛藤がよくわかった。この曲がりくねった暗い洞窟の奥まではいっていくことで娘が経験したことは——たとえそれが頭のなかの出来事だったとしても——想像もしたくないことだった。愛する人を守りたいという本能で、アダムがそうした経験から彼女を遠ざけておきたいと思うのも無理からぬことだ。

「この発見の知らせは世界じゅうを駆けめぐるでしょう。ブリタニーの前ではけっして言いませんが、彼女にその栄誉が与えられないのはあまり公平じゃない気がします」

「あの子が栄誉をほしがるとは思えんね。われわれと同じように、古代の秘密を解き明かしたいとそれだけを熱烈に望んでいるのだから」テレンス自身、彼女の独特の能力とそれを必要とする自分の気持ちにうまく折り合いをつけるまでにはしばらく時間がかかったのだった。

「昨今、妥協というのも必要だ、アダム。きみたちふたりなら妥協点を見つけられるんじゃないかな。正しく接すれば、彼女も昨晩のような性急なことをする前にきみに相談すると約束してくれるはずだ。そのかわり、きみも必要なときにはときおり彼女の能力を利用することを考えればいい」

「ぼくに相談する？」アダムは眉根を寄せて顔をしかめた。「見てください、あそこにいるのはぼくのどうしようもない妻ですよ。彼女には上で待っているように言いませんでしたかね？　崖から落ちてきれいな首を折ったりしないように」

アダムの言うとおりだった。洞窟が見つかったかどうか知らされるまで待ち切れなかったようで、ブリタニーが岩だらけの斜面をパラソルを頼りに降りてくるところだった。明るい髪が日の光を浴びて輝いている。

「たしかそうだったな」テレンスは噴き出したくなった。

アダムが好敵手を見つけたのはたしかだ。しかし、娘の夫のしかめ面を見れば、ブリタニーのほうもそうであるのはまちがいない。

ふたりのおかげでこれ以上はないほどテレンスは幸せを感じた。

エピローグ

ホテルは豪奢《ごうしゃ》で設備も行き届いていた。湯気の立つ熱い風呂と本物のベッドがあるのは天国だった。

ブリタニーは湯に体を沈め、満足のため息をついた。ライラックの石鹸《せっけん》の香りがあたりにただよっている。ヘラキロンはロンドンではないが、部屋のバルコニーの開いたドアからはいってくる暖かい潮風を感じながら本物の壁で囲まれた部屋で眠れるのに、それに逆らうつもりはなかった。

アダムはできるかぎり最高の部屋を確保してくれていた。その気遣いはありがたかったが、ときどき彼がそばにいてくれればいいのにと思うことはあった。街に来て三日になるが、そのあいだずっとアダムは、作業員を確保したり、世紀の発見について地元の役人と面談したり、夢がかなったときに考古学者がこなさなければならない退屈きわまりないさまざまな雑事に追われたりで忙しくしていた。

それはわかっていても、彼がそばにいないことがさみしくてたまらなかった。横柄に命令されても、そばにいるほうがよかった。

ドアのかけ金の音がして、ブリタニーははっと物思いから覚め、目を上げた。まだ午《ひる》をまわったばかりで、彼はもっと遅くなると思っていたのだ。アダムが部屋にはいってきて、ブリタニーは身を起こし、タオルに手を伸ばした。彼はクラヴァットによく磨いたヘシアンブーツという、いつもとはちがう、イギリス紳士らしい装いをしていた——それでもすばらしく魅力的であることにかわりはなかったが。ベッドのそばまで来ると、小さな象眼模様のテーブルの上にシャンパンの瓶らしきものを置いた。「やあ、ブリット。風呂をたのしんでいるのかい？」

「ええ、そうよ。こんなに早いお帰りとは思わなかったから」ブリタニーはバスタブから出てタオルで体を拭きはじめた。「裸でごめんなさい。あなたは夕方までずっと約束でいっぱいだと思っていたの」

「きみのお父さんとサン・ヴィアにまかせることにしたのさ。ラビュリントスについて議論するよりも重要なことがあるからね」アダムはクラヴァットをはずして脇に放った。「それに、ここに戻ってきてきみの相手をしないと、きみが言いつけにそむいてひとりで街の探索に出かけてしまうんじゃないかと不安だったんだ」片方の眉が上がり、そのまなざしがはっきりと責めるようなものになった。

ああ、まったく。ブリタニーは胸の内で毒づいた。

それはホテルで観光案内のガイドを雇い、前日に決行したばかりだった。どうして彼にばれたのかは謎だったが、知らぬふりをするのは不可能だった。この際、だんまりをきめこむのが一番と考え、ブリタニーはただ注意深く彼を見つめた。

アダムは上着を脱ぎながら彼女のそばへ寄ってきた。「今朝ホテルのオーナーに、今日の午後も美しい奥様はガイドが入り用でしょうかと尋ねられたときのぼくの驚きを想像してみてくれ」

夫にばれなければいいとは思っていたが、少々退屈していたのはほんとうで、いずれにしても、多少観光したからといって別に害はないはずだった。「危険は全然なかったのよ、アダム」

「ふうん。でも、ぼくといっしょでなければ、部屋を出てはだめだと言ったはずだ」ハシバミ色のまなざしが熱を帯び、タオルを巻いただけのブリタニーの濡れた体に向けられた。

「それで、三日もわたしをたったひとりでここに閉じこめておいたわけね」

「つまり、ここにいてほしいというぼくの要望に真っ向から逆らったことを認めるんだな？」

ブリタニーは顎を上げた。「すてきな時間を過ごしたわ。とくに教会がすばらしかった」

「でも、そうなると、きみの居場所をぼくがまったく知らなかったということになるだろう？　何かあったらどうするつもりだったんだ？　きみに不幸が降りかかった場合にぼくがどれほど心を痛めるか、気にもしてくれなかったわけかい？　ここはロンドンじゃないんだ、ブリット。ロンドンでもきみが自由にうろつくのを認められない地域はあるが」

アダムが目の前にそびえるように立ったため、ブリタニーは一歩後ろに下がりたくなる衝動と闘った。アダムはつづけた。「どんな危険が待ちかまえているか警告したはずだが」

アダムに腰をつかまれ、くるりと体をまわされて、ブリタニーの唇から息がもれた。次の瞬間には近くの椅子に腰を下ろした彼にタオルをはぎとられていた。彼女はもがいて抗ったが、気がつくとアダムの膝にうつ伏せに乗せられていた。「いったい何をするつもり？」と怒り狂ったかすれ声で訊く。「アダム！」

「きみのきれいなお尻がむき出しになっているのはとても都合がいいな。きみと会った瞬間から、こういうときが来ることは運命づけられていたんだ。きみの人生の目的はぼくを心配させて苦しめることだとわかったときからね」

尻をたたく彼の手はたいして痛くなかったが、その侮辱的な扱いにブリタニーは息が苦しくなるほどの怒りを感じた。「よくも……よくも……」

「運悪くぼくはきみをただひたすら愛するというめぐり合わせのようでね」事務的な口調でそう言いながら、彼はまた手を打ち下ろした。「じっさい、きみを崇拝しているほどだ」

「独特のやり方でそれを表すのね」ブリタニーはそう言い返したが、すぐに黙りこんだ。彼に愛しているとはっきり言ってもらいたいと思っていたのだが、今のこれは思い描いていたようなロマンティックな場面とはとうてい言えない。

「自分の身の安全にそれなりに気を遣ってほしいときみにお願いすることで表そうとしているわけさ、ミセス・キンモント」アダムはもう一度軽く尻をたたくと、突然彼女を腕に抱き上げてあおむけにした。ブリタニーはアダムの太腿に腰を下ろす格好になり、ふたりの顔はほんの数インチしか離れていなかった。「ああ、ブリット、頼むから何か性急なことをしようとする前に、少なくともぼくにやってもいいかと訊いてくれ」

「わたしも愛してるわ」ブリタニーは彼の首に腕をまわし、まばたきして幸せの涙を払いながら体を押しつけた。「あなたにやってもいいかと聞いたら、物わかりよく許してくれる?」

「ああ、許すさ」アダムは口を下げ、彼女の口に触れると、飢えたように唇を奪った。口を離すとにやりとした。「ただ、物わかりがいいという解釈がきみとぼくとではきっとちがうけどね」

「そうね」彼のたくましい胸に手を走らせられるよう、シャツのボタンをはずすのに夢中になりながらブリタニーも認めた。

「ときどきぼくは横柄になるかもしれない」

「ええ、そうね」ブリタニーは彼の喉にキスをした。彼がほしくておかしくなりそうな気がした。「わたしのほうは強情かもしれないわ」

「多少ね」アダムは低い笑い声をあげ、手を彼女の髪のなかに差し入れ、体をそらさせると、持ち上げられた胸を味わった。「ぼくの提案には賛成ということかい、ブリット?」

「たぶん」ブリタニーは無限の悦びを感じた。「じゃあ、休戦ってこと?」

「そうだな」アダムがうずく胸の頂きに口をつけたまま言った。

ふたりはくり返し愛を交わし、事を終えると、満足しきって乱れたベッドに並んで横たわった。

「教えてくれ」アダムがブリタニーの腕を撫でながら言った。「あの晩、何を見たんだい？ ありえないことだからこれまで訊かなかったんだが、ラビュリントスが実在するとわかった今、ほかにどんな真実がある？　きみのお父さんとぼくはそのことをずっと話し合ってきた。われわれの推測では、怪物などはいなかったのだが、いけにえとされた不運な若い男女があの地下の迷宮で死んだのはたしかだと思う。閉じこめられて必死で逃げ道を探したが、結局は迷ってしまい、死にいたった」

ブリタニーはあの恐ろしい化け物を思い出さずにいられなかった。半分人間で半分動物の怪物。こだまするあのおぞましい咆哮も聞こえた。

それについては世間の人も信じないだろう。宮殿や英雄的な王子やラビュリントスそのものは信じても。

それ以外は信じてもらえない。血と、恐怖と、あの呪われた生き物が棲みつく悪臭ただよう洞窟……

「テセウスがなかにはいって、アリアドネがそのあとを追ったの。あなたもなかにはいったでしょう。洞窟のその先はもっとひどいの」ブリタニーは彼にさらに身を寄せ、その体のたくましさを心強く思った。

「じゃあ、われわれの推測どおりだと？」

数千年前に何が起こったにせよ、それが神話であれ、伝説であれ、真実であれ、その三つが混じり合ったものであれ、ひとつだけたしかなものがある。それはテセウスとアリアドネが互いに抱いていた愛情の深さだった。

愛は時空を越えた発見だ。

「あなたの推測が正しいことはまれだわ、アダム」ブリタニーはからかうように彼の裸の胸に指を走らせた。「自分でもわかっているくせに」

アダムのまなざしはやさしかった。「妻選びにおいては正しかったと思うけどね」

「まあ、たまには正しいこともあるのね」ブリタニーはいたずらっぽい笑みを浮かべて答えると、夫にキスをした。

訳者あとがき

アメリカで官能的なヒストリカル・ロマンスを数多く産み出しているエマ・ワイルズの短編集『砂漠の王子とさらわれた令嬢』をお届けします。

このようなヒストリカル・ロマンスの短編集はめずらしいですが、エマ・ワイルズはそれぞれにおいて長編と遜色《そんしょく》のない独特の魅力的な世界をくり広げています。

表題作の「砂漠の王子とさらわれた令嬢」では、砂漠の国で文化や習慣のちがいから窮地におちいったヒロインのサラを、その国の王子アーメドが〝結婚〟という形で救い出してくれます。国のために働く有能なアーメドには、彼に恨みを抱いている敵が身近にいたため、妻となったサラにも当然その魔の手が伸びてきます。この作品では、彼女が持ち前の勇気と機知で数々の危険を乗り越え、理解あるパートナーのアーメドとの絆《きずな》を深めていく様子が、ロマンティックかつスリリングに描かれています。

「買いとられた伯爵令嬢」の舞台はカリブ海のとある島。海賊に拉致《らち》され、競りにかけられた伯爵令嬢イザベルを救ってくれたのは、謎めいたイギリス人のデヴォンでした。ある出来事のせいで故国を追われたデヴォンはイザベルの父に恨みを抱いており、その復讐のために彼女を利用しようとするのですが、美しく情熱的なだけでなく、知的で思いやりに満ちた彼女と触れ合ううちに、凍りついた彼の心も溶けていきます。ここでは、人を愛し、信じることが奇跡を引き起こすという、感動的なストーリーがくり広げられています。

「アリアドネの糸にみちびかれて」では、クレタ島で発掘作業にあたるアダムとブリタニーの恋物語が、ギリシャ神話に登場するテセウスとアリアドネの伝説と重なり合うように進展します。クノッソスの伝説のラビュリントスをめぐり、ロマンティックで神秘的な物語が展開していきます。

三編はどれもイギリスから遠く離れた異国の地が舞台で、エキゾティックな雰囲気が魅力となっています。しかし共通するのはそこだけで、冒険小説のようにスリリングなもの、ミステリー仕立てのもの、神話をもとにした神秘的なものと、それぞれまったくちがうタイプのお話となっています。短編ながら三編とも読みごたえは充分で、本書はさまざまなタイプのストーリーを一冊で堪能できる、なかなかにお得な本と言えるのではないでしょうか。ちなみにどれもアメリカではｅ－Ｂｏｏｋで発表された作品です。

エマ・ワイルズは悪名高きプレイボーイを主人公とする作品も数多く発表しています。ベッドでの技にすぐれ、みだらな情熱で女性たちをとりこにしてしまう悪魔的な魅力にあふれるヒーローたちが、さまざまな形で真の愛に目覚めていくすてきな作品ばかりです。そんな少々背徳的なヒーローたちが活躍する短編集もいずれご紹介する予定です。どうぞおたのしみに。

二〇一一年十月　高橋佳奈子

砂漠の王子とさらわれた令嬢

2011年11月17日　初版第一刷発行

著……エマ・ワイルズ
訳……高橋佳奈子
カバーデザイン……小関加奈子
編集協力……アトリエ・ロマンス

発行人……牧村康正
発行所……株式会社竹書房
〒102-0072 東京都千代田区飯田橋2-7-3
電話：03-3264-1576（代表）
03-3234-6383（編集）
http://www.takeshobo.co.jp
振替：00170-2-179210
印刷所……凸版印刷株式会社

定価はカバーに表示してあります。
乱丁・落丁の場合には当社にてお取り替え致します。

ISBN978-4-8124-4757-4 C0197
Printed in Japan